My House, My Rules
Bringing Up Baby
Good with His Hands
Once in a Blue Moon
byLori Foster

いつも二人で

ローリ・フォスター
平林祥［訳］

ライムブックス

MY HOUSE, MY RULES
BRINGING UP BABY
GOOD WITH HIS HANDS
ONCE IN A BLUE MOON
by Lori Foster

Published by arrangement with Kensington Books, an imprint of
Kensington Publishing Corp., New York
through Tuttle-Mori Agency, Inc.,Tokyo

いつも二人で

目次

あなたしか見えない

1

あの耳障りなクスクス笑い――サム・ワトソンには、たとえどこにいても、あの笑い声の主が誰だかすぐにわかる。あのちょっとハスキーな、いかにも楽しげな、それでいて彼の神経を妙な具合に逆撫でする笑い声。彼はこの二カ月間、土曜日のたびにあの笑い声を耳にしてきた。末の弟のピートが彼女とつき合い始めてからずっと。だがどういうわけか、あの笑い声はいつも、ピートではなくサムのほうに向けられていた。

まさか本当に彼女だろうかと思いながら、あからさまに顔をしかめつつ、サムは目の前のウイスキーグラスから視線をはがして、耳障りなクスクス笑いのするほうを見やった。案の定、アリエル・メイザーズだ。絶対にそうだと思った。しかも、ふたりの男に話しかけられている。

それにしても、よりによってこの店で何をやっているのだろう。サムは店内を見渡した。だが弟の姿は見えない。というより、アリエルに連れの男はいないようだ。なるほど、ひとりでお楽しみ中ということか。

初めてアリエルと会ってからというもの、サムは何度となく、彼女を腕に抱くところを夢想してきた。だが現実にそれをやろうと思えば、ただでさえ傷ついている弟へのとんでもない裏切り行為になる。それに、彼女と火遊びをするにはサムは年を取りすぎている。でも彼女を思う気持ちが強すぎて、ほとんどもう我慢できないくらいなのだ。

そこへきてこの奇遇とは……。

サムは手のひらがムズムズするような感覚に襲われながら、またもやアリエルを抱くところを想像した。膝の上に乗ったヒップを覆うものは何もない。そう思うだけで、全身がカーッと熱くなってくる。そんな体勢でいったい彼女に何をするのかといえば、もちろん、大いにかわいがるのだ。アリエルは小柄だから、お尻もとても小さいだろう。そして肌は抜けるように白い。それは触れるとまるで絹のようにすべすべしていて……。

いい加減にしろ、サム。

それでも彼は、燃えるような視線をアリエルのほっそりとした背中に注ぎ続けた。今夜の彼女は髪をアップにしていて、細いブロンドの巻き毛がうなじのあたりで揺れている。小さな金のフープイヤリングがバーの照明に光った。何度も夢に見た形のいいヒップは、カウンタースツールの上にちょこんと乗っている。体にぴったりと貼りつくようなシルクドレスは、ヒップのラインをいっそう際立たせるようだ。

アリエルは今、二四歳。サムより一四歳も若い。そのことを頭では理解できるのだが、どうも彼の下半身は、年の差などどうでもいいと思っているようだ。

ふいにアリエルが、隣に座る男たちに何か言おうとした口をつぐんだ。そして、店内に視線を泳がせた。サムは慌てて腰をひねり、窓のほうに向き直った。どうか彼女に気づかれませんように……サムは祈った。そのまま、酔ったようなフリをして、しばらく待ってみた。内心では、生まれて初めてというくらい神経をぴりぴりさせているのに。彼は最初の一杯目をちびちびとやりながら、すっかり酔っぱらったようなフリをし続けた。きっと誰が見ても、さんざん飲んだ挙句、仕上げの一杯をやっているところだと思うはずだ。

一五秒が過ぎた。やがて三〇秒が過ぎ、一分が過ぎ——その間、サムに近づく者はいなかった。ようやくほっとしたが、万が一に備えて、顔は窓のほうに向けたままにしておいた。アリエルに邪魔されたりしたら、今夜の任務をやり遂げることはまず不可能だ。

そもそも、あんなふうに彼女を見つめるべきではなかったのだろう。人は案外、ああいう視線に敏感なものだ。実際、サムだって、奥のブースのほうからじっと見つめてくる巨漢の視線にさっきから気づいている。できればお代わりを頼んで、すっかり出来上がっているところをあの男に見せつけておきたい。だがアリエルがすぐそこにいるので、やっぱりそれは危険すぎる。

そろそろ潮時だろう。行動に移ったほうがよさそうだ。でないと、何かバカなことをしでかしそうだ。たとえば、またアリエルを見つめてしまうとか……。

サムはたっぷり入った中身を見せびらかすようにして財布を広げ——今夜の計画のために二〇〇ドル仕込んである——チップとして一〇ドル札を取り出した。札をテーブルに置き、よろめくような千鳥足でドアのほうに向かう。

おもてに出るとのろのろと通りを渡り、家に帰ると見せかけて、影に包まれた廃墟のほうを目指す。援軍からはこちらの姿がしっかり見えているはずだった。サムはのんびりと歩を進めながら、ナンタケットからやって来た商売女を歌った歌を口ずさんだ。若い頃に流行った戯《ざ》れ歌なのに、いまだにちゃんと覚えているのだから不思議だ……と思ったら、途中で一部思い出せないところがあったので、適当にごまかした。

れんがの壁にわざとぶつかり、バカみたいに大声で笑ってから、ふたたび歩きだす。歩きだすなり、今度は道端のゴミ箱に足を引っ掛けて、ガラガラという大きな物音をあたりに響き渡らせる。下品な悪態をつきながらまた足を踏みだしたところに、何か妙なものを踏んだ感触があったが、あえてそれが何か確認するのはやめておく。そしてようやく、寄り掛かれるものを発見した。今にも朽ち果てそうな非常階段だ。

体勢を立て直そうと、手探りで階段につかまろうとしたそのとき、肉厚な手が上腕をぎゅっとつかんできた。その瞬間、サムは何とも言えない満足感に包まれた。悪党が、ついに罠《わな》にかかったのだ。

「財布を出しな」

サムはいかにも仰天したようにくるりと振り返り、巨漢の顔に向かって唾を吐きかけると、「バカ言ってんじゃねえっ」とろれつの回らない口で言い返した。

すると、まるでハムのかたまりのように巨大なこぶしが飛んできて、こめかみのあたりを一撃された。冗談抜きで目の前に星が飛び交っている。サムとしては、男がこうもいきなり乱暴を働くとは思ってもみなかった。最近、この界隈では強盗事件が多発している。だが窃盗犯の大部分は、被害者に深刻な肉体的ダメージを与えることはなかったはずだ。

ここインディアナ州ダルースの、三軒のバーがしのぎを削るわずか六ブロックのエリア内で、この一カ月足らずのうちに何と一二件もの強盗事件が発生していた。確かにこのあたりは街の中でも治安がいいとは言えない場所なので、窃盗事件そのものは別に珍しいわけではない。だが、いくらなんでも一二件は多すぎる。しかも被害者は、相応の金を所持していた男性ばかり。十分に計画を練られた組織的な犯行の匂いに、警察は緊急対策を取ることにしたのだった。

サムは巨漢の攻撃から逃れようとしたが、また一発、今度は腹に食らってしまった。体を二つ折りにしたとたん、今にも吐きそうになる。

だが、うっかりそんな醜態をさらしたが最後、仲間たちは死ぬまでずっと笑いのタネにし続けるはず。サムは夕食に食べたものを、すんでのところで胃の中に収め直した。

それにしても、あいつらはどこにいるんだ？　ひょっとして、勝手にお楽しみ中か？

もう一発甘んじて食らうべきか、それともこっそりやり返すべきか決めかねているところへ、闇を切り裂くような女の叫び声が聞こえてきた。そのとたんサムは、強烈な耳鳴りに加えて、髪が逆立つのまで覚えた。それから二秒後、巨漢の体は、背後から小さな竜巻にでもいきなり襲われたように、まっすぐにサムのほうに飛んできた。弾みで鉄の階段に思いっきりぶつかり、骨が折れるのではないかと思うくらい強く肋骨を打つ。

そのまま三人揃って地面に倒れそうになるところを懸命にこらえようとするが、一番下になっていたサムは結局、体勢を崩して倒れ込んでしまった。硬い砂利道に、頭と背中をしたたか打ちつけた瞬間、肺から息が漏れた。

仰向けに転がり、ぜえぜえと息を切らしたまま、いったい何事かと顔を向けたサムの目に映ったもの——それは、片方の手で巨漢の髪をわしづかみにし、もう片方の手でハンドバッグをこん棒のように振り上げているアリエルの姿だった。いったい全体、彼女は何をしようとしているんだ。男をハンドバッグで打ち殺すつもりなのか、それとも、金切り声で服従させるつもりなのか。

すると巨漢は、しかめっ面でひょいと体をかわし、アリエルの肩をつかむなり、背負い投げのようにして彼女を投げ飛ばした。あっと思った瞬間には、サムは顔をアリエルのお尻に、両耳を彼女の太ももにふさがれていた。ひらひらのドレスはふんわりと広がり、彼女の最後の砦を守っているのは、サムの鼻先をかすめる薄いシルクのショーツだけ。

よりによってどうしてこんなときに、こんなことになるんだ⁉

サムは苦しくなって必死に息を吸おうとしたが、そのとたんに麝香のような香りが鼻孔を満たし、今度は彼女のヒップを顔からどけようと懸命にもがいた。ちょうどそのとき、つい先ほど彼に強烈なダメージを与えたあの忌々しい肉厚のこぶしが、アリエルのかわいらしい鼻めがけて飛んでくるのが視界に入った。サムの中で、激しい怒りが爆発した。

今夜は酔っぱらいのカモを演じるはずじゃなかったのか？

おとり捜査の真っ最中じゃなかったのか？

サムは一瞬だけ自問自答したが、彼女が傷つくのを見過ごすわけにはいかなかった。

彼は酔っぱらいとは思えない俊敏な動きで、巨漢の肥大化したこぶしを手のひらでとらえると、悪意を込めてにやりと笑みを浮かべてみせ――と言っても、顔半分はアリエルのヒップに押しつぶされていたが――手首をつかんで思いっきりひねりあげた。

みしみし、ボキッといういやな音がした。

巨漢の顔に浮かんだ仰天したような表情が、一瞬にして苦悶の表情へと変わり、しわがれた唸り声が口から漏れてくる。いっそのこと腕をへし折ってやりたかった。なんだったら、ついでに脚も。

女性を殴ろうとするなんて、いったい何を考えていやがるんだ？

ほかにも何か男を懲らしめる方法はないかとサムがあれこれ考えているところへ、ようやく、援軍の決まり文句が聞こえてきた――「そのまま動くな！」

動くなだと？　バカも休み休み言いやがれ。首の上にはアリエルがまたがっているし、窃盗犯が彼女を殴ろうとしているっていうのに、このおれに動くなだと!?

サムはもう一度、巨漢の手首をぐいとひねりあげてから、押しやるようにしてその手を放した。男は叫び声をあげながらその場にしりもちをつき、赤ん坊のように背を丸めて、折れた手首をさするようにしている。

サムがアリエルをどかせようと思う間もなく、今夜のおとり捜査に加わっていたフラー・

ルースがやって来て、彼女のわきの下に手を差し入れて助け起こした。ハイヒールがサムの腹と太ももを踏み、さらに危うく股間まで踏みそうになる間中、彼はまるでパノラマでも眺めるように、シルク地に包まれた彼女の大切な部分だけをじっと見つめていた。

「大丈夫ですか？」フラーがアリエルを抱いたままの体勢でたずねた。彼は窃盗犯と同じくらい大柄だが、やつと違って性格はいたってこまやかだ。茶色の髪は常にさっぱりと刈り込まれているし、服はしわひとつないし、ひげだって一ミリたりとも剃り残しなし。瞳はごく薄いブルーで、サムは見るたびに、シベリアンハスキーを思い出してしまう。

アリエルは、破れたドレスの前身ごろを手でぎゅっとつかんでいる。「もう降ろしてよ。大丈夫だったら」

フラーはアリエルを地面に降ろした。だが彼女がすかさずサムに駆け寄ろうとするのを見てとり、また腕をつかむ羽目になった。

「お嬢さん、落ち着いて。ちょっと私と一緒にこちらへ」

だがアリエルは、フラーに対しても攻撃の手を繰りだし、彼の胸をどんとぶった。「放してよ！ 彼が大丈夫かどうか心配じゃないの！」と叫ぶ彼女は、興奮のあまり、ドレスが裂けていることを忘れてしまったらしい。引きちぎれた前身ごろの右半分がだらりと垂れ下がって、真っ白な胸元と、ベージュ色のサテンのブラがほとんど丸見えになっている。

「いいから落ち着いて！」アリエルが懸命に繰りだすこぶしを巧みに手のひらで受け止めるフラーは、まるで彼女とじゃれ合っているようにも見える。「ほら、お嬢さん、ハンドバッグの中身が落ちちゃってますよ。いいから落ち着いて。彼なら大丈夫。警察に確認させましょうよ、ね？」

　フラーが「警察」と呼んだのは、アイザック・スターのことだ。アイザックは、ネイティヴ・アメリカンと猛犬のハーフだと言われている。サムも外見のことでは漆黒のという好ましい形容詞をよく使われるが、アイザックと並ぶと完全に勝ち目はない。フラーをさらに細身にしたような体型のアイザックは、見たこともないような漆黒の髪に漆黒の瞳をしていた。今はちょうど巨漢に手錠を掛けているところで、巨漢は何やら情けない叫び声をあげ、折れた手首のことで泣き言を言っている。まったく、図体ばかりでかくて弱虫なことだ。

「は・な・し・て・よ！」

　ふたたびアリエルのわめき声――巨漢といい勝負だ。サムとしては、早いところ起き上がって、（アリエルに押しつぶされたときに負った傷以外には）どこも何ともないと言ってやりたいのだが、ただの酔っぱらい役を演じている最中なのでそうもいかない。仕方なく肘で体を支えるようにして身を起こし、ろれつの回らない口で「何事だあい？」と言うにとどめた。

　アイザックがにやりと笑った。そんなふうに笑うと、彼はまるで非情な暴君のように見える。「危ないところを救助して差し上げたんですよ。このデブが、あなたの財布を盗もうとしていたんです」

　何のことかさっぱりわからない、という表情を作り、サムはまず胸元、ズボンの前ポケット、それからお尻のポケットと順番に手で叩いていった。そしてようやく、札でパンパンに張った財布が無事なのを見つけると、ポケットから引っ張り出して宙に掲げながら言った。「本当に？　いやあ、ありがたいなあ。何しろ給料が全部入ってるからさあ」
　アイザックはとてもスリムだが、その見た目にだまされてはいけない。本当は雄牛のように強いのだ。見ていると、彼はうずくまった巨漢をいとも簡単に立ち上がらせた。「まったくドジな窃盗犯だな。すみませんが、こいつをパトカーに乗せてくるので、おふたりともそのまま動かないでください」

　二〇メートルほど先に、パトカーが二台、赤と緑のライトを点滅させながら停まっているのが見える。見物人はきっと、強盗事件現場にたまたま警官が居合わせたと思っていることだろう。実際には、完璧なおとり捜査なのに。

　巨漢がアイザックに連れられてパトカーのほうに行き、もう話を聞かれる心配もなくなったところで、サムは自力で立ち上がった。見物人の手前、足をふらつかせるのは忘れなかったが、わずかにそれとわかるほどにフラーにうなずいてみせる。するとフラーは、肩をすくめてアリエルの腕を放した。

　彼女はすぐさまサムのもとに駆け寄った。ハシバミ色の瞳を大粒の涙で光らせ、質問を浴びせかけようとして口を開き、まるで母親のように心配顔だが、そんなものはサムは求めていないし、必要としてもいない。

　サムはアリエルをいきなり抱き寄せた。何も言えないくらいきつく抱き寄せて、耳元で唸るように言った。「おいアリエル、おれは仕事中だったんだぞ。いったい何のつもりでしゃしゃり出てきたのか、説明してもらおうか」

「仕事中⁉」アリエルは小さく叫んだ。

それにしても、彼女の抱き心地は最高だった。サムは首を振り、股間に当たる彼女のおなかや胸板に押しつけられた胸の感触、そして柔らかな髪から漂う甘い香りのことを、必死に考えまいとした。

何しろ、バーの客の半分以上が店の前に出てきて、事の成り行きを見守っているのだ。ここでわれを忘れたりしたら、おとり捜査が台無しになる。「ああ、そうだ。途中で勝手に参加したからには、最後まできみの役割を演じてもらうからな」サムはそう言うなり、アリエルに抱きついたままがくんと膝の力を抜いた。重みに耐えかねた彼女が、後ろによろめく。彼女の身長はたぶん、一五八センチくらい。対するサムは一八〇センチで、体重差は四〇キロくらいありそうだ。

本当にか細いんだな……。

ううっと唸りながら危うく後ろに倒れそうになるアリエルの背中をすかさずフラーが片手で押さえ、体勢を直してくれた。通常であれば、有能な警官たるもの、酔っぱらいが女性を手荒に扱うのを決して見過ごしたりはしない。だがこれは通常ではない。サムは完全にしらふだし、フラーもアイザックも、サムとアリエルが顔見知りらしいことに気づいている様子だ。

警官という生き物は、仲間の火遊びと聞けば喜び勇んで応援することで有名だ。サムは彼女を求めている――もしもフラーとアイザックがそう考えたら（まさに図星なのだが、もちろんサムは誰にもそんなことを認めるつもりはない）、ふたりとも大喜びで、この状況をサムに利用させようとするだろう。

「あんたは天使だあ」サムはろれつが回らない口ぶりで言いながら、アリエルの胸元を興味津々に覗き込んだ（もちろんこれは演技ではない）。今夜は、彼女の知られざる部分をたっぷり見ることができた。彼女がワトソン家に出入りするようになって二カ月。その間に垣間見ることができたわずかな部分に比べると、実に大きな収穫だ。

サムがアリエルの首筋に鼻をこすりつけると、彼女はふたたびよろめいた。

サムはさらに、必死に離れようとするアリエルの背中に手をまわし、ヒップをぎゅっとつかんだ。ううん、最高だ。きゅっと引き締まっていて、しかも柔らかい。尻フェチのおれにはボリューム感という意味でちょっと物足りない気もするが、それでも十分にいい！

アリエルは息をのみ、もがきだした。だがサムは逃がさなかった。そうとも。絶対に逃がすものか。

フラーは呆れ顔だ。いくら仲間のためとは思っても、やはりものには限度がある。「そのくらいにしろ」フラーは言うと、サムの手が届かないところまでアリエルを逃がしてやった。それから、片手を伸ばしてサムの体を支えた。「あんた、相当酔ってるようだけど。車で帰るんじゃないだろうね」

「まさかあ。歩いて帰りますよお」

「ならいい。ところで、こちらの勇敢なお嬢さんに、助けていただいたお礼でも言ったらどうです？」

アリエルはまだそこに突っ立ったままだ。大きな瞳が暗闇の中できらめいているのが見える。髪はまるで、サム流に言うと「した直後」のようにくしゃくしゃに乱れていて、メークも半分とれかけている。片方の手でドレスのスカートを押さえ、もう一方の手で前身ごろをぎゅっとつかんでいる。

「わたしなら、別にお礼なんかいりませんから。だって、あの状況で当然のことをしただけだもの」アリエルはそう言いながら、敵意に満ちた目をサムに向けた。「そうでもしないと、酔っぱらいの哀れな男が殺されると思ったから」

フラーはくっくっと笑いだした。「ごもっとも。さてと、申し訳ないんですがもう少しおつき合いくださいね。おふたりから、供述を取る必要がありますので」

アリエルはうなずき、「わたしは向こうで待ってるわ」と言ってマニキュアを塗った指で非常階段のほうを指差すと、サムの脇を大きく迂回するようにしてそちらに向かった。その足元が少々ふらついている感じがするのに気づいて、サムは急に心配になった。ひょっとして、怪我《けが》をしたのだろうか？　おれの顔の上にしりもちをつくとき、相当勢いがついていたから。ドレスに隠れた膝のあたりに視線をやったが、よく見えない。きっと、すり傷か何かできているはずなんだが……。

フラーは苛立たしげにサムの腕を取り、壊れかけた非常階段のほうに引っ張って行った。それから途中で声を潜めて、「変なマネするなよ?」とサムに釘を刺した。

「バカ言うな」

「今にもよだれを垂らしそうな顔で彼女のことを見ていたじゃないか。あいにく、これからたっぷりペーパーワークが待ってるんだからな。あんたが彼女に訴えられでもしたら、こっちはたまったもんじゃない」

サムはにやっと笑い、「彼女がおれを告訴するわけないだろ」と言い返した。フラーに導かれてアリエルの隣に座ろうとすると、彼女は少し上の段に移動した。「なあ、告訴なんかしないよなあ?」

アリエルは脚を隠すようにしてスカートをしっかりと押さえたまま、作り笑いを浮かべた。「ええ、告訴なんかしないわ。代わりに、あなたの鼻をへし折ってあげるかもしれないけど」

フラーは両手を上げて降参のポーズをし、「仲がよろしいことで」と嫌みを言った。

サムはフンと鼻を鳴らして何か言い返そうとしたが……フラーはすでに消えていた。一方、アリエルはサムが鼻を鳴らしたのをしっかり聞いていて、ぎゅっと口を引き結んだまま、サムのほうをじろりと横目で睨んだ。

サムは思った。今夜はすでに全身ぼろぼろ状態だ。ひとつでもヘマをやらかしたら、捜査は台無しになる。

彼はそおっと体の位置をずらし――ほんの少し動くだけで強烈な痛みが走る――れんがの

壁に背中をもたせると、ほうっとため息を漏らし、ぼやいた。「こういうことをやるには、年を取りすぎたな」

するとアリエルは、ごく小さな（といってもサムには聞こえる程度の）声でぽつりとつぶやいた。「全然そんなことないくせに、よく言うわね」

サムは信じられないという顔でアリエルを見つめ、「どういう意味だ？」と問いただした。あんなしかめっ面でお世辞を言うって、いったい何なんだ？

サムのほうを見もせずに、アリエルは答えた。「年の離れた弟がふたりもいるからって、年寄りだってことにはならないでしょ？」

サムは思わず鼻で笑った。真ん中の弟のギルは六つ下、そして末っ子のピートは一六も下。サムはいつだって、年寄り気分を味わわされてきた。とりわけ、三年前に父が心臓発作で亡くなってからは。

あのときサムは、父の不在を何とかして乗り越えようとして懸命に家族を助けた。母に代わって葬儀をすべて取り仕切り、ギルが事業を継げるよう手を貸し、そして、必死にピートを慰めた。思いがけない父の死に、一番ショックを受けているのはピートだったから。

両親にとって、ピートが天からの嬉しい授かり物だったのは疑いようもない。十分に年齢を重ね、すっかり生活も落ち着いたところでできた三男坊のことを、両親はそれはそれは溺愛した。サムやギルにできなかった分まで、たっぷりと愛情を注いできたのだ。兄弟の中で父と一番仲がよかったのも、やっぱりピートだった。

「四〇代目指して下り坂まっしぐらなら、年寄りなんじゃないのか？」

「そうかしら？」アリエルは少々うんざりしたような声になった。「そもそも、まだ三八歳でしょ」

なんで彼女がおれの年齢を知ってるんだろう？　「ティーンエイジャーから見たら、三〇過ぎればみんな老人だろ？」

　年齢の話がよほど気に障ったのか、アリエルはキッとサムに向き直った。「ねえ、サム・ワトソン。わたしが二四歳で、もうティーンじゃないってことは、あなたもよおくご存じのはずよ。ひょっとして、ピートとわたしのことで一番不満だったのってそのこと？　わたしが彼より二歳も年上なのが、お気に召さなかった？」

　サムはパトカーのほうに視線を泳がせながら、相棒たちが早く戻ってきてくれないかと願った。アリエルとふたりきり、こんなに接近して座っていたらまずいことになる。しかもよりによって、話題が彼女とピートの関係になるとは。

「どうなの？」

おれが一番不満だったこと？　そんなの、不満じゃなかったことを見つけるほうが難しいくらいなのに。そもそもピートはまだ子どもだ。ひとりの女性と真面目につき合うには、未熟だし、落ち着きというものがなさすぎる。

　それにアリエルだってまだまだ大人とは言えない。確かに、職業訓練学校を卒業して、美容師として働き始めてはいる。しかしピートはまだ大学生だし、無事に卒業するには、女性に血迷っている暇なんかない。そんなのもってのほかだ。

だが一番まずいのは、サム自身がアリエルを求めていることだ。サムはピートのことを考えるだけでうんざりした。弟はいいやつだが、まだ本当に子どもで、アリエルとも暗闇の中を手探りするようなつき合いに違いない。サムなら、そんな手探りなんてバカなまねはしないのに。彼はちゃんと知っている。彼女のどこに触れて、どこを味わいたいか——もちろん、それを実際にやることはないけれど。絶対に。

サムは話題を変えることにした。「あんな店でひとりで何をしてたんだ?」

「あなたには関係ないでしょ」

「へえ、そうかい?」妄想に走りそうになる頭を冷やすたったひとつの方法——それは、かわいいアリエルとケンカすることだ。彼は声を潜め、だが十分に怒りが伝わるようにつぶやいた。「おとり捜査を危うく台無しにするところだったくせに、関係ないも何もないもんだな」

アリエルのつぶやきも、同じくらい静かで怒りに満ちていた。「あなたが仕事中かどうかなんて、どうしてこのわたしにわかるのかしらね?」

サムはアリエルを睨みつけた。彼女は引き裂かれたドレスをぎゅっと握りしめている。胸元の生地をきつく引っ張りすぎて、乳首が立っているのがわかる。こんなじめじめと暑い夜なのに、まるで寒さに凍えるように乳首がつんと立っているのが。ショックを受けたせいか? それとも、さっきおれに尻をつかまれたのが気に入ったとか?

サムは想像して思わず呻《うめ》いた。

するとアリエルはすぐに心配顔で身を寄せてきて、小さな手をサムの額に当てた。甘い息がサムの顔にかかる。「大丈夫、サム？　やっぱりどこか痛むのね？　医者を呼んだほうがいい？」

満たされない欲望で死ぬ男はいないから大丈夫……。「手をどけてくれ。どこも何ともありゃしない」

人をバカにした口調に、アリエルがしかめっ面で肩を叩いてくる。サムは今度こそ本当に痛みに呻いた。まったく、なんてきまぐれな女なんだ。

アリエルは肩を丸めるようにして前かがみになり、膝を両腕で抱えるようにしている。

「あの店におれがいるのに気づいてたのか？」とサムは訊いてみた。

「あたりまえじゃない」アリエルは膝を抱いたまま、足元をじっと睨んでいる。「あなたがいるだけで、その場の雰囲気が変わるのよ」

「どういう意味だ？」

アリエルはまなじりを上げた。「どんなにひどく酔っていても、あなたみたいに魅力的な人っていないもの。店に入った瞬間、あなたに目がいったわよ」

サムは耳をふさぎたくなった。彼女のこの感動的な話を、何としてでも無視しなければ……。

「店中の女性があなたを見てたんじゃない？」

「ウソつけ」と言いながら、悪い気はしない。「ま、結構な話だな」

アリエルはまたうなだれている。

サムは周囲を見渡した。野次馬はほとんどいなくなって、数人がそのへんに突っ立っているだけだ。フラーがペンと手帳を持ってこちらに戻ってくる。誰かに怪しまれた場合に備えて、偽の供述を取っておくつもりだろう。

サムは両脚を伸ばした。大きな足がハイヒールのストラップサンダルにぶつかった。彼女の爪先にはピンク色のペディキュアが塗られていた。「おれが酔ってるところを今までに見たことがあるか？」

アリエルはやや用心深い声になった。「いいえ」

「おれが警官なのは知ってるよな？」

「だからっておとり捜査なんて……。でも、さぞかし賞賛を浴びるんでしょうね。大勢の人から勇敢だとたたえられ、何人かからは無鉄砲だと非難される――わたしを含めてね。あなたがいい警官なのはわかってるのよ、サム……」

まったく、褒められているのか、けなされているのか、さっぱりわからない……サムはかぶりを振った。「そのくせきみは、とんでもないことになる可能性だってあったのに、自ら首を突っ込んだわけか？」

アリエルの口がぎゅっと引き結ばれ、肩がいっそう丸くなる。彼女はほとんど聞き取れないくらい小さな声で、苛立たしげにつぶやいた。「あなたが危ないと思ったからじゃないの」

サムは我慢の限界だった。「そんな細腕で、このおれを助けられるとでも思ったのか？笑わせないでくれ。最悪のケースだって考えられたんだ。きみがしゃしゃり出てきたせいで、おれまでとばっちりを受けたかもしれないのに」いっそのこと、彼女の肩を揺すって問いただしてやりたくなる。「わけのわからないことはしないでくれ！」

アリエルはすっくと立ち上がった。「わかったわよ、うるさいから……もう黙ってて！」彼女は小さな体を怒りに震わせながら、地団駄まで踏んでいる。「いつまでもくどくどとお説教ばかり、もう我慢できない！」

そこへフラーがやって来た。「さあさあ、ふたりとも。まだ野次馬がいるんだから、もう少し仲よくやってくださいよ」

サムはアリエルをじっと睨みつけながら、同僚を促した。「とっとと質問しろ、フラー」

「了解。ああ、ええと……」

「もういい。おれが勝手にしゃべるから。おい、アリエル、あのバーでいったい何をしていたのか答えろ。おれに関係ないなんて言い訳は通用しないぞ。きみがうっかり首を突っ込んだそのときから、おれに関係あるんだからな」

フラーはバカみたいにうなずいたり、笑みを浮かべたりしながら、手帳に何やら書きつけるフリをしている。

アリエルは反抗的に、サムを見下すようにした。「答えなかったらどうするの？」

まだやるつもりか？　サムは思わず両手をこすり合わせそうになり、満面の笑みで返した。

「答えなかったら、逮捕だ」

彼女はあんぐりと口を開け、早口にまくしたてた。「いったい何の容疑だっていうのよっ」

「公然わいせつ罪かな？」どういう意味かわかるように、サムは視線を彼女の半分あらわになった胸元に移動させた。

アリエルはドレスの前身ごろをぎゅっと引き上げた。「頭がおかしいんじゃないの⁉」

「ほほう。今度は警官侮辱罪だな。そんなふうに罵倒されたのは初めてだ」

アリエルはいったんサムに背を向け、すぐにまた向き直ると、彼をキッと睨みつけた。

「答えてあげるわ、このおせっかい。わたしはね、確かめに来てたのよ」

サムは眉を吊り上げた。「確かめるって、いったい何を？」

供述を促すように、フラーがアリエルのほうを向く。「続けて、お嬢さん」

アリエルはむっとしながら答えた。「ほかに心ときめく男なんていないってことを、確かめに来てたのよ」

サムは困惑気味にたずねた。「ピート以外にってことか？」

アリエルは苛立たしげな表情になった。「ピートとわたしはただの友だちだったわ」

今度はサムがむっとする番だ。「弟はそんなふうには思ってなかったぞ」

「わたしのせいだって言うの？　出会った最初の日に、友だちでいようってピートにちゃんと言ったわ。彼もそれでいいって言った。でも結局、彼が本心を打ち明けてきて、友だち以上の関係になりたいって言うから、ふたりで会うのはそれっきりにしたんじゃない」

「結局、弟を傷つけたわけだろ」

アリエルは息をのんだ。「傷つけるつもりなんかなかったわ。彼だってわかってくれてる。それに、彼はもう別の子とデートしてるもの」

それはサムには初耳だ。「あいつが？」

アリエルはうなずきながら説明した。「だから今夜だって、こうしてバーに来たんじゃない。ピートに彼女ができるまで……」

「できるまで？」

アリエルは苛立たしげに目を細めた。「確かめるのを、待つことにしたんだもの」

サムは呆れ顔で両手を上げた。彼女の言うことは、まるでわけがわからない。

フラーは小首をかしげるようにした。「非常に興味深い話ですね」

唸りながら、サムはフラーに向き直った。「おまわりさん、もうこのくらいで勘弁してください よ」

「まだまだおもしろい話が聞けそうですからね」

「あんたがおもしろがるのなんて、歯痛の話くらいなもんでしょ」とサム。

アリエルは今にも怒りを爆発させそうだ。「わたしのことがそんなに目障りなら――」

「ああ、目障りだね」

「だったら、わたしはもう行くわ」アリエルは背筋をしゃんと伸ばし、サムを侮蔑するように顎をキッと上げ、フラーの脇を通って立ち去ろうとした。

すかさずサムが両手でさえぎる。「おい、いったいどこに行くつもりだ？」

「バーに戻るわ」

「その格好で？」引きちぎれたドレスに視線をやる。

「もう……」アリエルは、びりびりに引き裂かれたドレスにうろたえた。「そうね、あんまりいい考えとは言えないみたい」

「でも、ケンカの真っ只中に飛び込むのはいい考えだと思ったわけか？」

「あれがケンカ？」アリエルは歯を食いしばり、細い眉を吊り上げた。「わたしが見たのは、あなたがひとりでボコボコにされているところだったわ」

サムは苛立たしげに鼻を鳴らしたが、ふと、今のは侮辱するつもりで言ったんじゃないのかもしれないと思った。アリエルは、本気でおれがやられていると考えたのかもしれない。でもおれは、おとり捜査の真っ最中で、捜査を台無しにしないためには、巨漢にやり返すわけにはいかなかった……。

見るとアリエルは真剣な表情だ。「するときみは、あれを本当だと思ったわけか？　はは、おれも大した役者だな」

「本当だと思うに決まってるでしょ。あなたはすっかり酔っぱらってるみたいだったし」

本気だったとはね……。今度はサムがすっくと立ち上がる番だった。彼はアリエルを威嚇するようにやや前かがみになり、自分の胸に親指を押し当てた。「たとえ酔っぱらってても、あんな男は一発でやっつけられた。いや、腕が一本折れてても倒せたね。あんなの目じゃない」

アリエルはつまらなそうに自分の指先を眺めている。「ふうーん」

いよいよ堪忍袋の緒が切れたサムが彼女の腕をつかもうとしたそのとき、アイザックが小走りにやって来た。「いい加減にしてくださいよ。そんなやり取りを続けられたら、せっかくの計画がおじゃんだ」

アリエルがまた立ち去ろうとする。「じゃあ、わたしはもう行きますから」

サムは歯を食いしばるようにして「つかまえろ」と命じた。アイザックが反射的に従い、アリエルの腕をつかんで、くるりと振り向かせる。

危うく転びそうになったアリエルは、あの凶器のようなハンドバッグでアイザックを殴って抵抗した。

「また罪の上塗りだぞ」サムがのろのろと言う間、アイザックは彼女の攻撃から懸命に身をかわしている。「警官への暴行罪だ」

アリエルはゆっくりと顔を上げ、今にも炎を噴き出しそうな目つきでサムを睨みつけた。もしも視線で人を殺すことが本当にできるなら、今ごろサムは彼女の足元でのたうちまわっていることだろう。

サムはにやりとした。そう、初めて会った日からわかっていた。一見するとアリエルはいかにも素直で純粋そうだが、実は気性の激しいところがあると。「なあアリエル、自分なり他人なりを傷つける前に、おれを家まで送ってってくれないか?」

アリエルは心底仰天した顔をして、アイザックを殴ろうとするのをやめた。「どうしてわたしが?」

サムは意味ありげな目つきで、アリエルの腕をつかんだままのアイザックの手を見やった。

「おい、もう彼女を放していいぞ」

「ああ、すみません」アイザックは、ちっともすまないと思っていないようで、にやりとした。「ええと、じゃあ、われわれはそろそろ撤収しますよ。もう十分、供述をいただけましたから」彼はサムにウインクしてみせた。

「そうだな」フラーがうなずいた。「あなたが車で帰るんなら、われわれもそろそろ撤収したほうがいいな」

「おいおい」サムは苦笑した。「まさかふたりで――」

フラーは片手を上げて制した。「あとはわれわれにお任せください。でも、これでひとつ借りができたってことをお忘れなく」

「ああ、大きな借りだな」サムは相棒ふたりがぶらぶらと立ち去るのを見送った。フラーは無線に向かって何やら連絡し、アイザックはまだ残っていた野次馬たちに、見せ物はおしまいだと告げている。

ふたりがパトカーに乗り込むのを見届けたところで、サムはまたれんがの壁に身をもたせた。肩をひねったようでひどく痛む。肩甲骨のあたりもずきずきする。それに頭も……いや、頭のことは考えたくもない。何しろ、アリエルに乗っかられて、地面にしたたか打ったのだ。おれの頭は、もう使い物にならないかもしれない。

実際、大型トラックでひかれたように全身がひどく痛み、自力で立っているのすら苦痛に感じるほどだ。だがアリエルが見ているので、泣き言を言うわけにはいかない。

「ねえ、さっきの借りって何のこと？」

「ペーパーワークだよ」と正直に答えてから、サムはつい彼女をからかいたくなってつけ加えることにした。自分は全身ぼろぼろなのに、彼女が相変わらず元気満々なのが気に入らなかったのだ。「それと連中は、おれたちをふたりっきりにして、おれが襲われるチャンスを作ったつもりなんだろ。もしもそれが現実になったら、本当に大きな借りってことになるな」

むっとされるとばかり思ったのに、アリエルは二度ばかり目をしばたたいただけだった。

「襲われるって、いったい誰に？」

「きみにだよ。連中は、きみが性的に興奮して怒鳴り散らしてると思ったんだろ。真面目に怒ってたとは思ってないんだ」

アリエルは反論するでもなく、しばらく考え込むような顔で黙っていたが、やがてうなずいた。「車はあっちよ。歩くのを助けるようなフリをしたほうがいいの、それとも、もう野次馬を気にする必要はない？」

何しろ顔の上に座られたあとだ。サムとしてはこれ以上どこにも、彼女に触られては困る。実のところ今夜は、これから三晩ほど夢精できそうなくらい十分に彼女を知ることができたのだから。「いや、ひとりで歩けるよ。どうもありがとう」

サムはあっちへこっちへと足をふらつかせながら、アリエルの後ろをついていった。それにしても、こうも素直に家まで送るのに同意した上、相棒たちのいやらしい想像に怒りもしないとは妙だ。とはいえ、左右に揺れるヒップを後ろから眺めるのはいいものだし、そのかわいらしいヒップを、先ほどはわしづかみできたわけだし。

いずれにしても、あのお尻におれがやりたいことの半分は、州によっては法律で禁止されているだろうな。

サムは懸命に、アリエルのヒップから目をそらした。いい加減に、彼女に熱を上げるのはやめたほうがいい。サムにとって彼女は、悩みのタネ以外の何ものでもない。ティーンをやっと二つ、三つ過ぎただけだし、その上、末の弟の元彼女ときている。そういうことを全部ひっくるめて肝に銘じておくべきだ。

車にたどり着くと、アリエルが無言でドアを開けてくれたが、嬉しくも何ともなかった。しかもその車ときたら、黄色の古いフォード・ピントだ。「こんなちっちゃい車に乗れるのか」とぼやきながら、サムは狭苦しい助手席に無理やり体を押し込んだ。

アリエルが背後でドアをばたんと閉める。それから、運転席側にまわり、乗り込んできた。イグニションにキーを入れ、エンジンが唸るような音をたてると、彼女はため息まじりにシートにもたれかかった。

サムは彼女がギアを入れて車を発進させるのを待ったが、一向にその気配が見られないのでたずねた。「どうかしたか？　どこか怪我でもしてるのか？」だが、ついさっきフラーに怪我はしていないと答えていたはずだ。とはいえ彼女は頑固なところがあるから、そのくらいの嘘は平気でつくだろう。やはり自分でちゃんと確認したほうがよさそうだ。

そう思っただけで、サムは興奮で全身に震えが走るのを覚えた。こういうのはよくない。全然よくないぞ。

アリエルは天井をじっと見つめている。「ドレスを押さえたまま運転はできないわ」

「そうだな」サムは何気ないふうに、肩をすくめてみせた。「なあ、きみの大切な部分なら、おれはもう胸だって見ちゃったんだし。だから、どこかにものすごいものを隠しているんじゃない限り、気にすることないさ。大丈夫だって」

サムのたわ言にぎょっとしたような顔をしつつも、アリエルは「そうね」とつぶやくとドレスから手を放した。引き裂けた布地が胸の下まで垂れ下がる。

まずいな……。サムはもう、何気ないふうを装っている余裕などなかった。深呼吸して、彼女のブラから、そしてつんと立った乳首から、視線をそらした。気を紛らわせるのに必死だった。たった今終えた捜査のことや、明日のおとり捜査のことを考えようとした。それから、延々と続くペーパーワークのことも。さらにはピートのことまで。だが、まるで効き目はなかった。

全身がずきずき痛むし、頭は割れるようだし、そもそもこの苦痛で気が紛れるはずなのだ。それなのに、欲望は一向におさまる気配をみせない。そう、アリエルがそばにいるだけで、いつだってサムは欲情してしまう。

「音楽でもかけるか」サムはラジオをつけてごまかした。車は脇道を出て、交通量の多い通りに入ったところだ。

「どうぞ。ご勝手に」アリエルは皮肉めかして言った。サムはとっくに勝手にオールディーズ専門の局に合わせた上、ドナ・サマーの「ラヴ・トゥ・ラヴ・ユー・ベイビー」が始まるなり、ボリュームまで上げていたからだ。

アリエルは、ドナの声に負けじと声を張り上げてたずねた。「あなたの家に着いたら、ちょっとあがらせてもらってもいい？」

彼女があまりにもさらりと言うので、サムは苛立った。「なんで？」

「変な想像しないでよ。ドレスをちょっと何とかできないかなと思って。安全ピンとか、何かしらあるでしょ。あなたは一軒家に住んでるからいいけど、うちはただのアパートだから。帰ったときに、誰に見られるかわからないわ。お隣さんを驚かせたくないし、変な噂をたてられたら困るし」

サムにしたって、アリエルがあられもない格好でお隣さんを驚かすなんて、考えただけでゾッとする。用が済んだらすぐに帰らせれば、別に問題はないだろう。そのくらいの時間なら、何とか我慢できる。たぶん。「ああ、ソーイングセットがあるから使うといいよ」

「優しいのね」

「よく言うよ、きみのおかげで頭が割れるように痛いってのに、優しくなんかできるか」

やがて赤信号で車を停めるなり、アリエルはいきなりサムに向き直った。「あなたって、そんな弱音を吐かない人だと思ってたけど。いいわ、わたしに見せてみて」

サムがいいとも悪いとも答えないうちに、アリエルは彼の左耳をつかんで横を向かせていた。「大変だわ」彼女はひどく心配そうな声になった。「少し出血してるみたい」

サムが後頭部に手をやってみると、コブができている上に、確かに血も出ているようだった。「くそっ」これなら痛いわけだ。それでも彼は、「大丈夫だよ」と強がりを言い、まだ何か言おうとするアリエルに「青信号だ。早く出せ」と命じた。

それから彼女は、時速六五キロほどでしばらく車を走らせていたが、いきなりまた口を開いた。「実はね、あのふたりの言ったとおりなの」

サムはと言えば、隣に座る彼女の甘く香る温かな体のことを考えまいと必死に気を紛らわせているところだったので、急に話しかけられてまごついてしまった。「あのふたりって?」

「さっきの、おまわりさんたち」

「フラーとアイザックか?」

「って言うの? 紹介してくれなかったから、名前はわからないけど」

彼女の非難めいた口ぶりに、サムは苛立った。「紹介するも何も、さっきのは何かの親睦会ってわけでもなかったしな」

車内にいやな沈黙が流れ、しまいにはサムのほうが折れることになった。「わかったよ、降参だ。やつらの言ったとおりって、いったい何のこと?」

ふと気づくと、車はすでに大通りを抜けていた。市外にある彼のごくありきたりな家まで、あともう少しだ。

道路脇に木々が立ち並ぶなかを、アリエルは車を走らせている。「わたしがあなたを襲うとかいう話。つまりその……」彼女は言いよどみ、ちらりとサムを横目で見てから続けた。「……あなたがそれを望むならだけど」

とたんに、サムの体に一瞬にしてさまざまな変化が起きた。まず、胃が急に重くなった。目が大きく見開かれた。そして、あそこはまるで敬礼するようにぴんと立った。

何てこった。彼女はどういうつもりなんだ?

2

アリエルは沈黙に押しつぶされそうだった。サムの顔をもう一度見るのが怖い。さっきちらりと見たときには、とてもではないが乗り気といった感じではなかった。むしろ、ショックに愕然《がくぜん》としていた。乗り気とは程遠かった。

とはいえ、せっかくこうして隣に座っているのにサムを見ずにいるなんて、アリエルにはできなかった。何しろ初対面のときから、彼に惹《ひ》かれていたのだから。

彼に惹かれたのは、あの素晴らしい肉体美のせいばかりではない。いや、もちろんあの体にもとても惹かれてはいるけれど。彼は背も高いし、筋肉質で、どこもかしこも引き締まっている。その上、責任感にあふれているし、人に有無を言わせない圧倒的なところがあるし、しかも自信に満ちている。

あの人の心の奥底を覗き込むような真っ青な瞳に惹かれたというだけでもない。それにしても、あの瞳はふたりの弟たちとはまるで違う。サムの瞳は母親譲りだが、ギルとピートの瞳は父親似のこげ茶色だ。兄弟のルックスで似ているのは、インクのような漆黒の髪と濃いまつげ。三人ともハンサムだけど——タイプはまるで違う。ギルは品がよくて穏やか。ピートは陽気で明るい性格だ。

そしてサムは、いかにも「男」というタイプ。荒っぽくて、無骨で、どんな危険な状況にも立ち向かう強さを備えている。

しかもサムは性格がいい。ぶっきらぼうで、責任感が強すぎるところがあるから、人柄のよさが伝わらないことも多いけれど。それに何と言っても彼は、正真正銘の誠実なヒーロー。家族に必要とされているとわかれば、彼は文句ひとつ言わずに進んで彼らを支えようとする。仕事でも、周囲に求められることを着実にこなして物事を正しい方向に向かわせる。弟たちからは信頼され、母親からは頼られ、そして同僚からは尊敬されるサム。まさに生身のスーパーマン。その上、スーパーマンよりもセクシーとくる。

長い沈黙ののち、苦笑まじりにようやくサムが言った。「今、何て言った?」

アリエルは咳払いをした。今のような疑わしげな口調は、あまりよい兆候とは言えない。でも彼女は覚悟を決めることにした。「あのバーには、確かめるために行ったたって言ったでしょ?」

「ああ、言ったな。ほかにいないと確かめるために、だったっけ――おれにはよく意味がわからなかったけど」

「だから、ほかに心ときめく男なんかいないって確かめるためによ。やっぱりいなかったわ。今週はあのバーで三軒目だったんだけどね」

憂鬱な表情のサムの周りに、急に不穏な空気が漂う。「おい、まさかバーに入り浸ってるのか?」と言う彼の顎のあたりに力が入るのを見て、アリエルは胸を高鳴らせた。「あのあたりが最近どういうことになってるのか、まさか知らないのか?」

実を言うと、アリエルは知らなかった。だが、サムたちがおとり捜査をしていたということは、強盗事件か何かが起きていたのだろう。お説教は勘弁してほしかったので、彼女は軽く肩をすくめてみせた。

サムは怒りの表情だ。

なだめるつもりで、アリエルはもう少し詳しい状況をつけ加えることにした。「でもね、バーだけじゃなくてナイトクラブも二回行ったし、食料品店にも、公園にも行ったし、コンサートにも三回行ったのよ。だけど残念ながら、心ときめく相手はほかにいなかったの」彼女は深くため息をつき、それから、紛れもない事実を打ち明けた。「やっぱり、あなたしかいないってわかった」

アリエルが打ち明けた瞬間、サムはまるで、絞め殺されそうな表情になった。

「ねえ、何とか言ってよ」

だがサムは何も言わない。ただじっとその場に座り、頭から湯気がたちそうなくらい顔を真っ赤にして、こぶしをぎゅっと握りしめている。アリエルには彼の気持ちがわからなかった。ひょっとして、わたしの首を絞めたいとでも思ってる……? でも、怖くなんかない。ちっとも。

だって、サムの仕事は人を守ることだもの。暴力なんか振るうわけがない。

アリエルは以前、ピートと一緒にサムのところに立ち寄ったことがある。だから彼の家までの道順もちゃんとわかっている。アスファルトの車回しに入ったところで、彼女は車のエンジンを切った。すぐにはサムの顔を見ることができなかった。見たら、あの目で殺されそうな気がする。やがてようやく勇気が湧いてきたところで、思いきって彼に向き直った。

「サム？」

サムは吐き出すように言った。「ひとまず中に入ってくれ」

ああ、よかった。少なくとも、ここで帰れと言われる心配はないらしい。アリエルは、サムの苛立たしげな口ぶりさえ前向きにとらえることにした。車から降り、ドレスを押さえながら、キーをハンドバッグにしまい、ドアを閉める。残念ながらサムはエスコートするそぶりすら見せてくれないが、あれだけボコボコにされたあとなのだから、そんな気を使えなくて当然だ。

アリエルはサムの住む二階建ての古い家が大好きだった。玄関ポーチはコンクリート打ちで、バルコニーと、木のブランコがある。今どき珍しいうっそうとした潅木の生垣は、赤いれんがの壁によく似合っている。通りには背の高いオークの木が並んでいて、昼間ならあたりをリスがすばしこく走り回る姿も見られる。

父親を亡くしたとき、サムはかなりの遺産を相続したらしい。だからきっと、高級住宅街にしゃれた邸宅を買うこともできたはずだ。それなのに元の家に住み続けるサムを、アリエルは好ましく思った。

サムに追いついたところで、アリエルはぎゅっと腕をつかまれた。そのまま玄関のほうへと急がされる。だが途中で、右隣の家の老夫婦が声をかけてきた。

「こんばんは、サム」

サムはため息まじりにゆっくりと振り返り、玄関灯の下に立つ夫婦に向かって手を振ってみせた。「こんばんは、ブース、ヘスパー。こんな夜中にどうしたんですか？」

アリエルはしのび笑いを漏らした。まだ一一時半なのに夜中だなんて。

「犬がちょっと用を足しに庭に出てるんでね。おいぼれだもんで、トイレが近くて困りますよ」

アリエルは笑いをのみ込んだ。庭のほうに目を凝らすと、見たこともないくらい不気味な生き物が確かにそこにいた。ぶくぶくに太ったブルドッグだ。潅木の脇にしゃがみこんでいて、こちらを振り向くなりくうんと鼻を鳴らし、飼い主のほうにのっしのっしと戻ってきた。飼い主は、まるでブルドッグが金でも産み落としたかのように、大げさに褒めている。

「ところで、そちらのお嬢さんはどなた？」ヘスパーが興味津々に訊いてきた。年を取っていても、若くても、女性の詮索好きは変わらない。

サムがアリエルの耳元に顔を寄せてくる。熱い息が耳たぶをくすぐる。と思ったら、「ここから動くな」と吐き捨てるように言われただけだった。サムは隣家のポーチの手すりのところまで行き、老夫婦と話しだした。小声なので、何と言っているのかアリエルには聞き取れない。

数秒後、老夫婦のアリエルを見る目つきは、どういうわけか、畏《おそ》れと恐怖が入り混じったものになっていた。アリエルは眉をひそめた。サムったら、いったいあの老夫婦に何と言ったんだろう。だが戻ってきた彼は、彼女の腕を取り、「行くぞ」としか言わなかった。

「ねえ、あのふたりに何て話したのよ?」

「声が大きいぞ。閑静な住宅街なんだから気をつけてくれ」

玄関までの小道は枯葉だらけで、アリエルは爪先で枯葉を蹴るようにして歩いた。何と玄関ポーチにまで、枯葉やどんぐりが散らばっている。

アリエルの気持ちを読んだように、サムが言った。「こないだの嵐のせいだよ。暇ができたら片付ける」鍵を差し込み、ドアを開けてくれる。

玄関は真っ暗闇に包まれていた。サムの両手がそっと、でもしっかりと上腕をつかんでくるのを感じて、アリエルは息を殺しながら、口づけを待った……が、ぐいっと脇にどかされただけだった。警報装置のスイッチがそちら側にあるらしい。スイッチを切ったサムは、「そこでちょっと待っててくれ」と言ってひとりで奥に行ってしまった。

取り残されたアリエルは、懸命に暗闇に目を凝らした。するといきなり明かりがついて、今度は目を細める羽目になった。「照明のスイッチって、普通は玄関の脇とかにつけるものじゃないの?」

「停電のあと、まだ直してないだけだ。バーで発生してる強盗事件のことで、毎日残業だからね。キッチンに行こう。あそこがたぶん一番安全だろうから」

「安全ってどういう意味？」アリエルはサムの後ろからついていった。

サムはしげしげと彼女を見つめた。「キッチンなら横になれる場所がないからね」

ここであきらめちゃダメよ……。アリエルはにっと笑って言い返した。「調理台があるでしょ。テーブルも。じゃなかったら床の上だって——」

すると、サムのざらざらした手のひらに口をふさがれてしまった。「いい加減にしろ」その状態のまま、アリエルがさらにもぐもぐと言うと、彼は手を放した。「何だ？」

「さっきの老夫婦に何て言ったか教えてよ」

サムはにんまりとほほ笑んだ。「ああ、いいとも。あの娘はポン引きから逃亡中の娼婦で、そいつに殺されないように匿《かくま》ってやってるってね」

「ふうん」というそっけない返事にサムが拍子抜けしたような顔をしたので、彼女は反対に質問してやることにした。「ねえ、娼婦と寝たことってある？」

「あるわけないだろ」サムはあからさまに憤慨した表情になった。「さあ、どうするかちょっと考えるから、おとなしくしてろよ」

彼が背を向けて考えている間に、アリエルは椅子を引いて腰かけ、スカートをそっと持ち上げて膝のすり傷の具合を見てみた。痛かったけれど、サムはもっとひどい怪我をしているのだから、泣き言は言っちゃダメ。

「さっきの話なんだが……おいっ、その膝の傷はいったい何だ!?」振り向いたサムは、さっきまでとは違う理由から、しかめっ面になっている。「怪我なんかしてないって言ったじゃないか!?」

「ただのかすり傷よ。大したことないわ」

サムは口の中で何やらぶつぶつ言うと、ペーパータオルを数枚つかみ、折り畳んでから冷たい水で濡らした。それから、アリエルの前までやってくるとその場にひざまずいた。「じっとしてるんだぞ」

だがアリエルは、ひんやりとした感触に反射的に飛び上がらずにはいられなかった。「ごめんなさい」

「まったく、もう」サムはぼやきながら、両膝をペーパータオルで軽く叩くようにして、乾いた血のかたまりや、砂利、泥をぬぐいとっていった。

それから、アリエルがあっと思う間もなく、スカートをさらに上までたくしあげた。「ちょっと、何するのよ!」

スカートをもとに戻そうとすると、すぐさまその両手を片手でつかまれ、胸元のあたりにぎゅっと押さえつけられてしまった。アリエルは危うく椅子から転げ落ちそうになった。

「おとなしくしろよ。ほかに怪我をしてないか見るだけだから」

アリエルは椅子ごと倒れてしまわないよう両足を床に踏んばり、文句を言った。「どうしてそう乱暴なの!」

サムは真っ青な瞳を炎のようにきらめかせながら、彼女を見上げるようにした。「おれの顔の上に座ったくせに、どっちが乱暴なんだよ? おれはただ、きみを心配してるだけ」

アリエルはハッと息をのんだ。

「ほら、じっとしてろったら」

恥ずかしさのあまり、アリエルはぎゅっと口を閉じた。彼の顔の上に座ってしまったことをすっかり忘れていた。あのときは、彼を守りたい一心でほかのことなんかどうでもよくなっていたのだ。

サムは太ももに大きな青あざを見つけたようだ。「どこかにぶつけた？」

アリエルはあざをじっと見つめた。ふたりとも下を向いているので、彼女のブロンドヘアの先が彼の漆黒の髪に触れている。「覚えてない。あの男の背中に飛び乗って、三人一緒に階段にぶつかったときかしら」

「ほかに痛いところは？」

目の前にひざまずいて、本気で心配してくれているサムを見て、アリエルは素直に肘を見せた。皮膚が剝《む》けていて、腕を曲げるたびにずきずきと痛む。サムは不機嫌そうに口をへの字にした。「あんなことして、お仕置きしてやらないとダメだな。ほら、自分で見てみろよ。まったくもう、ダメじゃないか、こんな」

どうやらサムは真剣に心配しているようだ。

「氷を用意するから待ってろよ。救急箱も探してくる」

「お医者さんごっこは必要ないわ」

だがサムはすでに背を向けて、冷蔵庫から氷を取り出している。「まったく頑固だな。おれの家なんだから、おれのルールに従ってくれよ。文句を言ったところで、どうせおれは聞く耳持たないぞ」彼は、砕いた氷を湿ったフキンに包んだものを手早く用意すると、それをアリエルの太ももに押し当てた。彼女は危うく椅子から転げ落ちそうになった。刺すように冷たい氷の感触に、反射的に手で払いのけようとした。

「我慢しろ」サムは命令口調で言い、氷を包んだフキンをしっかりと押さえた。アリエルがおとなしくなったところで、彼女の手をとって代わりにフキンを押さえさせ、ちゃんと言うことを聞けよというようにじっと睨みつけた。「おれが戻ってくるまで放すんじゃないぞ、いいな？」

「イエス、サー」

サムは不快げに目を細め、「今さらそんな殊勝な態度、白々しいからやめろ」と叱りつけた。だがすぐに、まだ苛立ちは交じっているものの優しい声になり、「すぐに戻るから。おとなしく座ってるんだぞ」と言い残し、キッチンをあとにした。

アリエルは身を乗り出すようにしてサムの後ろ姿を見送った。早足で廊下に出たサムは、短い階段を上って、バスルームを目指したようだ。彼の姿が見えなくなったところで、アリエルは氷を太ももから放し、椅子の背にもたれた。

まったく予想外の展開だ。ではどんな展開を予想していたかと訊かれると、ちょっと答えに困るけれど。とにかく、この程度のかすり傷であんなに心配されるとは思ってもみなかった……そこまで考えたところで、サムが戻ってくる気配がした。彼女はすぐに氷を太ももに押し当て、突き刺さるような冷たさに顔をしかめた。

サムの表情は険しかった。「今夜のことで、少しは勉強になっただろ」

「ええ、あなたって人が、痛い目に遭うと無愛想になることとか、女性に言い寄られるのが嫌いなこととか、いろいろ勉強になったわ」

サムは消毒薬を浸したガーゼを手に、ふたたびアリエルの前にひざまずいた。「ばかだな。おれは痛い目になんか遭ってないし、女性に言い寄られるのも大好きだよ。おれが嫌いなのは、何もわかってない小娘にからかわれることだけ」

アリエルはむっとした。「そうやって人のことをいつまでも子ども扱いするんなら――」

彼女は悲鳴をあげた。消毒薬が傷にしみたのだ。まるで焼きごてでも当てられたかのよう。彼女は脚をこわばらせ、両手で椅子の脇をぎゅっとつかんだ。

「ああ、ごめん、大丈夫?」サムの声がまた、優しく、心配げなトーンになる。彼は前かがみになると、アリエルの膝にふうっと温かい息を吹きかけた。

アリエルの体に、さっきとは別の痛みが走った。圧倒されるような欲望のせいだ。初めて会ったときから、彼女はサムが欲しかった。あの日のことは今でもはっきりと覚えている。ピートに誘われてワトソン家恒例の日曜日の集まりに顔を出したのだ。嵐が去ったばかりで、ワトソン家の裏庭の大きなニレの木が倒れ、塀が壊れていた。サムは裏庭で作業中だった。ギルと並んで斧を振り下ろし、倒木を切るサムに、アリエルはしばらく呆然と見とれていた。彼が動上半身裸で、すっかり日に焼け、汗をかいていて、とてつもなくセクシーだった。

くたびに、逞しい背中の筋肉が隆起し、上腕二頭筋が見事に盛り上がった。彼の手はとても大きくて、引き締まっていて、力強さがみなぎるようだった。

「アリエル？　おい、どうした、気絶したわけじゃないだろうな？」

彼女はひとつ深呼吸してから目を開け、サムと視線を絡ませた。彼は今、片方の手で彼女の太ももに置いた氷を押さえ、もう一方の手で彼女の顎をそっと撫でている。彼女は思わずため息を漏らした。「あなたが欲しくてたまらないの」

とたんにサムは、まるで彼女に蹴飛ばされたように、がくんとしりもちをつき、慌てて立ち上がった。「よ、酔ってるのか？　まったく、妙なことを言うのはよせよ」

アリエルは何も言い返すことができず、サムへの純粋な愛と飢えにあふれた目でじっと彼を見つめるばかりだった。お願いよ、サム……彼女は胸の内でつぶやいたが、サムは警戒するように眉根を寄せるだけだ。

「もうひとつこの家のルールだ。こいつが終わるまで、もう何もしゃべるんじゃない。いいな？」

アリエルは無言でサムを見つめた。

「返事は？」

「わかったわ」

サムは注意深くアリエルのほうに手を伸ばした。「よし、もう一回、肘を見せて」

消毒薬が傷口にしみる。でもアリエルは、今回は唇を噛んでこらえた。サムの前で弱音を吐きたくなかった。かわいそうに、なんて思ってほしくなかった。

消毒のあと、傷口に軟膏を塗って絆創膏を貼り終えると、サムは後ろに下がった。「済んだよ。さあ、本題に入ろう」

「本題って？」

「だから、おれが欲しいとか何とかって……」

アリエルは無言で、彼の話の続きを待った。

サムはしばしロごもったのち、ようやく吐き出すように言った。「理由を聞かせてくれないか？」

「理由って、何の？」

「だから、どうしておれが欲しいのか」

おかしなことに、アリエルが歩み寄ろうとするとサムはさらに後ずさった。そんなふうに避けなくってもいいじゃない……。「女性なら誰だって、あなたを欲しいと思うはずだけど？」

「おい……」

彼女はさらに二歩、サムのほうに歩み寄った。彼はさらに一歩後ずさってから、これ以上逃げるものかというように、そこで足を踏ん張った。

「だって、あなたって頭がいいし、仕事熱心だし、ヒーローだし、それに……」アリエルは肩をすくめて、さらにサムのほうに足を踏み出した。こんなに強く何かを決意するのは、生まれて初めてだ。「それに、とってもセクシーなんだもの」

アリエルは、手を伸ばせばすぐサムに触れられるところまで来ている。彼女は片手を上げ、逞しい肩に触れようとした。

サムがその手をさっとつかんだ。温かく力強い指が、彼女の細い手首を包む。「子どものくせに、大人をからかうもんじゃない」

もうたくさん！　子ども扱いはやめてと、さっき言ったはずなのに！　それなのにまだ年齢のことを言うなんて。アリエルは挑戦するような笑みを浮かべると、自由なほうの手を彼の首の後ろにまわし、爪先立って自ら唇を重ねようとした。

「おい、アリエル——」サムは後ずさり、顔をそむけようとした。だがアリエルは、すでにサムをカウンターのところまで追いつめている。これでもう彼は逃げられない。それに彼にアリエルを傷つけることはできないはず。ということは、アリエルのほうが優位に立ったということだ。

彼女はまず、サムの首筋に唇を寄せた。ちょっぴりしょっぱい肌を舐めて喘ぎ、さらに顎に軽く歯を立てた。

「よせったら……」と言うサムの声は心もとなげで、苦しそうだ。彼はアリエルのもう一方の手首もつかんだ。「おい、こら——」

アリエルは一気に唇を重ねた。ふたり揃って凍りついたようになったが、それもほんの一瞬のことだった。アリエルは興奮して喘ぎながら、ゆっくりと味わうように彼の唇を舐めた。

心臓が、今にも口から飛び出しそうなくらい激しく鼓動を打つのがわかる。

　サムがつかんでいたアリエルの両腕を彼女の背中にまわした。だがそのせいで余計に、彼女の胸は硬い胸板にぎゅっと押しつけられるようなかたちになった。しかもドレスが破れて胸があらわになっているので、彼の心臓が同じくらい激しく鼓動を打っているのがダイレクトに伝わってくる。アリエルは、興奮と期待にほとんど息を切らしながら、彼の下唇を軽く嚙んだ。

　サムはもう限界だった。アリエルの大胆な行動に仰天して、一瞬、体の自由が利かなくなってしまった。だが他人に主導権を握らせるのは彼のやり方ではない。彼は、誰にもリードされたくないのだ。

　下半身から胸までぴったりと密着した感覚にアリエルがおののいていると、サムがむさぼるように唇を押しつけてきた。舌が挿し入れられ、彼の口から低く唸るような喘ぎ声が漏れてくる。アリエルは喜びにぞくぞくした。

　サムは首を傾け、さらにしっかりと体を密着させた。ただし、アリエルの両手は背中にまわしたままだ。そのせいで、彼女の体はほとんど宙に浮きそうになっている。彼女は頭をのけぞらせ、唇を開いて、彼のすべてを受け入れようとしている。ひげが顎をこすり、硬くなったものが柔らかなおなかに当たる。彼のキスは素晴らしくて、アリエルは、どうかこのままずっとやめないでと願った。

　彼はやめなかった。アリエルは両腕の自由が利かないので、彼の激しいキスを素直に受け入れるしかない。こんなふうに押さえつけられていては、なすがままにされるしかなかった。

やがてサムは、ほとんど無理やりといった感じで顔をわずかに上げ、彼女をじっと見つめた。

その瞳には、思わず怖くなるくらい、激しい欲望の炎が見えた。

サムはアリエルの唇を見つめながら、深呼吸し、やがて低く唸るような声で警告した。

「おれを挑発するのはよせ、アリエル」

その声は、怒りというよりもむしろ慈愛に満ちていた。アリエルは、苦しくて息も絶え絶えだったけれど、何とかして言い返した。「だって……あなたがわたしを無視するのがいけないのよ」

手首を握ったサムの手にいっそう力が込められ、アリエルは痛みに顔をしかめた。すると彼はすぐに力を抜いてくれたが、手を放そうとはしない。彼の全身の筋肉が隆起しているのがわかる。瞳はめらめらと燃えるようで、頬は赤く染まり、唇はぎゅっと引き結ばれている。

「弟の彼女だったくせに、何言ってるんだよ」

「彼女じゃなくて、ただの友だちよ」アリエルは静かに反論した。

「あいつはまだきみを想ってるんだぞ」

「もう忘れたに決まってるでしょ。今は別の人とつき合ってるんだもの」

「それにきみは、まだたったの二四歳じゃないか」

彼のうちひしがれたような口調に、アリエルの胸に希望が湧いてくる。「わたしはもう大人よ、サム。自分が欲しいものくらいわかる。わたしは、あなたが欲しいの」

サムはがっくりとうなだれた。頭がアリエルの肩につきそうだ。怒っているのね……アリエルは思った。彼の熱い息が首筋にかかるたび、背中に興奮が走って、彼女はもういてもたってもいられないような気持ちだった。

でもまずは、話し合いが必要だ。何としてでも彼にうんと言ってもらわなければ。「ねえ、サム？　こんなふうには考えられない？　つまり、これは単なるセックスだし、あなたってそっちの方面では有名じゃない？」

サムはキッと顔を上げた。「いったいどういう意味だ？」

「噂を耳にしたのよ」

「噂ね」サムは不快げに目を細めた。「どの噂のこと？」

アリエルは、大した噂じゃないけど、というふうに肩をすくめた。もちろん実際には、大した噂なのだけれど……。「サム・ワトソンは、ベッドではすごいって噂」

サムはしばらく身じろぎひとつしなかったが、ついにバカみたいに噴き出した。「こんなこと本当は言いたくないけどね、あいにくおれは、ベッドではごく人並みなんだよ」

「そんなふうには聞いてないわ」

「へえ、そう？　それで、ほかには誰にそんな話を吹き込んだ？　このおれ以外にさ？」

アリエルは思わずほほ笑んでいた。サムには案外、自慢好きな一面がある。実際アリエルは、ピートに会いにワトソン家に行ったときにうっかり聞いてしまったことがある。三兄弟は裏庭でおしゃべりに夢中で、彼女の足音にすら気づかないようだった。どうやら、サムとギルがピートをからかっているようだった。まだ童貞なんだろうとおちょくられたピートが、顔を真っ赤にして必死に否定していた。ギルは真面目にアドバイスをしたが、サムは何と弟に向かって、女を喜ばせる方法が知りたければ、プロに教えてもらえと言ったのだ。

そのあとサムが事細かな説明まで始めたので、盗み聞きしているアリエルはうっとりしてしまって、その場から動くことすらできなかった。ギルとピートだって、畏怖の念に打たれたように兄を見ていたのだ。

ところが、ピートがアリエルの名前を出したとたん、サムは硬い表情になり、急に話題を変えてしまったのだった。

「ご家族だって、あなたがどんなに女性にもてるか、さんざんわたしに教えてくれたじゃないの」

「まあね、家族なんだから褒めて当然だろう？　でも、誰かそのへんの女に訊いてみろよ、サム・ワトソンは使えないやつ《ピッグ》だって言うはずだ」

「おまわり《ピッグ》？」

「そうじゃなくって、ベッドの中での話」

アリエルは呆れ顔でかぶりを振った。「そんなの信じられない。特に、あんなキスのあとじゃね」彼女の声は徐々に掠れていった。「あれだけでも、十分に感動的だったもの」

「それ以上言うな」サムの口調がまた厳しいものになり、やがてゆっくりと、その瞳にそれまでとは違う、挑むような、決意するような光が宿り始めた。「で、きみは、おれに抱かれたいんだっけ？」

　今の質問は絶対に何か裏があるに違いないわ……。「わたしは、あなたが欲しいの」

　サムは彼女の唇をじっと見つめた。「ちょっとばかりきみを懲らしめてやったほうがよさそうだな」

　アリエルは背筋がぞくぞくするのを感じた。「どうして？」

「短気で粗暴なおまわりを、挑発したりするからだよ」

「あなたは粗暴じゃない」確かにサムには短気なところがある。でも、地域や家族のために体を張っている彼を、粗暴とかそんな言葉でおとしめるのは失礼だ。「あなたは、いい人よ――」

「そして、ベッドでもいい人だろうと思ってるってわけか？　そういうおれに、スリルを味わわせてほしいってわけか？」

　別にいい人じゃなくても構わないと言おうとして、アリエルはすぐに口を閉じた。そんなの嘘っぱちだからだ。彼女はサムのすべてが欲しかった。ありとあらゆる方法で彼を愛したかった。普段の彼と同じように、ベッドの中でも、優しい彼でいてほしかった。

　サムはアリエルの手首を片手で押さえ、空いたほうの手で彼女の頬をそっと撫でた。「二〇歳やそこらの若い男と遊ぶのに飽きたんだろう？　そいつらが相手じゃ、きみはもう満足できないんだ、違うか？」

　サム・ワトソンは粗野になろうと思えばいくらだってなれるのだ。何しろプロなのだから。

彼は挑発するように、指を彼女の首筋から胸元へと下ろしていった。そっと胸をなぞるように、じらすように撫でる。「なあ、そうなんだろう、アリエル？」

アリエルは深呼吸した。本当の気持ちを伝える以外に、ほかに何が言えるっていうの？

「わたしは、あなたが欲しいの」

サムの長い、ざらざらした指がさらに下のほうに進み、あらわになったブラの縁をなぞる。

「それならそれでいい。だがおれの家では、おれのルールに従ってもらう」

納得してくれたのね……アリエルは安堵のあまり、膝の力が抜けそうになった。「ルールって、どんな？」

サムの顔にいたずらっぽい、勝ち誇るような笑みがゆっくりと広がり、アリエルは思わずおののいた。「ルールその一。今夜のことは誰にも内緒だ。ピートを傷つけたくないからな」

いずれにしても、サムの気を引く方法はひとつしかない――この体で気を引くしかないのだ。心の結びつきについては、あとからゆっくり考えればいい。彼女自身はすでに、頑固なサムにそれこそ首ったけだ。でも今の段階で正直に想いのたけをぶつけたりしたら、せっかくここまでこぎつけた努力が水の泡になる。だから彼女は、黙ってうなずいた。「わかったわ」

だがサムは、彼女が素直にうなずいたのを喜ぶどころか、ますます険しい表情になった。

彼はじっとアリエルを見つめながら、指先をブラの縁に引っ掛け――そして、それをぐいっと引き下げて胸をあらわにした。アリエルは息をのんだ。

彼は胸を見ようともせず、大きな熱い手のひらをそこに置くと、ゆっくりと揉みしだき始めた。乳首がこすれる感覚と、威圧的なまなざしに、アリエルはとろけそうだった。

彼の鼻孔がかすかに広がり、息が荒くなっていることから、彼も愛撫を堪能しているのだとようやくわかる。「ルールその二。おれが言ったことだけを、おれが言ったときにすること」アリエルが反論しようとすると、彼はじらすように乳首をつまんできた。彼女はすぐに黙り込んだ。「アリエル、きみを何回でもイカせてやるよ。ただし、おれのルールは絶対だ」

アリエルは無言でうなずいてから、やっとの思いで口を開いた。「サム、ひとつだけいい？」

「ひとつもふたつもダメだ。すべて、おれの言うとおりにしてもらう」

「そうじゃなくて……ひとつだけ、訊きたいことがあるの」

サムはしばらくじっと考えたのち、ようやくうなずいた。「ひとつだけだぞ」

「わたしが欲しい？」

サムはそっと乳首を引っ張った。「目の前のごちそうを断るおれじゃないよ。そういうことが訊きたいのならね」

「ううん、そうじゃなくて……」アリエルはサムを愛している。だから、できれば彼にも愛されたい。でも彼の周りには何枚もの壁があって、彼は責任感のかたまりのような人で、きっと、家族の誰かを傷つけるくらいなら自分が死んだほうがマシだと思うはずだ。彼への想いは募るほどだけど、それを伝えて、お情けで抱かれるなんていやだ。だからといって、女なら誰でもオーケーなんていうのも悲しすぎる。「きみが欲しい」と少しでも思ってくれていないのなら、きっぱりあきらめよう。

彼の手は、まだ胸の上に置かれている。まだ乳首をいたぶるようにもてあそんでいる。アリエルは、ほとんどまともに考えることも、しゃべることもできない状態になっていた。

「今まで……さんざんバカにしてくれたわよね」

「いつ？」と訊くサムは、本気で思い当たるところがないようだ。

「わたしのことを、いかにも邪魔者みたいに、そのへんの小娘みたいに扱ったじゃないの」

彼の手の動きが止まり、眉間にしわが寄る。「さっきの騒ぎのときのことを言ってるのなら、確かにそういう態度を取ったが――」彼はそこで言葉を切り、ぎゅっと歯を食いしばってから、ぶっきらぼうに続けた。「確かにきみには、慎重さに欠けるところがある。でもおれは、きみをバカにしたつもりはない。全然そんなふうに思ってないよ。ただ、さっきは心配でいてもたってもいられなくて。きみが、いや、女性が傷つけられるところなんて、絶対に見たくないからね」

アリエルは安堵のあまりすっかり気が抜けてしまった。「心配させるつもりなんかなかったのよ」

「どうだかね。とにかく、二度とああいうことはしないでくれよ。さあ、これで満足したか？」

「まだちょっと……」というアリエルの返答にサムがうんざり顔になったので、彼女は急いで続けた。「体のこともいろいろ言ったわ……」

「おれは一度もそんな——」

「お尻が貧弱だって言ったじゃないの！」

サムがいきなり横を向いて顔を隠したので、アリエルはきっと笑っているのだろうと思った。だがふたたび向き直ったとき、彼の瞳は優しさにあふれていた。「きみのお尻はすてきだよ。そうやってあれこれ文句を言うのをやめてくれたら、これから一時間でも、どんなにすてきなお尻か褒めてやってもいい」

「サム……」

「満足したか？」

「ええ」

サムはアリエルの体をくるりと後ろ向きにすると、彼女のお尻を軽く叩いてから命じた。

「二階のベッドルームで待ってて」

「あ、あなたは……？」

「質問はなし。ルールその三だ。早く行って」

アリエルはブラを引き上げようとした。ところが、目ざとく見つけたサムに、「そのままでだよ」と命じられてしまった。

彼女はうなずき、足を引きずるようにして階段を上っていった。猛烈な興奮と不安と、あとは何だかよくわからない感情のせいで、おなかの中がぐるぐる渦巻いているような気がする。ついに、サムと愛を交わせるなんて！

この体も心も、何もかも彼にささげよう。どうか、彼がそのすべてを受け止めてくれますように。

アリエルの姿が見えなくなるとすぐに、サムはシンクに向き直り、ぐったりともたれかかった。何てこった。そもそもおれは、アリエルが思っているような立派な男でも何でもない。いったい全体、彼女にどうやってノーと言えばいい？　もう何カ月も前から夢に見てきた彼女に。

彼は右手を開き、手のひらをじっと見つめてから、またぎゅっと握りしめた。アリエルの若々しい、引き締まった胸の感触がよみがえってくる。彼女とのセックスは、とてつもなく甘く情熱的に違いない。

と同時に、とんでもないことでもある。

だが彼女はすっかりその気になっている。だからやっぱり、やらないわけにはいかないのだ。しかも彼のやり方でちゃんと。そうでないと、いつまでも彼女に悩まされることになる。しっかり主導権を握ってことを進めないと、きっと彼女の思うつぼになる。そうなったが最後、いつかは彼女の目の前にひざまずいて、結婚してくれと懇願することになるに違いない。

ダメだ、ダメだ。そんなの絶対にダメだ！

ピートが傷つくじゃないか。父が亡くなって、あいつはもう十分すぎるくらい傷ついた。

これ以上、弟を悲しませるわけにはいかない。でももし、アリエルが言ったとおり、ピートが彼女のことをもう想っていないとしたら？　いや、だとしても、やっぱり彼女は若すぎるし、純粋すぎる。サムはどうも陽気とは言えないところがあるし、仕事でも普段の生活でも、面倒や苦労や不安が多すぎる。彼女はこれまで、明るい、笑いの絶えない人生を送ってきた。彼女からその人生を取り上げることなんてできない。

サムはたっぷり一〇分間かけて自制心を取り戻すと同時に、彼女をやきもきさせてやることにした。彼女を待たせておく間に、アスピリンを二錠飲み、消毒薬に浸したガーゼで後頭部の傷をきれいにした。消毒薬が飛び上がるほどしみて、アリエルも痛かっただろうにと、かわいそうになった。膝も肘もあんなに傷だらけになって……でも、もっとひどいことになった可能性だってある。あの強盗犯が銃でも持っていたら、殺されていたかもしれないのだ。

彼女は危険だ。彼女自身にとっても、おれにとっても。くすくす笑って、虚勢ばっかり張って、常識というものを知らない。だいたい、どういうつもりだったんだ。自分の身を危険にさらしてまで、おれなんかを助けようとするなんて。もしもおれと彼女が一緒になったりしたら、彼女は死ぬまで危険と隣り合わせで、普通の女性なら考えられないようなリスクを負うことになるに違いない。

サムはあらためて決意を固めると、大急ぎで階段を上った。

アリエルはベッドの端にちょこんと座っていた。脚をしっかり閉じて、膝の上に両手を乗せて、胸を片方丸出しにしたままで。警戒するような表情に、不安の色も見え隠れして、それでいて興奮に頬を赤く染めている……その顔を見ただけで、サムはどっと汗が噴き出てくるのを覚えた。

サムは戸口で無理やり足を止め、彼女を見つめながら、シャツのボタンを外し始めた。だが脱ぐときになって、先ほどひねった肩に激痛が走り、顔をゆがめた。

「やっぱり怪我をしてるのね！」アリエルはすぐにベッドから立ち上がった。柔らかな手が彼の全身をまさぐり、すり傷や、腫れたところを見つけていく。優しく触れられて、サムは体中が燃えるように熱くなった。

「アリエル――いいから座ってろ」

厳しい口調に、アリエルは驚いて目をしばたたかせた。「だって、あなたのほうこそ氷で冷やさないとダメじゃないの。さっきの男にやられたのね。やっぱり病院に行ったほうがいい――」

「座ってろと言ってるだろう」とサムが命じると、彼女は傷ついたような、困惑したような面持ちで腰を下ろした。「ルールその四」サムは少し手加減しなければと思い、強いてゆっくり話そうとした。「おれが自分から言わない限り、おれに触るんじゃない。それから、そんな目で見ないでくれ。おれなら大丈夫だから、本当に。それに、弟たちとじゃれたときのほうがよっぽどすごかったぞ。ちょっとした弾みで大怪我だからな。だから安心してくれ。この程度の怪我は大したことはない。一日や二日じゃ治らないってだけのことだ」

アリエルは心を決めかねているようだったが、やがてすっかり静かになった。彼が椅子にかけて、アンクル・ホルスターを外し始めたからだ。

　彼女は銃を凝視した。三八口径の五連発式のリボルバーだ。おとり捜査のときは、いつもこのリボルバーを携行している。普段使っている四〇口径のグロックでは、すぐに敵に見破られてしまうからだ。「銃を持ってるのね？」

「そいつは——」くだらない質問だな、と続けようとして、サムはハッと気づいた。危うく、彼女を見下すようなことをまた言ってしまうところだった。「警官だからね、当然、銃くらい持ってるよ」反対の脚からよく研いだナイフも外し、「そのほかにも、いろいろとね」とつけ加えた。

　アリエルは目をまん丸にして、サムがナイトテーブルに歩み寄り、一番下の引き出しを開けるところを見ている。彼は引き出しから金属の箱を取り出し鍵を開けた。銃とナイフをしまってしまうと、ふたたび鍵を掛け、その鍵はズボンのポケットに入れた。

　通常は、銃もナイフも箱の上に置いたままにしておく。でも今は、通常ではない——絶対に。サムは用心には用心を重ねるほうなのだ。とりわけ、銃に関しては。

　シャツを脱ぎ、靴も脱いだものの、万が一のためにズボンは穿いたままの状態で、サムはアリエルに歩み寄った。あられもない格好で不安げにベッドにちょこんと座った彼女は、とてつもなく愛らしくて、サムは自分が無垢な少女を奪おうとしている、どこかの国を征服した英雄になったような気がした。その発想は、まんざら不快でもないし、言い得て妙と言えなくもなかった。

彼は指先だけで、あらわになったアリエルの乳首をなぞった。淡いピンク色の乳首はつんと硬く立っていて、口に含んでみたくてたまらない気持ちになる。やればいいじゃないか。これはおれのショーなんだから。

彼はアリエルの手を取り、立ち上がらせた。「動くなよ」と命じ、何の前触れもなくその場にひざまずいて乳首を口に含み、舌で舐め、強く吸った。

アリエルはびくりと体を動かして後ずさった。ほとんどベッドに倒れそうな勢いだった。

サムはじろりと彼女を睨んだ。「動くなと言ったはずだぞ」

「は、反射的につい」アリエルは何度も目をしばたたいた。「自分では……動くつもりじゃ――」

サムは知らん顔してまた乳首を口に含んだ。彼女は喘ぎ声を漏らしながらも、今回は両腕と背中を突っ張らせて、まるで彫像のようにじっとこらえている。サムは思う存分に乳首を吸った。甘い香りも、小さく体を震わせるさまも、かすかな喘ぎ声も最高だった。巧みに舌を使って、乳首を舐め、じらし、もてあそんだ。

「サム！」

「しーっ」サムは顔を上げて乳首の状態を確認した。すっかり硬くなって、赤みを帯び、濡れている。「かわいいよ」彼はやっとの思いで、ほとんど唸るようにそう言うと、破れたドレスを指先ではじいた。「でも、裸になったほうがもっといい」

アリエルの胸は、サムの愛撫と、これからへの期待で、激しく上下している。

「ドレスを脱がせて、ベッドに横たわらせて、それから、きみの全身をくまなく味わおう」

アリエルはぽかんと口をあけ、「全身……？」とつぶやいた。

「ああ、全身だ。動くんじゃないぞ」彼はそう言うと、アリエルの背中に手をまわしてファスナーを探した。

アリエルは先ほどの命令を忘れたのか、彼に体をもたせかけると、深く息を吸ってささやいた。「あなたの匂い、すてきだわ、サム」

彼は鼻を鳴らしたが、彼女を押しのけようとはしなかった。ほっそりとしているのに、抱き心地は満点だ。「フン、男の汗とアルコールの匂いのどこがいいんだ？」

「あなたの汗なら好きよ」

サムはわずかに布が残っているドレスの袖を、肘のところまで引き下ろした。それから、アリエルの背中に手をまわし、ブラのホックをまさぐった。少し前かがみになったせいで、頬が彼女の肩に当たる。彼女のシルクのようなブロンドヘアが、耳と顎をくすぐる。今や小さく震えているのは彼のほうだった。

「それに、アルコールの匂いなんてしないわ。男の人の匂いしかしない。きっとあなたはいい匂いがするって、ずっと思ってたの」

「ルールその五」サムは彼女のブラを外し、上半身を裸にしながら言った。「しゃべるな」

「でも……」

「しゃべるなと言ってるだろう？　気が散るんだよ」それに、頭がおかしくなりそうだからだ。きみがしゃべるのをやめないと、これをちゃんとできないからだ。

アリエルが腕で胸を隠そうとすると、サムはおやというように眉を吊り上げてみせた。

「気が変わったのか？」

彼女は首を横に振った。

「だったら、隠す必要はないだろう？」サムは待った。やっぱりやめると言い出すだろうか。半分そう言ってほしいような、半分そう言ってほしくないような……。「どうした、アリエル。こいつをやめたかったら、そう言えばいい。ちゃんと玄関まで送ってやるから」

アリエルは深く息を吸い、自分に活を入れるように息を吐き、両腕を脇に垂らした。

「これからますます大変なことになるのに、いいのかな。本当は気が変わったのなら――」

「変わらないわ」

いずれは変わるよ、アリエル。いずれはね。……それにしても、いったいどこまでやったら彼女は降参してくれるのだろう。何にせよ、サムはこれをやり遂げなければならない。二度と彼女に試されることがないよう、しっかりとやり遂げなければ。そうでないと、今度誘われたら、拒否する自信がない。

「いいだろう、じゃあ……」サムはドレスをお尻まで引き下ろし、そのまま床に落とした。ドレスは彼女の足元にはらりと広がった。「足を抜いて」

アリエルは転ばないように差し出されたサムの手を取り、言うとおりにした。ショーツとサンダル以外はもう何も身につけていない。頬がピンク色に染まる。でもサムは、彼女の表情にまで気が回らない。何しろ、ほとんど裸で目の前に立っているのだから。サムは両手を彼女のウエストに置き、ヒップから脇へ、そしてもう一度、脇からヒップへと手のひらを這わせた。ほんのちょっと痩せすぎだし、それに、くびれも控えめだ。「アリエル、きれいだよ」

返事はなかったけれど、そもそもサムがしゃべるなと言ったのだ。

サムはアリエルの顔を見上げるようにした。「全身、ブロンドなのかな?」

彼女はいっそう頬を赤くした。

「いや、答えなくていい。おれが自分で確かめるから」ぎょっとした顔のアリエルに向かってにやりとしてから、サムはささやくように命じた。「さあ、全部脱いで」

3

こんなふうに人前で自分をさらけ出すのは、アリエルは生まれて初めてだった。彼女は息をのみ、何とかして勇気を振り絞ろうとした。

「早く、アリエル」

サムは立ったまま待っている。毛深い胸の前で腕を組み、わずかに脚を広げて。漆黒の髪は乱れて額に垂れ下がり、ひげが伸びて顎と口の周りが陰りを帯びている。長く黒いまつげに縁取られた射るような瞳は、まっすぐにアリエルを見据え、挑むよう。何ひとつ見逃さない決意と、そして、期待に満ちている。

アリエルはいっそ、サムを床に押し倒してズボンを脱がし、魅力的な体のいたるところにキスの雨を降らせたかった。でも彼は、自分のやり方を通したがっている。彼の性格はアリエルもよくわかっている。自分のやり方でできないなら、いっさいやらない、彼はそういう男だ。

「わかったわ」羞恥心でいっぱいになりながら、アリエルはショーツに親指をかけて引き下ろした。足を引き抜くときにサムが左腕を貸してくれたが、ショーツがサンダルに引っ掛かってしわくちゃになってしまった。先にサンダルを脱いでおけばよかった……。でも、人前で脱いで見せるなんて初めてなのだから仕方がない。

ようやく脱げたショーツをドレスやブラと一緒に床にまとめ、座ってサンダルを脱ぎ始める。

するとサムはまるで名案を思いついたように、ふいにハスキーな声で言った。「いや、その格好は気に入ったよ。サンダルは履いたままでいこう」

アリエルはちらりとサムの顔を盗み見た。彼の視線はおなかに、いや、もっと正確に言うと、おなかの下のほうにじっと注がれている。いきなり彼の指がヘアをまさぐってきて、アリエルは口から心臓が飛び出そうになるほどびっくりした。

「少し脚を開いて」

そんな……。もう一度キスしてくれたら、ぎゅっと抱きしめてくれたら、できるかもしれないけど……でも、そんなことしてくれないに決まってる。彼の魂胆はもうわかっている。アリエルに尻込みさせて、もう家に帰ると言わせたいのだ。彼女がまだ子どもで、大した経験もないと証明するために。

確かに、経験という点ではサムの考えているとおり……それについては目をつぶってもらうしかない。でもアリエルは立派な大人の女だし、彼が心を開いてくれさえすれば、彼の女になる心の準備もできている。彼女はキッと顔を上げ、片方の足をわずかにずらした。

「ふうん、ここはブロンドじゃないんだな」サムはヘアをもてあそびながら言った。「でも、眉毛やまつげも髪より濃い色だものな。気に入ったよ、アリエル」

二四年間生きてきて、アリエルはこんな会話は生まれて初めてだった。自分の……きわめてプライベートな部分について、男の人から面と向かってお世辞を言われるなんて。愛の営みについて、彼女がイメージしていたのとは全然違う。彼女のイメージでは、まずはお互いのいろいろなところに触れ合って、息も絶え絶えになって我慢できなくなったところで、いよいよ次の段階に進むはずだった。

とはいえ、サムとふたりきりでこんなふうにしていることに、ひどく興奮しているのも事実だった。自分でも、あそこが濡れているのがわかる。じきに彼にそれがバレてしまうのだと思うと、胸がどきどきする。

サムはふいに後ろに下がると言った。「向こうを向いて」

アリエルは頭の中が真っ白になった。今度はいったい何を企んでいるのだろう。思わず、呼吸が速くなる。サンダルだけであとは丸裸だなんて無様な格好だわと思いながら、彼女はのろのろと向こうを向いた。すっかり後ろ向きになると、彼が「そのままじっとしてろよ。後ろ姿を見てるんだから」と言うのが聞こえた。

アリエルは懸命に、背筋をしゃんと伸ばした。でも本当は、今すぐにベッドに潜り込んで、一緒にシーツにくるまりましょうよとサムを誘いたかった。

うなじに彼の息がかかるのを覚え、アリエルはまたもやどきりとした。

「かわいいお尻だ」サムがささやき、両手でヒップをつかんで、撫で回すように愛撫する。

アリエルは、少しずつまぶたが重くなっていって、しまいにはすっかり目を閉じてしまった。無意識に彼にもたれかかり、手を後ろに伸ばすと、指先がズボンのファスナーのあたりに軽く触れた。それだけで、彼のものが硬く張りつめているのがわかった。

「おっと、それはダメ」サムはすぐさまアリエルの両手をつかんだ。「触るのはおれだけだよ」彼はつかんだ両手を押しやり、アリエルに気をつけのような姿勢を取らせた。

「あなたに触りたいの。あなたが、わたしに触るみたいに」

「へえ？　こんなふうにかい？」サムは両手をアリエルの体に這わせ、指先で乳首をつまんだ。

アリエルはのけぞった。「サム……」

「こいつが好きなんだろう？」サムは乳首を引っ張ったり、つねったり、指先で転がしたりした。手のひらで彼女の肌をそっと撫で上げるようにしてから、胸を包み込むようにゆっくりと揉みしだき、さらに肩とうなじに口づけていった。しっとりと熱い唇が触れるたびに、アリエルの体は熱くなっていく。

「答えろよ、アリエル」

「好きよ、でも……あなたに触れることができたら、もっと好き」

サムは声をあげて笑った。いかにも男らしい、満足げな笑い声だった。「それはそうだろうとも。でもそうなったら、きみはルールを破ったことになるんだから、その時点でゲームはおしまいだよ」

彼はふたたび乳首への愛撫に戻った。彼があまりにも時間をかけるので、アリエルは我慢できるのかどうか自信がなくなってきた。体中の神経という神経が目覚めて、焼けつくように感じる。閉じたまぶたの裏では星が躍り、乳房は疼《うず》き、脚の間の大切な場所は熱く脈打っている。

それでもまだ、サムは胸をもてあそびながら、肩や背中や首筋にキスをするだけだ。

アリエルはヤケになったように、「サム、お願いよ」と懇願した。本当に、これ以上耐えられるかどうか自信がない。今にも爆発してしまいそうな気がするけれど、でもやっぱり、よくわからない。思わず自分から腰を動かしてしまい、アリエルは恥ずかしくなった。羞恥心でいっぱいなのに、でも、じっとしていられないようだった。

「わかったよ」サムはささやいた。だが、アリエルを自分のほうに向き直らせるつもりはない。その代わりに、彼はじらすように手のひらを脇腹へと這わせた。さらにその手をおなかのほうへ、そして、脚の間へと移動させていった。「もっと脚を開いて」

言われたとおりにしようにも、脚が言うことを聞かず、アリエルは思わずべそをかいた。

仕方なくサムは手を貸してやることにした。大きな足で、彼女の足をそっと開かせていく。

「もっと開いて。そうしないと、ここに触れないだろう?」

ああ、サム!

「ここにも、さっき乳首をいたぶったのと同じようにしてあげる」サムは言うなり、指先でクリトリスをなぞった。電流が走ったような感覚に、アリエルが叫び声をあげる。サムはほほ笑みながら、彼女の肩に唇を押しつけた。「そう、ここをかわいがってあげるよ」サムは勝ち誇ったようにつぶやいた。「そうしたらきみは、頭の中が真っ白になって、運がよければ、そのままイケるかもしれないね。期待してるよ、アリエル」

まさか立ったまま彼の愛撫を受けるだなんて……アリエルは不安のあまり体を硬直させた。でもどうして、自分は服を着たままで、指だけでそんなことをしようなんて思うの？

「体の力を抜いて、アリエル」サムは優しく、指先の動きだけで彼女の脚をさらに開かせた。「ベッドにはあとで連れて行ってあげる。絶対に約束するよ。ただし、きみがやめてと言ったら別だけど」彼は片方の手で脚を押さえたまま、もう片方の手であらためてクリトリスに愛撫を加えた。彼のざらざらとした、温かい指があそこをまさぐっている……アリエルはそう思ったとたん、息もできなくなり、苦しげに喘いだ。一瞬、本当に気を失ってしまうのではないかと思った。

「ちゃんと息をしないとダメだよ、アリエル」サムは動きを止め、肩越しにアリエルの顔を覗き込んだ。彼女は言われたとおりに、懸命に息を吸い、全身をわななかせた。「もうすぐイキそうなんだろう？　でも、本当に立ったままイケるかな？　なかには立ったままじゃダメだという女性もいるからね。とろけそうなエクスタシーの波にのみ込まれて、脚の力が抜けて……」彼は肩をすくめた。「でも、おれがちゃんと抱いてるから大丈夫。心配はいらないよ」

ベッドの向こうの壁をじっと見つめながら、アリエルは唇をぎゅっと嚙み、彼に懇願したくなる気持ちを必死にこらえた。

「痛かったら言うんだよ」

「ええ」

サムはアリエルの首筋に唇を寄せて軽く歯を立て——そして、中指を彼女の中へと滑り込ませた。

アリエルが首をのけぞらせ、体を震わせながら低い喘ぎ声を漏らす。サムはそれに応えるように自分も喘ぎながら、さらに指を深く挿し入れた。アリエルにとってそれは、少し恥ずかしいけれど、何とも刺激的な、不思議な感覚だった。またもや無意識に腰が動いてしまったけれど、今度はちっとも気にならなかった。

「すごくきつい。それにすごく熱いよ。アリエル、最高だ」

アリエルは言葉もなかった。脚を開かれ、彼の腕にほとんど抱きかかえられるようになりながら、彼女はひたすら彼の指の動きと、体中に広がっていく歓喜だけに意識を集中させた。歓喜は全身に広がりながら、満ち引きを繰り返し、徐々に強さを増していく。

いっそう指を深く沈ませたサムが、親指でクリトリスを探り当て、信じられないくらい巧みにそこを撫でてくる。アリエルはついにこらえきれなくなり、その感覚に驚きを覚えながら、小さく叫び声をあげた。自然に声が出て、腰が動いてしまう。

約束どおり、サムは逞しい腕をアリエルの腰にしっかりとまわして支えてくれていた。その体勢を保ちながら、指を抜き差しし、いっそう歓喜を高めていく。やがてアリエルは、すっかり脚が萎《な》えてしまったように、ぐったりと彼の腕の中に倒れ込んだ。疲れているけれど、同時に、満たされてもいた。

サムは片方の腕で彼女を支えたまま、もう一方の手を持ち上げた。アリエルが顔を上げて見てみると、彼は目を閉じてその指をしゃぶり、彼女の愛液を味わっているところだった。サムが目を開け、ふたりの視線が絡まった。彼はやけに神妙な面持ちで、口から指を引き抜くと、彼女の唇にそっと触れた。アリエルは身を震わせたが、疲れすぎて身をよじることすらできなかった。

やがてサムは、彼女の体を静かにベッドの上にうつぶせに横たえ、自分もその隣に寝そべった。彼女の髪を撫で、まだヘアピンが数本ささったままなのを見つけると、引き抜いて部屋の隅にはじき飛ばした。指で髪を梳《す》くようにし、枕の上にブロンドヘアを広げる。

「サム？」

「なに？」肩肘をついて半身を起こしながら、サムは背中からお尻のほうへと愛撫を続けている。

「これから、愛してくれるの？」

サムはじろりと彼女を睨みつけて言った。「何で黙っていられないんだ、アリエル？」

アリエルはしゅんとした。あんなすてきなことをしてもらったばかりなのに、まだ彼が遠く感じられる。全身が気だるくて辛かったけれど、彼女は懸命に身を起こし、彼と正面から向き合った。彼の熱い視線が体にじっと注がれているのを感じた。

アリエルは逞しい胸板を凝視した。上半身のあちらこちらに残る古傷に交じって、脇腹のあたりに黒っぽい、真新しいアザがある。今夜、彼が危険な目に遭った証だ。彼が今までどれだけこういう目に遭ってきたのかと思うと、アリエルは胸が苦しくなった。人びとを守るために、彼がこんなにひどい目に遭ってきたなんて。もしかすると、今だって本当はセックスどころじゃないのかもしれない。こんな古傷に、また新しい傷を作って……それなのに彼を求めるのは、わたしの自己満足なのかしら?

サムは指だけでわたしを喜ばせてくれた。だったら、わたしも同じようにすれば、彼の体を労わってあげられる……。

アリエルは早速、手近な傷跡に軽くキスをしてみた。肩のあたりにある、弾丸がかすめた跡だ。するとサムは、息をのみ、まるで凍りついたようになった。

すっかり勇気を得たアリエルは、両手を厚い胸板に当てて黒い胸毛を指に絡め、先ほど自分がしてもらったように、優しく胸を撫でた。

鎖骨のあたりに、五センチほどの長さの細い傷跡がうっすらと残っている。たぶんナイフか何かでぐさりとやられた跡だろう。彼がどんなに危険な仕事をしているのかと思ってゾッとしながら、彼女はその傷跡にも口づけた。

すごく近くにいるせいで、彼の匂いがいっそう濃く感じられる。アリエルの中でふたたび、奇妙な興奮が渦巻いてくる。

アリエルはさらに三つの傷跡に口づけた。肩、こめかみ、そして脇腹に見つけたさっきのとは別の傷跡にも。「サム……」とささやきながら、唇を押しつけていった。彼の肌はとても温かく、なめらかで、引き締まっていた。首をまわし、胸毛の下に隠れた平らな乳首へと接近する。ようやく舌がそこに触れたとき……。

いきなり肩をつかまれ、あっと思ったときには、すでに仰向けにされ、サムがおなかの上にまたがっていた。「触るなと言ったはずだよ、アリエル」

目をしばたたかせながら、アリエルは彼を見上げた。身動きひとつできないし、彼の素早い動きに驚いてもいた。彼はひどく険しい表情で、何だかとても危険な感じがする。「き、気をつけるわ……」

「今さら遅いよ」

アリエルは目をまん丸に見開いた。どうしよう！　もう帰れと言われるんだわ。今すぐに追い出されるんだわ。ふたりがどんなに完璧なカップルになれるか、まだ彼にちゃんと話すこともできていないのに。

だがサムは、彼女の両腕をつかんで格子状のヘッドボードのほうに持ち上げると、身を乗り出すようにしてナイトテーブルに手を伸ばし、一番上の引き出しを開けた。いったいどうするつもりなのかとアリエルが身をよじって見ると……彼は引き出しから手錠を取り出した。

「な、何をするの⁉」

「おとり捜査担当になってから、こいつの出番がすっかり減っちゃってね」サムはアリエルの目の前で手錠をぶらぶらさせた。でもアリエルにはわかっている……サムは彼女に、そんなのやめて、もう放してと言わせたいのだ。

ふたりはしばらく無言で見つめあった。サムは荒々しい表情で、一方のアリエルは不安げな表情で。だがふたりとも引き下がる気配はない。サムは意を決したように身をかがめた。カチリと音がして、アリエルの手首に手錠が掛けられる。それからさらに、カチリ、カチリという音が聞こえて、細い手首に巻かれた手錠に鍵が掛かる。手首をまわすことはできるけれど、引き抜くことはできないようだ。アリエルの胸は不安でどきどきいった。

サムは彼女を見下ろすようにした。「やめてと言う気になった?」

冗談じゃないわ! 手錠ごときで、犯罪者みたいにおとなしくなると思ったら大間違い。だって、サムはわたしを傷つけるはずがないんだから……。サムがどんなゲームを企んでいるにせよ、これからどうするつもりにせよ、アリエルは本当の彼を知っているし、彼を愛しているし、それに、彼を信じている。「言わないわ」

サムはぎゅっと唇を引き結んだ。「本当にいいんだね?」

怖がるものですか。そう簡単にゲームをおしまいにさせてなるものですか。絶対に、何とかして彼にこの気持ちを理解してもらうまでは、あきらめない。そのためには、こんな奇妙なゲームにだってつき合ってやるんだから。

アリエルは彼の瞳をじっと見つめながらうなずいた。「いいわ」

いっそのことサムは、大声で吠え、罵り、壁を殴って穴でも開けてしまいたいくらいだった。何だってアリエルは、勝手に主導権を奪い、まるでともに喜びを分かち合うかのように、おれの傷跡に――古傷や真新しい傷の跡に――キスしたりしたんだ。まるで、おれを癒そうとするみたいに。

まるで、ちっぽけな傷跡を見て、本気で心配したように。

下半身がすっかり硬くなっているせいでおなかが痛くなってくるし、頭の中は混乱しているし、サムはもう最悪の状態だった。アリエルがエクスタシーを迎えた瞬間のことは、一生忘れられないだろう。何しろ、かわいい彼女がちょっとほほ笑むだけで、どっと汗をかいてしまうくらいなのだから。

ルックスと同じくらい、彼女はあっちのほうもいいのだろうか。

いい加減にしろよ、サム……。彼は気が変わってしまう前にアリエルの反対の手首をつかんだ。それにしても、彼女の手はほっそりとして、しなやかだった。手錠の鎖の部分をヘッドボードの格子にくぐらせ、冷たい鋼鉄の輪を、つかんだ手首に掛ける。

後悔の念と、薄らいでいく欲望にほーっと深くため息をつきながら、サムは目の前に手錠をして横たえられた、ほっそりと白い裸身を見下ろした。できることなら、もう何も考えたくなかった。彼女の体をむさぼり、彼女のすべてを奪って、もう一度、気が遠くなるほどのエクスタシーを与えてやりたかった。

サムは両手で乳房を揉みしだくようにし、親指で乳首を荒々しく愛撫しながら、彼女が身もだえする様子を眺めた。

「何もしゃべるんじゃないぞ」サムは警告した。もしもまた彼女に「あなたが欲しい」と言われたら、今度こそ戦意を失ってしまいそうだった。やがて彼は腰の位置をずらし、彼女の脚を大きく広げさせると、その間に腰を据えて、自分の膝の上に彼女の脚を乗せるようにした。「うん、このほうがいいな」

アリエルの美しいハシバミ色の瞳は、薄茶色というよりも黄色みがかって見える。その瞳がまばたきひとつせず、無言のまま、彼が聞きたくない言葉を視線で訴えかけてくる。ぽってりと柔らかそうな唇は誘うようだ。小さな顎がわなないているのは、涙をこらえているせいではないはず。サムは知っている……アリエルは、弱音を吐いて泣くような女じゃない。

そう、きっとあの顎の震えは、頑固さの表れだ。

「おれはね、セックスするときは、相手の女性のすべてが見たいんだ」サムは説明した。彼女の引き締まったやや筋肉質な白い脚は、今や彼の黒いズボンの上に大きく広げられている。サムは胸に視線をやった。さっきまではベルベットのように柔らかかった乳首が、さんざん愛撫したためにすっかり硬くなって、まるで早く口に含んでほしいと懇願しているようだ。

彼女が舌で唇を舐める仕草に、サムはいてもたってもいられなくなり、両手を枕の脇に置くと、むさぼるように唇を強く押しつけた。深く口づけ、さらに歯の間から舌を挿し入れる。アリエルは拒もうとも、身を離そうともしなかった。それどころか、進んで舌を受け入れ、同じくらい情熱的に口づけを返し、舌を吸ってきた。

サムは喘いだ。アリエルが背をそらし、強く求めてくるのがわかる。太ももの筋肉を張りつめさせ、下腹部をこすりつけてくるのも。

彼は無理やり体を起こすと、胸を愛撫することにした。アリエルの乳首なら、一時間だって愛撫できる。でも今夜は我慢しておこう……。やがてアリエルが身もだえしだしたので、少し下のほうに移動して脇腹をかじり、さらに下に移動して、へその中を舐めまわした。

アリエルが息をのむ。次に何が待ちうけているのか、期待しているのだろう。彼女はこれまでほかの男に、あそこにキスされたことはあるのだろうか？　できれば、初めてであってほしい。彼女のあそこにキスをする最初の男になりたい。

「もっと大きく脚を開いて」サムは命令しながらさらに脚を広げさせ、彼女が反射的に閉じようとするのを押さえつけた。頬を赤く染め、不安そうな表情の彼女の顔を見上げるようにする。「そのまま閉じないで」

サムは指先で花びらを押し開き、きらめくピンク色のクリトリスをあらわにした。先ほどクライマックスを迎えたばかりなので、まだ大きく膨らんで、ものすごく敏感になっているようだ。そっと口づけると、アリエルが驚いたような声をあげ、そして喘ぐのが聞こえた。サムは強く口を押しつけた。

激しく喘いだせいで膝からずり落ちそうになった彼女のヒップを、サムは大きな手でしっかりとつかんで支えた。さっきオルガズムを迎えたばかりで、すでに全身が疼いているはずだ。あまり急がせて、恥ずかしい思いをさせないよう、サムは手加減することにした。そっと優しく、時間をかけて、舌でゆっくりと愛撫を加える。やがて彼女は、脚をぴんと張りつめさせ、手錠を掛けられた腕を強く引き、ふたたびエクスタシーへと上りつめていった。

「サム！　ああ、サム、サム……」彼女は息も絶え絶えに彼の名を呼び続けた。

アリエルの声は生々しくリアルで、愛撫にすぐさま応えてくれる様子に、サムは大いに喜びを感じていた。彼女の喜びは本当にストレートで、自制心もみじんも感じられない。サムは口を離して、代わりに指を挿し入れながら、彼女の顔を見上げるようにした。

アリエルは頭をのけぞらせ、歯をぎゅっと食いしばって、胸を激しく上下させていた。

「きれいだよ、アリエル」サムは一息つくことにした。彼女を見ているだけで、自分まで達してしまいそうだった。ようやく彼女が静かになったところで、サムはかたわらに横たわり、乱れた髪を顔から払ってやりながら、ぽかんと開かれたままの唇に唇を重ねた。

「すてきだったよ」サムは言い、アリエルの返事を待ったが、彼女は何も言わないし、目を開けようともしない。サムはほほ笑んだ。「なかなか感度がいい。気に入ったよ」

アリエルの胸と頰に汗がきらめいている。全身は薔薇色に染まり、心臓はまだ激しく鼓動を打っているようだ。彼女はいかにも大儀そうに舌で唇を舐め、深呼吸してから、「黙ってて、サム」と言い返した。

サムはにやりとし、声をあげて笑いそうになるのをこらえた。「おい、しゃべっちゃいけないって言っただろう？」

アリエルはとろんとした目つきでサムを見やった。「いけないの？　手錠なんて掛けられるの初めてなのよ、おまわりさん。この格好で、しゃべる以外に何ができるの？」

サムは彼女のおなかに手を置いた。彼女が深呼吸するたびに、おなかが大きくへこむのが手のひらに伝わってくる。「休むんだよ。これから、もっとがんばってもらわなくちゃいけないんだから」

「もっと?」

「そう。少し休んだら、次のラウンドを開始するよ」

アリエルは目をまん丸に見開いて、顔を真っ赤にした。「次のラウンド……? サム、やめて。そんな……もう無理よ」

おなかに乗せていた手を、サムは下のほうに移動させた。なめらかに濡れていて、熱を帯びて脈打っているのがわかる。「無理じゃないよ」彼の声はもう、笑いを含んでいない。「おれに任せて」

アリエルはぎゅっと目をつぶった。「でも……」

「降参するかい?」

アリエルは危うくすすり泣きそうになって、必死でこらえた。そんな彼女をじっと見つめながら、サムは待った。あんたなんかサイテー、二度とその顔を見せないでと言われるのを。

「いいえ。降参なんかしないわ」

ふたりは、打つ手がなくなったようにひたすら睨みあった。やがてサムは、吐き出すように言った。「いいだろう。勝手にしろ」彼はアリエルの脚の間を指でまさぐり、しっとりと濡れた中に中指を挿し入れた。第一関節まで沈ませたところで——誰かがドアベルを鳴らす音が室内に鳴り響いた。

　ふたりは同時にハッと顔を起こし、凍りついたように動きを止めた。

　アリエルが息をのむ。「お客さん?」

　サムは急いでベッドを下りると、窓に駆け寄り、カーテンをほんの少し開けておもてを覗いた。「まずいっ」

　ドアをドンドンと叩く音がする。

　サムはくるりとアリエルに向き直った。素っ裸で、手錠を掛けられて横たわる姿を見て、とんでもないことになったと焦った。

「誰なの?」彼女は怯えたような声でたずねた。

　サムは手のひらで顔をこすっている。「ピートだ」

「大変……」アリエルは顔を上げ、必死にもがいた。「早くこれを外して!」

　だがサムはベッドの脇を通りすぎ、「ダメだ。静かにしろ。弟を帰したらすぐに戻るから」と言うと、シャツを取り上げ、急いで身に着けた。

「サム!」彼女は蒼白になっている。「まさか、こんな格好のままひとりに――」

　サムは唇に指を当てた。「シーッ。取引したはずだよ、アリエル。約束は守ってもらう。きみがちゃんと静かにしていれば、ピートはきみがここにいることに気づかないから大丈夫」それから彼は廊下に出て、ドアノブを引いた。アリエルの焦りと――自分の後悔の念が重く肩にのしかかる。だがありがたいことに、彼女は静かにしていてくれるようだった。

サムは早足で階段を下りた。弟に何と話すか、アリエルのフォードが車回しにある理由を何と説明するか、弟をどうやって追い返すか、頭の中がめまぐるしく回転する。

ピートがいっそう苛立たしげに、ドンドンとドアを叩いた。

「今行くから、ちょっと待ってったら」サムは言いながら、さっとドアを開けた。「いったい何なんだよ、こんな時間に」

ピートはいかにもご機嫌な表情だが、なんとなく慌てた感じで、どたばたと室内に入ってくるなり言った。「ギルのヨットのキーをくれよ」

「なに？」

よく見ればピートは、髪はくしゃくしゃだし、シャツの裾がズボンから出てるし、首にキスマークまでついている。「ギルは旅行中で、おれにヨットを使ってもいいって言うんだけど、おれはスペアキーを持ってないから、だから兄貴のを貸してよ」

「ギルが旅行中？」

「ああ。出張だよ、出張。忘れちゃった？　今週はずっといないよ。まあそんなことどうでもいいや。ねえ、早く兄貴のキーを貸してよ」

いったい何事だろうと怪訝に思い、サムはピートの肩越しにおもてを見やった。弟の小型スポーツカー、フォード・フォーカスが、カーブのあたりに停まっているのが見える。エンジンはかけっぱなしで、助手席にはかわいらしいブロンドの女の子が座っている。「なるほど。これからお楽しみか？」

ピートは眉を吊り上げておどけてみせた。「どう思う？」

車回しに停められたアリエルの車に弟がまるで気づいていないことに驚きながら、サムはキッチンに引き返してヨットのスペアキーを取ってきた。「ああ、かわいいじゃないか」

「かわいい？　笑わせんなよ、兄貴。彼女、統計学のクラスで一緒でさ。頭がいいし、すんごいセクシーなんだ」

「その上、積極的ってわけか？」

ピートはいたずらっぽく笑い、「そういうわけ」とうなずいた。

ピートは二二歳。ハンサムで、体はまだ完全にできあがってはいないが十分逞しく、真面目そうな茶色の目に、ヒト科の若いオスに特有の強烈な性衝動を備えている。サムは、ときには胸が痛くなることもあるくらい、弟を深く愛している。三年前に父が亡くなってからは、こいつを守らなければという思いがますます強まったようだ。

サムはヨットのキーを見せるだけで、弟にはまだ渡さない。「ちゃんと防衛してるんだろうな？」

「何だよ防衛って。兄貴の銃でも貸してくれんの？」ピートはにやりと笑った。

サムとしては、避妊の問題をそんなふうに軽々しくは考えられない。「ピート、わかってるくせに話をごまかすなよ」

「彼女がちゃんとしてあるってさ」

サムはしかめっ面で弟の耳をつかみ、爪先立ちにさせた。「彼女がしてあるだと？　おい、おまえってやつは、いったい何度言えばわかる——」

ピートは腰を引きながらゲラゲラと笑い、ポケットからコンドームを取り出してサムの鼻先につきつけた。「冗談だってば。大丈夫だよ、兄貴！　そのへんはちゃんとカバーしてるって。文字どおりね」

サムは手を放した。「それ一個だけか？」

「グローブボックスにあと三個あるから」

「じゃあ、四回までにしておけよ、いいな、ピート？」

ピートはひったくるようにしてヨットのキーを取った。

「はいはい、四回までね」と言ってから、心臓のあたりを手で押さえ、がくりとよろめくフリをする。「四回も！」

サムは声をあげて笑い、弟を玄関口まで送った。その間もずっと、二階で素っ裸で待っているアリエルのことが脳裏から離れなかった。「それにしてもおまえ、よっぽどブロンドが好きなんだな？」

ピートは肩をすくめた。「そうかな、別にブルネットでも、赤毛でも……」

「だってほら、外で待ってる彼女も、アリエルも、ブロンドじゃないか」

「彼女はさ」ピートは彼女という単語を強調して言った。「アリエルなんかよりずっと、一緒にいて楽しいんだ」

サムは歩を止めた。「へえ。そいつは意外だな」

「どこが意外なもんか。アリエルときたら、おれがどんなに誘っても、ノー、ノー、ノーってさ。ちゃんとしたデートもいや、キスもいや、セックスなんて絶対にいや。しまいには、おれの名前ってノー・ピートだったっけって思ったくらいだよ」

サムの心臓は激しく鳴った。「それじゃまるで、彼女がおまえを避けてたみたいじゃないか?」だったらどうして、おれのことはあんなふうに挑発するんだ?

「おれだけじゃなくって、世の中の男を全員、避けてたんじゃないの。結婚するまでしないんだってさ」ピートは呆れ顔をしてみせた。

「嘘だろ？」

壁にがくりともたれながらサムは言った。頭の中でがんがんと音が鳴っているような気がする。

「嘘じゃないって。でもさ、いったいいつの時代だよって感じじゃない？　ひょっとして、彼女って男をからかうのが好きなのかもね。男をソノ気にさせて、おもしろがってるんじゃないの？」

激しい怒りに、サムはもう一度、弟の耳を引っ張ってやろうかと思った。でも彼は我慢した。ピートがアリエルの悪口を言ったからって、おれが怒るのはヘンだろう、そう思ったからだ。だが一番上の兄として、少々注意を与えておく必要はありそうだ。「おい、今の話だけど、ほかの人間には話すんじゃないぞ。おれだって、聞いてて愉快じゃないからな」

「わかってるって」ピートはウインクした。「女性の名誉は守れ、でしょ。ちゃんと覚えてますよ」

サムは弟の腕をぎゅっとつかんだ。「おい、おれは真面目に言ってるんだぞ、ピート」

つかまれた腕を見つめるピートは、どことなく困惑した面持ちになっている。「大丈夫だよ。アリエルのことは本当に好きだったし、今だって友だちだと思ってるからさ。でも、友だち以上には絶対になれないって言われたから、もうおれたちは無関係っていうか」

「おまえ、真剣だったのか？」

「自分ではそう思ってたんだけどね。単に女が欲しかっただけで愛してたわけじゃないんだろうって、ギルに言われたんだ。おれも今は、ギルの言うとおりだと思ってる。ともかくさ、彼女のことを憎んでるわけじゃないし、悪口ももう言わないよ」ピートはそこまで言うと、おもてを確認した。「じゃあ、そろそろ行くわ。今夜はお楽しみだから。兄貴のお説教がこれでおしまいならね」

サムは握りしめていたこぶしを、やっとの思いで開いた。「ああ、おしまいだよ。とにかく、気をつけろよ」

「兄貴、おれももう二二歳だぜ。一五のガキじゃないんだからさあ」

「わかってるよ。おまえのほうこそ、もう二二歳なんだってことを忘れるな」

ピートはまたもや呆れ顔になり、ふざけて兄の脇腹にパンチを食らわせ――相当効いたのだが、サムは懸命にこらえた――駆け足で車のほうに戻っていった。サムは戸口にもたれ、こちらに向かってほほ笑みながら手を上げてくれたブロンドの女の子に手を振り返した。そして車が発進するのを見届けると、家の中に戻り、ドアを閉めた。

アリエルが、結婚するまで待つつもりだった？

鼓動が激しく打ち、耳の中でがんがんと音が鳴り響くような気がする。サムは深呼吸しながら、二階の寝室の閉じたドアを見上げた。まさか、彼女がバージンだなんて冗談に決まっている。

だがそう思いながらも、股間が硬くなり、全身がカッと熱くなる。もしかしたら、彼女の最初の男になれるかもしれない。となると、ますます誘惑に打ち勝つことができなくなるのでは……？　今すぐに決断しなければ。彼女を奪い、その甘美な思い出を胸に生きていくか。それとも、まだ何とか抑えが利くうちに、汚れを知らないままで彼女を家に帰してやるか。

どうやらサムには、選択肢など残されていないようだった。

4

サムが寝室に戻ったとき、アリエルは怒り狂っていた。手錠を掛けたまま何度も引っ張ったせいで、手首の皮が赤く剝けている。ピートがあることないこと言っているのが、全部聞こえていたのだ。せっかくサムとここまで来られたのに、ピートのたわ言のせいですべて台無しにされるなんて、信じられなかった。

サムは眉根を寄せてベッドに腰かけると、彼女の腕を取り、おとなしくさせた。「よせったら。怪我をしてるじゃないか」

「あいつ！」アリエルは悪態をつきながら、あらためて腕を引っ張ろうとしたが、サムにしっかり押さえられているので、びくとも動かない。

「あいつって誰のこと？」

「ピートよ、決まってるでしょ」まったく、今度会ったら、横っ面を張り倒してやるんだから。「あんなところで、あいつに好き勝手に言わせるなんて、いったいどういうつもり？」

サムは用心深い表情で身を起こした。「聞いてたのか？」

「最初から最後までね」

「で、妬《や》いてるのか?」

「妬いてる? わたしはね、怒ってるの!」アリエルは吐き出すように言ったが、サムがひどい仏頂面なのに気づいてひるんだ。

「ピートが新しい彼女とふたりっきりになるために、ギルのヨットに行ったからか?」

あまりのバカバカしさに、アリエルは思いっきり息をのみ、危うくむせそうになった。

「バッカじゃないの。ピートが誰と寝たって全然構わないわ。相手がこのわたしでさえなければね。わたしが怒ってるのはね、彼が玄関先で、わたしのことを、まるで冷たい女みたいに……まるで、まるで……」

「思わせぶりな意地悪女みたいに言ったから?」

アリエルはもう我慢の限界だった。「放してよ。今すぐに放してったら!」

サムは探るような目つきになってから言った。「いや、やめておいたほうがよさそうだな。今のきみは、放したら何をしでかすかわからない」

彼女はマットレスにサンダルのヒールをめりこませながら、腕をぐいぐいと引っ張り、激しくもがき続けた。しばらくしてようやく、サムは彼女の目の前に鍵を差し出した。

「おれのベッドを壊す気か?」

アリエルは頭をのけぞらせて、手錠の鎖が掛かっているヘッドボードのところを見てみた。そして、金属とこすれたせいで木の格子がえぐれているのを確認すると、満足げに笑い、「ざまみろだわ」と言い放った。「外してくれないなら、こんなベッド、ボロボロにしてやるんだから」

サムはいかにも被害者ぶってため息をついた。「二回もイカせてやったのに、そんなふうに脅迫されるとはね」

言われてみれば、確かにそのとおりかもしれない……アリエルは渋々つぶやいた。「ごめんなさい。そのことについては、感謝してるわ」

サムは声をあげて笑い、呆れたようにかぶりを振ると、手錠を外してやった。

それから、アリエルの腕を下ろし、そっと手首を握りしめ、優しく撫でた。「自分で見てごらん。ただでさえアザや傷だらけだっていうのに、わざわざ傷を増やすなんてよせよ」

サムのそんな声を聞くのは初めてだった。とても穏やかだけれど、どこかよそよそしい声。アリエルは、落ち着かない気持ちになった。

「アリエル、きみに教えてほしいことがある」

何だかいやな予感がする……今のサムは、必死に自分を抑えているだけだ。初対面のときからずっと、彼は皮肉屋で、辛らつで、ぶっきらぼうで——でも、こんなふうによそよそしい態度を取られたことはない。「なに？」

サムは彼女の瞳をじっと覗き込み、視線をそらそうとしない。「きみは、バージンなのか？」

やっぱりその話ね……アリエルは手首を引き抜こうともがいた。だがサムがぎゅっと握っているので、すぐにあきらめた。いやな沈黙が流れ、一秒ごとに不穏な空気が濃くなっていく。アリエルはマットレスにはりつけにされたような気分だった。サムはまばたきひとつせず、まるで彼女の秘密を見透かすようにじっと睨みつけてくる。アリエルは時間稼ぎするしかないと思い、反対にたずねてみた。「それって、学術的な意味で言ってるのかしら？」はぐらかされたと知って、サムは苛立たしげに目を細めた。「男と寝たことはあるのかと訊いてるんだよ」

アリエルは身をよじらせ、唇をぎゅっと嚙んだ。「するとつまり——」

「セックスしたことはあるのかと訊いているんだよ、アリエル」

「セックスっていうと、たとえばお互いに触れ合ったりとか、そういう——」

「ファックしたことはあるのかって訊いてるんだ！」

いきなり怒鳴られて心底ぎょっとしたが、アリエルはすぐに自分もカッとなって無理やり手首を引き抜くと、マットレスの上に膝をついて起き上がり、サムと向き合った。そして、よく言って聞かせるように彼の胸元を指でつつきながら言った。「そんなに知りたいのなら答えてあげる。答えはノーよ。一度も、誰ともしたことなんてないわ」

攻撃的なアリエルの態度に、サムは目をまん丸にしながら身を引いた。

アリエルはすぐに静かな声になり、少しヤケになったように言い足した。「あなた以外の人は、考えられなかったから」

辛さと怒りが入り交じったような表情で、サムがベッドを下りようとする。その背中がこちらに向けられた瞬間、アリエルは心を決め、脇から彼の背中に飛びかかった。

不意を突かれたサムは、アリエルの思いがけない行動になす術もなく、両腕をあたふたと動かしながら硬い床に滑り落ちた。さらにアリエルが覆いかぶさるように落ちてきて、思わず「ううっ」と大きな呻き声を漏らした。

それから丸々五秒間。アリエルの突拍子もない行動に、サムはとにかくびっくりして、彼女を見上げることしかできなかった。アリエルはここぞとばかりに、彼の両耳をつかんで唇を押しつけた。

それでもサムが顔をそらそうとするので、今度は唇を噛んでやった。

「いてて！」サムは身をよじった。「おい、よせったら——」

「あなたの唇って、ムカつくけど、でもとってもすてきよ、サム・ワトソン」アリエルはあらためて口づけ、舌を絡ませながら、厚い胸板に胸を押しつけた。サムがもがくのをやめ、どうしようかと逡巡《しゅんじゅん》している様子なのを見てとると、今度は両手で彼の全身を撫でまわした。引き締まった逞しい肩、胸毛に覆われた広い胸板、そして、脇腹を上から下へと、丹念に愛撫を加えていった。でも、いくら手で触れても、胸を押しつけても、まだ物足りないような、彼に気持ちが伝わらないような気がして、もどかしくてならなかった。

やがてサムが喘いだと思うと、次の瞬間には、大きな手がお尻をぎゅっとつかんできて、硬くなったものが押しつけられるのがわかった。アリエルはいてもたってもいられず、すぐに彼の上に馬乗りになり、頭をもたげて歓喜に喘いだ。ズボンを穿いたままでも、彼のものが大きくなっているのがわかる。アリエルは、もう今夜は無理だと思っていた。あそこが半分マヒしたようになっていて、どんなに刺激を受けてももうできないと思っていた。

それなのに、あっという間にまた興奮が呼び覚まされてしまった。サムに見つめられるだけで。彼に触れられるだけで。そのふたつが組み合わさったら、彼女にはもう、自分を抑えることなんてできなかった。

アリエルは厚い胸板に口づけた。優しく髪をまさぐられ、まるで謝るようにそっと「アリエル」と名前を呼ばれると、彼女はまた軽く歯を立てた。驚いたサムがびくりと体を動かす。

「静かになさい、サム」

サムの口から、喘ぐような笑い声が漏れた。「おい、人のせりふを盗むなよ」

「あなたが欲しいの……どうしようもないくらい」アリエルは、傷を負って青白くなったサムの脇腹のあたりを優しく舐め、唇を徐々に下のほうへと移動させていった。すると、髪をまさぐるサムの指にぎゅっと力がこめられ、一瞬だけとまどいを見せたあと、すっかり降参したように彼女の頭を下のほうに押しやるのがわかった。

「そうよ、サム……」アリエルはささやきながら、ズボンのファスナーに指を掛け、彼の気が変わってしまわないうちにすぐさま行動を開始した。彼の体が少しでも動くと、ズボンの上から口づけ、ファスナー越しに撫でた。そうやって刺激を与えていれば、彼がわれに返ってやめろと言い出したりしないと思ったからだ。

ファスナーを下ろし、中に手を忍ばせたアリエルは、思いがけない感覚に一瞬、手の動きを止めた。その何とも言えない感触。力強く、硬いのに、表面はまるでベルベットのようになめらかで、しかも握りしめた手の中で激しく脈打っている。

サムを見下ろしながら、アリエルは息苦しさに、口を開けて息をしなければならないくらいだった。男の人のものを、こんなに間近に見るなんて生まれて初めて。想像していたのとはまるで違う。「サム……」

「アリエル、キスして」サムの掠れ声に、一瞬何を言われたのかわからなかったが、アリエルはすぐに彼がどうされたいのか理解した。

両手で握りしめながら、下のほうから舐め上げるように口づけると、彼が鋭く息をのむのがわかった。髪をまさぐる手に力が込められ、彼の体が震えるのも。

驚きと、激しい興奮を覚えながら、アリエルは先端まで舐め上げた。きらめく先端に舌を這わせると、彼の腰がびくんと動き、危うく転げ落ちそうになった。すぐに体勢を戻し、もう一度同じように愛撫を加えた。今回はもっと入念に。あふれ出た温かなしずくは、少ししょっぱく、濃厚で、想像していたのとはまるで違っていた。

「ああ、アリエル……」

「気に入ったわ」アリエルは満足げに呻いた。初めてそこに触れることができて、サムが愛撫に反応してくれて、嬉しくてならなかった。彼を見上げるようにして、「ねえ、あなたは?」とたずねた。

サムは苦笑するだけだ。

「じゃあこれはどう?」アリエルはペニスを口に含んだ。ただし、何しろ初めてのことだし、彼のものはとても大きかったので、先端のほうだけだ。その部分をすっかり口に含んで強く吸い、舌で転がすようにした。するとまたしずくがあふれ出てきて、いっそう大きくなり、激しく脈打つのがわかった。サムは激しく喘ぎ、大きな体をのけぞらせた。

ところが、せっかく彼の反応を思う存分に堪能しようと思ったのに、気づいたときには、アリエルは自分が仰向けにされていた。脚の間にサムの腰が割って入ってきて、唇を深く重ねられる。サムはけもののように息を荒らげ、アリエルの全身を撫でまわしながら、熱い舌を絡ませ、腰をこすりつけた。

「ゴムをつけないと」サムは呻き、無理やり身を起こすと、ナイトテーブルの引き出しを手探りしてコンドームを取り出した。三つつながったうちのひとつをミシン目のところで引きちぎり、歯で袋を嚙み切ると、正座になって装着した。

「きみがしてくれって言ったんだからな」サムは言いながらズボンを脱ぎ捨て、そのへんに蹴り飛ばすと、すぐさまアリエルの脚の間に腰を据えた。アリエルがサムの裸をじっくり観察する暇もなかった。「そのことを、忘れるなよ」

答える代わりに、アリエルは彼の首に腕を、彼の腰に脚を絡ませて、きつく抱きしめた。彼がいとおしくて、涙があふれてきそうだった。彼女は、「絶対に、忘れないわ」と誓った。でも、サムはやはり躊躇せずにはいられなかった。彼が逡巡しながら胸を激しく上下させる様子を見て、アリエルは気が変わってしまったのかと思い、絡ませた腕と脚にいっそう力を込めた。

「シーッ」サムはアリエルの脇腹をそっと撫でた。「リラックスして」

「お願い、やめないで、サム」アリエルは、そんなふうに懇願したくはなかった。でも、今さら気が変わったなんて言われたらと思うと……。

「やめるわけなんてないさ」サムはつぶやき、まるで謝るように「やめられるわけがないだろう？」と言い直した。それから、少し身を起こし、首にまわされたアリエルの腕をそっと外した。「でも、きみを傷つけたくないんだ、アリエル」

「傷ついたりしないわ」

「女に飢えた水兵みたいにきみを奪ったら、傷つくさ。でも、火をつけたのはきみだ。だから、責任はとってもらうよ」

アリエルは心を込めて答えた。「飢えた水兵みたいにしても構わない。本当よ」

サムはほほ笑んだ。アリエルが見たことがないくらい、優しいほほ笑みだった。「おれが構うんだよ。さあ、もうおしゃべりはやめてキスして。ああ、もっと優しく。うん、ああ、いいよ」

アリエルは溶けてしまいそうだった。さっきの、むさぼるような激しいキスは本当に素晴らしかった。でも今みたいに優しく口づけられると、まるで本当に想われているような、少しは彼に愛されているような気持ちになって、その思い出だけで一生生きていけそうだった。サムはゆっくりと時間をかけて、深く、思う存分に口づけを味わった。しまいにはアリエルのほうが我慢できなくなり、腰をすりつける羽目になった。

「サム……？」

「なんだい？」

「あなたが欲しくて、ヘンになりそう」

サムは身を震わせ、「わかったよ」とささやくと、片肘をついて身を起こし、もう一方の手をペニスに添えて中へと導いた。アリエルには、彼が震えているのがわかった。顔に赤みが差すのも。真っ青な瞳がいっそう青みを増すのも。彼の大きなものが、柔らかな肉に割って入るように、少しずつ進入してくる。

サムは何かをこらえるように歯を食いしばった。「アリエル、すごく濡れてるよ」

「わかってる……」アリエルは真っ赤になった。「だって、我慢できなかったんだもの」

「いいよ、アリエル。すごく、いい」サムはさらに深く沈め、そして呻いた。「きつくて、すごく締まってる」サムはいっそう顎をこわばらせた。「全部、おれのものだ」

サムの言葉に、アリエルは胸を激しく高鳴らせながら答えた。「ええ、ずっとあなたのものよ」

だがサムは、アリエルの返事を聞いていないようだった。というより、自分が何を言ったのかも気づいていないようだった。見下ろしてくる彼の瞳は燃えさかる炎のようで、いっそう深く挿入するにつれて、その顔に喜びが広がっていく。アリエルは、引き裂かれるような、焼けつくような感覚を覚えたけれど、耐えられない痛みではなかった。むしろ、すべてが満たされて、生きていることを強く実感できるようだった。

サムの肩のあたりの筋肉が激しく隆起する。彼は何事かつぶやき、ぎゅっと目を閉じたと思うと、やがて激しく腰を動かし始めた。アリエルは、さらに奥深くに挿入されて思わず息をのみ、鈍い痛みと歓喜に喘いだ。

「ごめんよ、アリエル」サムは掠れ声で言いながら、いったん引き抜き、さらに深く沈め、リズミカルに、いっそう強く、速く、挿入を繰り返した。

愛してるわ、サム……。アリエルは思ったけれど、言葉には出さずにいた。サムをぎゅっと抱きしめ、深く貫かれながら、彼の全身を優しく撫でる。サムもまたアリエルを強く抱きしめながら、彼女の首筋に顔をうずめた。汗ばみ、全身から熱を放出しつつ、背をそらす。その瞬間、一番奥まで貫かれて、アリエルは思わず叫んでいた。

見上げたサムの顔は、神々しいようだった。とても男らしくて、耐えがたいほどの歓喜にほとんど顔をゆがめている。アリエルはほほ笑みながら、彼の震える胸と肩をそっと撫でた。やがて彼の喘ぎ声が小さくなり、大きな体がどさりと覆いかぶさってきた。

じゅうたんにこすれて、背中がチクチクする。アリエルは、脚は痛いし、サムの体が覆いかぶさっているしで、ほとんど息もできなかった。でも、どんなに苦しくても、そのままでいたかった。永遠にずっと。

サムは顔も上げずに、物憂い声でつぶやいた。「今度はじゅうたんでこすれてお尻が赤くなってるんじゃないのか？　あれだけ怪我をしたあとだっていうのに」

アリエルは忍び笑いを漏らした。

サムはほほ笑みながら顔を上げ、「またそうやって、くすくす笑う」と優しくぼやき、そして彼女に口づけた。

アリエルはすっかり満たされていた。こんなに深い幸福感に包まれるのは、生まれて初めてのような気がする。

「大丈夫かい？」

アリエルは夢見心地でため息を漏らした。「完璧だった」

「そう……」サムはアリエルのかたわらで、片脚を曲げ、ベッドに背中をもたせるようにして座り、彼女の裸身をじっと見つめている。やがて彼は悔しそうにかぶりを振った。「そいつはよかった。でも、シャワーを浴びて、少し眠れば、もっと完璧になるんじゃないか」

そんな……。アリエルは内心しょんぼりしたが、必死に本心を隠した。「あの、じゃあ、家まで送ってくれる？」

サムは肩をすくめて立ち上がり、彼女を抱き上げた。肩と肋骨に走った痛みに呻きながら、彼女を見つめる。「きみが帰りたいって言うんならね。自分で決めたらいい」

アリエルは胸を高鳴らせた。「でも、泊まっても、いいの？」

つまり、泊まりたいってことだな……サムはそう判断し、バスルームに向かうことにした。

「今さら帰れないだろ……ま、おれはまだまだ大丈夫。言っておくけど、泊まっていくのなら、あと少なくとも二、三回はするから覚悟しておけよ」サムは彼女を見下ろすようにした。

「さっきとは別のやり方でね」

アリエルはすっかり安堵して、サムの肩に頭をもたせると、胸毛を引っ張りながらささやいた。「たぶん……今度は、わたしがイカせてあげるわ」

サムは片足を踏み出した状態で立ち止まり、またもや呻くと、そそくさとバスルームに向かい、バスタブの中に彼女を立たせた。そして、「バージンってのは、まったく手に負えないもんだな」とぼやきながら、彼女に背を向けてコンドームを取った。

「元バージンよ」サムがバスタブに入ってくると、アリエルはうっとりと彼の体を見つめながら手のひらで愛撫を加え、ありとあらゆる場所に口づけていった。黒い胸毛は、下半身に向かって逆三角形を描くように広がっていて、へその周りで渦を巻き、さらに下のほうに伸びて、彼のものを縁取っている。

「そうだったな」サムはうなずきながらシャワーのコックをひねり、噴き出した冷たい水をわざとアリエルの背中に直撃させた。金切り声をあげる彼女に口づけて、叫び声を封じる。

「好き放題にやってご満悦の、でしゃばりな元バージンだったな」

「もうっ!」アリエルはぼやいたが、冷たいシャワーはすぐに温水になった。

サムはつるつる滑るアリエルの体を巧みに支えながら、彼女の全身に石けんを塗りたくっていった。石けんを塗り終えるころには、アリエルも、「別のやり方」がどんなものなのか薄々感づいていた。あっという間に朝が来てしまうんじゃないかしらと、彼女は思った。

しっとりと優しいキスを背中に感じて、サムは目を覚ました。ぱっちりと目を開けながら、それでも彼は両脚を大きく広げた状態で、ぐったりとうつぶせになったまま寝たフリを続けた。

室内はまだ闇に包まれているので、まだ明け方だろう。まるで三日酔いのように、頭の中がひどくぼうっとしている。でもすぐに、酒のせいではなく、アリエルの体をむさぼったせいで気だるいのだと思い至った。

それにしても彼女は素晴らしかった。サムがパートナーに求めていたすべてのものを、彼女に与えてもらったような気がする。そう、ありとあらゆる喜びを。

彼女の温かな指先が背骨を撫で、尾てい骨のところまでなぞっていくのを感じる。一瞬だけためらってから、彼女の指はさらに下のほうに移動し、ついに睾丸を発見すると、そのまま背後から愛撫を加えてきた。うっかり喘ぎ声を漏らしそうになるのを、サムは慌ててのみ込んだ。

ゆうべはさんざん楽しんだので、何をされても、もう疲れきって勃たないと思ったのに。でも相手はアリエルだ——サムの下半身はあっという間に大きくなった。

「起きてたの?」アリエルが、どこか嬉しそうにつぶやいた。

「たった今、起きたところ」サムはくるりと仰向けになると、アリエルを自分の体の上に抱き上げた。寝起きのくしゃくしゃの髪が、とてつもなくセクシーだった。「せっかく気持ちよく眠っていたのに、セクシーなお嬢さんがいたずらするから、すっかり目が覚めて準備万端になっちゃったよ」

アリエルは嬉しそうににっこりとした。

サムはため息をついた。「でも残念ながら、もうコンドームがないんだ。危険は冒したくないから、いたずらはおしまいだよ」

アリエルはがっかりした顔になった。「つまんないの」

「仕方ないだろ」というサムの返事に、アリエルが本当に残念そうな顔をするので、彼は危うく噴き出しそうになった。「ところで、今、何時なの?」

「六時よ」

体中が痛くて、サムはアリエルを抱いたまま伸びをした。彼女は笑いながら、ずり落ちそうになるのを必死にサムにつかまってこらえた。

例のくすくす笑いだ……以前は神経を逆撫でされるように感じたのに、今は何だか、とても愛しく思える。「仕事は何時から?」

「一〇時だけど?」

サムはアリエルの裸のお尻をぴしゃりと叩いた。「よし、じゃあ朝メシでも食うか。もう腹ペコだよ」

サムはアリエルを優しくベッドに横たわらせ、軽く口づけてから、先にベッドを出た。自分ひとりだったら、たんすまで足を引きずっていきたいところだった。何しろ、ちょっと動くたびに全身の筋肉が悲鳴をあげる。でもアリエルが見ているので、男らしく痛みをこらえるしかなかった。

アリエルも、ベッドの上に膝をついて起きあがった。「ねえ、ドレスは破れちゃってるし、ゆうべは繕う時間もなかったから、あなたのTシャツを借りてもいい?」

サムはちらりと彼女を見やって、「ダーメ。きみの裸をもっと見たいからね」と意地悪を言った。

アリエルは真っ赤になった。「こんな格好じゃ、朝ごはんを作るのも食べるのも無理よ」

「できるはずだよ」サムは黒のボクサーパンツに脚を入れると、ウエストまで引き上げた。「おれの家では、おれのルールに従うはずだろ?」

アリエルは体を硬くした。「でも……」

「アリエル――」彼女があまりにもかわいいので、サムはつい、いじめたくなってしまう。「あんまり白けさせるなよ」

彼女の乱れたブロンドヘアが、怒りに震えるのがわかる。それを見て、サムは必死に笑いをのみ込んだ。「わかった、わかった。そう怒るなって。シャツくらい貸してやるから」と言いつつ、まるで火に油を注ぐようにつけ加えた。「きみみたいなお子様には、そのくらいの慎みがあって当然だものな」

それから、白いTシャツをアリエルに向かって投げた。だがTシャツは、真っ赤になって怒っている彼女の顔に当たり、そのまま膝の上に落ちた。彼女は、投げられたシャツを受け止めようともしなかった。

サムはたんすに寄り掛かって腕組みし、アリエルを観察するようにした。「おや、気が変わったのかな?」

彼女はキッと顎を上げ、Tシャツを床に払いのけた。そして「ええ、そうみたい」と言うなり、フンッという顔でサムを睨み、ベッドを下りると、素っ裸のまま、すたすたとドアのほうに向かった。「大人は、裸なんて屁とも思わないものね?」

まったく……。サムはアリエルのあとを追った。お尻を揺らしながら階段をさっさと下りていく彼女の後ろ姿に、ほとんど釘付けだ。思わず胸のあたりに手をやり、こんな刺激に耐えられるほど若くないのにと内心でぼやいた。だがぼやいたそばから、ふと思い出して笑みを漏らした。そうだ、ゆうべはアリエルのほうが先に疲れて眠ってしまったのだ——しかも、いかにも満ち足りた笑みを浮かべながら。

サム自身、本当にへとへとだったので、若い彼女のほうが先に眠りについたことをちょっと誇らしく思ったのだった。

けれども笑っていられたのもそこまでだった。ふたりが一階にたどり着いたちょうどそのとき、玄関をものすごい勢いでドンドンとノックする音が聞こえてきたからだ。アリエルは飛び上がって驚き、すぐにサムの背後に隠れた。ドアが急に透明になって、向こう側から全部見えているわけでもないのに。サムは眉間にしわを寄せながら、いったい誰だろうと覗き穴から確認した。アリエルがまだ後ろにぴったりと寄り添っているので、背中に乳首の感触がある。

「まずいっ」

いないぞ」

サムは後ずさりながら言った。「ピートだ。あの顔は、いよいよきみの車を見つけたに違いないぞ」

「誰なの？」

アリエルは手で口を押さえた。「どうしよう」

まさに「どうしよう」だ。いったいどうすりゃいいってんだ？

さらにドンドンとドアを叩く音。そしてピートが、「兄貴、開けろよ！　居留守を使ったって無駄だぜ！」と叫ぶ声が響きわたる。

サムはアリエルの裸身を一瞥《いちべつ》してから、眉を吊り上げておどけた。「残念ながら、慎みを取り戻してもらわなくちゃいけないみたいだな、アリエル。ピートに何と説明したところで、きみが生まれたままの姿で家中を飛び回ってたら、信じてもらえるわけがないからね」

アリエルは口をあんぐり開け、大慌てで階段を駆け上っていった。その姿を見ながら、サムは頭を抱えた。なんてこった……この家で、彼女が素っ裸のまま飛び跳ねるところを見る羽目になるなんて。サムはかぶりを振った。まったく、バカなマネをしたものだ。常識なんてどこへやら、下半身の衝動に任せて行動するなんて。ゆうべのうちに、彼女を家に帰すべきだったのに。

いや、そうじゃない。そもそも彼女に触れるべきじゃなかった。でももう触れてしまった。しかも、心の底からそれを楽しんだんだ。

今から、その報いを受けるわけか……。

サムがドアを開けたとき、ピートはこぶしを上げ、あらためてドアを叩こうとしているところだった。まずはそうして弟の不意を突いたところで、サムはさりげない声音を作った。

「何だ、またおまえか。今度はいったいどうした?」

ピートは驚きを隠して、ひたすら兄を睨んでいる。サムを押しのけるようにして室内に入ると、きょろきょろとあたりを見回した。「彼女はどこだよ?」

「彼女って?」

ピートはくるりと振り返った。「わかってんのに、とぼけんなよ! アリエルに決まってんだろ。ゆうべは気づかなかったけど、車回しにあるのは彼女のフォードだろ? あれがまだここにあるってことは――」

「アリエルの車?」サムは開いたドアから首をおもてに出し、車があるのを確認すると、

「ああ、確かにそうだな」とそしらぬ声を出した。

ピートは歯ぎしりした。「だから、彼女はどこにいるんだよ?」

階段の一番上から、アリエルが穏やかに答える声が聞こえてきた。「ここにいるけど?」

サムとピートはくるりとそちらを振り返った。サムはぎょっとして、思わず前に一歩足を踏み出していた。何だってそう、人を驚かせるようなことばかりするんだ? ピートが仰天した顔でこちらを見ているのがわかったが、サムはアリエルに釘付けで、弟に対する言い訳すら思い浮かばない。

どうやらアリエルは、寝室に戻るなり、たんすからサムの特大Tシャツを引っ張り出した

らしい。小柄な彼女には大きすぎるらしく、一方の肩がほとんど丸見えになっているが、裾は膝のあたりまで届いているので、その意味ではちょうどいいと言えなくもない。さらに彼女は、サムの短パンまで拝借したようだ。ウエストが紐になっているやつなので、ぎゅっと絞った紐の先が足首まで垂れ下がっている。アリエルは……笑っちゃうくらいかわいかった。自分がとんでもない状況に置かれているとわかっているのに、サムはほほ笑まずにはいられなかった。

そのとき、ピートのパンチが腕に当たった。すっかり気色ばんで、それでいて誰かを守ろうとするかのような表情を浮かべている。その誰かは……アリエルか？　まさか。ピートはゆうべ、彼女とはもう終わったと言ったはずだ。それなのに、顎をキッと上げ、肩を丸めて、戦闘態勢に入っている。

「おい兄貴、何でパンツ一丁なんだよ？」ピートはなぜか声を潜めて訊いてきた。まるで、パンツ一丁なのをアリエルに気づかれまいとしているようだ。

「別にいいだろ。アリエルだって、おれの下着しか着けてないんだから。なあ、そうだよな、アリエル？　ボクサーパンツもちゃんと穿いたか？　三番目の引き出しに、シャツと短パンと一緒に入ってただろう？」

ピートはちっともおもしろくないというふうに、もう一発、サムにパンチをお見舞いした。殴られたのに、サムはなぜか弟を誇らしく感じた。ピートも結構、大人になったんだな。女性の名誉を守れというおれの説教を、少しは聞いてくれていたんだ。

「笑い事じゃないぜ、兄貴」

「笑ってなんかいないって」サムが言いながら、これよりもひどい状況なんてまずないだろうなと思っていると……開いたままのドアの向こうから、隣人のヘスパーと、彼女のかわいい太っちょのブルドッグが顔をのぞかせた。

家族の次は、隣人かよ……。これじゃまるで、パーティでも始まるようじゃないか。実際には、若くて超セクシーな元バージンと、一夜を過ごしたところだっていうのに。

サムの中に、さまざまな感情が渦巻いた。罪悪感と、後悔と……そして、アリエルに対する深い愛情と。できることなら、彼女とのひとときをもっと楽しみたかった。だがどうやら、ここでタイムオーバーらしい。

5

「何かあったの、サム？」

声のしたほうを振り返る前に、サムはいったん目を閉じ、何か素晴らしい言い訳を思いつきますようにと神に祈った。

だがやはり、何も思いつきはしなかった。「やあ、ヘスパー」見ると彼女は、部屋着に室内履きという格好で、頭にはカーラーがついたままだ。「いったいどうしたんだい、こんな朝早く——昨日もずいぶん遅かったのに？」

「だって、あの女の子の車がまだあそこにあるし、弟さんがドアをドンドン叩いているもんだから心配で……何かわたしたちにお手伝いできることはない？」

「いや」サムはドアのほうにさっと歩み寄り、階段の上にいるアリエルに気づかれまいとした。「心配無用だよ、ヘスパー。弟は、ちょっとおれに会いにきただけだしさ」

だが無駄な努力だったようだ。ブルドッグがアリエルに向かって吠え、見上げたヘスパーは、そこにアリエルがいるのを見つけてしまった。「おや、まあ。大丈夫なの、お嬢さん？

サムから全部聞いたわよ」

ピートがぎょっとした表情でヘスパーに歩み寄る。「ちょっと待ってください、兄貴からいったいどこまで聞いたんです？」

「どこまでって、全部よ。あのお嬢さんはワトソンさん一家のお友だちで、サムにとっては大切な人なのに、ゆうべ暴漢に襲われたんですって。だからサムが心配して、とりあえず一晩泊めてあげたというわけなの」

アリエルは息をのみ、ごほごほとむせ始めた。ピートは無言でサムの顔を見ている。

サムは笑顔を貼りつけたような顔で、ヘスパーの腕を取り、ポーチのほうに押しやるようにした。「ヘスパー、本当に大丈夫ですから。もう気にしないで。でも、とにかく心配していただいて、感謝してますよ」

「感謝だなんて、そのためのお隣さんじゃないの」ヘスパーは名残惜しげに玄関の階段を下りていった。そのうしろから、ブルドッグがのしのしとついていく。「ああ、そうだわ、サム」彼女はいきなり振り返り、はにかむような笑顔を見せた。

「何ですか、ヘスパー？」

「うちのブースも、あなたみたいにパンツ姿が似合う人だったらねえ。そうしたら、あの人のズボンなんてぜーんぶ焼いちゃうんだけど」

サムはにっと笑って見せた。「お褒めいただいて光栄ですよ」

「どういたしまして」ヘスパーは言い、自宅のほうに戻りながら「本当にパンツがよく似合うこと」とつぶやいた。

サムはほほ笑みを貼りつけたまま、ドアをバタンと閉じて室内に向き直った。ピートは今にも火でも噴き出しそうな顔、そのかたわらのアリエルは何だか落ち着かなげな顔だ。

「娼婦って言ったんじゃなかったの？」アリエルが残念そうな声を出すので、サムは肩をすくめてみせた。するとピートがぐいっと腕をつかんできて、くるりと自分のほうに向き直らせた。「おいっ、娼婦って何のことだよ？」

「何でもないって。アリエルをからかっただけの話だよ」

父親譲りのピートの茶色の瞳が、さげすむように細められる。「おれには、ただからかっただけには思えないけどね」

「ピート！」アリエルは大声をあげ、男たちの間に割って入ろうとした。だがその余地がなかったので、代わりにピートを指でつついた。「ピート、あなたには関係のないことでしょう？　口出しするのはやめてよね」

「じゃあさ――」ピートは兄と元彼女を交互に見やった。「近いうちにふたりは結婚式を挙げるってことでいいわけ？」

いきなりの話に、サムは腰が抜けるかと思った。「け、結婚!?」おいおい、そんなこと、そもそもアリエルが……弟の突拍子もない発言に呆れながら、アリエルを見やると、見つめ返してくる顔は蒼白で、唇はまっすぐに引き結ばれ、何も言葉を発しようとしない。

「聞いてんのかよ、兄貴」ピートは腕組みをした。その様子は、決意に満ちているといった雰囲気だ。「アリエルが男女のことをどれだけ真面目に考えてるか、ゆうべおれがちゃんと教えてやったよな？」

ああ、教えてもらったさ。でも、そのおかげで思いとどまるどころか、彼女がバージンだと知っていっそう惹かれたんだ。要するに、彼女の最初の男――唯一の男か？――になれるのなら、常識だの、道義だの、保身だのはどうでもよくなったってことだ。彼女を自分のものにするしかないって思ったわけだよ……。

サムは咳払いした。「ああ、聞いたけどな。ひょっとしたら、彼女もポリシーを捨てたのかもしれないだろ。なあ、そういう可能性も無きにしもあらずだよな、ピート？」

ふたりは揃ってアリエルに向き直った。その瞬間、アリエルがとても小さく、すっかり途方に暮れて、ひとりぼっちで、傷ついているように見えて、サムはなぜか胸の奥がぎゅっと締めつけられるように感じた。気がついたときには、サムは彼女のほうに手を伸ばしていた。ただ慰めようと思っただけなのに、彼女はその手を避けるようにすっと後ずさった。

顎をキッと上げ、アリエルはささやくように言った。「そう……かもしれないわね」

ほんの数分前まで、あんなに明るい笑みを浮かべて、裸ではしゃぎまわって、おれを翻弄してくれたのに。あんなに楽しそうだったのに、それがどうして急に……今のアリエルは、すっかり自分の殻に閉じこもってしまったように、まるで無表情だ。サムはいっそ、今すぐに弟を追い返してしまいたかった。ピートが現れるまでは、あんなに愉快で、開放的な気分だったんだ。

三人はしばらく、何を言えばいいかも、どうすればいいかもわからず、ひたすら無言でバツが悪そうに突っ立っていた。そのとき、突然、ギルの声が割って入ってきた。「何だよ兄さん、まだ寝てると思ったのに。玄関先にお揃いで、いったい何事？」

「ギル!?」サムはくるりと振り返った。妙に憔悴しきった表情のギルが、ずかずかと室内に入ってくる。「どうしたんだ、おまえ？　出張中じゃなかったのか？」

「たった今、帰ってきたところ」ギルはサムにブリーフケースを手渡しながら、どっかりと壁にもたれかかった。ネクタイはだらしなく緩んでいるし、ワイシャツの袖は肘のあたりまでめくられている。精神的にも、肉体的にも、相当まいっているようだ。「留守電をチェックしたら……もう、いったい何が何だか……。おれ、どうすればいいのかわからなくってさ、それで、兄さんに相談しようと思って来たんだ」

ピートがギルに駆け寄った。「どうしたんだよ、ギル？　会社のことで、何かあったのか？」

アリエルは離れたところにいるので、ギルは彼女に気づいていないらしい。「いや、会社は大丈夫だよ。でも、なんかおれ、トラブルを抱えちゃったらしくって……」ギルはそこで言葉を切り、すっかり途方に暮れた表情を浮かべると、急にげらげらと笑いだした。でも、ちっとも楽しそうではない。「いや、トラブルって言い方はちょっと違うな。むしろ、驚愕の事実を突きつけられたっていうのかな。人生が一八〇度変わっちゃうような、驚きの真相だよ」

三兄弟のなかで、ギルは一番大人だった。おちゃらけのピートと違っていつも真面目だし、短気なサムと違っていたって穏やかだ。ビジネスの才覚も大したもので、こんな悲嘆にくれた振る舞いとは、縁遠い人間のはず。

サムは激しい不安に駆られた。「おい、ギル、いったい何があったんだ、はっきり言えったら！」

ギルの茶色の瞳――父親譲りの、ピートとよく似た瞳――は、ほとんど血走っていた。彼はうなじのあたりをこすりながら、ようやく話しだした。「アトランタに住んでる若い女性から電話があってさ。父さんが亡くなってすぐのころに、おれが向こうに出張に行ったのを覚えてるだろう？　どうやら、そのときのことらしいんだけど……」いったん言葉を切り、深呼吸して、目を閉じ、壁にぐったりともたれかかる。「おれ、父親になったみたい」

それから一週間、サムはアリエルと会わずじまいだった。といっても、会おうとする努力を怠ったわけではない。

それが何だって、今このタイミングで、彼女とばったり出くわすことになるのやら……。

この一週間、彼女には何度も電話して、そのたびに留守電にメッセージを残した。でも彼女は、一度も電話をかけ直してくれなかった。ついには彼女の勤務先の美容院まで足を運んでみたが、急に休暇をとることになったと、同僚のひとりから教えられただけだった。

彼女の住むアパートにも行って、廊下に突っ立って何度もドアを叩いたけれど、やっぱり会えなくて、最終的には、本当に休暇中なのだろうと自分を納得させることにした。たぶん彼女は、怒って避けているわけではないのだろう。ふたりの夜があんなふうにして終わったことを、特に気にもかけていないのだろう。

ひょっとすると、どこかのパーティで大はしゃぎしているのかもしれない——サムが罪悪感にさいなまれ、彼女のことを心配して、くすぶっている間に。

でもやっぱり、最後に彼女が見せたあの表情が気になる。サムはどうしても、もう一度彼女と話がしたかった。話をして、彼女が大丈夫なことを確認したかった。

あの日、ギルの爆弾発言のあと、サムはすっかり混乱してしまって、アリエルのことを一瞬、忘れてしまった。三兄弟はすぐにキッチンに向かい、コーヒーを淹れて相談することにした。何か問題が起きるたび、いつもそうしてみんなで解決してきたのだ。あのときサムは、てっきりアリエルも一緒にキッチンに来るだろうと思っていた。

でも、彼女は来なかった。

途中で振り返ったとき、すぐ後ろに彼女がいるだろうと思っていたのに。彼女がいないのに気づいて、サムは腹を思いっきり殴りつけられたような気持ちになった。慌てて玄関のほうに走ると、彼女の小さな黄色のフォードは、角の信号の先に走り去っていくところだった。彼女はさよならも言わなかった。震える声で、「そう……かもしれないわね」とささやき、サムの肩の荷を降ろしてくれたあとは、一言も言葉を発しなかった。

ひどく傷ついていただろうに、ひたすら無言で、ずっとその場に立っていたのだ。

キッチンに戻ったサムに、ピートはしつこく質問はしてこなかった。ピートも、ギルの爆弾発言によほど驚いていたのだろう。だからサムは、椅子にどさりと腰をおろし、アリエルはひとりで帰ったようだとだけ告げた。ギルは何の話かわからないようで、きょとんとした表情を浮かべ、一方ピートは「その話はあとにしよう」とつぶやいた。

だが結局、「あと」はやってこなかった。サムがピートを避けていたからだ――ちょうど、アリエルがサムを避けているのと同じように。それなのに今になって……アリエルはふたたびサムの前に姿を現した。しかも、またもや夜のバーで。

今夜の彼女は、体にぴったりとフィットしたブルージーンズに、ふわっとした純白のブラウスを身につけていた。ブラウスには、襟と袖にフリルがあしらわれている。巻き毛は編み込みにしてあって、足元には白いサンダルがのぞいている。

とても女らしく、魅力的で、サムは一目見るなり心臓を高鳴らせた。続けて、体のほかの部分も激しく反応した。

あいにく、アリエルはほとんど向こうを向いたきりで、サムのほうからは顔がよく見えない。

そのとき急に、酒臭い息とともに、笑い交じりに声をかけてくる者がいた。「よお、あんたこの前、フレディの店でやられてたろ?」

見上げると、ごま塩ひげをたくわえた初老の男（五〇代くらいだろう）が、アルコールの匂いをぷんぷんさせながら、サムのかけている円テーブルに加わろうとしているところだった。まったく、ツイてないな……サムは内心毒づいた。酔っぱらいなんかがそばにいたら、そちらにも気を配らなくてはいけなくなる。サムはできるだけつっけんどんな声を作った。

「フレディの店なんて知らないね」

初老の男は笑いながらサムの向かいに腰かけた。「いやいや、確かにいたって。この目でちゃあんと見たんだから。警官がふたり来て、あんたを助けてくれただろう?」

サムが知らん顔でウイスキーグラスを傾けていると、男はくすくす笑いだした。

「ひょっとして、酔っぱらってて覚えてないんじゃないかね?」

「かもね」サムは急にアルコールが恋しくなり、ウイスキーをぐいっとあおり、喉が焼けつくような感覚を味わった。アリエル、頼むから今夜は首を突っ込まないでくれよ……彼は心の中で祈った。何しろ、仕事中で彼女がそばにいないときですら、彼女のことを考えないようにするだけで精一杯なのだ。

サムが顔を上げると、アリエルも顔を上げた。だが彼女は、まるで全然こちらに気づいていないかのように、かたわらの若い男とのおしゃべりに戻ってしまった。その様子にサムは、胸を撫で下ろすべきなのか、怒り狂うべきなのかわからず、われながら途方に暮れた。

できることなら、今すぐに彼女を外に連れ出したい。彼女の気を引こうと愛嬌を振りまく連中がいないところ、仕事のことなんか忘れられるところに連れて行ってしまいたい。そう……できれば、彼女とふたりっきりになり、彼女に触れられるようなところに。

サムはぎゅっとこぶしを握りしめた。

　これ以上ここで、彼女の忍耐や自分の所有欲を試す気にはなれない。サムは財布を引っ張り出し――今回も札でパンパンに膨らんでいる――テーブルに代金を置いた。このバーに来てからもう二時間。すでに何人か怪しい人間に目をつけてあるが、特に気になるのがひとりいた。いかにも金に飢えて逆上しているような目つきでじっとこちらを見てくる男がいて、さっきからいらいらしていたのだ。どうか、あの男がつけてきますように。そしてアリエルは、首を突っ込まないでくれますように。

　向かいに座る酔っぱらいに向かって、サムはかぶってもいない帽子を軽くあげて会釈するようなポーズをとった。「まだ歩けるうちに帰るとするよ」

「ああ、そうしたほうがいい。今夜は気をつけてな」

　酔っぱらいの言葉には返事をせず、サムは足をふらつかせつつ出入り口に向かった。戸枠にぶつかって悪態をつき、なおもよろめきながら通りに出ると、反対側の歩道に渡った。

　真夜中だというのに、気温は大して下がっていないようで、生温かい空気が顔を撫でる。サムは汗をにじませながら、期待に胸を高鳴らせると同時に、うんざりしていた。おとり捜査チームは、一連の強盗事件の黒幕にいよいよ近づきつつあり、それは喜ばしいことだった。だが一方でサムは、ウイスキーグラスを重ねることにも、ほとほとうんざりしていた。とにかく連中ときたら、酒を飲んではぐだぐだと不平を言ったり、ケンカしたりするばかりなのだ。酔っぱらい連中がせっかくの酒を台無しにすることにも、ほとほとうんざりしていた。

　こんなことよりも、自分にはもっとほかにたくさんやることがあるはずだ……その大半は、アリエルと一緒にやることばかりだった。どんなに自分を抑えようとしても、その思いは消えなかった。早いところ今夜の捜査を終わらせて、ペーパーワークも済ませてしまいたい。仕事を終えれば、いろいろなことをもっとまともに考えられるはずだ。

サムはアリエルのことを想いながら歩いていた。相棒たちが待つ指定の場所に向かいつつ、いつの間にか、周囲への注意を怠っていたようだ。頭の中は、ベッドの上にアリエルが寝そべり、彼をからかったり、笑ったり、誘ったりするイメージでいっぱいだった——とそのとき、視界の隅でふいに何かが動くのをとらえたサムは、反射的に身をかわし、右側に体を移動させていた。

重たい鉄パイプが、れんがの壁にぶち当たった。壁の一部が破壊され、周囲に大きな衝撃音が響きわたる。万が一、ほんの少しでも気づくのが遅れていたら、危うく頭をつぶされるところだっただろう。足をもつれさせて地面に転がったサムは、すんでのところで、今度はナイフの切っ先をかわした。すぐさま身を起こして両足を踏ん張り、戦いに備えて体勢を整える。

敵はなんとふたりだった！　犯人は、ずっと彼を睨みつけていた男だけではなかった。テーブルの向かいに座った、あの酔っぱらいもグルだったのだ。

くそう。おれとしたことが、まんまと引っかかったな。

サムのなかで、一気に警戒心が高まり、アドレナリンが爆発する。彼は「相手を選び間違えたようだぜ」と言い、ふたり組みを挑発するように笑ってやった。

鉄パイプを持った大柄な男が、怒り狂って突進してきた。サムも酔っぱらいの仮面をすでに脱ぎ、攻撃態勢に入っている。

敵の一挙手一投足を逃さず観察して次の動きを読み、鉄パイプをよけるために右にどくと見せかけて、くるりと回転しながら肘を上げ、相手の顎に強烈な一打を加える。男はあっという間に膝から崩れ落ちた。腹に蹴りを入れれば一丁あがり。鉄パイプは、カランカランという音をたてながら、地面に転がり落ちた。

だが、空気を切り裂くようなシュッという音が聞こえたと思ったときには、すでに手遅れだった。飛びのいてよけようとしたが、完全にはよけきれなかったらしい。ナイフの切っ先は、肩から脇腹にかけて斜めにサムのシャツを切り裂いた。傷は深くはないようだが、焼けつくような痛みに、彼は思わずぎりぎりと歯を食いしばった。生ぬるい血が、背中を伝い落ちるのがわかる。

振り返ると、ひげ面の男が次の一撃を加えようと腕を振り上げているのが目に入った。すかさずサムは、相手の膝のあたりを思いっきり蹴り上げた。何かが折れるような音がしたと思うと、男はその場にくずおれ、動かなくなった。

今夜のおとり捜査も、フラーとアイザックが見張り役にまわっている。そのふたりが、大声をあげながらようやく現れた。

「そろそろお出ましだと思ってたよ」サムはぼやいた。

アイザックはふたりの容疑者に手錠を掛けた。フラーは無線で救急車と援軍を呼んでいる。自分の役目が終わったことがわかると、サムは膝に両手をついて前かがみになり、懸命に肺に空気を送り込んだ。

アドレナリンの奔流はすでにおさまり、普段の気力さえもすっかり萎えている。体の震えを覚え、サムは苛立った。すっかり消耗しきって、膝から力が抜けていくような感じがする。だが、ふと通りの反対側を見やるとアリエルが立っているのが目に入り、新たな気力が湧いてきて、彼はゆっくりと身を起こした。アリエルは自分を抱きしめるように腕を体にまわし、唇をぎゅっと噛んで、恐怖に顔を引きつらせていた。

そのままただ見つめあっていると、フラーの声が聞こえてきた。「すまない、サム。できる限り急いで来たんだが、ちょっと遅かったみたいだな」

フラーが腕をつかみ、縁石のほうに引っ張っていって座らせてくれた。サムは視点が定まらず、アリエルの姿も時おり視界から消えてしまう。「アリエル？」

フラーは顔を上げ、アリエルの姿を確認すると、「お嬢さん、すみません！　こちらに来ていただけますか！」と大声で彼女を呼んだ。それからサムに向かって、「ちゃんと息をしててくれ。彼女なら、今こっちに来るからな」と伝えた。

それまで、まるで彫像のように青ざめた顔で突っ立っていたアリエルが、フラーに呼ばれたとたん、一目散にこちらに駆けてきた。フラーはシャツを脱いで折り畳んだ。「しっかりしろよ、サム。今、救急車を呼んでるからな」

「救急車?」サムは、夢中でこちらに駆けてくるアリエルから目を離せないようだった。ようやく目の前までやってきた彼女に手を差し出すと、彼女は両手でその手をぎゅっと握りしめた。「何のためにだ? 連中には大した怪我は負わせてないはずだぜ。逃げたりしないように、ちょっとやっつけただけだ」

フラーは鼻を鳴らした。「連中は大丈夫さ。骨が一、二本、折れてるみたいだけどな。問題はあんただよ、サム。ひどく出血してるじゃないか。あの野郎にやられたんだろう。本当に、すまなかった」彼はサムのシャツを持ち上げると、悪態をつきながら、折り畳んだシャツを傷に押し当てた。

傷のことなんかよりも、アリエルが無言なのが、サムには耐えられなかった。「アリエル?」

アリエルは瞳に大粒の涙をため、息をのんだ。「なに?」

「感心したよ」もっと力強く言うつもりだったのに、われながら頼りない声で、サムは内心うんざりした。「きみに、あんな自制心があるとは思わなかった」

アリエルの頰にはようやく赤みが差していた。彼女はサムの目の前に膝をついた。「何の話かわからないわ」

「今回は、首を突っ込まなかっただろう?」

「当たり前じゃないの」アリエルは手を放そうとしながら言った。「背中の具合を見せて、サム?」

だがサムは手を放そうとしなかった。「傷のことは、フラーに任せておけよ」

「でも……」アリエルは声を震わせた。

「また勝手に救世主の役を演じるかと思ってたのに、よき市民らしく、ただ横で見ているとはな。感心したよ、本当に」

アリエルは眉根を寄せ、無理やり手を放すと、地面に膝をついたままサムの背中のほうにまわった。「大変……」

「見た目ほど、深い傷じゃないから」サムはつぶやいた。

「見えないくせに、何言ってるの」アリエルはきつく言い返した。

サムは声をあげて笑った。

ようやく遠くのほうから救急車のサイレンが聞こえてきて、アリエルの声を掻き消しそうになる。彼女は穏やかに言った。「サム・ワトソン、あなたって本当に口の減らない、いばり屋さんなのね。でもあなたの戦う姿ときたら……わたしの出る幕なんてなかったわ。あんなに強いと思わなかった」

「だけど、そういうおれを、愛してるんだろう？」サムは息を殺して答えを待った。背中の傷なんかより、胸の痛みのほうがずっとひどい。

フラーがヒューッと口笛を吹く。

アリエルは、安心させるようにサムの肩をそっと撫でた。ぴったりと寄り添っているせいで、サムの鼻孔を彼女の甘い香りが満たした。アリエルは、「ええ、愛してる」とささやいた。

サムは目を閉じ、「そいつは幸先がいい」とつぶやいた。

「どういう意味？」

返事をしたかったが、サムはほとんど気絶寸前で、何も言葉が思い浮かばない。ようやく救急車がやってきた。救急医療士がサムの周りに群がり、そっとアリエルを彼から引き離すと、サムと膝を負傷した容疑者にてきぱきと応急処置を施す。

数分後には、サムは救急医療士の肩を借りて立ち上がっていた。ぎゅっと両手を握りしめながら見守るアリエルに向かって、彼はささやいた。「病院に、一緒に来てくれ。話があるから」

「サム……」

「フラー、彼女を病院に――」

「ちゃんと行くったら！」アリエルは大声を出した。

サムもフラーも、アリエルが不安のあまりわれを忘れて怒鳴り散らすのを見て笑った。救急車に乗せられ、後部ドアが閉められると、サムの視界からアリエルの姿はすっかり消えてしまった。サムはようやく、猛烈な痛みに身を震わせながら呻くことができた。

正直言って、アリエルの前では、痛みを我慢するのに精一杯だったのだ。

アリエルは、救急処置室の前の廊下でサムの家族と一緒に待っている。フラーから知らせを受けて病院に現れたとき、ワトソン家の一団は、まるで戦場に赴く部隊のような悲壮な雰囲気を漂わせていた。当のフラーは、サムの容態に心配がいらないことを確認し、すでに勤務に戻っている。

サムの容態については、看護師からも傷は内臓には達していないと聞かされている。確かに何針も縫わなければならないし、傷跡も残るが、まったく心配無用だとのことだった。看護師はアリエルたちの慌てぶりに苦笑を浮かべ、たかがあの程度の傷で、とでも言いたげに眉を吊り上げながら、心配することなんて全然ありませんと妙に語気を強めて言った。看護師がそう言った瞬間、アリエルは彼女を平手打ちしたくなったくらいだった。それはまあとにかく、サムは今、傷を縫ってもらっているところで、間もなく病院を出られるということだった。

でもそのあとは……？　アリエルは考えると不安だった。

ピートはさっきからずっと廊下を行ったり来たりしている。といっても、彼は若さもエネルギーもあり余っているので、心配事の有無にかかわらず、めったにじっとしていられないのだけれど。

ギルはといえば、足を投げ出すように椅子に腰かけ、コーヒーをすすりながら、何もない空間をぼーっと見つめている。おそらく、兄を心配する気持ちと、父親になることへの不安とで、頭がいっぱいなのだろう。

サムの母のベリンダは、アリエルの隣に座り、内心やきもきしているだろうに、ミステリー小説を読みふけるフリをしている。

そしてアリエルは、両手で顔を覆うようにしていた。

「サムなら本当に心配いらないわよ」ベリンダが声をかけてきた。アリエルの膝をぽんぽんと叩きながら言うその声は、どこかこの状況をおもしろがっているふうだ。どうやらサムが母親から受け継いだのは、鮮やかなブルーの瞳だけではないらしい。大変な状況で平静を装う強がりまで、母親譲りのようだ。

アリエルはうなずいたが、顔を上げることはできなかった。心を見透かされているようで恥ずかしい。ここにいる全員が、ピートのおしゃべりのおかげで、彼女がサムを愛していることをすでに知っているのだ。

それにしても、ギルの態度には驚かされた。アリエルの姿を見つけるなり、ぎゅっと抱きしめてこう言ったのだ。「人の運命って、わからないもんだよね？」アリエルには、果たしてギルが彼女の辛い恋のことを言っているのか、それとも自らが突然、父親にならなければならないことを言っているのか、よくわからなかったが。

ピートはまだひとりでぶつぶつとぼやいている。「まったく、兄貴ときたら、何であんなに頑固なんだろうな。人の気持ちなんてわかっちゃいないんだ。そろそろ落ち着いたらいいのに」

ベリンダがまた膝を叩いてきた。「ねえ、本当にそんなに心配しなくて大丈夫よ。サムはタフな子だから。あの子が怪我をするのはこれで最後ってわけじゃないんだから、あなたも慣れておいたほうがいいわよ」

アリエルはようやく顔を覆っていた手を放し、背筋を伸ばした。「わたし、ここにいるべきじゃないのかもしれませんね」

「あら、どうして?」

だって、愛してるって言ったのに、サムは何にも返事をしてくれなかったんですよ……アリエルは胸のなかでつぶやき、肩をすくめた。「わたしは、家族の一員じゃありませんから」

そのとき、緊急処置室のほうから何やらガタガタと物音が聞こえてきて、アリエルはどきりとした。やがて、車椅子に乗せられ、看護師に付き添われながら、サムが処置室から出てきた。

「病院の決まりなんですからっ」看護師は必死にサムに言い聞かせている。「とにかく、静かにして、じっと座っていてください」

「そんなバカな決まりあるもんか。車椅子なんか必要ない。そもそも脚はどこも怪我してないんだし――」

「サム、静かになさい」ベリンダがすっくと立ち上がって言った。

サムはすぐさま口を閉じたが、好戦的な態度は相変わらずだ。だがそれも、アリエルの姿を確認するまでのことだった。「ああ、待っててくれたんだね」

アリエルが答えようとする暇もなく、ベリンダがすぐに口を挟んだ。「もちろん、待ってたに決まってるでしょう? 何をバカなことを言ってるのかしら、この子は。ほらみんな、もう帰るわよ。サムを家まで送り届けて、ちゃんとおとなしくしてるのを見届けないことには、おちおち眠れやしないんだから。明日は朝から教会なんですから、寝不足じゃ困りますよ」

本当なら、ベリンダの口調にアリエルはぎょっとしているはずだった。でも、ベリンダがそのぶっきらぼうな口調の裏に優しい愛情をひた隠しにしていることに、アリエルはすでに気づいていた。きっと、このほうがサムも母に従いやすいのだろう。

一行は、ベリンダを先頭に病院を出た。ベリンダの後ろには、看護師に車椅子を押されるサム、そしてそのあとから、ギルとピートが無言でついていく。

しょせんわたしはよそ者だから……アリエルは、少し離れて一行のあとからついていった。

ベリンダのミニバンの脇に着いたところで、サムは周囲の人間に手を貸そうとする暇を与えずに、ひとりでよろよろと車椅子から立ち上がり、アリエルの姿を探してきょろきょろした。早くここから逃げ出したい、そんな表情だった。看護師はすっかりあきらめた様子で、ぶちぶちとこぼしつつ、病院のほうに戻っていった。

サムはアリエルをじっと見つめながらたずねた。「車で来たの？」

彼女はうなずき、咳払いしてから、「ええ」と答えた。

「よかった」サムは言うと、ベリンダの頬に軽くキスをして、「おれはアリエルの車で帰るから」と告げた。

すかさずピートが、「何だよそれ。だったらおれもアリエルの車で行く」と有無を言わせぬ口調で言う。

ギルは肩をすくめた。「じゃあ、おれは母さんの運転手だな」

だがベリンダは次男の申し出をあっさりと断った。「自分で運転できるから結構よ。それからピート、あなたはわたしの車に乗りなさい」さらに彼女は、アリエルに向かってにっこりとほほ笑んだ。「じゃあね、アリエル、あとでサムの家で会いましょうね」

アリエルはまともに返事を考える間もなく、反射的にうなずいていた。サムは話がしたいと言っていた。でも、彼が何の話をしたいにせよ……アリエルは、まだ心の準備ができていない。この一週間で覚悟を決めるつもりだったのに、やっぱり無理だった。

サムは何事かつぶやきながら、アリエルの腕を取り、「車はどこ？　ああ、いや、別に答えなくていいよ」と言った。それからさらに、どこか苛立たしげに、「きみの車は目立つからな」とつけ加えた。

すると背後から、嫌みったらしいピートの声が聞こえてきた。「本当にそうだよな、兄貴。アリエルの車なら、暗闇の中でも、別のことで頭がいっぱいのときでも、気がつかないわけないよな！」何とも遠まわしな皮肉を残して、ピートは母親のミニバンの後部座席に乗り込むと、バタンとドアを閉めてしまった。サムはわけがわからず、ただしかめっ面をするばかりだった。

アリエルは、サムと並んで駐車場を横切り、彼が車に乗り込む様子を眺めながら、不安で押しつぶされそうだった。背中にぐるぐる巻きにされた包帯がクッション代わりになっているはずなのに、座席に腰を下ろし、シートベルトを締めようとする表情がひどく苦しげだ。

アリエルはすぐに身をかがめ、「わたしがやるわ」と申し出た。

できる限りそうっとシートベルトを体にまわし、フックに掛ける。その間ずっと、数センチと離れていないところからサムがじっと顔を見つめてくるのがわかる。アリエルは必死に、彼の顔を見ないようにした。けれども、運転席側にまわってシートに腰を下ろした瞬間、彼に抱き寄せられてしまった。ふたりの顔は、ほとんど鼻と鼻がくっつきそうなくらい接近している。

サムは身をかがめ、アリエルに口づけた。「会いたかったよ」

「本当に？」

彼はアリエルの頰を撫でながらうなずいた。「行こう。とっととうちの連中との話を終わらせて、ふたりっきりになりたいから」

彼の言葉をどう解釈すればいいのかわからなかったが、アリエルは言われたとおりにすぐにエンジンをかけ、できる限り道路のでこぼこを避けるようにして、ゆっくりと車を走らせた。

サムはアリエルがどぎまぎするくらい、ひたすら彼女をじっと見つめ続けた。「あんなところを見せちまって、ごめんな」彼はようやくそれだけ言った。

アリエルはちらりとサムの顔を盗み見てから、すぐにまた道路に視線を戻した。「すごく機敏だからびっくりしたわ」

「ほかに選択肢がなかったからね。逃げるか、刺されるかって感じだった」アリエルがハッと息をのむのに気づいて、彼は慌てて説明した。「でも、刺されたりはしなかっただろう？ それに、結局あれでよかったんだよ。あのでかいほうの男、鉄パイプを持っていたほうの男を覚えているだろう？ フラーから聞いたんだが、パトカーでふたりっきりになったとたん、何もかも白状したそうだ。刑を軽くしてもらおうって魂胆だろうな。どうやら、おれを刺したやつのほうが一連の強盗事件の黒幕だったらしい。今ごろはアイザックとフラーが必要な情報を全部、やつから聞き出しているだろうな」

アリエルは心の底から安堵を覚えた。「じゃあ、もう捜査は終了なのね」

サムは彼女をじっと見つめた。「でも、おとり捜査自体がこれでおしまいってわけじゃない。まだ別件がいろいろあるからね」

「わかってるわ」

サムはそれきり、アリエルが何か言うのを待つように口をつぐんでしまった。でも、彼女にこれ以上何が言えるというのだろう？ サムは仕事を愛しているし、それに、能力もある。骨の髄まで警察官だと言ってもいい。それは変えようのない事実だ。

サムの家に着いたときには、すでにベリンダたちがフロントポーチのところに集まっていた。そのかたわらには、隣家のヘスパーにブース、そして年老いたブルドッグまで。サムは思わず呻いた。「まったく。少しはそっとしておいてほしいもんだね」

「みんな、あなたのことが心配なのよ」

「わかってるけど。心配するのは、明日にしてほしいよ」サムがまた探るような目でアリエルを見つめる。アリエルが視線をそらすとむっとした表情になったが、彼女には、サムと目を合わせていることがどうしてもできなかった。

アリエルは、サムとはもう会わないつもりだった。そうでないと、サムはいつまでもピートから、結婚がどうのこうのと言われ続けることになる。でも本音を言えば、できることならもう一度彼と会って、未来の約束なんていらないから今のままつき合うことはできないかと、彼に訊いてみたかった。彼のすべてが手に入れられないのならあきらめよう……当初はそう思っていたけれど、やっぱり、赤の他人になるよりは少しでも彼とつながっていたかった。

今夜、ひとりでバーに行ったのも、急に思いついたことだった。少し羽目を外せば、ほんの数分間でも彼のことを忘れられるかと思ったのだ。

ところが運命のいたずらで、またもやサムがおとり捜査を進めているバーに当たってしまった。

店で彼の姿を見つけた瞬間、まず覚えたのは悲嘆だった。でもすぐに、その思いは恐怖にとってかわった。これからそこで何が起きるか、彼が何のためにそこにいるのか、すぐに思い至ったからだ。サムを愛するということがどんなに大変なことか、つくづく思い知らされるようだった。

車を降りるとき、サムは低く呻くばかりで、何も言わなかった。家族のほうも、特に手を貸そうともせず、彼が玄関のほうに来るのをただ突っ立って待っている。彼が人の手を借りるのを嫌う性格なのを、よくわかっているからだろう。でもアリエルにとっては、今はサムの性格のことを考えている場合じゃない。彼女はすぐさまサムの腕をとり、並んで歩道を歩いていった。幸い、歩道はすでにきれいに掃除してあって、枯葉もゴミもなくなっていた。

ポーチへ続く階段をサムを支えて歩きながら、アリエルは彼から鍵を受け取り、ドアを開けた。だが彼は中に入ろうとはせず、アリエルをぎゅっと抱き寄せてから、くるりと振り返って、家族と隣人に向き直った。青ざめて、痛みに顔をゆがめている彼を見て、アリエルは不安を募らせるばかりだった。

やがてサムは口を開いた。「おれのことなら、もう大丈夫だから。心配してくれて感謝してるけど、アリエルと話があるんだ。だから、ふたりっきりにしてくれ」

アリエルは真っ赤になった。みんなもう気づいているに違いない。サムはこれから、何だってこんな日に限ってあのバーに来やがったんだと、アリエルを叱りつけるに決まっている。それからきっと、おれの人生にきみの居場所はないとか何とか言うはずだ。

ピートは腕組みをして言った。「結婚式の相談でもするのかよ？」

アリエルはあまりのバカバカしさに息をのんだ。「ピート、いい加減にしてよ」

「いや、いいんだ」サムはアリエルを抱いた腕に力を込め、諭すように彼女に言った。まるで、彼女の態度に憤慨しているように見える。「おれは、この前の朝のことをきみに説明したいと……」

「説明なんかいいのよ」アリエルはサムをなだめようと必死になった。言わなくてもいいことを、よりによってこんな大勢の前で彼に言わせたくない。「言ったでしょう、わたしはもう大人なのよ。自分でしたことくらい、自分でちゃんとわかってるわ」

「いったい何をしちゃったんだろうねえ？」とブースが困惑した面持ちでヘスパーにたずねた。するとヘスパーは、「わたしたちが若いころのことを思い出してみなさいな」と答えた。

「ははあ、なあるほど」ブースは歯を剥いてにやりとした。「それじゃあ、ピートが怒るのも無理ないなあ」

ベリンダはアリエルに向かってうなずいてみせた。「説明したいって本人が言うんだから、聞いてあげたら、アリエル？　なかなかおもしろそうじゃないの」

サムは一同を睨みつけたが、誰も遠慮するような気配はない。「みんなして聞きたいってわけか？」

ギルが言った。「おれは聞きたいね。だってほら、少しは気晴らしになりそうだから」

「わかったよ」サムはアリエルに向き直り、頬に手を添えた。真っ青に澄んだ真剣そのものの瞳から、アリエルは目をそらせないようだった。「おれは、きみに傷ついてほしくないんだ」

サムの言葉の意味を完全に誤解したらしく、アリエルはショックに息をのんでから、すぐに彼を安心させるように言った。「わたしなら大丈夫よ、サム。あなたは、何も負い目に思うことなんかないんだから」彼女はさらにつけ加えた。「今夜は、またあなたがいるバーに登場しちゃってごめんなさい。でもこの町って、ちょっと遊べるような店が少ないでしょう？　だからどうしても選択肢が限られちゃうんだけど、でも、本当に偶然だったの」

サムは、傷の痛みなど忘れてしまったように体をこわばらせた。「じゃあ、いったい何しにあんな店に行ったんだ？」

険しい口調に、アリエルは思わず後ずさった。「べ、別にあなたを見張るとかそういうつもりじゃなかったの。本当よ」

同じような言い訳の繰り返しに、サムはますます苛立った。「だから、何しに行ったんだ？」

アリエルは、興味津々にこちらを眺めている一同のほうに視線を泳がせた。誰も口を挟むつもりも、彼女を助けてくれるつもりもないようだ。仕方なく、彼女はしかめっ面でキッと顎を上げ、思いきって言い放った。「だから……もう一回、確かめに行ったんじゃないの」

サムは一瞬、無表情になり、すぐに怒りで顔を真っ赤にした。「もう答えはわかったんじゃなかったのか！　わけのわからないことを言うな！」

「サム、どうしてあなたが怒るの？　わたしだって、この一週間辛かったのに」

サムはゆっくりと息を吐き出し、冷静さを取り戻そうとした。「すまない」

アリエルはがっくりとうなだれている。「あなたのせいじゃないわ。わたしがでしゃばりなのが、いけなかったんだもの」

「そういう意味で言ってるんじゃない」

急にピートがげらげらと笑いだした。「そうそう、兄貴はでしゃばりなんて全然思ってないって」

「おまえは黙ってろ、ピート」

ピートはなおもニヤニヤしながら続けた。「なんだよ、おれはむしろ感謝してほしいくらいなんだぜ。そもそもアリエルのバー通いは、おれのおかげみたいなもんなんだからさ」

サムとアリエルは揃ってピートに向き直った。「どういう意味だ？」

「つまりね、あの新しい彼女は、ふたりのためにわざわざ見つけたんだってこと。そうすればアリエルも心から自由になれるって、やっとわかったからさ」

アリエルは仰天して眉を吊り上げた。「わたしの気持ちに気づいてたの？」

ピートは鼻を鳴らした。「ふたりが見つめあうところを見れば、誰だってわかるって」

ギルとベリンダが大きくうなずいた。

「それでも、兄貴は必死に気持ちを抑えようとしてたんだから、偉いよ。でもさ、おれがアリエルを家に連れて行くたびに、彼女のことばっかり見てたでしょ」

「おれはそんなことしてないぞ」

「いいえ、見てましたよ」ベリンダがうなずいた。「かわいそうに、アリエルときたら、サムに見つめられて、まばたきする暇もないって感じだったもの」

ヘスパーが声をあげて笑った。「確かに、サムにそんなふうに見つめられて、こちらのお嬢さんが平気でいられるわけがないわねえ」

苛立ったサムは手のひらで顔をごしごしとこすっていたが、ふいに何かに思い当たったようにハッと身を硬くした。彼は両手をだらりと脇に垂らし、ピートをまじまじと見つめた。「おい、まさかおまえ、あの晩にアリエルの車に気づいてたのか？　だからさっき、暗闇の中でも彼女の車なら気づかないわけがないって言ったのか？」

「気づいてたに決まってるでしょ」ピートは呆れて鼻を鳴らした。「だいたい、なんでおれが兄貴にアリエルのことをあんなふうに言ったのかわかってないのかよ。まったく、このおれが人の陰口なんか言うわけないだろ？　しかも相手はおれの大切な——もちろん友人としてだけど——女性だっていうのに。だから、そういう怖い顔はもうやめてくれる？　おれはただ、兄貴への彼女の想いを教えてやろうとしただけなんだから」

恥ずかしくて、アリエルはその場を逃げ出そうとわずかに後ずさった。だがサムは、彼女のほうを見もせずにさっと手を伸ばして手首をつかむと、かたわらに抱き寄せた。「で、翌朝になってから、怒ってるようなフリをしておれのところに来て、おれをさんざん責めて……」

「麗しき兄弟愛だろ？　ああしたほうが、兄貴がプライドだの何だのって気にせずに、自分の気持ちに素直になれると思ったんだよ。兄貴がまだアリエルに愛を告白してないのは、一目瞭然だったからね。おれが悪者になったほうがいいかなと思ってさ」ピートはギルに強烈な肘鉄を食らわした。「そこへギルのやつが急に現れたりしたから、せっかくの計画がおじゃんになったんだ」

アリエルは咳払いした。「ねえ、本当に、こんな話はもういいのよ。わたしは別にサムにどうしてほしいとも――」

サムはアリエルを横目で見やった。「きみもこういう状況に慣れておいたほうがいい。うちの家族はみんな、とんでもないでしゃばりだからな。でも、みんな揃って家族なんだから、受け入れてやってくれ」

「どういうこと？」

まだわからないのかというように、サムは苛立たしげに目を細めた。「おれの家ではおれのルールに従ってもらうし、おれを愛してるならおれの家族も愛してもらうってことだ」

心臓が信じられないくらい激しく打って、アリエルは息もできなかった。「でもそれって……」

サムは渋々、口を開いた。「できれば、きみをおれの人生に引きずり込みたくなんかなかったんだ。おれと一緒にいることで、余計なリスクを負ってほしくなんかなかった。おれなんかのことで、きみが四六時中、心配したり不安になったりするなんて、耐えられなかったんだよ」サムはためらいがちに、アリエルの頰にそっと触れた。「アリエル。きみみたいに優しい、きれいな子が、おれみたいな人間と生きていくのはもったいないよ」

ベリンダがしかめっ面で口を挟んだ。「じゃあ、わたしはいったい何なのかしらね？　わたしはおまえの母親だし、おまえと一緒に生きてるけど。でもわたしのことは、優しいとも、きれいとも思ってないってことなの？」ベリンダにぎろりと睨みつけられて、サムは黙り込んでしまった。

ギルとピートはくすくすと忍び笑いを漏らしている。

「かわいい弟のことも忘れないでよね」ピートは手の甲を頬に当て、泣きまねをした。「毎晩毎晩、兄貴のことが心配で悶々としてるんだから。兄貴のおかげで、成長だって止まっちゃったんだから」

実際にはピートは身長が一九〇センチ近くもあるので、まるで筋がとおっていない。

ブースはそうだそうだ、というふうに大きくうなずいた。「うちのヘスパーのことだって忘れてもらっちゃ困るぞ。夜も眠れずに、サムの家の様子を伺っちゃあ、何事もないかしらって心配してるんだからな。とはいえ、サムはわしらみたいな人間のことなんか、これっぽっちも気にかけてくれやしないんだ」

ブルドッグが飼い主に同調するように大きく吠えた。

「まったくもう、みんなに対する気持ちと、アリエルに対する気持ちをごちゃまぜにしないでくれよ」サムはぼやいた。

するとギルが、いかにも彼らしい生真面目な口調で、単刀直入にサムに問いただした。

「だったら、アリエルにはっきり気持ちを伝えてやったらどうなんだい、兄さん？　彼女、不安でたまらないって顔だよ」

サムはアリエルを一瞥してから大きくうなずき、ふたたび家族に向き直ると、「とにかく、おれはへとへとに疲れてて、早く座りたいんだ。悪いけどみんな帰ってくれないか？」と告げた。それから早口に、「きみは残って、アリエル」とつけ加えた。

「ああ、やっぱりプロポーズするつもりだな」ピートが茶化した。

アリエルはピートをじろりと睨みつけた。絶対に、あとでただじゃおかないんだから。弟のくせに、サムがこんなに辛そうだってことに、冗談につき合っている場合じゃないってことに、どうして気づかないんだろう？　「行きましょ、サム。わたしにつかまって」

怪我をしていない側からアリエルが支えるようにすると、サムは素直に彼女に寄り掛かった。それから、あらためて家族に向き直り、笑って言った。「おやすみ」

「じゃあ、もう帰るけど、明日の朝にはちゃんと連絡しなさいよ、サム」ベリンダが釘をさした。

サムはうなずき、「アリエルかおれか、電話できるほうが電話するよ」と言うと、家の中に入り、足で蹴ってドアを閉めた。「はあ、やっと静かになった」

「大丈夫、サム？」

「ああ、よくなってきてるから大丈夫。それより、上に行こう。横になりたいから」

「本当に平気なの？」アリエルはおろおろしたが、サムはほとんど彼女の手を借りずにひとりで階段を上りきり、寝室にたどり着くと、顔をしかめながらベッドの端に腰かけた。

「服を脱ぐのを手伝ってくれるか？」と頼むと、アリエルがいぶかしむような顔をしたので、

「横になりたいから」と繰り返した。

「ああ。そうね、そうよね」

「そんなに傷が痛むわけじゃないんだけどな。出血のせいで、頭がくらくらして……」

アリエルは真っ青になって、急いで服を脱がせにかかった。ギルが病院に持ってきてくれたシャツを脱がせると、真っ白な包帯が、浅黒く逞しい胸板に斜めに巻かれていた。右肩から左の脇腹のほうへ、包帯がぐるりと巻かれたサムの姿を見たとたん、アリエルは思わず嗚咽を漏らしそうになり、口元を手で押さえた。

サムは靴を蹴り脱ぎ、立ち上がった。「ズボンもいい？」

アリエルは自分を奮い立たせた。今のサムが一番見たくないのは、動揺してめそめそ泣いている女に決まっているのだから。それに、右腕を押さえているところを見ると、やっぱりひどく痛むに違いない。

「もちろんよ」アリエルはうなずき、その場にひざまずくと、まず靴下を脱がせ、それから、ズボンのファスナーに手を伸ばした。そして、サムのものが硬くなっているのに気づいた。

アリエルはハッとサムの顔を見上げた。

サムはにやりと笑った。「おれは今、目の前にきみにひざまずかれて、ズボンを脱がされそうになってるんだよ。そのくらい、仕方ないだろう？」

アリエルはこの一週間、彼に会いたくてたまらなかったし、彼に対する気持ちは募るばかりだった。そんなときに、こんなふうにからかわれて、うまくかわすことなんかできない。

「もう、怪我してるのに何を言ってるの？　もっと真面目にやってよ」アリエルは身を震わせながら彼のズボンを引き下ろした。

ズボンから足を抜くと、サムはアリエルの頭のてっぺんに指で触れた。「一週間ずっと、おれを避けていただろう？　やっとこうして、おれの寝室でふたりっきりになれたんだ。だから、真面目じゃないわけがないだろう？」前がぴんと張ったパンツ一枚という姿で、サムはベッドに腰を下ろし、枕を背にしてそろそろと横になった。「さあ、きみも服を脱いで、隣にきて」

アリエルは胃がひっくり返るような感覚に襲われた。「でも……」

「おれの家では、おれのルールだよ」

彼の声はとても穏やかだったけれど、瞳は燃えるようだった。アリエルは思わず笑みを漏らした。「そんなバカみたいなルール、聞いたことないわ。それに無理よ……そんなの」

「そんなのって？」

「だから、あなたが今考えてること」

「おれは今、きみをぎゅっと抱きしめたいと思ってるだけだよ。きみだって、裸になっておれの隣に横になったら、おれがこれから言うことにイエスって答えたくなると思うけどね」

「イエスって、いったい何に？」

サムは何も言わず、しばらくアリエルをじっと見つめるだけだった。やがて、聞いたことがないくらい優しい声でおずおずと言った。「おれと、結婚する気があるかどうか」

アリエルは口をあんぐりと開けて驚いている。「結婚？」

サムは顔をしかめ、必死になって説明した。「こんなふうに考えたらどうかな。おれと結婚すれば、きみはこの家のルールをちょっとばかり変えることもできるんだよ。だってここは、きみの家になるわけだから」

アリエルは湧き起こるような幸福感に包まれて、今にも爆発してしまいそうだ。サムの顔をじっと見つめ、満面の笑みをたたえながら、彼女は慌てて服を脱ぐと、サムのかたわらに横になった。サムはアリエルを左脇に抱き、ちょうどいい具合になるまでしばらく体の位置をもぞもぞと調節してから言った。「さあ、もう一度、おれを愛してるって言って。きみの口から、もう一度聞きたいんだ」

「愛してるわ、サム」

サムは低く呻き、傷に用心しながら彼女を思いっきりぎゅっと抱きしめ、ブロンドの髪に口づけた。「おれも愛してるよ、アリエル。愛しすぎて、きみに結婚を断られたらどうすればいいかわからなかったくらいだ。最初の夜のことは……今思い返してもみっともないと自分で思うけど、怒ってばかりでごめんな」

「今のせりふ、お義母様が聞いたら、激怒するんじゃない？」

サムはほほ笑んだ。「仕事中のおれのことを、心配してほしくないんだ。それに、おれが仕事をしているところにきみが現れるなんて、絶対に耐えられない。そこに首を突っ込んで、きみが危険な目に遭うなんてもってのほかだよ」

「あなたがどこで何をしているかちゃんとわかっていれば、邪魔しないようにするわ」

「心配もしない？」

「サム、心配する以外に、わたしに何をしろって言うの？　あなたを愛してるのよ、心配するに決まってるでしょ」アリエルは優しく、包帯に覆われた胸板を指でなぞった。「あなたはいい警察官だし――」

「正確には、素晴らしい警察官、だな」

アリエルは声をあげて笑った。「それに、自分のことを自分でちゃんと守れることもわかってるの。でも、やっぱり心配はすると思う。それは、あなたも認めてくれないと」

「仕方ない」サムはぼやいた。「結婚してくれるんなら、認めてやるか」

「じゃあ、結婚してあげる」

「はあ……よかった」ふたりはそれから長いこと、無言でただ抱き合っていた。アリエルはサムの胸に手を置いたまま、もう眠ってしまったのかしらと思った。しばらくして、彼がふたたび口を開いた。「その、わが家のルールのことだけどさ。ひとつだけ、変えられないルールがあるんだけど、いいかな？」

アリエルは身をよじってサムの顔を見上げ、ほほ笑んだ。彼が妙に真面目な、傷ついたような、それでいて興奮しているような表情なのを見て、思わず声をあげて笑ってしまった。

「どのルール？」

「朝食を裸で食べるっていうルール。何だか妙に気に入っちゃってね。毎朝、きみのかわいいお尻を見ながらなんてさ……とにかく、これから一生、おれのそばを離れちゃダメだよ」

アリエルはにっこりとほほ笑んだ。「じゃあ、あなたも一生、わたしのそばを離れないでね。それが、わたしのルールその一よ、おまわりさん」

あどけない天使が恋をつれて

1

ギル・ワトソンは、不安と興奮を同時に覚えていた——大学生のとき以来味わったことのない、実に不思議な感覚だった。社会に出てからの彼は、自信と責任感にあふれ、威厳すらたたえて、実業家そのものという感じだった。そして、そういうビジネスマン然とした自分の物腰や、真っ当な暮らしぶりを、誇りに思ってきた。家族のために会社を切り盛りする責任がある。家族に頼られている。彼は、そういう生き方に満足していた。

ギル・ワトソンは大人の男——そして大人になる過程で、「たまには羽目を外したい！」という気持ちもすべて抑えてきた。

けれども今日のギルの目には、コンピューターのモニターに表示された数字さえぼんやりとしか映らない。仕事はさっぱりはかどっていない。といっても、仕事が手につかないのは別に今日に限ったことではなく、最近はいつもこんな感じだ。すべては、二週間前のある電話がきっかけだった。「実はあなたには娘がいるんですよ」などという衝撃の事実を、電話で知らされる男はめったにいないはずだ。

あの電話以来、彼はすっかり変わってしまった。

自分に似ているのだろうか？　そもそも、たった二歳で、特定の誰かに似ているかどうかわかるのだろうか？　彼は、赤ん坊という生き物についてほとんど何の知識も持っていない。彼は今、三二歳。母や弟の面倒をみて、社長として会社を盛り立てて利益を上げるくらいのことなら、難なくこなせるようになった。それに自慢ではないが、恋愛だってそれなりに経験を積んできた。

でも父親業については……まるで無知と言っていい。

子どものことなんて、シェリーは何も言わなかったのに——そのことを思うと、ギルはいまだに何だか呆然とさせられてしまう。彼女とは、出張でアトランタに行くたび、つまり年に二、三回程度は会う仲だった。彼女の事務所を訪問したこともあるし、自宅に遊びに行ったこともあるし、同僚や友人にも紹介された。三年前、父が急死した直後にアトランタに行ったときのこと。父の死から立ち直れていなかった彼は、到底人には言えないようなことをしてしまった。

つまり、シェリーの体を利用したのだ。

とはいえ、彼女だってソノ気がなかったわけではない。彼女があんな目で見るから、ギルもそれに応えたというか……結局、一時間後には、ふたりは仕事の取引相手から恋人同士になっていた。ギルは今でも、シェリーと過ごした荒々しい、狂おしいほどのひとときのことをよく覚えている。丸二日間、ふたりはホテルの部屋でひたすら愛し合った。

実際、彼女とのひとときのおかげで、その週末は余計なことを考えずに済んだ。肉体的にも精神的にもすっかり空っぽの状態になれたおかげで、父を亡くした悲しみも多少は癒え、家業を継ぐことへの不安や、自ら受け入れた重たい責任についても、忘れることができた。

だがそれも、目を覚ました瞬間のシェリーの表情に気づくまでのことだった。彼女は、にっこりとほほ笑みながらこちらの顔を覗き込んでいた。火遊びを楽しんだだけとは到底思えない、温かな想いに満ち足りた笑顔だった。その表情を目にしたとたん、ギルは自分がとんでもない過ちを犯したことに気づいた。シェリーは結婚を夢見ている。ギルなら、最高の候補者になると思っているに違いない。でも彼は「妻」なんて重荷は欲しくなかった。ただでさえ、いくつもの責任を背負ってしまったばかりなのだから。

ワトソン家は三人兄弟で、長兄のサムは警察官、三男のピートはまだ大学生、そして母のベリンダは家業にはいっさい関知していない。そういう状況で父が急死したのだから、順調に業績を伸ばしている家業のノベルティ・メーカーを継ぎ、家族全員つつがなく暮らせるようにがんばるのは、当然のことに思えた。それに、三兄弟の中では彼が一番真面目そうだし、父の下で働き、家業に関心を示していたのも彼ひとりだったのだ。

とにかく、今この時期に結婚なんかして、これ以上自分を追い込みたくはない。そう思ったギルは、賢明かつ適切と思われる方法をとることにした。つまり、結婚の意志がないことをシェリーにきちんと説明し、二度と性的な意味で彼女に触れないようにしたのである。だが彼女は妊娠した。それなのに、その後も彼とは親友としてつき合いを続けた。子どものことは、ただの一度も彼に話さないまま。

自分ひとりがのうのうと暮らしていたのだと思うと、ギルはわれながら吐き気を覚えた。いくら知らなかったからとはいえ、そんなのは言い訳にならない。シェリーは、ギルとの間にできた子をたったひとりで育ててきたのだ。そして彼女は、もうこの世にはいない。ギルは彼女を幸せにしてあげることはできなかった。でも、ふたりの間にできた子どもを育てることならばできる。彼はもちろん、そうするつもりだ。

ギルはあきらめたように、モニターに表示されたファイルを閉じると、椅子の背にぐったりともたれた。後悔と、好奇心と、二週間前からずっと消えない不安が、胸の内で渦巻いていた。おれの子ども。このおれに子どもがいるだなんて、信じられない。

そのとき、オフィスの続き部屋のほうで何やらばたばたと物音がして、ギルはすぐに居住まいを正した。いったい何事だろうと眉間にしわを寄せ、いぶかしんでいると、秘書のアリスがドアの向こうから顔をのぞかせた。ギルに負けないくらい深いしわが、眉間に刻まれている。「社長、あの……お客様がみえてますけど」

五〇歳になるアリスは、こういう芝居がかった表情はめったにしない。不安に駆られたギルは慌てて立ち上がり、「誰だ?」と問いただした。

「あの、若い女性のほうはアナベル・トルーマンさんとおっしゃいまして。それから、もっと若い女性のほうは、ニコール・レイン・タイリーさんと……ただ、ニコールさんは、ずっと親指をしゃぶってるだけですけど」

ギルは全身を硬直させた。一瞬、頭の中が真っ白になった。娘が来ている——しかも、あのアナベルと一緒に。そもそも、予定よりも二週間も早いじゃないか。ギルは大またにデスクの脇をまわり、ドアのほうを目指した。

アナベルのやつめ。だからおれが、飛行機代もその他の交通費も出すから、すぐにこっちに来いと言ったじゃないか。それなのに、おれの申し出を頑固に突っぱねた上、少なくともあと一〇日は旅行なんてできない状態だと言ったじゃないか。あのときだって、自分の子供と会うのに一〇日も待たされるなんて、いったい全体どういう話なんだと憤慨したものだ。それが、今日になっていきなりやって来るなんて。しかも、よりによって会社のほうに。せめて自宅で娘との対面を果たすことができれば、事実が周囲に知れ渡るのを、多少なりとも遅らせることができたのに。そう、少なくとも、彼自身がこの事実にどう対処するか考える時間くらいはできたはずだ。

アリスは腕組みし、すっかり面食らったように眉を吊り上げた表情のまま、ギルのために脇にどいた。もしもこれがアナベルの策略なら、おれの評判を落とすためにわざとこんなことをしているのなら……今は名案が浮かばないが、とにかく、何らかの手を打たなければ。

アナベルはシェリーのルームメートだった。だからギルは、アナベルとも長いつき合いになる。シェリーの家に遊びに行くたびに、なぜかアナベルも必ず部屋にいて、やたらとギルにちょっかいを出したり、からかったりしてきたものだった。アナベルがいると、ギルは落ち着かなかった。彼女がそばにいると、社長として大きな責任を負うようになった今となっては考えてはいけないこと、考えないようにしていることを、どうしても考えてしまうからだ。

それでも当時は、シェリーの親友なのだからと思って、アナベルのことを邪魔者扱いしたりしないよう遠慮してきた。でも今は、そんな遠慮は必要ない。

ドアを大きく開けた瞬間、ギルはその場に凍りついた。口から心臓が飛び出て、胃がぐるりと回転するように感じ、へなへなと膝の力が抜けそうになる。いったい何だって、アナベルを見るたびにこんなふうになるのか、自分でもよくわからない。

アナベルは相変わらず……きれいだった。正直言って、ギルは彼女がそんなに好きなわけではない。彼女は率直すぎるし、でしゃばりだ。それに、セックス・アピールも強すぎるし、突拍子もないし。とにかく……魅力的すぎる。いわゆる何というか、ベッドの中では最高、といったタイプの女性で、だからこそギルは、彼女といると頭がヘンになりそうになる。

彼女から目が離せないのは、派手なアクセサリーや化粧、きわどいファッションのせいばかりではない。あの目つきに何かがあるような気がする。あのそそるような瞳で、人のことをやたらとじっと見つめてくるのがよくない。あんなふうに見つめるから、ひょっとすると相性がぴったりなんじゃないかと勘違いしそうになる。

そういうわけで、ギルはアナベルに会うたびに、何とも落ち着かない気分になるのだ。

しかしギルにもやっとわかった。アナベルがあんなふうに彼の顔をじっと見つめるのは、ニコールの実の父親のくせにそれを知りもしないのを責めていたのだ。どうやらギルは、彼女の視線の意味を完全に誤解していたらしい。

とはいえ、二週間前に電話をしてきたときのアナベルの声は、責めるような感じではなかった。むしろ、いつも喜怒哀楽の激しかった彼女が、妙に静かな口調なので驚いたくらいだった。アナベルは、シェリーが亡くなったことと、幼い娘がいることを話してくれた。その間もとにかく淡々とした声音なので、ギルはかえってまごつき、途方に暮れた。それが彼には気に食わなかった。彼は責任感の強い男だ。自分の行いについては、それがどういう類のものであれ、何をしたのか、どうしてしたのかをきちんと自分で理解して、疑念の余地を挟みたくない。

それに、彼が子どもの存在を知らなかったからといって、アナベルにとやかく言われる筋合いはないのでは？

アナベルの今日のファッションは、色褪せたローライズ・ジーンズに、体にぴったりとフィットしたショッキングピンクのトップス……そして何と、へそピアスをしている。ギルは思わず、必要以上に長い時間、へそピアスのあたりを凝視してしまった。やがてアナベルのハスキーな笑い声が聞こえてきて、彼女の顔をハッと見上げた。

とにかく彼女は、そういう女性なのだ。しかも、しばらく会わないうちにますますそれがエスカレートしている。「アナベル……」落ち着いた、礼儀正しい声を出すことができて、ギルは内心胸を撫で下ろした。「いきなり来るなんて、驚いたよ」

「でしょ」アナベルはニッと笑った。そのからかうような笑みを見ただけで、ギルはなぜか、彼女に触れられたようにぞくぞくしてしまう。だがよく見ると、彼女はひどく疲れているのを無理に元気に振る舞っているだけらしく、全身から疲労感がにじみ出ていた。

たちまちギルは、ほかの感情をいっさい忘れて、彼女を心配する気持ちでいっぱいになった。「何かあったのかい？」

彼の声を聞いて、アナベルの脚の後ろから、黒い巻き毛に縁取られた青白い顔がちらりとのぞいた。ギルはそのときになってようやく、幼い娘がちっちゃな手でアナベルの脚にしがみつき、靴も履かずに裸足で立っているのに気づいた。

おれの子どもが……何で、おれから隠れてるんだ？

初めてわが子を見た瞬間、ギルは心臓がひっくり返ったように感じた。息苦しいのに、肺に十分に空気を取り込むことさえできない。まさか、こんなに小さいとは思ってもみなかった。

気がついたときには、ギルはその場に膝をついて、娘と視線を合わせるようにしていた。

「ニコールだね？」

とたんにニコールは、長いまつげに縁取られた大きなチョコレート色の瞳をしばたたかせた。それから、薔薇のつぼみを思わせる唇をわなわなと震わせつつ、「マミー！」と叫びながらふたたびアナベルの背後に隠れてしまった。

マミーだって⁉　驚いたギルは、眉を吊り上げながら、説明を求めるようにアナベルを見つめた。

アナベルはニコールを自分の前に立たせると、おどけた表情でひょいっと彼女を抱き上げ、胸に抱きながら声をあげて笑った。「こら、おちびちゃん。この前ちゃんとお話ししたでしよ？　何も怖くないからねって言ったのを、忘れちゃった？」

おちびちゃん？　見るとニコールは、絶対に離れないとでもいうようにアナベルの首にぎゅっとしがみついている。何とも情けないあだ名で呼ばれているというのに、別に腹を立ててはいないようだ。

アナベルはギルの顔を見て、申し訳なさそうに肩をすくめた。「ごめんなさいね。長旅で疲れてるのよ」

ギルは内心、相当がっかりしていたが、必死にそれを押し隠した。うまく隠せていればいいんだが……。彼はのろのろと身を起こした。「とりあえず、中に入って」と言いながら後ずさり、ドアを押さえてやると、アナベルがすーっと室内に入っていった。彼女が目の前を通りすぎる瞬間、彼女の強烈なエネルギーがひしひしと感じられた。それから、彼女の全身から漂う、ほのかな花の香りに包まれた。ふと視線を落とすと、続き部屋の床に、カラフルな大ぶりのマザーズバッグが置いたままになっている。かばんの中からは、ボロボロのぬいぐるみと、色褪せたプリント柄のブランケットと、ジュースを入れたスクイーズボトルと、その他もろもろの子ども用品がのぞいている。

ギルは頭の中が完全に真っ白になってしまって、アリスの顔をただ見つめることしかできなかった。

するとアリスは、いつもの生真面目な表情でマザーズバッグを持ち上げ、ギルの腕の中に押しつけた。「お嬢ちゃんのでしょうから」

「ああ、そうだね」ギルは言いながら、奇妙な重さを腕に感じていた。

「悪いけど、電話はつながないでくれるかな。それと、アポも全部キャンセルしておいて」

「お昼はご家族のみなさんとお約束がありますけど」

ギルは一瞬パニックになったが、すぐに冷静さを取り戻した。「じゃあ、兄さんに電話して。アナベルが来たって言えばわかるはずだから」

「かしこまりました」アリスはうなずいたものの、まだ何かためらっている様子だ。「あの、社長、ほかには何か……」

もともとアリスは、亡き父の秘書だった。そして今はギルの秘書として、何くれとなく気を配り、忠実に仕えてくれている。ギルは、感謝の気持ちを込めてほほ笑みで返した。「ありがとう、アリス。何かあったら呼ぶからもういいよ」と言ってから、考え直してつけ加えた。「ああ、そうしたら、コーヒーをお願いできるかな？」

「ええ、すぐにお持ちします」

「ありがとう」ギルは部屋に戻り、ドアを閉めながら、これからどうするべきか考えようとした。まずは心の中で、今の状況をざっとおさらいしてみる。アナベルがオフィスに来ている――欲しいと思うべきじゃないのに、気づくと求めている女性が。それから、娘もオフィスに来ている――つい二週間前に存在を知ったばかりなのに、すでにいとおしく感じている女性が。どうやら彼の人生は、何かとてつもない変化のときを迎えようとしているらしい。早いところ何らかの手を打たなければならない――でも今の彼にできるのは、ただそこに突っ立って、ひたすらふたりを見つめることだけだ。

アナベルは黒い革張りの椅子にのんびりとかけている。膝にニコールを乗せて、耳元に何かささやき、柔らかそうな頬にキスをし、小さな背中を撫でてやっている。

ギルはニコールを抱いてみたくてたまらなかった。娘をこの腕で抱きしめたい。娘のことを知りたいし、娘に父である自分のことを知ってほしい。こんな気持ちになるのは、生まれて初めてだ。ギルはその強烈な欲求に、思わずひるんだ。

「ねえ、おなかがすいてるんだけど」アナベルがふと顔を上げて言った。「何か食べるものってないかしら?」

ようやくするべきことが見つかってホッとしながら、ギルはデスクに歩み寄り、端に軽く腰かけて電話の内線ボタンを押した。「ああ、ランチのデリバリーを頼んでもらえるかな、アリス?」

「サンドイッチか、ピザか、スープでいかがでしょう?」

ギルはアナベルに向き直り、彼女に選ばせることにした。「じゃあ、ペパロニピザをお願い。それと、わたしにはサラダも。あとは、もしあればマウンテンデューね……カフェインが効いてるほうがいいから。この子にはジュースがあるから飲み物はいいわ」

アリスは「一五分ほどお待ちになってください」と言って電話を切った。

ランチを頼み終えると、ギルは椅子にゆったりともたれ、握りあわせた両手を太ももの上に置いた。いかにもリラックスしているように見えるが、内心はまったくそうではない。彼は、一瞬にしていろいろなことに気づいていた。アナベルの緑色の瞳の下にできた黒いくま。薄い黄褐色のショートヘアは風に吹かれてボサボサになっている。左耳には、それぞれサイズの違うフープイヤリングが……合計五つ。一番大きいので二五セント硬貨ほどもある。

それから、上腕をぐるりと囲むようなデザインのタトゥー。ツタのような絵柄に見えるが、模様が細かすぎて、近くに寄って見てみないと何だかよくわからないし、そもそもアナベルの近くに寄るつもりはない。

ニコールがわずかに身をよじってこちらを見ている。だが、相変わらずアナベルの首筋に鼻をこすりつけるようにして、両腕をまわして抱きついている。ぱっちりとした瞳は、警戒するようにまん丸に見開かれている。

ギルはできる限り優しそうな笑みを浮かべてみせた。「こんにちは、ニコール」

「こん……にちは」

彼は娘に触ってみたくて、もういてもたってもいられなかった。おずおずと手を伸ばして、こめかみのあたりで巻き毛になっている、まるでシルクのように柔らかな髪を人差し指でそっと触ってみる。そのとたんに彼は、心臓が肋骨を突き破って飛び出すのではないかと思うくらいの衝撃に打たれた。

ニコールがさっと身を引き、アナベルの首にまわした腕にいっそう力を込めるのがわかる。

「時間をかけなくちゃダメよ、ギル。いろいろあったんだもの」

アナベルの言葉に、ギルは心底、打ちのめされたような気持ちになった。娘は今まで、どんな辛い人生を送ってきたんだろう。彼はニコールの父親だ。本当ならば、どんなときもそばにいて、彼女を守り、何が起きても大丈夫、パパがいれば安心だと思わせてあげなくてはいけなかったのに。彼は咳払いしてから言った。「きみも大変だったろうね、アナベル。シェリーとは親友だったんだものね」

アナベルは目をそらし、ささやくように言った。「終わりのほうは、彼女のことはさっぱりわからなくなっていたけどね」

終わりのほうってどういうことだ？　確かアナベルは、シェリーは交通事故で急死したと言っていた。だったら、いったい何の終わりだ？　気になって仕方がなかったが、ニコールの目の前で訊くわけにはいかない。彼女くらいの年齢で、いったいどのくらいの理解力があるのかはさっぱりわからないが、さらにトラウマを与えるような危険を冒したくはなかった。

アリスがドアをノックして、コーヒーとカップを載せたトレーを運んできた。「ランチが届くまで、こちらでもどうぞ。お嬢ちゃんには、何か飲み物はいいですか？」

アナベルは立ち上がった。ニコールは相変わらず、彼女の首にしがみついている。「かばんにジュースが――そのジュースがないと、出かけるのもいやがるんです」

「ジュース」ニコールがアナベルのマネをしてつぶやいた。細い腕を、早くちょうだいというふうに伸ばして、まるで空気をつかむように小さな指をもぞもぞと動かしている。

そのしぐさを見た瞬間、ギルはその場にとろけてしまうのではないかと思った。こんなに何かをいとおしく思ったのは、生まれて初めてだ。「お、おれが取ってあげるよ」

「あら、ありがとう」アナベルはニコールを抱き直した。「どうやら、そろそろお昼寝の時間みたいね」彼女はギルに向かってウインクしてから、革張りのソファに腰かけ、やっとのことでニコールの腕をほどくと、自分の隣に座らせた。「ほら、おちびちゃん、この人が困ってるじゃないの。もう一回、こんにちはって言ってあげなさい。今度はちゃんと心を込めて言うのよ」

ニコールは、丸々とした素足を放り出すようにしてソファにちょこんと座り、まばたきひとつせずに、ギルをじいっと見つめている。やがて驚いたことに、小さな上向きの鼻から何から、とにかく顔全体をくしゃくしゃにして、祝福するようなほほ笑みを見せてくれた。

「こんにちは」

「いい子ね」アナベルはニコールを褒め、アリスが淹れてくれたコーヒーを受け取ると、ゆっくりとそれを飲み、ホッとため息を漏らした。「おいしい。あなたって天使だわ、ありがとうございます」

「どういたしまして」アリスはそれだけ言うと、部屋をあとにした。

ギルはニコールを驚かせないよう、そろそろと腕を動かしてジュースを手渡した。「ちょっとぬるいけど、大丈夫かな？」

「冷たいのが苦手なのよ、ね、ニッキー？」アナベルは答えを促したが、ニコールは返事をしない。スクイーズボトルを口につけ、顎にジュースが垂れるくらい、すごい勢いでゴクゴクと飲んでいる。アナベルはすぐにコーヒーをかたわらに置き、ニコールからジュースを取り上げた。ニコールはすでにまぶたが落ち始めている。彼女は横向きになると、アナベルの膝の上に頭を乗せて、いかにも気持ちよさそうに眠りについてしまった。

「ガス欠みたい」アナベルは言いながらニコールの黒髪を撫で、しわくちゃになったTシャツを伸ばしてやった。「かわいそうに、今日は朝からずっと起きていたから。長旅で車に酔っちゃうし。ここにたどり着くまでに一回しか吐かなかっただけでも運がよかったわ」

ギルは居住まいを正した。「まさか、車で来たのか?」

「大きな声を出さないでくれる? この子、眠るのも早いけど、すぐに起きちゃうのよ。それに、眠ってから一〇分もしないうちに起きたりすると、暴れて手がつけられないの。かわいいところを見てもらう前に追い返されたりしたら、かなわないわ」

わが子を追い返すだって? そんなこと、ありえない。

「ねえ、何か音楽をかけてくれない? この子、BGMがあったほうがよく眠れるの。眠っていてくれたほうが……いろいろと、話せるでしょ」

アナベルに注意された上、わが子が長旅のせいでゲロを吐いたと聞かされて、ギルは激しく苛立ちながら、キャビネットに歩み寄り、電源を入れた。キャビネットの扉が左右に開き、最新型のテレビとCDプレーヤー、DVDプレーヤーが現れる。彼はずらりと並ぶCDをざっと見て、ビーチ・ボーイズを選ぶと、ボリュームを小さくした。

室内に音楽が流れだしたところで、ギルはアナベルに向き直った。今にも怒りが爆発しそうだった。

だがアナベルに先を越されてしまった。彼女は緑色の瞳をぎょっとしたように瞬かせながら、ささやくように言った。「ねえ、これっていったい何なの?」

「これって?」

「この……騒音よ」彼女はわざとらしく、ぶるっと身を震わせてみせた。

「ビーチ・ボーイズだけど?」そうだった、アナベルは、ギルの選ぶものにことごとくケチをつける女だった。今までだって、ことあるごとに難癖をつけられてきたのだ。

「あなたの音楽の趣味が最低だってこと、うっかり忘れてたわ」彼女は鼻を鳴らした。「五〇歳のご老体が聴くような、つまんないのが好きだったのよね」

ギルはすっくと立ち上がった。くだらない言いがかりなんかに、惑わされるつもりはなかった。「おれの音楽の趣味なんてどうでもいい。それより、どうやってここまで来たのか説明してもらおうか」

アナベルは肩をすくめた。「車だけど?」

「アトランタからずっと?」

「まあね」アナベルは人目などまったく気にせず、長い脚を思いっきり伸ばすと、ソファの背にゆったりともたれて、まるでウイスキーでもすするようにコーヒーを飲んだ。ソファにもたれたせいで、柔らかそうなおなかがさらにのぞき、ギルはついついそちらに視線を奪われてしまう。「今朝の五時に家を出て、途中で何回か休憩を挟みながら、ようやくここに到着したってわけ」

無頓着そうに見えて、どこか挑発的でもある彼女のポーズから必死に視線をそらし、ギルはデスクのほうに戻ったが、椅子には座らず、端に軽く寄り掛かるだけにした。彼は大人の男だ。常に冷静沈着で、意志も強い。女性のおなかを見たくらいで、ぼうっとしたりしない。

「どうしてなんだ、アナベル？　ふたりで飛行機で来ればいいと言っただろう？」

「わたしたちみたいな若い女性はね、車で移動するのが好きなの。それに、いつあなたにうんざりして、向こうに帰りたくなるかわからないでしょう？　あなたに頼りっきりになるつもりなんか、全然ないんだもの」

アナベルの口調がいかにも親しみのある、落ち着いたものだったので、ギルはしばらく彼女の真意が理解できなかった。だがそれがどういう意味かわかったとたん、彼は怒りをあらわにした。「この際、はっきりさせておいたほうがよさそうだな、アナベル？」

「ええ、そうね」彼女はソファの背に頭をもたせ、まぶたを閉じている。

ギルはまたもや彼女のおなかに釘付けになった。へそピアスがひどくそそる。胸元に目をやると、何とノーブラなのがわかった。アナベルのような女は、ほんのちょっと優しく吸うだけで乳首が立ってしまうに決まっているんだ……。彼女は何事にもオープンで、心も体も開けっぴろげだから……。

ギルは、もうずいぶん長いこと女性を抱いていない。

それに、彼の本当に好きな自由奔放で激しいセックスにも、もう何年もごぶさただ。そう、シェリーとのあの夜が最後だった……。

ギルはふたたび自制心を取り戻した。「ニコールは、おれの子だぞ！」

「そんなガミガミ言う必要なんかないわよ」アナベルは、すっかり疲れきった様子でソファにぐったり寝そべり、相変わらず目を閉じたままだ。「あなたたちふたりを見たら、親子だってすぐにわかるもの。自分では気づいていないかもしれないけど、この子、あなたに生き写しよ」

ギルはニコールのほうを見やった。けれども、ジーンズに包まれたアナベルの太ももに顔を押しつけるようにして眠っているため、表情を見ることができない。この子が自分に似ているわけがない。だいたい、彼は体重が九〇キロもあるし、一日に二回も剃らなくちゃならないくらいひげが濃い。一方、ニコールはちっちゃくて、壊れそうで、何とも愛らしい。ふとギルは、まじまじと見つめてきたときの娘の茶色の瞳を思い出した。そう、確かに茶色の瞳は一緒だ。それに黒髪も。でもニコールの髪は、彼の髪と違ってシルクのように柔らかく波打っている。瞳や髪の色は同じだが、似ているのはそれだけだ。

ニコールを見つめているうちに、ギルはまたあの何とも言えない切望感を覚えていた。それはどんどん大きくなっていき、ほとんど胸が苦しくなるくらいだった。娘に受け入れてもらえるまで、いったいどのくらいかかるのだろう……？　ギルは咳払いしてから、ふたたび口を開いた。「とにかく、わざわざ娘を引き渡しにきてくれて、感謝してるよ」

アナベルはパッと目を開けた。「やだ、何を言ってるの？　わたしはただ、この子をあなたに会わせに来ただけよ。それ以上のことについては、これから決めるわ」

「アナベル、この子はおれの娘なんだ」ギルには何の確信も持てなかったが、それでも、彼女が自分の子であるという点では譲れない。「ニコールはおれのものなんだよ」

アナベルは大きく胸を上下させた。居住まいを正し、ニコールの体をそっと脇に押しやって、隣に横たわらせた。ニコールは小さく丸まって、ソファの上でまどろんでいる。アナベルはすっくと立ち上がった。一生懸命、冷静に振る舞おうとしているようだけれど、瞳が妙にぎらついて、まるで自分を抑えるようにこぶしをぎゅっと握りしめている。「ニッキーはわたしを愛してるのよ、ギル。あの子の面倒を見てきたのはわたしなの。今まで育ててきたのもわたし。このわたしが、あの子を愛して育ててきたんだから！」

アナベルがニコールを育てたというのなら、シェリーはいったい何をやっていたんだ？ギルはかぶりを振った。「そっちが、ニコールのことをおれに教えてくれなかったんじゃないか」

「わたしじゃなくて、シェリーが決めたことよ」アナベルはそう言い放つと、ギルに歩み寄った。身を硬くして、見るからにヤケになっている。「ギルにバラしたら、ニッキーを取り上げるってシェリーに言われたわ。そんなの耐えられなかった。これだけは、あなたにはっきり言っておくわ、ニッキーはわたしのものよ！」

まるで崖の先端に立たされているように感じながら、ギルは次の言葉を待った。

アナベルは深呼吸し、落ち着きを取り戻そうとした。それから、顎を引き、真正面からギルの目を見据えた。「あの子が欲しいなら、方法はひとつだけあるわ」

ギルは苛立ちに目を細め、ひたすら待った。もうどんなことがあってもニコールを手放すつもりはない。絶対に。「方法って？」

アナベルはほんの一瞬、ためらうように唇を舐め、すぐにまた口を開いた。「わたしと結婚すればいいわ」


タイミングよくピザが到着してくれたおかげで、アナベルはそれ以上のことは言わずに済んだ。といっても、どうせもう一言も発することができない状態だったのだ。ぎょっとした表情で黙り込み、疑わしげにこちらを凝視してくるギルに、それ以上言えることなんてなかった。いったい何を期待していたの、アナベル？　彼が両腕を広げて、抱きとめてくれるとでも？　彼女は唇をゆがめた。今すぐに泣き叫ぶか、眠りにつくか、ニッキーを抱いてどこかに逃げてしまいたい。

でも、そんな選択肢は残されていない。

香ばしい匂いのするピザとサラダのボックスをアリスが運んでくれる間、ギルは窓の外をずっと眺めていた。身を硬くして、混乱し、怒っているように見える。でもやっぱり、ギルって本当にすてき。

思わず身を震わせたアナベルは、冷静になろうと思い、デスクの後ろにまわると、クッションの利いた椅子に座り直した。ギルのオフィスはかなり豪華な作りだが、彼女は別に驚きはしなかった。彼が裕福なのは知っている。シェリーのところに来るときだって、いつも高級スーツを着ていた。彼は常にきちんと身だしなみを整え、しゃべり方も上品で、礼儀正しく、洗練されていた。

でも、ギルは本当の自分をうまく隠しているだけだ。アナベルは知っている。そう、よおく知っているのだ。彼の本性を知っているし、理解もしている。その点こそが、切り札になると思っている。

とにかく、早くおなかをいっぱいにして少し休まないと、また何かバカなことを口走ってしまいそうだ。でもギルはまだ話を終えるつもりはないようだ。下手なことをしゃべらないように気をつけなくては。われながら、相当ストレスがたまっているらしい。そのせいで、さっきだってよく考えもせず、うっかりあんなことを口走ってしまった。さっさと前言撤回するなり、笑い飛ばすなりして、あとはゆっくり時間をかけて彼に理解してもらうようにしないと。

あるいは、誘惑してもいいのだけど……。

アリスがナプキンを差し出しながら、ギルに言った。「お兄様が、今夜にでも詳しく説明するようにとおっしゃってました。お母様に報告しなくちゃいけないからと」

「ほんとにでしゃばりな兄貴だな……」

「まあ……お兄様は、お母様がいきなり社長のところにいらっしゃるといけないから、話をしておいてくださるつもりなんだと思いますよ。あんまり期待しないでくれとも、おっしゃってましたけどね」

「うちの母は、言い出したら聞かないからね」

アリスはほほ笑み、「ほかに何かあればおっしゃってください」と言い残して部屋を出ていった。彼女がいなくなると、ギルはデスクの前に歩み寄り、アナベルと向き合った。アナベルがリクエストしたペパロニピザを一切れと、サラダを皿に盛ってやる間も、彼女は目を合わせようともせず、ほとんど無表情で座ったままだ。「そいつを食べながら、さっきの爆弾発言について説明してもらおうか」

どうしてギルは、こんな情熱のかけらも感じさせない、理性的な話し方をしていられるのだろう。ひょっとしてわたし、彼を誤解しているの？　シェリーの勘違いだったの？　だとしたら、うまくいきっこない。

内心打ちひしがれながら、アナベルは必死に冷静さを取り戻し——本当は、調子のいいときだって冷静でいるのは大の苦手なのに——口を開いた。「別に、説明するほどのことなんてないけど」彼女は大きく口を開けてピザにかぶりつき、チーズとトマトソースとぴりっとしたペパロニソーセージが絶妙にミックスした味に思わず呻いた。「何これ、すごくおいしいじゃない」

ギルは、少しは慎みを持てよとでもいうように、彼女の口元をじっと睨みつけた。「朝から何も食べてないのか？」

「おちびちゃんの分はかばんに詰めてきたんだけどね。わたしは、そんな余裕なかったから」そう、今朝のアナベルは、食事どころではなかったのだ。とにかく焦っていて、目の前のとんでもない事態をどうやって回避すればいいのかと頭の中が混乱して、ギルを頼ってもうまくいきっこないと不安に駆られていたから。

ギルはますますむっとした表情になった。「なんであの子をそんなふうに呼ぶんだ?」「そんなふうって?」アナベルはちらりとギルを見やり、それからまた大きな口を開けてピザにかぶりついた。ギルときたら、相変わらず偉そうで、心の内を見せようとしないんだから。そう、彼は絶対に声を荒らげたり、人前で失敗したりすることもないし、優柔不断とか躊躇とかいう言葉とは無縁なのだ。

「おちびちゃんだよ」ギルはまるで、四文字言葉を口にするように言った。「失敬じゃないか」

初対面のときから、アナベルはギルにすべてを否定されてきた。といっても、意地悪なことを言われたとか、冷たくあしらわれたとかいうわけではない。ただ、こちらを見るときの目つきや、よそよそしい態度から、認められていないことがわかるのだ。

たぶん、彼女のことを奔放な女だと勝手に勘違いして、嫌悪感を抱いているのだろう。とにかく、彼女のやることなすことを否定してくるのだ。何もわかっていないくせに。

彼女はおれには似合わない——ギルはそう思っているはずだ。そして、その一方で、彼女を求めてもいる。アナベルにはそれがよくわかっている。たとえ彼がそれを認めようが認めまいが関係ない。アナベルのほうも彼を求めているのだから、まったく問題はないとさえ思う。ギルにどんなに非難されても、アナベルは彼が好きだった。心の底から。これまでアナベルは、やむをえない事情から、本当のことも、自分自身のことも、今のこの暮らしぶりのことも彼に話すことができずにいた。話したら、ギルは心配してくれるだろうか？　できることなら、心配してほしい。

彼はニコールのよき父になるだろう。今回のことがアナベルの計画どおりにいけば、彼はけっこういい夫にもなるだろう。そして三人は家族になる。ニコールにふさわしい家族に。アナベル自身は、最初っからギルに愛されることまでは期待していない。でも彼はきっと娘を大事にしてくれる。家族を守り、ニコールに必要なものをすべて与えてくれさえすれば、今はそれでいい。

彼には真実を知る権利がある。アナベルは勇気をふりしぼり、心の内を打ち明けることにした。「わたしね、自分の命よりも、ニッキーが大切なの。あの子もわたしの愛情をわかってくれてるわ。おちびちゃんって呼んでるのだって、別に深い意味はなくて、単なるあだ名よ」

「おれは気に入らないな」

アナベルはニッと笑い、コーラで乾杯するようなしぐさをした。「もうすっかり、娘を守るパパって感じね。でもね、あの子だってわがまま言ったり、ぐずったり、言うことをちっとも聞かなかったりするんだから」

ギルはニコールの小さな、愛らしい顔を、信じられないというふうに見つめた。「そうやって、意味もなく意地悪を言うのはよせよ」

アナベルは噴き出してしまった。ニッキーのことを完璧な子だなんて思ったら、大間違いなんだから。もちろんニッキーは素晴らしく愛らしいけれど、ときにはこの年頃の子にありがちな、気難しい、へそまがりで世話のやける子にもなるんだから。「ごめんなさい。とにかく、あと二口だけ食べさせてくれない？　おなかぺこぺこで倒れちゃいそうなの。おなかいっぱいになれば、信じられないくらいいい子に変身するって約束する」

ギルは疑わしげな顔をしつつも、うなずいてみせた。「ニコールは？　さっき、あの子も腹がへってるって言わなかったか？」ギルはソファのかたわらで立ち止まり、ズボンのポケットに深く両手を突っ込んだまま、腰を曲げて娘の顔を覗き込んだ。Tシャツが少しめくれて、真っ白な、柔らかそうな背中が見える。それに、ズボンのウエストの上にちらりとのぞくトレーニングパンツも。

感情をもてあましたように、ギルの表情が固まる。そのままニコールをじっと見つめ続けるギルの様子に、アナベルは胸がちくりと痛んだ。何しろ彼は、二年間も娘の成長をいっさい見ることができなかったのだ。今すぐニコールを抱きあげ、この腕に抱きしめたい——彼がそう思っているのが、ひしひしと感じられるようだ。ニコールを父親であるギルに会わせずにいたのは大きな間違いだった。でもアナベルには、そうするしかなかったのだ。

後悔の念に押しつぶされそうになったアナベルは、「おなかのことよりも、今は休ませてあげたいの」と消え入るような声で言い、慌てて咳払いしてごまかした。今このタイミングでセンチメンタルになったりしたら、すべて台無しだ。「起きたら何か食べるでしょ」

「いつも、どのくらい昼寝するんだ?」

「そうね、一時間も寝てくれればいいほうかな」アナベルはギルの大きな背中を見つめた。ぴったりと体にフィットするあつらえのドレスシャツに包まれた逞しい肉体が、想像できるようだった。「ねえ、わたしたち、今夜はどこで寝るの?」

ギルが顔だけをくるりとこちらに向けた。射るような視線に、アナベルはますます落ち着かない気持ちになった。

「あの、そうじゃなくて、ニッキーとわたしって意味なんだけど……」まったく、疲れていると、頭がまともに働いてくれやしない。アナベルはため息を漏らし、苦笑した。「お宅に泊まることってできるかしら? ホテルに長期滞在するようなお金は持ってないし、あなただってこの子としばらく一緒にいたいでしょ? この子がどこかに行くときには、わたしもついていたいし、だから――」

「わかったよ」ギルは体もアナベルのほうに向けたが、表情はまだこわばらせたままだ。「予備の部屋ならちゃんとあるから。滞在先については心配しなくていい」彼は言うなり、デスクに置かれた電話に手を伸ばし、どこかにかけた。「ああ、キャンディスかい? ギルだよ。客間を用意しておいてくれるかな? それと、冷蔵庫にジュースを――」彼は受話器の送話口に手を添え、アナベルにたずねた。「ニコールの好きなジュースは?」

キャンディス? いったい誰よ、それ? 彼女がいるの? それとも、もしかして奥さん? もしそうだったら、どうすればいいの?

「アナベル？」

今にも口から心臓が飛び出そうだったけれど、アナベルは懸命にこらえた。「ミックスフルーツよ。それと、ミルクもお願いね。あとは、新鮮な野菜と、バナナと、種類は何でもいいからクラッカーがあれば平気」

ギルはうなずき、アナベルに言われたものをキャンディスに伝えた。受話器を置くと、腕組みしながら、アナベルをじっと観察した。アナベルは彼のコロンの香りにうっとりしそうだった。ピリッとスパイシーで、温かみのある――ギルみたいな香り。もちろん彼は、そういうピリッとした一面については、あまり多くの人に見せないようにしているようだけど。

でもアナベルは、シェリーから聞いている。いろいろと。だから彼女は、ギルが思っているよりもずっと、ギルのことをよく知っているのだ。「あなた、結婚してるの？」

責めるような口調になってしまって、アナベルは自分にうんざりした。幸いギルは、特に気分を害した様子はない。「いいや」

ええい、毒を食らわば皿までだわ……。「じゃあ、婚約者は？　真剣につき合っている女性は？」

「どれもいない」

アナベルは安堵のため息を漏らした。「じゃあ、キャンディスって誰なの？」

質問攻めにされて、さすがにギルはかすかに目を細めた。「ハウスキーパーだ」

「嘘でしょう？　メードなんか雇ってるの？」確かにギルは裕福だ。でも、いくらなんでもそれは……ぜいたくすぎる。

「メードじゃなくて、ハウスキーパーだ。パートタイムのね。週に三回来てもらってる」

「あなたの汚したものをきれいにするだけのために？」アナベルは呆れ返った表情で、ギルを頭のてっぺんから足の爪先までまじまじと見つめた。「なあるほど、道理であなたって、きれいにしてるわけね」

ギルの表情は変わらなかった。「おれは秩序のある生活が好きなんでね。それに、身の周りのものが常に清潔に整然と保たれていないと不愉快になるから。キャンディスにはそのへんの世話を頼んでいるだけだ」

秩序に整然？　まったく。アナベルは満面の作り笑いで言った。「それなのにあなた、こんな元気いっぱいの子どもと一緒に住もうっていうの？　やだ、笑っちゃう」

ギルはアナベルの嫌みには答えず、デスクから離れた。「まだ少しここで片付けなくちゃいけないことがあるから。それが済んだら、三人で家に行こう」それから彼女の顔をちらりと見やって、心配するような表情になった。「きみも、昼寝したほうがよさそうだしね」

ちょっと優しく言われただけで、アナベルはうっとりしてしまった。彼女は精神的にも肉体的にも本当にへとへとで、今にも大声で泣き叫んでしまいそうだった。けれども、懸命に明るい笑顔を作った。「そうね、確かに疲れてるけど。でも、あなたのお仕事の邪魔をするつもりはないわ。道順を教えてもらえれば……」ニコールと先に行って、彼が帰ってくる前に状況を把握しておくことができる。

「それには及ばないよ」ギルは腕組みして、たずねた。「なあアナベル、いったいどういうことなのか説明してくれないか？」

今の彼の態度がすべてを物語っていた。彼は、一秒たりとも待つ気はないのだ。アナベルはもう一口サラダを口に押し込むと、皿を押しやり、デスクに頬杖をついた。これから打ち明ける哀れな境遇を、当人は何とも思っていないように見せることができればいいのだけど。どんなに悲惨な状態か知ったら、彼はそれを盾にニコールを奪おうとするだろうか？　まさかそんなことをするとは思えないけれど、不要なリスクを冒すつもりはなかった。

「シェリーはね、ニコールを生んでからおかしくなっちゃったのよ」と言ったとたん、ギルの左の眉がぴくりと動いた。「ええ、ええ、あなたが今、何を考えているかくらい、ちゃんとわかってるわ。わたしみたいな人間が、他人のことをとやかく言えるのかって言いたいんでしょ？」アナベルは人差し指でイヤリングをもてあそんだ。

ギルは何も言わず、彼女の上腕にぐるりと彫られたタトゥーを一瞥しただけだ。

アナベルは懸命に、自己弁護したくなる気持ちを抑えた。「わたしが言いたいのはね、シェリーは、ニコールの面倒をほとんど見たがらなかったってことなの。彼女、すっかりパーティー好きになっちゃって。自分はセクシーで男にもてるって、自分自身に証明したかったみたい」

「実際、シェリーはセクシーだったじゃないか。それに、彼氏なんか欲しくないって言ってたはずだぞ」

「ええ。でも彼女、あなたにフラれて、相当プライドが傷ついたみたいだった」アナベルは、ギルにそれ以上の罪悪感を与えるつもりはなかった。「あなたは知らないかもしれないけど、シェリーって幸せな家庭に育ったとは言えないから」とつけ加えながら、こんな言い方じゃ控えめすぎるけどねと思った。

「だから、シェリーも完璧な母親じゃなかったと言いたいのか？」

「完璧な親とか何とか、そういう話じゃないのよ。そうじゃなくって、彼女、自分に自信がなくなっちゃったみたいだったの。ニコールのことは、彼女なりに愛していたと思う。でも、ニコールに縛りつけられるのがいやだったみたいっていうのかな。子どもがいるせいで、男にもてなくなったと思ったのね。子どもを生んだ女は、男から女として見てもらえなくなる、そんなふうに思ってたみたい。だから、ニコールのことは秘密だった」

「誰にも教えなかったのか？」

「ほとんど誰にも」もちろん、彼女の両親は知っていた——そして、頑として認めないと言い放ったのだ。「わたしは在宅仕事だから、それで、ニコールの世話をするようになったの」ここからが大切なところだ。何としても、現状をギルに理解してもらわなければ。「だからニコールにしてみれば、わたしこそが母親なのよ、ギル」

ギルはまたもや、アナベルを一瞥しただけだった。母親って柄じゃないだろう——ギルがそう思っているのが表情からわかった。もちろん、そのことでギルを責めるつもりはない。アナベル自身、最初に赤ん坊の世話をすることになったときは、果たして自分なんかにできるのだろうかと心配でたまらなかったのだから。でも彼女は、ニコールが大好きだったし、常に最善を尽くしてきたつもりだ。そして今までは、彼女の愛情だけでも十分にやってこられた。

でももう無理。ニコールには、やっぱり父親が必要だ。

だがギルは、「きみひとりで面倒を見たのか?」と訊いてきただけだった。

「ほとんどね」そう、ギルには想像もつかないような、いろいろなことがあった。「病院代については、シェリーが医療保険でまかなってくれたし、気が向けば金銭面で負担してくれることもあったけど。でも、ニコールとふたりきりで一緒に過ごすことはめったになかった。たまにそういう場面があっても、わが子っていうより、むしろ他人の子みたいにニコールに接してたわ」

ギルは無言で立っていた。その表情は、特に納得しているわけでも、いぶかしんでいるわけでもなさそうに見える。何しろギル・ワトソンは、感情を押し隠すのが実にうまいのだ。

アナベルは自分の手をじっと見下ろした。「わたしは、ニッキーのことをあなたに打ち明けたかった」彼女は後悔の気持ちを必死にのみこみ、それから、もうひとつの真実については今は黙っておこうと心を決めた。「あなたならいい父親になれると思っていたし、あなたの援助があったらどんなに楽だろうとも思っていたわ。でも、シェリーが絶対にダメだって。あなたにバラしたら、ニコールを取り上げられるに決まってるって」

「シェリーから? それとも、きみから?」

アナベルはギルの瞳をキッと見据えた。「わたしは、ニコールを独り占めしようなんて思ってなかったわ」心臓が激しく鼓動を打ち、手のひらがじっとりと汗ばんでくる。「バカみたいに聞こえるかもしれないけど、シェリーはね、いずれあなたが戻ってくると信じていたのよ。それも、ニコールの元にじゃなくて、彼女自身の元にね。だってあなたは……彼女を捨てた、ただひとりの男だったから」

ギルは顔を撫でながら、室内をうろうろと歩きだした。「おれたちは、ただの友だちだった」

「でも、恋人同士でもあったでしょう?」

ギルはアナベルをキッと睨みつけた。

「ごめんなさい、シェリーから……聞いたのよ」アナベルはぎこちなく肩をすくめた。彼の気持ちが読めればいいのに。でも、表情からは何を考えているのかさっぱりわからない。

「あなたのことを、いろいろと」

「なるほどね」ギルは不快感をあらわにした。

アナベルは慌てて立ち上がり、彼のもとに駆け寄った。「シェリーは、酔って車を運転して、それで事故を起こしたのよ。たぶんクスリもやってたんだと思う。彼女、どんどん堕ちていく一方で、ほとんどまともに生活することさえできなくなってた」アナベルは、彼の目の前で足を止めた。彼女がどんなに悲惨な状態だったか、ニコールがどんなに怯えていたか、思い出すだけで辛くなってくる。「シェリーが亡くなったあと、ご両親が来て、彼女の会社の清算手続きもやっていったの。でも、彼女の借金を返して、お葬式をあげたら、大したお金は残らなかったって」

ギルは腕組みして、怖い顔をしている。「それで、金がいるから急におれに本当のことを知らせる気になったわけか？」

いかにも日和見主義のように言われて、アナベルは傷ついた。でもある意味、確かにそのとおりだった。彼女はニコールが欲しい。それにギルも必要だ――それはもう、いろいろな意味で。「そうよ。わたしひとりじゃ、ニコールに必要なものをすべて与えてあげることはできないもの。ずっと在宅で働いてきたから、一緒にいてやることはできるけど……でも、わたしの収入なんてたかが知れてるから」

「まだ例のウェブサイト制作をやってるのか？」

アナベルはキッと顎を上げた。彼女の仕事がアダルトサイトのデザイナーだと知ったときの、ギルの反応はまだ覚えている。ポルノ産業なんて汚らわしい、そんな表情だった。でも彼女にしてみれば、単純に、割のいい仕事という程度の認識しかない。「部屋代と基本的な生活費くらいは稼げるけど、保険とかは自分の分もニコールの分も入ってないの。子どもはしょっちゅう病気になるし、ワクチン接種も必要だし、定期健診だって受けないといけないし」だから、どうかわかって、ギル。「あの子には、二親が必要なのよ」

ギルはアナベルに歩み寄った。まるで、その大きな体でさりげなく威嚇しているようだ。彼の瞳は、とても深い、底が知れないくらい深い茶色で、その周りを濃いまつげが縁取っている。彼の視線は圧倒されるくらい真っ直ぐで、いつだって真剣だ。「それで、きみがおれの娘をこれからも育てられるように、おれときみが結婚すればいいというわけか?」

アナベルは、必死の思いでうなずき、それから消え入りそうな声で「そうよ」と答えた。

ギルはさらにもう一歩、アナベルに歩み寄った。アナベルは、ふたりの心臓の鼓動が溶け合ってしまうのではないかと思った。彼はアナベルの口元をじっと見つめ、そして言い放った。「じゃあ教えてくれ、アナベル。そんなことをして、おれにいったいどんなメリットがある?」

2

アナベルの小さなピンク色の舌が乾いた唇を舐めるのを、ギルは見ていた。それから、彼女の長いまつげが落ち着かなげにまたたき、なめらかな首筋に浮いた血管がとくとくと脈打つのも。結婚なんて突拍子もないことを言い出してから、彼女はギルが何か言うたびに、勝手にどぎまぎしている。

確かに、ギルはアナベルが欲しいと思っている。彼女を見るたびに、その思いで焼けつきそうになるくらいだ。これがもっと若いころだったら、後先考えず、目の前に差し出されたチャンスに食らいついていただろう。でも彼は今や、仕事もこなす大人の男なのだ——でも、これは最後の冒険のチャンスかもしれない。娘つきではあるが。

それに、相手はアナベルだが。

今までギルは、ひとりの女性と一生添い遂げることについて、あまり真剣に考えたことがない。だがもしそういうときが来るとしたら、アナベルのような女性が相手というのは想像できない。どうしても考えなければならないとしたら——今のところまだ考えたことなどないが——エレガントで、さりげない女らしさがあって、上品かつ礼儀正しい女性を選ぶことになるだろう。つまり、実業家の彼にふさわしい、業界のパーティーに同伴して、そこで新たなコネを築いてくれるような女性だ。

言い換えれば、全身からセックス・アピールを漂わせ、ほほ笑みだけで男の下半身を疼かせ、汗と喘ぎ声としっとりと濡れたあそこの心地よさを思い出させるような女性は、選択肢に入っていないということだ。

息をするたびに彼の自制心を危うくさせるような女性は、はなから対象外なのだ。

「メリットなら……自分の娘と一緒に暮らせるようになるわ」アナベルの声は小さく、優しかった。まったく、ラフでセクシーなファッションに流行りのタトゥーなんて外見には、まるで似つかわしくない。「あなただって、それを望んでいるんでしょう?」

ギルはごく小さくうなずき、「ああ」とだけ言った。アナベルがホッとした表情を見せると、「でも、きみがいなくても娘と暮らすことはできる」とつけ加えた。

「そんなのダメ!」

ギルは表情を変えなかったが、優しい気持ちになっていくのが自分でもわかった。アナベルは唇を震わせながら、彼の瞳をじっと見据えている。彼女はなんて小さくて、かよわい……いや、これはあのイヤリングのせいだ。イヤリングに反射する蛍光灯の光が、おれの目を眩《くら》ませているだけだ。

われに返ったギルは、ほとんど苛立ちを隠そうともせずに言った。「きみがとやかく言うことじゃないだろう? 何せニコールは、おれの子なんだから」

「わたしは小さいときからあの子を知ってる。わたしは、どこからどう見てもあの子の母親よ」

「そいつは違うね」

「あいにくだけど」ギルは穏やかに諭すように言った。

アナベルの顔が苦痛にゆがみ、やがてその表情は鉄のように堅い意志へと変わった。「わたしを言いくるめようとしても無駄よ、ギル」彼女は小さな手を彼のドレスシャツの、ちょうど心臓のあたりに当てた。彼女の呼吸は、妙に速くて浅いものになっているようだ。「あなたのことは、よおくわかってるのよ。あなたはニコールにそんなことはしない。そんなふうに、あの子を傷つけたりしないわ」

彼女の震える唇を見つめているうちに、ギルはまたもや理性を忘れ、そこに自分の唇を重ねたくなってきてしまう。けれども彼は、「いや、きみはおれのことなんか、全然わかってないね」と言うなり、彼女にくるりと背を向けた。

アナベルはぎゅっとこぶしを握りしめ、ギルの高級シャツをつかんで、自分のほうに向き直らせた。それから穏やかに、「あなたのことは、もう三年も前から知ってるのよ」と言い聞かせるようにつぶやいた。

そう。ギルだって、三年も前からアナベルと寝たいと思ってきた。ベッドの中で彼女がどんなに情熱的になるか、どんな味で、どんな感触か、何度も何度も夢想してきた。この三年間ひたすら、彼女にも、彼女のセックス・アピールにも目を向けまいとしてきた。そうするべきだと思ったから、必死に彼女を拒み続けてきたのだ。「そんなこと言ったたって、単なる知り合い程度のつき合いだっただろう？」

今度はアナベルのほうがギルに歩み寄った。ギルを見上げるようにして、胸を大きく上下させ、顔には堅い決心をみなぎらせている。「いいえ、ビジネスや、政治や、社会情勢についても語り合ったわ。それに、天気やファッションや音楽についても。さんざん口論したり、からかったりしたけど、でも、わたしは……」

アナベルは急に言葉を切り、ぎゅっと口を閉じてしまった。

ギルは彼女の香りに包まれていた。かすかな香水の香りと、酔わせるような、温かな女性の匂いだ。「わたしは、どうしたんだ?」

「別に何でもないわ」アナベルはシャツから手を放して後ずさり、デスクに歩み寄ってから、また彼に向き直った。ふたりの間に、しばし沈黙が流れた。「実はね、あなたが遊びに来たとき、ニッキーもちゃんと家にいたのよ。シェリーはスリルを楽しんでいたみたい。あなたに本当のことを教えないまま、あんなに近くに娘を置いておくことでね」

なぜそんな悪意のあることを……シェリーの意図がまったく理解できず、ギルは頭を振った。「どうして?」

「わからない」アナベルも、ギルと同じくらい困惑しているようだった。「どうしてなのか、わたしもいろいろ考えてみたけど。シェリーはね、ニッキーが起きてむずかり、あなたにバレればいいと思っているようなフシもあった。言ってみれば、ニッキーのご機嫌にすべてを委ねていたようなものね。でもニッキーは起きなかった。だからあなたは気づかずじまいだったし、シェリーもあえて自分から打ち明けようとはしなかった」

アナベルはサンダルを蹴り脱ぎ、デスクの端にちょこんと座った。彼女は膝に両手を乗せ、がっくりと肩を落とし、裸足の足をじっと見下ろした。「わたしはニッキーのことをあなたに言いたかったの。本当よ。でもシェリーが、もしもバラしたら、ニッキーと一緒に誰にも見つからないところに雲隠れしてやるからって。そんなの、耐えられないと思ったわ。ニッキーを生んだのは確かにシェリーだけど、でも彼女は、母親なんかじゃなかった。夜は寝室のドアを開けっぱなしで寝たわ。聞き耳を立てて、万が一……」

「万が一？」

ハッと顔を上げたアナベルの瞳は、悲しみと絶望でいっぱいだった。「彼女があの子を連れていってしまうんじゃないかと思うと、怖くて眠れなかった。ニッキーを連れてどこかに消えたまま、一生、あのふたりを見つけることができなかったらどうしようって」そこまで言うと、彼女はふいに肩をぐるぐると回しだした。感傷的な雰囲気をほぐそうとしているようだ。そのしぐさに、ギルは思わずほほ笑んでいた。「ねえ、あの子の最初の言葉も、わたしが聞いたのよ」

「ママ、って？」ギルにはどうしても、アナベルが母親をやっているイメージが浮かばなかった。そんなの、ありえない。

アナベルは声をあげて笑った。「ううん。『鳥』って言ったの。あの子、窓から鳥を眺めるのが大好きなのよ。赤ちゃんのころから、鳥を見るたびに悲鳴をあげて喜んでた。だから、すぐ近くで見られるように窓のそばにえさ箱を置いてあげたわ。ニッキーはそれを延々と観察してたの」

おれも、鳥を見て喜ぶあの子の顔を見たかったな……。「うちの裏庭は木がたくさん植わってるからさ。鳥のほかにも、いろいろな動物を見ることができるよ」

ギルのうきうきした様子にも、アナベルはどこか寂しげな、心ここにあらずの表情だ。

「あの子が物心つくようになると、夜は一緒に遅くまで起きていたものよ。あの子を抱っこしてね。肩によだれを垂らすものだから、ふたりしてべちょべちょになるんだけど、あの子が泣くから我慢してそのまま抱いてるの。洋服だって、わたしが買ってあげた。だいたいは古着だったけど。でも、いつもきれいに、女の子らしく見えるようにちゃんと努力したわ。本当に、かわいかった」彼女は顔を上げ、お願いだからわかって、というふうにギルを見つめた。「オムツを替えるのも、お風呂に入れるのも、食事させるのも、全部わたしがやったのよ。あの子を一生懸命に愛してきたわ。だから、あの子をわたしから奪わないで。ううん、あなたがそんなことする人じゃないって、わかってる」

すっかり混乱して、ギルはうなじのあたりを撫でた。そんなふうに、お涙ちょうだいに言われてたって困るんだ。ニッキーはおれの娘で、その存在を知ってしまったからには、もう手放すことなんてできやしない。

彼はこれまで、自分が子ども好きかどうかなんてことすら考えたことがない。だから、娘を目の前にしただけでこんなふうに胸が痛むなんて、まさか思ってもみなかった。アナベルからニコールに関するエピソードを聞けば聞くほど、あの子への愛情が深まっていくようだ。

赤ん坊だったニコールには、自分も、それに母や兄たちももう会えないのかと思うと、押しつぶされそうな気持ちになる。誕生のときはどんなふうだったのか、どんな性格なのか、どんなものが好きなのか——あとからあとから、質問が山ほど湧いてくる。まるで肺が酸素を求めるように、ギルは質問の答えを求めた。答えを知りたいんじゃない。知らなくちゃいけないんだ。

それと同時にギルは、アナベルを守らなければならないという打ち消しがたい衝動も覚えていた。それは、彼女への腹立ちも、常識すらも忘れて、湧き起こってくる抑えがたい衝動だった。彼は今まで、胸を叩いて「よし、おれに任せろ！」などと叫ぶような、頼りがいのある男を演じたことは一度もない。そういうのは兄のサムに任せている。優秀な警察官のサムは、そういう役目をそれこそ完璧にこなしている。

でもギルの住むこの実業界では、女性は男性の保護を必要とするか弱い生き物ではない。この世界では、女性も男性と同じように知力と才覚と判断力にあふれ——ときに、非情だったりもする。だからギルは、男は全能で、女よりも優れている、なんていうふうに思ったことがない。女性から、守ってほしいと思われたことだって一度もないはずだ。

でも、どうやら今はそう思われているらしい。

しかも、よりによってあのアナベル・トルーマンに。イヤリングを何個もつけて、腕にはタトゥーをいれて、わたしを奪ってとでも言いたげな笑みを浮かべるアナベルに、生まれて初めて、心臓をわしづかみにされている。

何を考えているんだ、彼女はおれからニコールを奪った張本人なんだぞ。シェリーと同罪じゃないか。

頭ではそう思っているのに、やっぱりアナベルを抱き寄せ、胸にぎゅっと抱きしめて、まるで自分のためにはならない愚かな約束を口走ってしまいそうになる。今ここで彼女をその気にさせたりしたら……ニコールがちゃんと物事を考えられるようになったとき、間違って彼女を手本にしてしまう可能性だってある。もしもニコールが、アナベルも顔負けのとんでもない女になったらどうする？　想像するだけで心臓が一瞬止まりそうになり、ギルは深呼吸した。まさかニコールまでタトゥーをいれたがったりしたら？　考えるだけでゾッとする。

やはり議論の余地はない。アナベルは、母親という柄じゃない。母親というのは、うちの母さんのようでないといけない。真面目で、服装は派手でなく、何かあれば抱きしめて、助言を与えてくれるようでないと。そう、母さんは見るからに母親という感じだ。ふくよかで、柔らかそうで、飾り気がなくて、一緒にいると安らげる。

アナベルは……絶対に母親という雰囲気じゃない。レッテルを貼るのはいやだが、どうも彼女は安らげるというタイプじゃない。むしろ、興奮させられるという感じだ。それに、すごく魅力的でもある。でもとにかく、母性的なイメージはない。

さっきみたいにニッキーへの思いを吐露されたときだって、ギルは心のどこかで、彼女をデスクに押し倒し、擦り切れたジーンズを引きずりおろし……などと妄想していたくらいなのだから。

そのときふいに、アナベルがデスクから下り、こちらに向かってきた。「ねえギル、わたし、あなたが今何を考えているか知ってるわよ」

彼女の目つきと、ハスキーな声に、ギルはハッと物思いからわれに返り、「嘘つけ」と言った。知ってたら、こんなにそばに近寄れるわけがないじゃないか。

「じゃあ、賭けてみる?」アナベルが身を寄せると、ギルは息をのんだ。逞しい胸板に両手を這わせ、肩のところで動きを止める。冷たい指先で彼の熱いうなじを撫でながら、まるで挑発するようにじっと見つめ、彼女は言った。「セックスのことを考えていたんでしょう? わたしとの。そういえば、さっきもそんな表情をしてたわね」

ギルはひるまなかった。「どんな表情だ?」

アナベルは満面の笑みを浮かべ、瞳をきらめかせ、頬を染めている。「さっき、ぼうっとしてたでしょう、あのちょっと前よ。なんていうか、熱っぽいような、率直で、好奇心に満ちていて、みだらな感じの表情」

ギルは彼女の肩をつかんで引き離そうとした——だが、肩をつかんだ手を放すことができなかった。心臓が早鐘を打ち、太ももと、下腹部の筋肉がぴんと張りつめるのが自分でもわかった。「そいつは、きみの勘違いだな」

「あら、そう?」アナベルは爪先立ち、彼の首筋に鼻をこすりつけた。「ううん。あなたってとってもいい香りがするわ、ギル」

彼女がささやくたびに、まるで素肌を舐めるように、温かい息がかかる。シャツ越しに、彼女の乳房が胸板に当たるのがわかる。

「ア、アナベル」叱りつけるつもりだったのに、なぜかギルは、彼女をそそのかすような口調になっていた。

彼女の手は肩を離れ、胸板のほうへ、さらにその下のほうへと向かっていった。ズボンのウエストのところでしばし止まったため、ギルは頭がヘンになりそうになり、胸まで苦しくなった。やがて彼女の唇が近づいてきてすんでのところで止まり、じっと瞳を覗き込まれた。

「わたしが欲しいんでしょう、ギル？　白状なさい」

そんなこと、絶対に認めない。でも、否定することもできない。

彼女の瞳がきらりと光ったのに気づいたとき、ギルはもっと警戒してしかるべきだった。それなのに彼は、彼女のほっそりとした指がさらに下へ移動し、ズボン越しに下腹部をつかんできたとき、完璧に理性を失ってしまった。まったくアナベルときたら、はしたないなんてもんじゃない。でもそういう彼は……？　彼は、普段の冷静さなどどこへやらという感じだった。

アナベルは、手のなかに握ったものをゆっくりと巧みに揉みしだき、ギルにささやきかけた。「やっぱり、もう硬くなってるのね」

ああ、耳たぶから足の爪先までガチガチだ。でも、どうしてそんなことで彼女が喜ぶんだ？

ささやき声のまま、アナベルは続けた。「ギル、わたしもあなたが欲しいわ。ずっと前からそう思ってた」彼女は言いながら、脈打つペニスのほうへと指を移動させ、からかうように撫で上げて、彼の興奮をさらに呼び覚まそうとした。「わたしたち、きっとうまくいくわ。あなたのことならわかってるもの。あなたが何が好きで、何を求めているのかも。何でもしてあげるわ、ギル。あなたが欲しいっていうときに、あなたが求めるとおりの方法でしてあげる。それから――」

ようやく罠に気づいたギルは、冷たい水を浴びせられたように感じた。彼女に利用されたような、ひどい不快感に包まれ、反射的に彼女の体を押しやっていた。驚いた彼女がバランスを崩し、ギルは肩をつかんで支えてやったが、すぐにまたその手を放した。

アナベルは目を大きく見開いて、激しく興奮しているようだ。彼女は、「ギル、お願い……」と言いながら、彼のほうに手を伸ばした。

「よせ」ギルは口元をゆがめた。自分自身にも、しつこく迫ってくる彼女にも、うんざりしていた。自分はニコールの母親なのだと言いながら、こんな、娼婦みたいなマネをするなんて。ギルはあらためて、「よせったら」と突き放した。

あからさまな拒絶に、アナベルは顔を青ざめさせた。彼女は完全に打ちひしがれた様子で、途方に暮れたようにデスクに両手を置き、うつむいてしまった。その上、肩を震わせて、途切れ途切れに喉を詰まらせている。彼女が今にも泣きだしそうなのに気づいたギルは、何とかしなければ、何か声をかけてやらなければと焦った。

「ええと、そろそろうちに行くか」ギルは狼狽して口走り、かすかに震える手でデスクの上の受話器を取るなり急いで兄の携帯電話にかけた。サムの声に交じって、レストランの喧騒が聞こえてくる。ギルはぎゅっと目をつぶった。「母さんに、おれからだってバレないように話してくれ。兄さんにちょっと頼みがあるんだ」

「何だ?」

「あとで会社に来て、おれの車をうちまで運んでくれないか。キーはオフィスの、デスクの一番上の引き出しに入れておくから。今晩遅い時間か、明日の朝、おれの出社時間に間に合う時間ならいつでもいいから。兄さんひとりで頼むよ」

「大して時間稼ぎはできないと思うぞ。おれの個人的経験から言わせてもらうと」

そのとおり。兄のサムもつい先日、アリエルとのことでさんざんな目に遭ったばかりだった。でも仕方ないのだ。ワトソン家の人間は、おとなしく傍観しているようなタイプではない。何にでも首を突っ込みたがるのだから。ふと、アナベルを見やったギルは、思わず呻きそうになった。がっくりとうなだれて、すっかり小さくなってしまっている。彼女がそんなふうに疲れて絶望している姿を見るだけで、ギルはもう降参という感じだった。

「二、三日、ごまかせればいいんだ」ギルは言いながら、その数日間で多少のことは考えられるといいんだがと思った。

「わかったよ。じゃあ、またな」

受話器を置いたギルは、兄さんのことだから、きっと今の電話のこともうまく言い訳してくれるだろうと思った。サムは今、おとり捜査チームに加わっている——嘘をつくのはお手のものだ。母親のことは兄に任せることにして、ギルはアナベルに向き直った。彼女はギルに背を向けたまま、自分を抱くように体に腕をまわしている。「車を置いていくのなら、どうやって家に帰るの？」

「きみの車をおれが運転していくよ」

アナベルがくるりと振り返った。「わたしの車？」

その顔を見て、ギルはホッとした。幸い、涙を流すところまではいっていなかったようだ。それどころか、細い肩をがっくりと落としながらも、相変わらず揺るぎない決意をみなぎらせているのがわかる。

ギルは彼女の手首をとった。とてもほっそりとして、柔らかかった。「きみはたった今、おれに身売りするようなマネをした。そんなことをするなんて、さぞかしヤケになっているんだろうからね。そんな状態のきみを、おれの娘とふたりっきりにさせるわけにはいかないよ」

沈黙が流れ、やがてアナベルが震えるようなため息を漏らし、手首を握るギルの手に視線を落とした。「わたしは、結婚したらどうかって言ったのよ？」

「みだらなセックスと引き換えにね」

アナベルが視線を上げ、ギルの瞳をじっと見つめた。半分笑ったような表情なのが、ギルの言葉に驚いたからなのか、呆れているからなのかはわからない。彼女はかぶりを振った。

「そう、みだらで、甘く情熱的で、ときには激しく、ときにはゆったりとしたセックスよ。

初めて会ったときから、あなたが欲しかった。あなたの何かに惹かれて……謎めいたところかしら、とにかく、惹かれずにはいられなかった。毎晩、あなたがわたしの中に入ってくるところを想像しながら眠ったわ」

ギルはまぶたを閉じ、頼むから黙ってくれ、おれの理性を奪おうとしないでくれと願った。

アナベルは、空いているほうの手で彼の顎に触れた。「ニコールと引き換えに、あなたとセックスしようなんて思ってない。わたしはただ、わたしたちがどんなにうまくいくか、教えてあげたかっただけよ。結婚しても、しなくても、わたしはやっぱりあなたが欲しいの。これからもずっと、そう思い続けるはずよ」

心のこもった口調に、ギルはまた自制心を失いそうになった。「くそっ、何を言ってるんだ、そんなの信じられるわけないだろ」

アナベルはほほ笑んだ。「ねえ、ニッキーは耳にした言葉を全部繰り返すから、そういう乱暴な言葉は口にしないほうがいいわよ。幸い今は、眠ってるから大丈夫だけどね」

ギルは彼女の手首を放し、両手で自分の頭をかきむしった。

「あなたが混乱するのはよくわかるわ。ニコールを受け入れて、その次はわたしだなんて。でも、たとえあなたに結婚を断られても、やっぱりあなたを手に入れたいの」

おれを、手に入れるだって？　ギルは言葉を失ったように、アナベルをひたすら凝視した。まったく、本当にとんでもない女だ。でも、そう思うと余計に彼女が欲しくなる。

「だけどね、ギル……結婚の話を完全になしにする前に、せめて試してみてもいいんじゃな

「そう、試用期間よ」アナベルはうなずいた。「あなたが仕事をしている間、ニコールの面倒を見てあげる。それから夜は、ベッドであなたの面倒を見てあげる」

ギルはぎゅっと目を閉じ、「そういう話はもう聞きたくない」と言った。でも、あそこはまだ硬いままだ。いや、むしろ彼女がヘンなことを言うたびに、ますます硬くなっていくようだ。

アナベルは、何とかして彼を説得しなければと焦った。「こんなふうにあなたに迫って、申し訳ないと思ってるの。でもね、わたしたちには時間がないのよ。あなたがわたしとのセックスを楽しんでくれさえすれば――」

ああ、もちろん、楽しむだろうとも。ギルには、それはようくわかっている。三年前から、ちゃんとわかっているのだ。でも、だからこそ、彼女のそばにはいたくない。

「――わたしとの結婚も、そう悪くないと思うようになるかもしれないわ。そうよ、ニッキーがわたしのことを大好きで、わたしと一緒にいるほうが幸せだって、あなたにもそのうちわかるはずだわ。そうしたら、いつかはわたしを好きになって、そばに置いてやってもいいと思うかもしれない」

彼女にそんなふうに言われるだけで、ギルはわれを忘れそうになってしまう。「捨てられた犬じゃあるまいし、そんなみじめな言い方するなよ」

「あなたが欲しいの。それにニッキーも。欲しいものは、全部手に入れなくちゃいやなのよ」

ギルはほとんどヤケになりつつあった。「なあ、おれはきみを愛してないんだよ、アナベル。それは問題じゃないのか?」

彼女の顔に、人生に疲れきったような笑みが浮かんだ。「今のわたしの境遇じゃ、愛情まで求めるなんて不可能だもの」

その言葉に、ギルはなぜかひどく心を打たれ、眉間にしわを寄せながらたずねた。「さっき、時間がないって言ったね? 何の時間がないんだい? そもそも、どうして時間がないの?」

アナベルは唇を嚙み、マザーズバッグに歩み寄ると、中から小さな手帳を取り出した。「あなたが、わたしの言ったことを真に受けるなんて思わなかったわ。つまりその、わたしを嫌ってるみたいだから、話も信じてくれないかと思った」

「嫌いだなんて言ってないだろう?」きみが嫌いなんじゃなくて、きみに見つめられるだけで理性を失いそうになる自分が嫌いなんだ。

「だって、シェリーがそう言ったんだもの」アナベルは一〇〇パーセント信じきっている口調で言った。

「彼女が嘘をついただけだよ。彼女とは、きみのことを話題にしたこともないんだから」

「本当に?」アナベルはいぶかしげだ。「だったら彼女、どうしてあんなこと言ったのかしら？」

「さあね」ギルは手帳を受け取った。「これは？」

アナベルは大きく息を吸い、肩と視線を落とした。「実は、シェリーのご両親がニコールの養育権を求めてるの」

ギルは表情をこわばらせた。そんなこと、絶対に認めるもんか。

「彼女のご両親ってすごく冷たいのよ」アナベルは早口につけ足した。「ニッキーに愛情をそそいでくれたことなんて一度もなかった。同じ部屋にいるときだって、まったく無視してたのよ」

わが子にちらりと視線をやり、ギルはそんなの信じられないと思った。相手がニコールなら、一目見ただけでどんな人間だって愛情を感じるはずなのに。

「シェリーに、ニッキーをどこかにやってしまえとまで言ったの」

「何だって？」ギルは額にどっと汗が噴き出すのを覚えた。それが本当なら、ニコールの存在を知ることすらできなかったかもしれない。そんなの、考えるだけでゾッとする。

「シェリーが退院して自宅にニッキーを連れていったときだって、近寄ろうともしなかったし、いずれ養子に出したほうがいいって。ご両親はニッキーのことを……一族の恥さらしみたいに思っていたのよ。まるで、娘の人生の汚点みたいに言って」

ギルもシェリーの両親とは何度か話をしたことがある。といっても、表面的な都合のいい話題にしか触れなかったが。でも、話した感じではごく普通の人たちに思えた。あのふたりが孫にちっとも愛情をそそがなかっただなんて、にわかには信じられない。

アナベルはギルの腕に触れた。「全部、シェリーの日記に書いてあるわ」

ギルは握りしめた小さな手帳で太ももをとんとんと叩いた。「でも、シェリーが亡くなったあとは、ニコールが欲しいと言ってきているんだろう?」

「ええ、確かにそう言ってるけど、どういう魂胆なのかわかったものじゃないわ。とにかく、わたしはあのふたりを信用してないの。だって、あなたにニッキーのことを話すのだって、止めようとしたのよ。それに……金ならやるからとまで言ったんだから」

ギルは怒りに胸を震わせた。「いったいどういう意味だ?」

「シェリーの実家は裕福だから。わたしへの口止め料のつもりだったんでしょ。あなたには知らせる必要なんかないって。娘が知らせたがっていなかったんだから、その遺志を継ぐべきだなんて言っててね。でもわたしには、そんなことはできなかった」

助かったよ、アナベル……ギルは内心、胸を撫で下ろしていた。

アナベルは唇を舌で舐めた。「あのふたり、明日の朝にはわたしとニッキーが出ていったことに気づくわ。そうしたらきっと、行き先はここだと考えると思うの」

つまり、あのふたりまでわが家にやって来るってことか? ギルはくるりと振り返り、自分によく似た黒髪の、いとしいわが子をじっと見つめた。事態はますます複雑になっていくばかりだ。

アナベルはギルの腕をつかんだ手にぎゅっと力を込めた。「あのふたりにニッキーを渡すわけにはいかない。でも、わたしひとりじゃどうにもできないの。あなたとわたしが手を組まないと無理なのよ。結婚して夫婦になれば、裁判に勝てる見込みはあるわ。そうじゃないと、ふたりとも負けることになる。でもそうなったら、一番辛い思いをするのは、ニコールよ」

少なくともその点については、彼女を安心させてやれる……ギルは思った。「ニコールに辛い思いをさせるやつは、おれが許さないよ、アナベル」

けれども、その程度の言葉では、彼女は安心などできないようだった。「あなたには、わからないのよ」彼女はギルの腕を引き、自分のほうに向き直らせた。「ニッキーは、いつも愛されていないとダメなの。一日中抱きしめて、キスをして、一緒に遊んでやらないと……」彼女はいったん言葉を切り、必死に冷静になろうとした。「冷たい、愛情のかけらもない乳母に育てられて、私立の学校に入れられて、祖父母にさげすまれて……そんな暮らしじゃ、幸せになれないの。わたしと一緒じゃなくちゃダメなのよ。とにかく今夜、その日記を読んでみて。そのあとで、ゆっくり話しましょう」

アナベルの尋常でない様子が心配になり、ギルはすぐにうなずいた。「わかったよ。とりあえず今は、何も心配することなんてないんだから、いいね、アナベル？」

アナベルはひたすら深呼吸した。沈黙が流れ、やがて彼女は、「それで、試用期間については？」と促した。

頼むから、もうその話はやめてほしい。そう思いながらギルは、なぜか、「考えてみるよ」

と答えていた。

ちょっと待て、おれはいったい何を言ってるんだ!? ギルはすっかり慌ててしまった。一方のアナベルは、それでようやく安心したようだ。肩の緊張をほどき、眉間のしわもすでに消えている。「ありがとう、ギル」

ギルはかぶりを振ることしかできなかった。この一時間ほどの間に、とうてい言葉にできないような、信じられないようなことばかり起きたというのに、それが「ありがとう」のたった一言で締めくくられるとは。

「それじゃあっと」アナベルはすっかり気を取り直した口調になっている。「ねえ、おてんばさんを車まで抱っこしてってくれる? ああ、別にわたし、そこまで疲れてるわけじゃないわよ。あの子、まるで羽みたいに軽いしね。ただ、あなたがぜひともあの子を抱いてみたいだろうなと思ったから。今ならちょうどいいタイミングだしね。でも目を覚ましたら、すぐにこっちにちょうだいね。耳元でぎゃんぎゃん泣きわめかれたら困るでしょ? ニッキーの泣き声ときたら、ペンキが剝がれるくらいすさまじいんだから」彼女はひとりでしゃべりながら、サンダルを履き直し、ギルの手から日記を奪い取って、ニッキーのジュースと一緒にマザーズバッグに押し込んだ。そのてきぱきとした流れるような一連の動作は、いかにも母親然としたものだった。

さらにアナベルは、バッグを肩にかけると、呆然と突っ立っているだけのギルに向かって「行きましょ?」と声をかけた。

ギルはソファに歩み寄り――またもやためらった。二年間、ずっといることすら知らなかったけれど、彼にとってニコールはすでにかけがえのない存在になっている。

「普通に抱けば大丈夫よ、ギル。別に壊れやしないから」

ギルは、まるで宝石でも扱うようにそうっとニコールを抱き上げた。するとニコールが品のないゲップをし、ついでにジュースまで戻して、彼のシャツを汚した。それでも彼は、すっかり魅了された様子で、娘の頭を肩にもたせると、そのぬくもりを感じながら背中を優しく撫でてやった。やがてニコールは、ふたたび深い眠りに落ちていった。わが子を胸に抱きながら、ギルは今までにないくらい、しっくりとなじむものを感じていた。

顔を上げると、アナベルと目が合った。ほほ笑みをたたえて親子を見つめる彼女にも、なぜか、しっくりとしたものを感じた。おれは、これからいったい何をしようっていうんだ？

ああ、まずはシェリーの日記を読むんだった。とにかく事実関係をすべて把握することが大切だ。そうしないと、感情に流されて――最悪の場合には欲望のままに――物事を決めてしまいそうだ。ギルは今、そのふたつのことで頭の中がいっぱいだった。何しろ、原因のひとつである小さな天使は耳元でいびきをかいている。

そしてもうひとつの原因であるセクシーな悪魔は、かわいらしいお尻を左右に振りながら、彼の目の前を歩いている。

どうやら彼の人生は、一八〇度変わってしまったようだ。

ギルの指先が頰を撫でてくる感触に、アナベルはふと目を覚ました。彼女はほんの一瞬、その優しい指使いをすっかり誤解して、夢の世界に浸った。彼が誘ってきていると思ったのだ。でも、どうやらここはベッドの中ではなさそうだ。陽射しがさんさんと降りそそいでいるし、ギルは彼女のバンのかたわらで、ドアを開けたまま突っ立っている。

ハッと現実に戻ったとき、ギルの大きな手が肩に置かれた。その視線が、おなかから胸元、そして彼女の顔へと移動してくる。彼は笑っていなかった。笑うどころか、なんと、その瞳は欲望に燃えているようだった。

「起きたか、寝ぼすけ」彼の声は低く、わずかに掠れていた。

やだ、いったいどういうこと⁉ アナベルはきょろきょろと左右を見回し、状況を確認した。ギルの豪邸の前に車を停めてあるらしい。どうやら、車に乗り込むなり意識を失ってしまったようだ。

次の瞬間、今度はパニックに陥り、慌てて腰をひねって後部座席を確認した。ニコールはちゃんとそこにいた。すっかり目が覚めているようで、楽しそうにこちらにほほ笑みかけてきた。

「途中で起きちゃってさ」ギルは説明した。「きみの言ってた泣き声がいつ始まるかと、ひやひやもんだったよ」

アナベルは一瞬何の話かわからず、しばらくしてようやく、ニコールのことだと合点がいった。「ああ、そう」彼女は髪をかきあげ、しょぼしょぼする目をこすった。「何しろ初めてだものね」

ギルは急に苛立った様子になり、腕を伸ばすと、シートベルトを外しにかかった。彼の指の関節が一瞬、柔らかなおなかをかすめた。思いがけない大胆な行動に、アナベルは驚き、息をのんだ。彼はそんなアナベルの反応を無視して、彼女の上腕をつかむと、文字どおり持ち上げるようにして彼女を車から降ろした。

バランスを崩してギルの胸にもたれかかったアナベルは、彼がどんなに逞しいか、彼の胸の中がどんなに心地よいか、あらためて気づかされた。筋骨隆々のくせに、お上品な仮面をかぶっている彼。でもアナベルは知っている。本当のギル・ワトソンは、野性的で、セクシーな男なのだ。

ギルはしばし、おとなしくアナベルに胸を貸してやり、彼女が落ち着きを取り戻すのを待った。待ちながら、彼女の抱き心地にうっとりとしていた。今や彼女の人生は、すっかり複雑な、不安だらけで先行き不透明なものになってしまっている。だから、彼の逞しさにほんの一瞬でも頼りたくなる気持ちはよくわかる。こうしてしばらく、彼の胸にもたれ、鼓動に耳を澄ませ、彼の匂いを嗅ぎながら……だがニコールの笑う声がして、ギルはアナベルの体をわずかに引き離さざるをえなかった。

ふとアナベルは、足の裏が妙に熱いのに気づいた。バンに乗り込むなりサンダルを脱いでしまったらしく、陽射しで熱くなったコンクリートに裸足で立っていたのだ。彼女は急に恥ずかしくなった。ひょっとして、眠っている間にいびきをかいたりしなかったかしら？　どうかそんなことありませんように……彼女は祈ったけれど、ここしばらく不眠症ぎみだったので自信がない。「あの、居眠りなんかしちゃってごめんなさい」

ギルは何だかよくわからない表情を浮かべると、車内に手を伸ばして彼女のサンダルを取った。「別にいいさ。疲れていたんだろう？　とにかく、このオンボロで無事にここまでたどり着くことができてよかったよ。でも、いい加減に買い換えたほうがいいんじゃないのか……もっとちゃんとしたやつに」

「そうね」アナベルはうなずいた。ムカつくけど、本当のことだから仕方がない。「でも、ずっと足として使ってきたから」

ギルはサンダルを履くアナベルに腕を貸してやりながら続けた。「そいつを足として使うのは今日でおしまいだよ。どんな車がいいかは、明日にでもまた話そう」

アナベルはムッとした。ギルに車を買ってもらうだなんて、そんな施しみたいなことは望んでいない。でも、彼がニコールに向かってほほ笑む顔を見て、娘を思いやっているだけなのだと気づいた。娘のために、ちゃんとした安全な車をと思うのは当然のことだろう。「ねえ、ニコールを降ろすのもあなたがやってみたら？」

ギルは期待に顔を輝かせた。「でも、いやがらないかな？　びっくりさせたくないし」

「わたしがそばにいれば大丈夫よ。ね、やってみて？」

ギルはうなずき、バックドアを開けて車内に身を乗り出した。そうっと腕を伸ばしながら、優しく娘に話しかける。「やあ、ニッキー。そろそろ、おうちに入ろうか？」

「ジュース」ニコールは言いながら、細い腕をギルのほうに伸ばした。かたわらで様子を眺めるアナベルにも、今のしぐさだけでギルがとろけてしまうのがわかるようだった。彼がこんな小さな子にすっかり魅了されているなんて、何だか不思議な感じがする。

ギルはシートベルトを外してやり、娘を抱き寄せた。

ニコールは片腕をギルの首にまわし、ちょっと背をそらして眉間にしわを寄せると、あらためて「ジュース」とおねだりした。

そのしぐさにアナベルは声をあげて笑った。「ちょっとだけ我慢しよ、ニッキー。ジュースの前に、おうちに入ろうね？」

そのとき、前庭の大きなニレの木の枝を、数匹のリスがちょこまかと走っていった。リスに気づいたニコールが、両手を振りまわし、丸々とした足をバタバタさせて、ギルの腕の中で大はしゃぎした。「みて、みて！」

「ああ、リスがいるねえ」ギルは満面の笑みで娘に語りかけた。「鳥もいっぱい来るんだよ。鹿もたまに来るし、スカンクとか、フクロギツネが現れることもあるんだ」

アナベルは車から荷物を下ろす作業に取りかかることにした。ところが、マザーズバッグを抱えたギルに玄関道のほうに引っ張られてしまった。「おいで。先に家のほうに案内するから、荷物はあとでいいよ」

ニコールはまだギルの腕の中で飛び跳ねながら、周囲のものをきょろきょろと見まわしている。一方、アナベルは、まるで牧場主の屋敷のように広大なギルの家をまじまじと見て、唖然としている。「ちょっと、予備の部屋があるどころの話じゃないじゃない」

「冗談はよせよ。このくらいの広さは別に普通だって」

「あらそう。まるでタージマハルみたいだけど？」

ギルがにっこりと笑った。その笑みに、アナベルは骨の髄までとろけてしまいそうになり、思わず唇を舐めていた。幸い、ギルは元気いっぱいの娘をちゃんと抱っこすることに夢中で、アナベルの反応には気づかなかったようだ。「キャンディスはもう帰っちゃったと思うけど、きみたちの部屋は用意してくれてあるはずだから」

「ありがとう」

「わが家は最近、地下室の改修が終わったばっかりでね。ジムと、ジャクジーと、ホームシアターを造ったんだ。ニコールが勝手に下りていったら困るから、入り口に鍵をつけないといけないね」

「そうね」アナベルはうなずきながら、ギルが早くも変化を受け入れ始めているのに気づき、何だかうまくいきそうだわと期待に胸を膨らませた。「おとなしく座ってることのほうが多いとは言っても、やっぱり心配だものね。実はね、あなたがどんなところに住んでるかわからなかったから、ベビー用の危険防止グッズをいろいろと持ってきたの。ゲートとか、ベッド用の柵とか、コンセントカバーとか……そういうやつ」

ギルはニッキーを抱き直し、玄関の鍵を開けてドアを押し開いた。「何にでも興味を持っちゃうんだ？」

「そう、ありとあらゆるものにね」アナベルは室内に二歩、足を踏み入れるなり、凍りついたようにその場に固まってしまった。「ちょっと、マ――」うっかり「マジすごい」と下品な言葉を使いそうになり、アナベルは途中で口を閉じた。ニコールを見ると、期待に目を大きく見開いている。「ええと……すごいわね。これじゃ、持ってきたグッズだけじゃ足りないみたい」

ギルは肩をすくめただけだった。「しまったほうがいいものがあれば、言ってくれればやるから」

広々とした玄関ホールに立ったアナベルは、その奥のリビングとダイニングを眺めた。とにかく広いし、天井の高さも三メートルくらいあるし、本当に驚くばかりだった。大理石のテーブルにはガラスの天板。カーペットとカーテンと壁はいずれも純白だ。アナベルはげっそりした。この真っ白な空間が、じきに食べこぼしや指の跡だらけになるなんて。

幸い、ソファはグレーの革なので、こちらは二歳児のいたずらにも何とか持ちこたえてくれそうな感じ。いずれにしてもギルの家は、アナベルが予想していたとおり――小さな子どもが住むにはまったくふさわしくない、裕福な独身男性らしい、おしゃれな邸宅だ。

ニコールがもがき、ギルはやむをえず下に下ろしてやった。するとニコールは、足が床に着くなり、まるで弾丸のように逃げていってしまった。よちよち歩きで、あっちへこっちへ歩きまわったと思うと、急にぐらりとよろめいて家具の角にぶつかりそうになり、すんでのところでバランスを取り戻した。

「危ない！」追いかけたアナベルが、前面がピューター張りになった暖炉に危うく衝突しそうになったニコールを抱き上げた。「まったくもう、スピード狂なんだから」彼女は笑って、ニコールをぎゅっと抱きしめた。ほほ笑みを浮かべたまま、ギルに向き直ると――彼はショックでその場に固まっていた。

こんなにびっくりした顔のギルを見るのは初めて……アナベルは思わず笑ってしまった。

「笑いごとじゃないだろう」ギルはやっとの思いで言った。青ざめた顔に、ようやく赤みが戻ってきたようだ。「そのへんの角や何かを保護しないとまずいな。エアソファやなんかも用意したほうがいいかもしれないし。それから、くそっ、ニコールにはヘルメットか何かをかぶらせるしかないか」

「くそっ」ニコールはギルの言葉をマネした。

ギルはぎょっとした表情で目をしばたたかせた。アナベルがすぐさまニコールに注意する。

「くそっなんて言っちゃダメよ、ニッキー。それはね、大人しか使えない言葉なの、わかった？」

ニコールはギルを睨みつけた。

「ほんとにやんなっちゃう」アナベルはギルに向かって言った。「ああやって下品な言葉ばっかりマネするの」

まいったなというように頭に手をやりながら、ギルはあらためて室内を見渡した。げっそりした様子の彼を見て、アナベルはかわいそうになり、「でも、そんなに心配しなくて大丈夫だから」と慰めた。それでもまだ立ちつくしたままなので、今度はニコールに向かって言った。「ほら、ニッキー、パパに大丈夫って言ってあげなさい」

「し、知ってるのか!?」とたんにギルはくるりと振り返り、そのせいで危うくバランスを崩しそうになった。

アナベルは真面目な顔になってうなずいた。「ええ、パパに会いに行きましょうねって、話しておいたの。ちゃんと目的を言っておいたほうが、この子も旅行を楽しめるだろうと思ったから。でもまだ、パパっていう言葉の意味はよくわかってないだろうけど」彼女は、優しい声でつけ加えた。「だから、あなたが意味を教えてあげてね」

アナベルの腕から下りたニコールが、ギルに駆け寄り、膝のあたりをぽんぽんと叩きながら、「だいじょぶよ」と言った。娘の真剣な口調に、ギルは思いっきり息をのむと、その場にへなへなとひざまずき、震える手で娘の髪を撫で始めた。

ニコールはちょっと心配そうな顔になってアナベルを振り返った。「マミー?」

アナベルはふたりに歩み寄り、ニコールの隣にしゃがんだ。「パパを抱っこしてあげたら、ニッキー?」

ニコールはうなずいた。「パパ、びょうき?」

「いいえ、おちびちゃん。パパはね、あなたに会えてとっても嬉しいだけ。ね、パパを抱っこしてみたら?」

「パパはジュースくれる?」

「ジュースはママがあげる」

「わかった」ニコールは両腕を広げ、ギルの首に思いっきりしがみつくと、ちゅっと音をたてながら彼の頬にキスをした。それから、顔を離すと、鼻にしわを寄せながら満面の笑みを浮かべた。小さな手で彼の頬を挟むようにしてじっと顔を覗き込み、「げんきになった?」とたずねる。

ギルはうんうんとうなずき、「すごく、元気になったよ」と言って一瞬言葉に詰まり、「ありがとう」と言い足した。

ニコールはおずおずとギルの頬を撫でると、アナベルに向き直り、「ちくちくするぅ」と言ってにっこりした。

アナベルもギルの頬に手を添え、親指で撫でてみた。確かに、ひげがちくちくした。それに、彼の顎はとても逞しく、温かく、男らしかった。「ほんとだ、おひげがはえてるね?」「おひげ」ニコールはうなずき、ふいに回れ右したと思うと、今度は「ジュースちょうだい」と訴えた。

ギルはほっとため息をついてから立ち上がった。「適当に見てまわって、ゆっくりするといいよ。荷物は、おれが全部下ろしておくから」

まだショックから覚めやらぬ彼の表情に、アナベルは心配になりつつも、「ありがとう」と言った。

「ああ、ニコールをちゃんと見ててやってくれ」

「ええ」

ギルはしばしためらってから、くるりと背を向けて玄関のほうに向かい、後ろ手にそっとドアを閉めた。アナベルは、まさか最初のたった五分で、ギルがここまでショックを受けるとは思っていなかった。一週間後には、いったいどんなことになっていることやら。どうか、ニコールの愛らしさがギルにもしっかり伝わりますように。ただのいたずらっ子だと思われませんように。でないとわたしたち、とんでもないことになるかもしれないんだから。

3

夕食どきまでには、ギルの家の雰囲気はすっかり違うものになっていた。家具の角という角には緩衝材が当てられ、各部屋への通路前にはゲートが置かれている。それまでの広々とした空間は今や、元気いっぱいの子どもが勝手にどこかに行ってしまわないよう、巧みに仕切られていた。整然とした印象はもうどこにもなく、室内の至るところにおもちゃが散乱している。そして、かつては染みひとつなかったクロム仕上げの最新型システムキッチンでは、壁のちょうど膝の高さあたりに点々と指紋がついている。

ニコールがどこにでも手で触るせいだ。文字どおり、ありとあらゆるところに。

エナメル仕上げの黒檀のダイニングテーブルには、赤と黄色のカラフルなベビーチェアも設置された。まるで、漆黒の天板の上に春の花が咲いているようにも見える。ガラス戸のダイニングキャビネットには、スタイリッシュな黒の食器に交じって、赤や青や緑のカラフルなベビーマグ。そのほかにも、同じように鮮やかな色合いで漫画のキャラクターが描かれたボウル類が並んでいる。

食事の間、ニコールは食器の色をいちいち口にし、嚙むたびに「いち、に、さん、し」と回数を数えた。アナベルが真剣に褒めているところを見ると、これはどうやらとてつもない偉業らしい。アナベルは来客用のトイレにレモンイエローの補助便座も用意した。何でも、ニコールは無事にオムツは卒業して、今はいわゆるトレーニングパンツを穿いているらしい。普通のパンツのように見えるかわいいデザインのやつだ。あと数カ月もすれば完全に普通のパンツに切り替えられるのだが、当面はほかにもいろいろと問題を抱えているので、オムツトレーニングだけ一生懸命にやるつもりはないとか。

ギルは話を聞かせてもらいながら、育児書を買ってちょっと勉強しないといけないなと思った。何しろ、小さい子どもがいつ何をしでかすか、さっぱりわからない。

ニコールはとにかくよくしゃべる子だった。しかもひとつの文章がやたらと長い。といっても、ギルにわかるのはせいぜい全体の三分の一か四分の一くらいで、あとはもうちんぷんかんぷん。一方アナベルはといえば、ニコールの話をきちんと理解しているようだった。ニコールは抱っこされるのが大好きだった。それに、キスをするのも。本当に甘えん坊で、かわいくて、ギルはアナベルの言ったとおりだなと思った。ニコールはまさに、愛情をもらい、与えることで、成長しているようだった。

荷物を片付けたりする間、アナベルときちんと話し合う時間はあまりなかった。でもギルは、彼女とニコールの様子を眺めているだけで幸せだった。ニコールの表情は金では到底買えない。小さな顔をしわくちゃにして怒る様子も、心の底から嬉しそうに笑うときに目を細めて顎を上げるしぐさも、信じられないくらい愛らしかった。

眠くなると、ニコールは親指をしゃぶり、髪の毛をいじる癖があるようだった。また悲しいときや腹を立てたときには、下唇を突き出して、まるで大人のように腕組みした。それに彼女は、おねだりもとても上手だった。おねだりの途中で、必ず相手を抱きしめたり、相手の頬にキスをしたり、無邪気な笑みを浮かべたりして、結局は欲しいものを手に入れてしまう。

ニコールはまさに、ギルの喜びの源泉となった。

ギルがアナベルたちの寝室で、彼女のコンピューターの配線作業をしているときのことだった。いそいそと作業を進めるギルのもとへ、「パパ！　パパ！」と叫びながら、ニコールが駆け寄ってきた。

小さな天使は、何と素っ裸だった。

ギルはほほ笑みながら床に座り込み、娘を抱きとめた。

ニコールを追いかけるようにして、Tシャツと使い捨てのトレーニングパンツを持ったアナベルがすぐにやって来た。彼女はニコールが父親の胸に抱かれているのを見て、すっかり安心した表情になった。

「邪魔しちゃってごめんなさい。この子、ときどきこうやっていきなり逃げ出す癖があるの」アナベルはギルの隣に座り、壁に背をもたせた。

「別に構わないよ」と言いながら、ギルは内心大喜びだった。ニコールを抱っこするのは大好きだし、ニコールにパパと呼ばれるのはもっと好きだ。

「ほんとに、野生児みたいで困っちゃう」アナベルはぼやきながら、ニコールのお尻をぽんぽんと叩いた。「少し目を離すと服を脱いじゃうの。ちょっと前に脱ぎ方を覚えたばかりでね、それ以来、しょっちゅう裸になるようになっちゃって」

ギルは娘の柔らかなお尻を撫で、ふわふわの髪にキスをした。「ま、そのうち飽きるだろ」

アナベルは朗らかに笑った。「少なくとも、一〇代になるまでには飽きてくれるといいけどね」

「おいおい」ギルはニコールを抱き寄せた。「そんなに先の話、おれには想像できないよ。赤ちゃんのニコールにだって、ようやく慣れてきたところなんだ。それを一〇代だなんて——さっぱり実感が湧かない」

アナベルがギルの肩に頭をもたせてきた。その何とも親しみのこもったしぐさ、何とも自然なしぐさに、ギルは落ち着かない気分になった。彼女がそばにいるだけで体中の細胞という細胞が目を覚ましだすというのに、そんな、まるで気の置けない友だちみたいにしないでくれ。

だがアナベルは、ギルの内心の葛藤には気づいていないらしい。相変わらず肩に頭をもたせて、ますますぴったりと身を寄せてくる。しまいには右腕に抱きついて言ってきた。「ねえ、この子が生まれたときに最初に買ったもののひとつにね、ビデオカメラがあるのよ」

空いているほうの腕でニコールの体を支えてやりながら、ギルはアナベルの顔を見下ろすようにした。「じゃあ、テープが残ってるの？」

「ええ、何時間分もあるわ。お誕生日のも、クリスマスのもあるし、何でもない普段の生活なんかも録ってあるの。泡風呂に入れたときのやつなんて、もう最高におかしい――」

「おふろ！」ニコールがアナベルの言葉をマネし、ギルの腕の中でぴょんぴょんと飛び跳ねだした。「おっふろ、おっふろ！」

興奮したニコールの金切り声に、ギルは鼓膜が破れるかと思うほどだった。「よっぽどお風呂が好きみたいだね？」

「好きなんてもんじゃないわ。前世は魚だったんじゃないかと思うくらいよ」アナベルは笑いながらギルの腕を放すと、立ち上がった。「お風呂といえば、この子がまた興奮する前に、寝る支度をしちゃったほうがいいみたい。夜はね、まずお風呂に入れて、本を読んであげて、それからベッドに行くのが決まりなの。いつもどおりにやらないと、何をしでかすかわからないわ」

これはまた厄介な問題が発生したな……ギルは思った。「そうか、くそっ。きみたちの寝室のバスルームはシャワーしかないいんだよ」

ニコールは満面の笑みで「くそっ」と父親の口マネをした。

「ニコール、下品な言葉は使っちゃいけません」

叱られたニコールは、指をくわえてギルを睨みつけた。そのしぐさにギルは、思わずほほ笑んでしまった。「おれも、気をつけなくちゃね」彼はアナベルに言い、娘を彼女に渡した。「とりあえず、こっちの作業があと少しで終わるから待ってて。そのあと、おれの部屋のバスルームを用意してあげるから」

「あなたのお部屋の？」

「ああ、バスタブがあるのはそこだけなんだ」ギルの家には、バスルームは三つある。ただし、バスタブがあるのは彼専用のバスルームだけだ。それにバスタブがあるといっても、とても大きいものなので、果たしてニコールがうまく入れるかどうかも疑問だ。

彼は急いでアナベルのコンピューターの配線を終え、サージ保護器への接続も確認した。

「これでよしと」

アナベルは念のため電源を入れ、きちんと起動するのを確認してからうなずいた。「うん、大丈夫みたいね。本当にありがとう、ギル。今のところ急ぎの仕事はないんだけど、新しいウェブサイトのデザインの締め切りがあるから、あんまり休んでばかりもいられなくって」

ギルが立ち上がると、すぐにニコールが腕を伸ばしてきた。「パパァ」

「はいはい、すぐに抱っこしてあげるからね」とギルが言うと、ニコールは彼の首に腕をまわしてきた。娘の裸のお尻を腕で支えながら、彼はふとあることに気づいてアナベルに確認した。「あのさ、ニコールは、ええと……おもらしなんかしないよな？」

「たまにするけど？」

ギルがぎょっとして目をまん丸にするのを見て、アナベルは噴き出した。アナベルの子育て方法は、本当に楽しそうで、おおらかで、そういうところにギルは惹きつけられずにいられない。彼女が緑色の瞳をきらきらさせるのを見つめながらギルは、「おい、冗談だろう？」

と重ねてたずねた。

「ええ、冗談」アナベルはうなずくと、ギルの腕に自分の腕をからませ――どう考えても馴れ馴れしすぎるしぐさにギルはどぎまぎした――廊下を並んで歩いていった。「トレーニングパンツじゃないときもね、トイレに行きたいって自分でちゃんと言うから大丈夫よ」

三人は廊下を進んでギルの部屋に向かった。アナベルとひとつ屋根の下で過ごすのだと思うと、ギルは胸が高鳴った。来客用の寝室は廊下の突き当たりの右手にある。ギルの寝室はもう少し手前の左側だ。広さとしては、ギルの部屋のほうが二倍ほどある。別に自分が一番広い寝室を使うべきだと思ったわけではなく、最初に部屋割りを決めたときに、同居人のことなど考える必要がなかったからだ。予備の寝室はもうひとつあるのだが、今は書庫のような状態になってしまっている。彼はすでに、予備寝室の書架を自分の書斎に移動させて、そこをニコールの子ども部屋にリフォームすることを考えていた。それはそれでいいとして、問題は……。

「なあ、アナベル、寝室は交換したほうがいいんじゃないかな？　おれの部屋のほうがバスタブがあって便利だし――つまりその、ニコールにとってって意味だけど」

アナベルは突然の申し出にびっくりしたようだった。「そんな、今の部屋でわたしたちは十分よ」

ギルは難しい顔をした。「でも、もっと広い部屋のほうがいいんじゃないかい？」

「ううん、あんまり広いとかえって落ち着かないもの」アナベルはニッと笑ってから、つけ加えた。「それに、たまにはニッキーと一緒にシャワーを浴びることもあるだろうけど、なるべくこの子ひとりで入らせるようにしたいの。わたしだって、プライバシーが欲しくなることがあるしね。だから、あなたが構わないのなら、お部屋の交換はしないで、気が向いたときにわたしたちがこっちのバスルームを使わせてもらうっていうのでどう？」

アナベルの濡れた裸身が脳裏にちらついて、ギルは慌ててそのイメージを振り払った。いや、でも、試用期間中に彼女と一緒にシャワーを浴びるチャンスくらいはあるかもしれないな……。

ああっ、おれはいったい何を考えてるんだ!?

われながらうんざりして、ギルはかぶりを振った。ふと見ると、隣を歩いていたアナベルは寝室に入るなり足を止め、室内を呆然と見渡している。キングサイズのベッドに視線が釘付けになっているようだ。ハウスキーパーのキャンディスがちゃんとベッドメーキングをしていってくれたので、キルトはふっくらしているし、おそろいのグレーの枕もきれいに並んでいる。アナベルはぴくりと眉を引きつらせたものの、特にコメントは差し控えることにしたらしい。

だが、黒とゴールドで統一されたバスルームに入ると、さすがの彼女も口をあんぐり開けてしまった。「何なのこれ、寝室と大して広さが変わらないじゃない！」

ギルは肩をすくめ、「おれって、こういうぜいたくなのが好きだからさ」と言った。広々としたバスルームには、体中の筋肉の凝りを一度にほぐせるように、何と合計五個もシャワーがついている。タオルヒーターも完備されていて、シンクは二つあり、天井高もゆったりとしている。

「ねえ、これってバスタブなの？」

部分的に深さの異なる四角形のバスタブに歩み寄ったギルは、水栓をひねりながら、「気に入らない？」とたずねた。もちろん、彼女がそういう意味で訊いたのではないことはわかっている。でもギルは、彼女をからかってみたい気分だった。

「そうじゃなくって……何だか退廃的じゃない？　それに、プールって言っても通用しそうな大きさだから」アナベルはギルと並ぶように大理石の縁に腰かけた。「とにかく……びっくりしただけ」

湯温を調整してから、ギルはノブを押してバスタブに栓をした。徐々にお湯がたまっていき、ニコールが早く入りたがって彼の腕の中でもがく。「でも、ニコールは大丈夫かな？　この風呂に子どもが入ったことなんてないから」

アナベルはわずかに当惑したような表情のまま、首を横に振った。「どうかしら。とりあえず、あんまりお湯をいっぱいに張らないほうがよさそう」

ギルはまだかなり浅い段階で水栓を閉めた。慎重に娘をバスタブに入れながら、アナベルに言った。「ゆっくりお湯につかりたいときは、いつでもこっちを使うといいよ。ジェットバスも付いてるから、けっこうリラックスできるしね」

「すごいのね」アナベルはお湯をかきまわしている。「それに、ふたりでもゆったり入れそいだろうけど？」

彼女は横目でちらりとギルを見やった。

「まあ、わたしがいちいち気にすることでもないだろうけど？」

あからさまに探りを入れられて、ギルは思わず笑いたくなった。最後に女性を抱いたのがいつだったか知ったら、彼女も何も心配しなくなるのだろうが……。「実際は、このバスタブを女性が使うのはこの子が初めてだけどね」ニコールはふたりの意味深な会話には当然気づかないらしく、しきりにふたりに向かってお湯をびしゃびしゃと跳ねさせている。「ま、こちらのおちびちゃんを、女性として数えるべきかどうかは疑問だけどね」ギルはそう言ってしまったとたん、自分の首を絞めてやりたくなった。まったく、おれまでニコールのことをおちびちゃんと呼ぶなんて。

アナベルは笑いながら、ニコールの髪を洗っている。「それはちょっと、わたしも判断しかねるけど。でもこれで、あなたについていろいろとわかったわ」

ギルは、アナベルのどこかほのめかすような口調が気に入らない。「何だよ、いろいろって。おれは、女性との関係をできるだけシンプルにしたいと考える、ごく普通の男だよ」

「あら、でもこの関係はそんなにシンプルってわけにはいかなそうよ？」

この関係というのがアナベルとのものなのか、それともニコールとのものなのかよくわからず、ギルはあえて返事はしないことにした。何にせよ、ニコールの面倒を見るときのアナベルの態度は、実に手馴れたものだった。いかにも自然で、母親然としていて、ギルは早くも、彼女への評価をあらためなくちゃいけないなと感じ始めていた。そもそも、これが彼女との初対面だったら、彼女の外見がこんなふうではなかったら、母性本能のかたまりのような女性だと思っただろうに。

「いっしょに」ニコールがアナベルにおねだりした。

ギルは思わず眉を吊り上げた。

アナベルは苦笑を浮かべ、「また今度ね」と答えた。

ニコールが抜け目なくギルのほうに向き直る。「いっしょに」

ギルは「いやいや、おれはいいよ、遠慮しとく」と慌てて返した。

するとニコールは持ち前の頑固さを発揮し、かわいらしく眉根を寄せて言い募った。「いっしょにぃ！ いっしょにはいろ！」ニコールはそう言うたびに、脚をバタバタさせ、両手で水を叩いた。その様子を見ながらギルは感心していた。こんな小さな天使が、欲しいものがあるときはこんなにはっきりしゃべるとはね……。

ニコールがバスタブの中で滑らないよう、アナベルは気がつくたびに素早く腕を伸ばして支えてやっていた。そのせいで服がすっかり濡れてしまったようだ。Tシャツの前が胸にぴったりと張りついたようになって、鼻から水滴まで垂れている。「ほらおちびちゃん、そろそろ出る時間よ」彼女は笑いながらニコールのわきの下に腕を差し入れて、ふかふかのタオルの上に抱き下ろした。「もう、見てごらんなさい。あなたのおかげで、パパもママもびしょ濡れじゃないの」

アナベルに言われて、ギルはやっと自分の服も濡れているのに気づいた。彼女の濡れたT

シャツの下に透けて見える乳首を観察するのに夢中で、全然そっちまで気がまわらなかった。

ギルはそそくさと立ち上がった。「きみひとりで大丈夫みたいだから、おれはちょっと向こうで自分のことをやってるよ」

急に態度を変えたギルに、アナベルは少し傷ついたような表情を見せた。「さっきからごらんのとおり、わたしならひとりで大丈夫よ。どうぞ、行ったら？　あなたの邪魔をするつもりなんかないんだから」そう言ってしまってから、彼女は気まずそうに肩をすくめた。「つまりその、もうこれ以上は邪魔しないってことだけど」

別に邪魔だなんてこれっぽっちも思ってないよ……ギルはそう言おうとしたが、ニコールがまたいたずらを始め、アナベルはそれを見て朗らかに笑っている。のけ者にされたような気持ちになり、ギルは両手をポケットに突っ込むと、バスルームをあとにした。でも、自分のことをすると言ったって、何をすればいいのかさっぱりわからない。いつもの夜なら、ざっと書類整理でもして、そのあとはテレビでスポーツ番組を見るなり、ジムでトレーニングをするなりしてから、ベッドに入る。でも今夜は、いつもの夜とは違う。

そのときふとシェリーの日記のことを思い出し、ギルはアナベルのマザーズバッグからそれを取ってくると、書斎に向かった。書斎のテーブルはやや小さめだが、椅子はオフィスで使っているものとサイズも色も似たような立派なものだ。彼はその椅子にかけると、日記のページを繰っていった。

読み始めてすぐに、シェリーがどんなに辛い思いをしてきたのか気づかされた。日記の中でシェリーは、自分がどんなにダメな娘だったか綿々と書き連ねていた。どうやら彼女は、ごく幼いうちから両親に過度の期待をかけられ、その期待に応えられなかったことを恥じていたようだ。

　両親が何度となく彼女にそのことを思い知らせたらしい記述が、いくつもあった。彼女の仕事のやり方まで非難していたのを知り、ギルはあまりのバカバカしさに呆れた。生前の彼女は、ノベルティグッズの店をチェーン展開していて、経営状態はとてもよかった。ギルが彼女と知り合ったのも仕事をとおしてだった。彼女は誰よりもプロフェッショナルで有能だった。ギルの会社にとっては一番の取引先のひとつだったし、彼女は仕入れ交渉だってお手のものだった。

　両親は彼女の友人、いや、もっとはっきり言えばアナベルについても、よく思っていなかったようだ。ギルは読んでいてうんざりした。当のアナベルもこの日記を読んだのだ。シェリーの両親にここまで言われていたと知って、いったいどんな思いだっただろう。とはいえ、両親のアナベルに対する批判は、ギルのそれと大差なかった。もちろん彼は、今ではそれが間違いだったとわかっている。確かにアナベルは、一見するといかにも奔放な印象を受ける。イヤリングをいくつもぶら下げて、タトゥーまでして、おおらかで。でもそんな外見とは裏腹に、ニコールの面倒をたったひとりできちんと見てきた。

　最悪なのは、シェリーの両親が娘の妊娠までを非難し、結婚もせずにニコールを生んだことを「恥さらし」と言ったことだ。

さらに、次の走り書きのようなものを読んで、ギルは喉が締めつけられるように感じた――だけどパパもママも、きっとギルのことは義理の息子として認めてくれるはずよ。彼女は、ギルがいつか戻ってきて、愛を誓ってくれると信じていたのだ……。

でも彼は、シェリーに結婚しようとは言わなかった。それどころか、男女のつき合いすらいっさい絶った。アナベルから聞かされたとおり、シェリーの両親は娘に、ニコールを養子に出せと迫っていた。日記の内容から判断すると、どうやらそれは、シェリーが亡くなる直前まで続いていたようだ。

シェリーの両親は、ニコールの実の祖父母なのに、ニコールを求めることも、温かくいつくしむこともなかった。ただの一度も。

それが今になって、どうして養育権を請求するなどと言いだしたのだろう？

ギルは日記を閉じた。それ以上、読むことができなかった。ワトソン家の人間がニコールを見てどんな反応を示すかは、考えなくてもわかる。ギルに負けないくらい、ニコールを深く愛してくれるはずだ。ニコールを大歓迎し、どんなときにも支えになってくれるはずだ。あの子を溺愛し、いつくしんで、守ってくれるはずだ。

シェリーの辛い人生を思うと、ギルは腹が立って仕方がなかった。それと同時に、ニコールのためにアナベルがしてくれたことを思い、彼女に畏怖の念すら覚えた。シェリーは母親になるすべを知らなかった。でもアナベルがいたから、ニコールは寂しい思いをせずに済んだ。ギルの大切な娘は、きちんと愛情を受けて育てられてきた――アナベルによって。

ギルは立ち上がり、室内を歩きながら、面倒な手続きやら何やらのことをあれこれ考え、今後の方針について決めた。まずはシェリーの両親と会う必要がある。ということは、明日のアポは全部キャンセルしなければならない。万が一、あの両親がいきなり来た場合に、アナベルひとりに対応させることになってはいけない。彼女は今まで、たったひとりでこんなにがんばってきたのだから。

気持ちを固めたギルは、今すぐに行動を開始しなければと思った。まずは会社のアリスの番号に電話して、明日から数日間の予定をすべてキャンセルしておくよう留守電にメッセージを吹き込んだ。これで、明日の朝一で彼女がスケジュールを調整してくれるはずだ。

ギルは続けて、弁護士のテッド・ソートンの自宅に電話した。法律的な問題も全部、解決しておく必要がある。テッドにシェリーの名前と生前の住所を伝え、そこから彼女の両親のことを調べて、ニコールの永続的親権をギルが請求すると告知するよう指示した。それから、すべての財産と遺言について、万が一の場合にはニコールが受益人となれるよう手配を指示した。テッドはすぐに手続きに取り掛かると請合ってくれた。必要書類が整ったら、あとはギルがそこに署名をすれば完了だ。

あれを決めたら、次はこれを決めて、という具合にやっていくうち、ギルの頭の中はアナベルのことでいっぱいになっていった。彼が望むと望まざるとにかかわらず、何を決めるにしても、アナベルが関係してきてしまう。今日一日、ニコールと一緒にいるアナベルを見てきて、ギルはある事実を受け入れざるをえない気持ちになっていた。つまり、あのふたりを引き離すことはできないということだ。

弁護士のところへはアナベルも連れていくことにした。そうすれば、今後のことについて彼女に全部その場で理解してもらえるはずだ。少なくともその点では彼女を安心させてやりたい。彼女も、そしてニコールも、これからは何の心配もいらないのだ。

ちょうどそのとき、アナベルが書斎に入ってきた。濡れたTシャツは相変わらず胸元に張りついているし、明るい茶色の髪もくしゃくしゃのままで、何だか妙に用心深いような顔をしている。彼女は片手をニコールの頭に置いていた。「今って忙しい?」

「いや、全然」ギルは日記をさっとしまい、引き出しを閉めた。「ちょっと考え事をしていただけだから」アナベルを安心させるつもりで、彼はにっこりとほほ笑んでみせた。

だがまるで効き目はなく、彼女は神妙な面持ちのまま言った。「寝る前にニッキーに本を読んであげるのが日課なの。でもわたし、まだシャワーも浴びてないから、代わりにあなたにお願いできないかしらと思って」

ニコールが、分厚い本を両手で持って差し出してくる。「これよんで」

ギルはふたりに歩み寄り、ニコールを見下ろすようにした。最初からわかっていたら、きっとニコールの人生はまったく違うものになっていただろう。でも、必ずしも今よりもいい人生だったとは限らない。どんなときも彼女を見ていてくれるアナベルがいなかったら、むしろずっと不幸な人生になっていただろう。

ニコールの洗いたての巻き毛は、すでにちゃんと乾かしてあって、天使のように愛らしい顔のまわりでふわふわと揺れている。柔らかそうな薄黄色のネグリジェはほとんど床に引きずりそうで、小さな爪先がほんのわずかに裾からのぞいていた。愛情をたっぷり与えられて、何の屈託もなさそうな幸せそのものの娘の顔を見て、ギルはアナベルにどんなに感謝しても し足りないなと思った。

「では、お言葉に甘えよう」ギルはわざとかしこまった言い方をすると、まるでずっと前からそうしてきたような自然なしぐさでニコールを抱き上げ、胸に抱えた。そして、これまた自分でも驚くくらい自然に、空いているほうの腕をアナベルの腰にまわした。彼はほんの一瞬、アナベルのほっそりと柔らかな体の感触を味わってから、廊下に出た。「ゆっくりしておいで、アナベル。よかったらバスタブにつかるといい。おれたちのことなら大丈夫だから」

アナベルはかぶりを振った。「ううん、最初の晩からそんなに甘えられないわ。ニッキーが心配だし」

ここで議論しても意味がないな、とギルは思い、「そうだね、どうするかはきみに任せるよ」と優しく言った。

ギルの優しい態度に、アナベルはどういう風の吹きまわしかわからない、というふうに目をまん丸にした。

アナベルたちの寝室に入ると、すでに毛布の裾が折り返されて、ベッドの周りに柵が準備されていた。マットレスの下にポールを差し込んで設置するタイプのもので、ベッドの両サイドにしっかり据えつけられている。どうやらアナベルは、今夜はニコールと一緒に寝るつもりらしい。でもギルは、それはごく一時的なものにするつもりだ。どうやって一時的なものにするか、具体的な方法はまだよくわからないけれど。

　ギルは衝動的にアナベルの額にキスをしていた。彼女はバスルームの戸口に突っ立って、何も言えず、ただ口をぽかんと開けている。ギルはベッドに落とすフリをしてニコールをからかった。ニコールは金切り声をあげて大喜びだ。あっという間にこういうのがおれたちの日課になるんだろうなと、ギルは心の中でつぶやいた。

　アナベルはなおも戸口に突っ立ったまま、ギルがベッドの脇に椅子を持ってくる様子を眺めていたが、しばらくしてようやく安心したのか、バスルームへと消えていき、後ろ手にドアを閉めた。やがてシャワーの音が聞こえてくると、ギルは彼女が服を脱ぎ、濡れて、泡だらけになっているところを想像しそうになり……。

「パパ、よんで」

「ああ、うん」ギルは先ほどのイメージを振り払うように首を横に振って本を取り上げ、どの話がいいかなと思いながらページを繰っていった。

　ニコールはベッドの端までやってくると、毛布から抜け出し、ギルの膝の上に移動した。骨ばった肘でギルの喉元をつつき、二回ほど下半身を踏みつけたところで、やっとちょうどいい位置が見つかったようだ。ギルは呻き、三回目に下半身を踏まれそうになったときには必死に娘の足をよけ、それでも、彼女を叱りつけはしなかった。ようやくニコールが身じろぎするのをやめたところで、彼はホッと安堵のため息を漏らした。「やっと落ち着いた？」ニコールはうなずき、彼の胸をつつくと、「ママのほうがやわらかぁい」と言った。

そりゃそうだろう……ギルは思い、我慢できずに娘にこっそり訊いてみた。「ママ以外の人に、本を読んでもらったことはあるのかい？」たとえばその、アナベルのデートの相手とかさ。

「ううん。ママだけ」ニコールは分厚い本のページを丁寧にめくっていき、あるお話のところでその手を止めた。絵がたくさん入っている本で、ニコールはそのうちの一枚にじっと見入っている。「これは、おかあさんぐま。これは、おとうさんぐま。これは、おにいさんぐま」

ギルはニコールをぎゅっと抱きしめた。「よくわかるねぇ」

「はやくよんでぇ」ニコールはせがむように言い、ギルの肩につかまって膝の上で丸くなると、目を閉じて大きなあくびをし、親指をしゃぶりだした。

「よおし、じゃあ読むからね」ギルは言い、ニコールの選んだお話を読み始めた。自分が小さいころに読んだ本と違って、とても描写が細かいので驚かされた。じきに彼は、自分も物語に夢中になっていた。

それから一五分ばかり読んだところで、ギルはふと、アナベルが室内にいるのに気づいた。バスルームの戸口のほうを見上げるようにすると、彼女は唇を小さく震わせ、緑色の瞳に大粒の涙をためてこちらを眺めていた。

彼が何か言おうとすると、アナベルは口元に指を当ててささやいた。「おちびちゃんが寝たみたいだから」

ギルは驚いてニコールの顔を覗き込んだ。すると確かに、彼女は完全に脱力しきって頭を彼の腕にもたせ、濡れた親指を彼の胸板に押し当てていた。

ギルは苦笑した。「ということは、このお話の結末はわからずじまいってこと?」

アナベルはゆっくりと戸口を離れた。「わたしがあとで教えてあげる」と言いながら、ニコールを彼の膝から抱き上げた。彼女がかがんだとき、つやつやした肌からローションの香りと、まだ濡れたままの髪からシャンプーの香りが漂い、ギルの鼻孔を満たした。アナベルは、裾が太ももの真ん中あたりまでくる柔らかなコットンのロングTシャツに着替えていた。

彼女はニコールをベッドに寝かせ、腰のあたりまでシーツを引き上げた。それから、ニコールの髪を指で梳かすようにし、小さな肩をそっと撫でた。ニコールに対するアナベルの愛情の深さときたら、見ているだけで胸がぎゅっと締めつけられるようだった。

ギルはこれまで、子どもの寝ている姿を見たことがない。布団をかぶったニコールが本当に小さいのにあらためて気づいて、彼は驚きを覚えていた。「サークルベッドを用意したほうがいいのかな?」

「ううん、ああいうのはもうダメ」アナベルはからかうような笑みを浮かべた。「あなたの娘ときたら、ほとんど小ザルみたいなんだから。高いところに上るのが大好きなのよ。だから、こういう高さのないベッドのほうが安全なの」彼女は小さなナイトランプをつけてから、明るいほうのランプを消した。

　ほのかにともるランプの明かりだけを残して、室内は闇に満たされた。ギルはその場にじっと突っ立ったまま、立ち去ることができずにいる。彼は、シェリーのおなかが大きくなるところも見ていないし、出産に立ち会ったわけでもない。それでも彼は、絶対に断ち切ることのできない強い絆を娘に感じた。もしものときには、娘のために死ぬことだってできると思った。

　アナベルが彼の肩に触れてきた。「ギル、あなたが今何を考えているかわかるわ。わたしも同じ気持ちだもの」

　ギルはびっくりして彼女を見つめた。どうして彼女にわかるのだろう?

「この子、本当に信じられないくらいかわいいでしょう?」アナベルはほほ笑みながら、わずかに唇を震わせている。「この子がどんなにいたずらをしても、疲れて泣きわめいても、言うことを聞かなくても、この子がいるだけで嬉しくて、神様に感謝したくなるの。神様、この子が泣きわめくことができて感謝しています、この子が安心して暮らすことができて感謝していますって……」

　あとは喉の奥が詰まってしまって言葉にならなかった。アナベルは照れたようにかぶりを振り、寝室をあとにした。

　ふたりとも、同じ気持ちなんだな……ギルは心の中でつぶやくと、身をかがめてニコールの頭にキスをし、アナベルのあとを追った。ふたりの間には解決しなければならない問題がある。今こそそのチャンスだと、ギルは思った。

アナベルはダイニングにいた。立ったまま、自分を抱くように両腕を体にまわし、パティオに面したガラス戸越しに庭を眺めていた。ギルの家の庭はきちんと手入れがされて、夜は凝ったライティングも楽しめる。ひとり暮らしには広すぎるくらいのスペースだ。でも、ブランコなりプレイハウスなりを置くにはちょうどいい――これまでアナベルが、ニコールに与えたくても与えられなかったものを、彼には与えることができる。

彼女は、ギルが背後に立ったのにすぐに気づいた。

あんまり接近しているので、背中に彼のぬくもりを感じられるような気さえした。「寝室のドアは、少し開けておいたから」

アナベルはうなずいた。ギルがそうするのが、なぜだかわかっていたような気がする。

「一晩中ぐっすり眠ってくれるかな?」

「だといいけど。そうね、いつもは夜中に起きたりはしないわ。あんがい眠りが深いの。でも今夜は……どうかしら」何をそんな遠まわしな言い方してるのよ、とアナベルは心の中で自分を叱りつけた。何だか落ち着かなくて、変な期待をしている自分がいやだった。

ギルの手がさりげなく肩に置かれるのを感じて、アナベルは息をのんだ。「夜中に目を覚ましてて――」という彼の声が耳のすぐ横で聞こえた。「知らないところで寝ているのに気づいて、怖がるかもしれないから?」

アナベルは振り返ってギルと向き合った。ギルはネクタイを外し、シャツのボタンをいくつか開けてあったけれど、着替えはまだだ。スーツ姿の彼はとても快適そうに見える。でもアナベルは、ジーンズよりもドレッシーな服は窮屈で苦手だ。「あの子に怖い思いなんてさせないわ。絶対にね」

唇の右端を軽くゆがめるようにして、ギルは苦笑を浮かべた。それから視線を移動させ、アナベルの唇を食い入るように見つめた。「よっぽど、あの子のことが大切なんだね?」

じっと見つめられて、アナベルは言葉を見つけられず、ただ肩をすくめた。

ギルは彼女の顔に手を添えると、親指で頰と下唇をなぞった。これから何が起ころうとしているのかわかって、アナベルの心臓は激しく鼓動を打った。

「試用期間のことだけど……」ギルがつぶやいた。

アナベルが「ええ」と言おうとした瞬間、その唇は、彼の温かな唇にぴったりとふさがれてしまった。彼のキスは素晴らしかった。いや、素晴らしいどころではなかった。そもそもアナベルはそんなに男性経験が豊富なわけではない。彼にそんなふうに思われているとしたら、とんでもない誤解だ。

アナベルは彼にしがみつくようにして、肩を覆う逞しい筋肉と、熱い体温を堪能した。口づけたまま、まるで彼のすべてをのみこんでしまおうとするように、いっそう体を密着させる。唇を開いて、彼の舌を受け入れ、歓喜に喘ぎ声を漏らした。

ギルが大きく二歩、足を踏み出し、アナベルはあっという間にパティオのガラス戸に背をつけるかたちになっていた。彼女は爪先立って唇を押しつけ、むさぼるようなキスを味わった。彼の肌に触れたくてシャツのボタンを外そうとするのに、指が震えてうまく外せず、ボタンがひとつ飛んでいってしまった。

ギルは大きく胸を上下させ、全身をこわばらせながら、ようやく頭をもたげると、「こっちにおいで」と言って彼女の手を取り、ほとんど走るようにして自分の寝室を目指した。部屋に入るなりドアを閉め、かちゃりと鍵を掛けると、ふたたび彼女を抱きしめようとした。

「待って」アナベルは両手で彼の胸を押さえるようにした。この瞬間を、三年間も夢見てきたんだもの。「ちょっと……待って」

ギルは息を切らしながら、アナベルをじっと睨みつけるようにしている。苛立っているのは一目瞭然だ。

アナベルはそろそろと彼をドアのほうに追いつめた。そして、今度はゆっくりと落ち着いて、シャツのボタンを外していき、ズボンのウエストから裾を引きずり出して上半身をあらわにした。ギルはまぶたを閉じ、頭をのけぞらせ、息をのみ、呼吸を荒らげた。

シャツを肩から脱がせ、腕も引き抜いてすっかり上半身を裸にする。彼の胸板は信じられないくらい広く逞しくて、黒っぽい胸毛に覆われ、引き締まった筋肉が隆起していた。アナベルは胸毛を撫で、その感触を味わい、やがて彼の乳首を探し当てた。

彼がまた息をのむのがわかる。アナベルはそれを無視して、しばらく指先で乳首をもてあそんでから、唇を寄せて舌で愛撫を加えた。

「アナベル……」ギルは全身を硬直させた。

でも彼女はやめなかった。その場にひざまずくと、今度は靴を脱がせにかかった。

「そんなことしなくていい」ギルの震える手が頭に触れ、湿った髪をまさぐるのがわかった。

「最後までやらせて。ずっと夢に見ていたんだもの」

彼はそれ以上何も言わず、おとなしく足を上げ下げして、彼女が靴と靴下を脱がせるのに任せた。軽く足を広げるようにして立った彼が、自分でベルトに手をかけようとするのに気づいたアナベルは、その手を振り払うようにした。ひざまずいた体勢のまま顔を見上げ、挑発するようなほほ笑みを浮かべて、「邪魔しないで」とささやいた。

ギルはあきらめたように両手を脇に垂らした。

ベルトのバックルを外すときのかちりという音、ベルト通しから引き抜くときのシュッという音……アナベルは、そんな何でもない音にさえ胸を震わせた。ファスナーの下で彼のものが大きくなり、脈打っているのがわかる。アナベルは大いにそそられ、早く彼を裸にしてしまいたかった。でもその一方で、一秒一秒をじっくり味わいたいとも思った。彼女は下半身に顔を近づけ、そこに頰をすり寄せて、彼の香りをたっぷり楽しんだ。

ギルは低く呻いて身を硬くした。

彼の反応を確かめながら、アナベルは両手で筋肉質な臀部をつかむと、今度は軽く歯をたてた。薄いウール地の上から、力を入れすぎないように、根元から先端へと嚙んでいく。

ギルは両手のこぶしをぎゅっと握りしめ、背後の壁に押し当てた。

愛撫を加えながら、アナベルも呻き声をあげていた。彼がいとおしくて、胸が締めつけられるようだった。彼に主導権を取り返される前に、早くしなくちゃ。彼女は急いでズボンのボタンを外し、そろそろとファスナーを下ろしていった。するとギルはついに我慢の限界に達したらしく、自らズボンと下着をさっと下ろし、そのへんに蹴り脱いだ。

ギルは一糸まとわぬ姿になった。

アナベルはその姿に畏怖の念すら覚え、すっかり圧倒されたようになって、その場に座り込んでまじまじと彼の裸身を見つめた。

ギルは低く唸るように命じた。「アナベル、きみも脱ぐんだ」

「ちょっと待ってね」

「待たない」

アナベルは思わず笑みを漏らしていた。やっぱりそう、彼は、自分が主導権を握りたいタイプなのよ。「わかったわ」彼女はうなずいて立ち上がった。彼から視線をそらさないまま、Tシャツの下に手を入れ、ショーツに指をかけた。「でもね、わたしのほうも、まだあれで終わったわけじゃないのよ」

ギルは燃えるようなまなざしでアナベルを急かした。「だから？」

アナベルは脱いだショーツを床に落とし、続けてTシャツの裾に手を伸ばした。「だから、先にわたしに楽しませてくれるって約束して」

「アナベル……」ギルは痛みに耐えるようにぎゅっとまぶたを閉じた。

「あなただって、きっと気に入るはずよ」アナベルは挑発するように言い、シャツを脱ぎ捨てた。

ギルはパッと目を見開いた。身じろぎひとつせず、ゆっくりと時間をかけて、彼女のおなかや、へその脇にある小さなピアスまでじっくり観察した。

彼は頬のあたりをこわばらせた。「口でするのが好きなのか?」

そんなふうに言って狼狽させようとしても無駄よ……アナベルは胸の中でつぶやいていた。

「ええ、相手があなたなら、大好き」

ギルは一瞬にして受け身になり、ふたたびドアに背をもたせた。手足の力はすっかり抜いているのに、下腹部は硬く脈打ち、荒々しく息をするたびに胸が大きく上下している。

みだらでセクシーな気分を味わいながら、アナベルはふたたび彼の前にひざまずいた。まずは引き締まったおなかから。続けてへその中まで舐め、骨盤のあたりに歯をたて——おもむろにペニスを握ると、そのまま一気に口に含んだ。

ギルはいっそう頭をのけぞらせ、懸命に膝に力を入れた。「ああ、最高だ……」

それは、アナベルが想像していたのよりもはるかによかった。彼の声も、必死に耐える様子も、吠えるような喘ぎ声も。ギルはアナベルの髪をつかんで喉の奥深くまで挿し入れ、彼女のへこんだ頬を親指で撫でた。

「イキそうだよ」ギルはかすれ声でささやいた。

アナベルは急かすように、喉のさらに奥深くまで彼のものをのみこんだ。それと同時に、ゆっくりと優しく睾丸を揉んで、いっそう彼の歓喜を呼び覚ました。やがて彼は、低い雄たけびとともに自らを解き放った。

ギルは壁にぐったりともたれかかり、目を閉じて胸を大きく上下させ、髪をつかんだ手を握りしめて、アナベルの頭をそっと離した。ペニスの先端を最後にもうひと舐めされるとびくりと体を震わせ、その様子にアナベルはほほ笑んだ。

床に座り込んだアナベルは、そのまましばらく勝利の喜びを味わいつつ、ギルの魅力的な裸身をじっくりと観察し、次はどんなことが起きるのかしらと想像した。全身に力がみなぎっているような感じがする一方で、ある部分は温かく柔らかみを帯び、また別の部分はすっかり熟し、膨らんでいるように感じる。

アナベルは唇を舐めて、あらためて彼の味を楽しんだ。しょっぱくて、濃厚で、もう一度最初から味わいたいと思った。

ギルはそんなアナベルの様子をじっと見つめていた。頬を紅潮させ、濃いまつげに縁取られたまぶたは、わずかに閉じられている。「おれが座ったほうがいい？」と彼は気だるげにたずねた。「それとも、きみが立ち上がる？」

アナベルは片手を差し伸べた。ギルがその手を取って彼女を引き上げる。まだ息切れしているかと思ったのに、全然そんなことはないようだった。そのことを思い知らせるように、彼はニコールを抱くときと同じように、いとも簡単にアナベルを抱き上げた。

「どこに行くの？」

「きみをベッドに横たえて、ちょっとばかりお礼をさせてもらうよ」

「そう……」アナベルはさりげなく答えつつ、内心、待ちきれない気持ちだった。

いずれにしても、待つ必要などないようだった。背中がマットレスに着いたと思ったときには、すでにギルが上に乗っていたからだ。唇を強く押しつけられて、彼女はくぐもった喘ぎ声を漏らした。彼は両手で乳房を揉みしだき、彼女の舌を吸い、乳首を引っ張った。

強烈な歓喜に、アナベルは背を弓なりにした。ギルは片腕を彼女の下に差し入れ、その体勢のまま、首筋から乳房へと唇を這わせていった。

「きみの乳首が感じやすいかどうか、いつも考えていたよ。で、答えは？」

「わからないわ」今のアナベルには、自分の名前も答えられそうにない。

「じゃあ、この場で確かめてみようか」ギルは言うなり、左の乳首を口に含み、優しく吸い、舌の先でそっと転がすようにした。巧みな愛撫に、アナベルは驚き、いっそう深い歓喜に包まれた。するとギルは、前よりも強く、痛くなるくらいに乳首を吸った。

右の乳房には、指で愛撫を与えた。左の乳首への愛撫をまねるように、同じくらい強く引っ張ったり、つまんだりした。

アナベルは身をよじらせ、今にも爆発しそうな歓喜に耐えながら、同時に、もっと欲しいと願っていた。最高に気持ちがよかった。すでに一度エクスタシーを迎えているギルは、まるで焦ることなく、わざとアナベルを焦らして、乳首への愛撫にじっくり時間をかけている。そのせいで、アナベルのほかの部分はいっそう熱く濡れていくようだった。

やがてギルは、片肘をついてアナベルのかたわらに身を横たえ、彼女のおなかのあたりを見つめながら、「で？」とたずねた。

アナベルは息も絶え絶えの状態で、じっとしているのも難しいくらいだ。「で、って何が？」

「感じやすいの？」

アナベルがほとんど気がヘンになりそうだというのに、彼の声は落ち着き払っている。

「ええ」

「そいつはいい」ギルは言うと、ふたたび身を起こし、乳首を交互に舐めながら、片手をアナベルの太ももの間へと忍ばせた。アナベルは息をのんで待ったが、彼はそれ以上のことはしようとしない。彼の手のひらのぬくもりは心地よかったけれど、できることなら、指で触れてほしかった。彼の指を中に感じたかった。

「ねえ、ギル……」

「シーッ」ギルは唇を徐々におなかのほうに這わせていった。「アナベル、とってもセクシーだよ」

彼は舌でへそを舐め、ピアスをもてあそんだ。こらえきれなくなったアナベルが、身もだえし始める。

「じっとして」と言うなり、ギルは中指を彼女の奥深くに沈めて、おとなしくさせた。たったそれだけ、中指一本入れられただけで、アナベルはもう達してしまいそうだった。中の筋肉がぎゅっと収縮してうごめいているのに、彼女は身じろぎひとつできなくなってしまった。

「そうそう、それでいい」ギルはつぶやくように言い、またもや舌で攻撃を開始した。アナベルの乳首はすっかり濡れて硬くなっている。そしておなかも、舌で舐められ、焦らすように愛撫されて、筋肉が張りつめたようになっている。彼女は、腰を突き上げて、彼の太い指をもっと奥のほうで味わいたい衝動を必死に抑えた。

ギルは彼女の顔を見上げるようにして、表情をうかがった。「すごくいいよ、アナベル」

「ギル……わたしもイキたいの」

「もちろん、イカせてあげるよ。何度でもね……でも、まだダメだよ」最後のギルの言葉にアナベルは深く吐息を漏らしながら、彼の唇が骨盤のほうへと移動していくのを感じていた。どうやらギルは、アナベルの全身を味わいつくすつもりらしい。太もも、膝の裏……そうやって唇で全身に愛撫を加えながら、彼は中指での愛撫も忘れはしなかった。そしてアナベルがいよいよ我慢しきれなくなったころ、ギルは彼女の太ももの間に割って入るようにし、「脚を広げて」と言った。

彼女はすぐに応じた。ギルは彼女の大切な部分を食い入るように見つめ、中指をいっそう深く沈ませると、空いているほうの手でヘアを掻き分け、親指でそっとクリトリスに触れた。

「さあ、イッていいよ」

そう言われたとたん、アナベルはあっという間にエクスタシーを迎えた。歓喜が全身を満たし、太ももが震え、中がねじれるように感じる。ギルはその姿を見つめながら、中指を挿入したまま、親指で丹念に愛撫を加え続けた。彼は息を荒らげ、笑みを含んだ声で、「すてきだよ、アナベル」とつぶやいた。

アナベルは、たった今起きたことが信じられなかった。まだ頭の中がぼんやりしていて、全身が満たされて気だるい。ところがふと気づくと、ギルは体の位置をずらし、両手を彼女の下に差し入れてヒップを持ち上げようとしているところだった。

「ギル⁉」焦ったアナベルは顔だけ上げて、様子をうかがった。自分の脚の間に、黒髪をくしゃくしゃにして、唇を光らせ、興奮しきった顔のギルがいた。

「さあ、もう一回イカせてあげる。そのあとで、ちゃんとゴムをつけて愛し合おう。でもその前にまずは……」

彼は最後まで言わずに、湿った舌で彼女の秘所を舐めた。アナベルは枕に頭を落とし、低く喘いだ。すでに一度オルガズムを迎えているので、彼女はすっかり感じやすくなり、熱く濡れている。ギルの愛撫は、実に巧みだった。舌を使って舐められ、すすられ、深く突かれて、彼女は思わず叫び声をあげ、身をよじり、震わせた。もうこれ以上はダメと彼女が思ったそのとき、ギルはクリトリスに唇を寄せて強く吸った。

歓喜の波が押し寄せ、アナベルは太ももをぶるぶると震わせた。おなかの筋肉が引きつれて、背中が弓なりになる。それでもギルはまだ愛撫をやめようとせず、指を二本、中に挿し入れ、ゆっくりと挿入を繰り返した。それに終わりがあるのかどうかもわからなかったけれど、アナベルはそんなことはもうどうでもよかった。

しばらく朦朧としていたアナベルは、ギルがそっと頬にキスしてきたときに、ようやくわれに返った。「アナベル、まだ一緒にいるだろう？」

「ううん……」

ギルは彼女の頬に唇を寄せたまま、ほほ笑んだ。「いてくれなくちゃダメだよ。おれはまだ終わったわけじゃないからね」

アナベルは思わず呻いた。正直言って、彼に応えられるだけのエネルギーがまだ残っているかどうか自信がない。

「まったく、すぐにイッちゃうんだからな。まあ、おれも人のことは言えないけど」ギルはさっきからずっと、愛情のこもった軽やかなキスを頬に、耳に、こめかみに繰り返している。大きな手はおなかのあたりに置かれていて、毛に覆われた脚が片方、彼女の上に乗っかっている。「何しろ、ずいぶんごぶさただったからね」ギルは正直に打ち明けた。「いや、ごぶさたすぎたかな」

アナベルは無理やりまぶたを開けた。「どうしてしなかったの？」

ギルはアナベルの瞳から唇へと視線を移動させた。「さあね。単に興味が湧かなかったからじゃないかな。それに、ひどく忙しかったたし。たぶん、誰にも本気で惹かれることがなかったからだろうな」

アナベルは片手で汗ばんだ逞しい肩に触れた。「実は、わたしも三年ぶりなの」

ギルは思わず身を硬くした。「三年!?」

肩をすくめて、アナベルは説明した。「シェリーが妊娠して、ちょっとおかしくなっちゃってからは、できるだけ彼女と一緒にいるようにしていたの。やがてニコールが生まれた。ベビーシッターなんて雇える状態じゃなかったし、ニコールをシェリーとふたりっきりにしたら……」

「あの子をシェリーがどこかに連れ去ってしまうと思ったんだね？」ギルの声は低くて、少し怒っているようにも、悲しんでいるようにも、あきらめているようにも聞こえた。彼はアナベルの頬を手のひらで包み込み、自分のほうに向かせた。眉根を寄せ、身をかがめて優しく口づけながら、心の中で「ありがとう」とつぶやいていた。

驚くべきことに、ギルの唇が重ねられた瞬間、アナベルはふたたびエネルギーが湧いてくるのを感じた。アナベルはギルを愛していた。本当は、三年間の禁欲生活の一番の理由はギルだった。ニコールのことが心配だったのはもちろんだけれど、自分が唯一心の底から求めている男性がギルだったからこそ、ひとりぼっちの寂しさにも耐えることができた。

アナベルはギルに向き直ると、首に両腕をまわし、おなかを密着させた。ギルはごろりと仰向けになって自分が下になり、腰の上に彼女をまたがらせるようにした。

「きみが上になって、アナベル。中に入ったまま、きみの胸やおなかに触れて、きみがイクところを見たいから」

アナベルは、ギルのもくろみを聞いただけでゾクゾクした。「わかったわ。でも、その前にゴムがどこにあるか教えて」

4

三年か……ギルは心の内でつぶやいた。そんなこと、まさか思ってもみなかった。とりわけ、アナベルのようにそそる、おおらかな女性には、ありえない話にさえ思える。

片手で彼女のお尻をつかんだまま、ギルはナイトテーブルに手を伸ばし、一番上の引き出しを開けた。アナベルがコンドームの箱を見つけ、中からひとつ取り出す。

彼女はそれをひらひらさせながら、「腕がなまっちゃってるから、もしも具合がよくなかったら言ってね」と笑った。それから、銀色の袋の端を歯で千切り、ペニスを握りしめ、焦らすようにゆっくりとコンドームを装着し始めた。

具合がよくなかったらだって？　ギルは、下半身を包み込む彼女の柔らかく小さな手の感触におののき、彼女の瞳のきらめきに胸を高鳴らせながら、あまりの快感にこれじゃまるで拷問だと思った。

「腰を上げて」

アナベルは両手を逞しい胸板に当て、素直に従った。「これでいい？」

ギルは答えずに、指を二本使って彼女の秘所を撫で、十分に濡れて準備が整っていることを確認した。「今度は腰を下げて」

アナベルは挑発するようにほほ笑んだ。「あなたって、命令するのが好きなのね？」

ギルは彼女の視線をとらえると、あらためて命じた。「早く、アナベル」

彼女は声をあげて笑い、ゆっくりと腰を下ろしていった。先端が柔らかな花びらをかすめ、やがて、飢えたように収縮する襞に包み込まれていく。アナベルは息をのみ、吐息を漏らし、まぶたを閉じた。

「もっと奥まで」ギルは歯を食いしばりながら命じた。両手でアナベルのお尻をつかんで引き寄せながら、自らも腰を突き上げた。中が徐々に広がっていって、奥深くにのみこまれ、心地よく密着する、その信じられないくらいの快感に、ふたりは同時に喘いだ。アナベルは、逞しい胸板に爪の跡がつくくらい両手をぎゅっと握りしめながら、上半身を弓なりにした。

ギルは彼女を抱き寄せ、つんと立った乳首を口に含み——さらに奥へと突き立てた。できればもっと優しくしたかったけれど、どうしても我慢できなかった。自らの禁欲生活が長かったせいもちろんあるが、アナベルが三年ぶりだと聞いたせいで、余計に欲望をかき立てられていた。愛し合っている間の彼女の表情の変化も、唇をぎゅっと噛むしぐさも、おなかがへこむ様子も、太ももが腰に巻きつけられる感触も、すべてがいとおしかった。彼はアナベルの柔らかなお尻を撫でながら、心地よいリズムへと彼女をいざなった。それから、片手を前に持ってきて、ふたりがつながっている部分に指を挿し入れた。

アナベルはしっとりと濡れて熱くなっていた。彼女の喉の奥から、低くセクシーな喘ぎ声が漏れる。ギルは指先で、彼女の一番感じやすい部分に愛撫を加えた。それだけで、アナベルはまたエクスタシーを迎えそうになってしまう。彼女は前に倒れ込み、唇を重ねようとした。けれどもギルはくるりと体勢を入れ替え、ふたたび自分が上になると、彼女のオルガズムを抑えつけるように動きをゆるめた。

「ギル、お願い……」

「焦らないで。もっとリラックスして」ギルは時間をかけて深く彼女に口づけながら、彼女が達してしまわないように、今度はゆっくりと浅い挿入を繰り返した。

アナベルはこらえきれずに脚をギルの腰にまわした。ギルはすかさず彼女の膝を取り、自分のほうに引き寄せてから、左右に思いっきり開いた。何もかもすっかりさらけ出されたアナベルが、ふいに身じろぎをやめる。彼女が不安を感じているのはわかったけれど、ギルにはやめることはできなかった。

「痛い？」

アナベルは息も絶え絶えに「いいえ」と答えながら、実際には、身をよじって離れようとしていた。

「いい子だ」ギルはいとも簡単に彼女の脚をさらに開かせた。「ほら、力を抜いて」

アナベルは深呼吸を二回し、彼の命令に従おうと努力した。

ギルはゆっくりと、さらに奥深くへと……。

「ああ、ダメよ、ギル」

「アナベル、力を抜いて」唸るように言ってすぐ、ついに彼女がエクスタシーを迎えたのに気づいた。それは素晴らしく気持ちがよかった。アナベルはあまりの快感に瞳をきらめかせながら、思う存分に喜びを堪能した。抵抗する気などすっかり消え去ってしまって、降参したように、甘く掠れた喘ぎ声を漏らすことしかできなかった。

ギルは自制心を失ったように激しく、速く、挿入を繰り返しながら、やけどしそうなくらい強烈な快感と、すべてが解き放たれるような感覚に襲われていた。それは、今までに味わったことのないエクスタシー――存在することすら知らなかったような、激しい歓喜だった。すっかり満たされたギルは、しばらくしてようやく、自分の下でアナベルが身じろぎしているのに気づいた。「ギル、脚が痛くて死にそう」

ああ、ごめんよ……。ギルはすぐに、彼女の脚をまだ腕で押さえつけていたことを思い出し、呻きながら身を起こすと、マットレスに仰向けになった。寝室はふたりの匂いに包まれていた。アナベルの匂いだ……ギルは思いながら深呼吸し、ほうっとため息を漏らしてから、「ごめんね」とつぶやくように言った。

「まあ、総合的に考えて――」アナベルはからかうような口調で返した。「許してあげる」

ギルはアナベルのほうに顔を向けた。「総合的って？」

アナベルのまぶたは閉じられていたが、口元には笑みが浮かんでいた。「三回もイカせてもらえたからかな？」

「なるほどね」ギルは男らしいところを見せようとばかりに、えいっと身を起こすと、震える脚を引きずるようにしてバスルームに向かった。コンドームを捨て、手を洗い、グラスに水を入れて持っていく。だが寝室に戻ってみると、ドアが開いていて、ベッドはもぬけの殻だった。

　眉根を寄せながら廊下に出る。アナベルは、自分たちの寝室のドアから中を覗いているところだった。彼女がTシャツとショーツをつけてしまっているのに気づいて、ギルはがっかりした。とはいえ、小さい子どもがいるのだから、多少の犠牲は我慢するしかない。

　彼はパジャマなど持っていないので、寝室に戻るとボクサーパンツだけ身につけ、ふたたび廊下に出て、アナベルのかたわらに立った。「まだ眠ってる?」

「こぐまみたいに、大いびきで眠ってる」アナベルはほほ笑みを浮かべて振り返ると、彼を頭のてっぺんから足の爪先までまじまじと見てから、視線を合わせた。「ごめんなさい、ちょっと様子が見たかっただけだから」

　よき母親なら当然さ。ギルは彼女の腕を取り、自室へと戻った。今回は、ドアは開けっぱなしにして、電気だけ消した。言葉もなく彼女をベッドに導くと、自分もそのかたわらに横たわり、シーツを引き上げた。

　アナベルはすぐに横で丸くなった。ギルは何だかとてもしっくりするものを感じた。彼は目を閉じ、「おやすみ」と言った。

　彼女は一瞬だけためらってから、「ここで?」とたずねた。

　急ぎすぎているかもしれない……ギルは一瞬思ったが、気にしないことにした。「そうだよ、ここでおやすみ」

アナベルはそれ以上何も言わず、ギルに寄り添うようにして、あっという間に深い眠りについた。そしてニコールそっくりに、寝息をたて始めた。


その夜遅く、ギルは頬のあたりに生温かい息がかかるのを感じてハッと目を覚ました。目を開けてみて、彼はぎょっとした。ニコールがベッドのかたわらに立ち、ほとんど鼻がつきそうなくらい、こちらの胸にぴったりと寄り掛かっていたのだ。

「おねしょしちゃった」ニコールは聞こえよがしにささやいた。

「そいつは大変だ」ギルは初めてのことに混乱した。そもそも彼はパンツ一枚という格好だ。ええと、二歳の子どもっていうのは、そういうのに敏感というか、気にするものなんだろうか？

「ママがいないの」

ニコールは今にも泣きだしそうだった。こいつはお上品ぶってる場合じゃない。自分の娘が助けを求めていて、アナベルは疲れきって眠っているんだ。「ママならここにいるよ」

「どうして？」

どうしてって言われても……。「ええと、寒かったんだって」

「ふうん」

「パパが着替えさせてあげようか？　そうしたら、ママはこのまま眠っていられるよ？」

ニコールは答えない。

ギルはそうっと娘の体を起こし、まずはベッドから出た。ニコールのネグリジェはおねしょでぐっしょり濡れていたが、気にせず胸に抱きかかえてやった。「いいかい、大声をあげたりしないで、静かにしてるんだよ。ママをびっくりさせたくないだろう？」

ニコールは何も答えず、小さな手でギルの胸をいじくり始めた。「けむくじゃらだぁ」

「そんなでもないよ」

「ニッキーとちがう」

「そりゃそうさ。ニッキーやママに胸毛が生えるわけないだろ」

「じゃあ、パパだけ？」

「そういうこと」ギルは寝室をそうっと抜け出し、後ろ手に静かにドアを閉めた。「ええと、替えのネグリジェがどこにあるかわかるかい？」

ニコールは物珍しそうに胸毛を引っ張っている。「しらなぁい」

ギルは痛みに顔をしかめつつ、娘の手を胸毛から放させ、客用の寝室の床に下ろした。それから、ふたりで手分けしてたんすの中やら何やらを引っかきまわして、ようやくパジャマ代わりになりそうな柔らかいTシャツを探しだした。トレーニングパンツは、幸いにも、簡単に穿かせることができた。もしもこれが普通のオムツだったら、うまく着けられたかどうか自信がない。練習したこともないのだから。

濡れたシーツを取り替え、ふたたび眠る準備が整ったころには、ニコールは下唇を突き出して不満げな顔になっていた。本当は眠くて、足元もおぼついていない様子なのに、「おはなしきかせて」とおねだりした。

ええと、つまり、やっとさっきのお話の結末がわかるってことか？　そのくらいならお安い御用だ。ギルはニコールを膝に抱いて椅子に腰かけ、さっきの話の続きを読んでいったが、一ページも読み終わらないうちに彼女が静かな寝息をたて始めたのに気づいた。何だかれっきとした父親になったような、誇らしい気分を覚えながら、彼は娘をベッドに寝かせた。しばし横に立って、目を覚まさないのを確かめてから、自室に戻った。

アナベルはぐっすりと寝入っていた。きっと最近はろくに眠ることもできなかったのだろう。

一方、ギルはすっかり目がさえてしまっていた。隣には、温かく、セクシーな女性が丸くなって眠っている。それも単なる女性ではなく、アナベル・トルーマンだ。ギルはずっと前から彼女に惹かれていた。どんなにその気持ちを否定しようとしても、無駄だった。そして今では、彼女を好きになり、尊敬してもいる。彼女はもう十分に苦労を重ねてきた。文句ひとつ言わずに、彼女にはいっさい関係のないはずの重い責任を引き受け、その責任を立派に果たしてきた。

彼女は、セクシーなだけじゃなくて、強さも持っている。奔放なだけじゃなくて、とても心が広い。彼女は……魅力的なんて言葉じゃ言い足りない。肉体的にも、精神的にも。その彼女が、彼のベッドにいる。

窓から降り注ぐ月明かりが、彼女の顔を照らしだしていた。柔らかな髪は枕の上でからまっている。片手を頬の下に敷くようにして、ほっそりとした脚を片方、膝のところで折り曲げた体勢で寝ている。ギルは何だか誘われているような気分になった。もちろんギルにとっては、彼女の穏やかで深い寝息でさえ、誘っているように思えるのだけれど。彼はもう自分を抑えきれなかった。

仕方ない……ギルはふたたびドアに鍵を掛けた。

まだアナベルを起こしたくなかったので、ギルは静かに毛布を引きはがした。彼女はわずかに身じろぎしたものの、幸い、目を覚ますことはなかった。それにしても、彼女の脚のほっそりと引き締まってきれいなこと。でも、今の彼を一番引きつけているのは、彼女のお尻だ。

ギルはボクサーパンツを脱いだ。二回も達してからまだそんなに時間が経っていないので、少々元気がないが……彼はコンドームを着け、アナベルの背後からベッドに潜り込んだ。ぴったりと寄り添って、彼女の髪の香りを嗅ぐ。すでにおなじみになっている香りに、ギルは興奮と安心感を同時に覚えた。それから優しく、彼女の耳、こめかみ、そしてうなじに、鼻をこすりつけていった。こうしてそばにいるだけで、たまらない気持ちになってくる。彼女はまだ目を覚まさない。

ギルは指先で、美しい曲線を描く背筋をそっと撫でてみた。背中から腰へ、さらに下のほうへと指を這わせていき、ようやく、両脚の間の温かな部分にたどりついた。指先だけでそ

ていく。

眠っているはずのアナベルが、かすかに喘ぎ声を漏らし、その声が徐々に切迫感を募らせていく。

ギルは愛撫を続け、彼女の興奮をいっそう呼び覚まそうとした。今回は後ろからするつもりだった。そのほうが、胸にも秘所にも触りやすい。深く貫きながら、指で秘所をかわいがり、乳首にも愛撫を加えるつもりだった。

エロチックな妄想に思わず呻き声を漏らしそうになり、ギルは片腕を彼女の体の下に差し入れて抱き寄せ、ちょうどいい体勢になったところで柔らかな乳房を揉みしだいた。「アナベル、きみがほしい」

アナベルはハッと目を覚ました。「ギル？」

ギルは荒々しくショーツに手をかけ、挿入するのに十分な程度まで下ろすと、彼女をしっかりと抱きしめながら体勢を整え、一気に中に押し入った。

「ギル……」

興奮と快感に、心臓が激しく鼓動を打つ。「アナベル、お尻を突き出して」

アナベルは歓喜に喘ぎながら、言うとおりにした。

ギルの人生は、今やすっかり別のものになってしまった。このほうがずっといい、と彼は思った。

胸をまさぐられる感覚に、アナベルは目を覚まし、呻いた。ギルったら、疲れないのかしら。確かに、彼が奔放なセックスを好むというのは聞いていたけれど、その上にまさか絶倫だとは思わなかった。「もう、いい加減にして」

耳元をハスキーな笑い声がくすぐる。硬くなったものがお尻に当たるのがわかった。「ニッキーはいつも何時ころまで寝てるの?」と彼がささやくのが聞こえた。

まったくもう……アナベルは内心ぼやいた。あそこがヒリヒリしてできそうもない。さんざん愛し合ったせいでもう痛くて……と思ったのに、彼女はあっという間にソノ気になっていた。ギルはどうやら、試用期間のことを真剣に考えてくれているらしい。「ううん……今っていったい何時なの?」

「きみが先に答えて」

どうやら手の内は読まれているようだ。アナベルはニッと笑った。「ふふ、もうじき起きてくるんじゃないの?」

「嘘つけ」ギルはアナベルを仰向けにさせてその上にまたがり、セクシーにほほ笑んだ。

そこへニコールが、バタンと音をたててドアを開けながら寝室に飛び込んできた。アナベルはぼんやりと、そういえばゆうべ、最後にしたあとにギルが鍵を開けたんだったわ、と思った。「あさですよぉ!」ニコールはまるで小さな竜巻のように室内を駆けまわり、ベッドによじ登ると、満面の笑みを浮かべた。

ギルは慌てて自分の側にどいて仰向けになり、顎の下までシーツを引き上げた。「ニコール……」

「パパァ！」ニコールはふたりの間に割り込むと、マットレスが弾むのが気に入ったらしく、その場でジャンプし始めた。

アナベルは笑い声をあげながら起き上がってニコールを抱きしめ、膝の上に乗せて、頬にちゅっとキスをした。「ゆうべはよく眠れましたか、おちびちゃん？」

「パパがねぇ、おきがえさせてくれたの」

「パパが？」アナベルはそのときになって初めて、ニコールがネグリジェではなくTシャツを着ているのに気づいた。彼女は思わずギルの顔をまじまじと見てしまった。

ギルももう起き上がっていて、ふかふかの枕を膝の上に乗せている。「そんなに驚くことないだろ。濡れたネグリジェを着替えさせてやっただけ。別に難しくも何ともなかったよ」

「それにねぇ、おはなしもきかせてもらったの」

「一晩に二回も？」どうやらふたりは、アナベルが眠っている間にずいぶん楽しい時間を過ごしたらしい。「それはよかったわねえ、ニッキー」

ニコールはうなずきながら、聞こえよがしにささやいた。「パパはねぇ、ぜんぶけむくじゃらだった！」

ギルは慌てて言い足した。「あれだよ、ニッキーは胸毛のことを言ってるんだよ。ああそうそう、きみには毛が生えてないとも言ってたっけな」

「なるほどね」と言いながら、アナベルはちっともなるほどとは思っていなかった。ギルが真夜中にひとりでニコールの世話をやってのけたと知って、何だか妙な気持ちだった。どうしてわたし、目を覚まさなかったのかしら？　それにどうして、彼はわたしを起こしてくれなかったの？

もちろん理由はわかっている。ギルはとても有能で、自分ひとりで何だってできる。彼に必要とされているなんて考えるのは、思い違いもはなはだしい。それがたとえ、どんなささいなことであっても。

でもアナベルは、ギルを信じている。だからこそ真っ先に彼を頼ってここに来た。これが正しい選択肢なのはもちろんのこと、彼ならば素晴らしい父親になれると確信していたから。彼は決して、ニコールの人生から彼女を完全に排除しようとはしないはずだ。でも、彼自身の人生からは……？

そんなアナベルの心を読んだように、ギルは彼女の肩にそっと手を置いた。「きみは寝かしておいてあげようねってふたりで決めたんだ。かなり疲れているようだったから」

アナベルはうなずいた。そう、これまでずっと不安な日々を暮らしてきて、ゆうべは久しぶりに安心してぐっすり眠ることができた。もしもニコールがママのほうがいいと思ったら、すぐに彼女が起こしてくれたはずだ。でも、ギルはひとりで全部やってのけた。彼は、セクシーで、素晴らしい、疲れを知らない恋人であるだけではなく、思いやりにあふれる父親でもあるのだ。

アナベルはどうすればいいかわからず、途方に暮れたような表情になった。

するとギルは、信じられないくらい優しく彼女の髪を撫でると言った。「そこの小ザルに目隠ししてくれれば、その隙にバスルームに逃げて、身支度を整えてくるよ。あとでみんなで朝食にしよう」

「ううん、そんなに気をつかわないで。わたしたちが部屋に戻るから」

アナベルはベッドから出た。ニコールもすぐそのあとに続くと思ったのに、彼女はギルにいきなり抱きついて、「パンケーキがいい！」とおねだりしている。それから、いやとは言わせないとでもいうように、ギルの頬にちゅっとキスをし、ぎゅうっと抱きしめた。そうやってさんざん甘えてから、ようやくアナベルに連れられて部屋をあとにした。ギルはといえば、すっかりデレデレ顔で、今にも飛び起きてフライパンを探しにキッチンに走りだしそうだった。

アナベルがニコールの着替えを終えたころ、玄関のドアをノックする音が聞こえてきた。ギルが寝室から出てきた気配はない。彼女は小走りについてくるニコールと一緒に、リビングのほうに向かった。だが玄関にたどり着く前に、外側から鍵を差し込むかちりという音がし、やがてドアが開かれた。

現れたのはふたりの大柄な男性だった。ひとりは見たところ三〇代後半。ギルによく似た黒髪だが、瞳は見たこともないくらい真っ青で、まるで突き刺すように鋭い。男性は、アナベルを見て一瞬びっくりしたような表情を浮かべたあと、周囲をさっと見渡し、その一瞥だけで室内の変化をすべて見て取ったようだ。彼は艶々した眉を片方吊り上げるようにした。

もうひとりはギルをずっと若くしたような雰囲気で、年上のほうの男性を押しのけて一歩前に出ると、にっこりとほほ笑んだ。「どうも。あなたが、例の謎の女性でしょ？」

髪はくしゃくしゃだし、着替えも済んでいないし、メークもしていないし……アナベルは恥ずかしさでいっぱいになりながら、咳払いをして言った。「アナベル・トルーマンです。ええと、おふたりはギルのご兄弟？」

気さくなほうの男性が大きくうなずいた。「そういうこと。おれはピートで、こっちのおっかないのがサム。でも、怒ってるのはおれのせいだからご心配なく。ギルの車をひとりでこっそりここまで運ぶつもりだったのに、おれがどうしても一緒に行きたいってゴネたんで腹を立ててんの。何しろサムは、全部自分の思いどおりにやらないと気が済まないたちだから」

サムは呆れ顔をした。「ギルはどこだ？」

「まだバスルームにいるんじゃないかしら。何だったら、わたしが呼んで……」

そのときニコールが、自分の出番がないのに我慢しきれなくなったように一歩前に出てくるなり、まるでサムのポーズをマネするように仁王立ちになって腕組みをした。

サムとピートは、まじまじとニコールを見つめている。

アナベルはまたもや咳払いした。「ほら、ニッキー。ピートおじさんに、サムおじさんよ。ふたりはね、パパの兄弟なの」

「パパの兄弟……」サムがどこか呆然とした面持ちでオウム返しにつぶやく。

ピートは兄を肘でこづいた。「サムおじさん、今さら何をびっくりしてるんだよ」

アナベルはニコールを一歩前に出させた。「ほら、おちびちゃん、おじさんたちにご挨拶は？」

ニコールは顔をしわくちゃにして、一瞬考えてから「こんにちは」と言い、いきなり前に進みでると――サムの片脚にしがみついて「おうまさんごっこ」とせがんだ。

「お、おうまさん？」サムは助けを求めるようにアナベルを見つめた。

ピートは我慢できずにくすくす笑いだし、アナベルは慌てて説明した。「あ、あの、この子ってときどきそうやって人の脚にしがみつくのよ。一種のゲームみたいなものっていうか」

サムは「なるほど」とつぶやき、ニコールにしがみつかれたほうの脚をおどけた様子でそっと持ち上げた。いきなり動かして子どもに怪我をさせたらいけないと、それなりに考えているらしい。

そこへようやくギルが現れた。きれいにひげを剃って、いい香りがする。ジーンズだけで上半身は裸のままだ。彼は娘を抱き上げると、にっこりと笑いかけた。「こらっ、ニッキー。見てごらん、おじさんがびっくりしてるじゃないか」

「パパァ、パンケーキ」

「はい、はい」ギルはけむくじゃらの胸にニコールを抱いたまま、アナベルを振り返った。

「きみは……ゆっくり支度をしてくるといいよ。ニコールはおれがキッチンに連れていくから」

ああ、助かったわ……アナベルは内心つぶやいた。ゆうべさんざんギルと愛し合ったおかげでまだ朦朧としている上に、彼の家族がいきなりふたりも現れて困っていたのだ。「ねえギル、コーヒーを淹れてもらってもいいかしら?」カフェインを取れば、頭がすっきりするだろう。

「支度ができるまでに、淹れておくよ」

寝室に向かうアナベルの背後から、ニコールが「おじさんも、パパみたいにけむくじゃらなの?」とたずねるのが聞こえてくる。どちらのおじさんにたずねたのかは、アナベルにはわからなかったし、立ち止まって答えを聞くつもりもなかった。

ギルの兄弟に、いったいどんなふうに思われただろう? 勝手に人の家に押しかけたペテン師で、その上にギルを誘惑したとでも? 自分では、ギルを愛しているからこうなったのだと納得しているし、彼に惹かれるようになったのは初対面のときからだ。でも、あのふたりはそんなことは何も知らない。

アナベルは記録的な速さで身支度を整えた。あっという間に顔を洗い、歯を磨き、メークを済ませ、清潔なジーンズと一番地味なTシャツに着替えた。そして裸足のままキッチンに向かった。その間、わずか一〇分足らず。

サムとピートはテーブルについて、ギルはコンロの前に立っていた。ありがたいことに、ニコールはサムではなくギルの脚にしがみついていて、パンケーキを作るのに邪魔になるじやないかと叱られている。アナベルがキッチンに続く廊下に来たことには、まだ誰も気づいていないようだ。

「で、彼女はいきなりここに来て、結婚してくれとおまえに迫り、おまえはゆうべ、その彼女とさっそく――」

ギルは、娘が聞いてるだろというようにニコールのほうをちらりと見てから、サムの言葉を途中でさえぎった。「そんなところだね」

「これからどうすんの？」とピート。

「弁護士に言って、遺言やなんかにニコールの名前を入れてもらってるところだ。親権については何も問題はないと思うけど、万が一に備えて、一応の手は打ってある」

「おれが訊いたのは、さっきの彼女のことだけど？」

ギルは肩をすくめながら、熱したフライパンにバターを投じた。「三年前に彼女と知り合ってから、何かと気になってたのは事実だな」

ピートは眉を吊り上げ、サムはにやりとした。

「でも、結婚相手として考えたことは一度もない」

「なんで？」ピートはたずねた。

「おまえ、彼女のイヤリングと、ひでえタトゥーを見ただろう？」

「ひでえタトゥー」ニコールが口マネをし、ギルは呻いた。ピートとサムはくすくす笑っている。

「いいかいニコール、ひでえなんて言葉は使っちゃいけないよ」とたしなめても彼女はギルを見上げるだけで、彼は思わずため息をついた。「パティオの窓から鳥さんでも見てきたらどうだい？」

「とりさん！」ニコールは叫ぶと、ギルの脚にだらだらとしがみつくのをやめ、あっという間に裏庭を見に走っていってしまった。ガラス戸に、鼻や指の跡をさぞかしいっぱい付けられることだろう。でもギルは、そんなことは気にしないに違いない。

コンロの前に立っているギルは、これでニコールに話を聞かれる心配はなくなったと判断したらしい。彼はさっきよりもあけすけに語り始め――アナベルは不愉快になってきた。

ギルはかぶりを振った。「心配なのは、彼女のせいでニコールに悪い影響が及ぶんじゃないかってことなんだよ。彼女、普通の母親とはまるで違うからね」彼は思案するように眉根を寄せた。「実は、へそピアスまでしててさ」

「へえ、そうなんだ？」ピートはますます興味津々の顔になった。「セクシーじゃん」

「おまえは、相手が女性なら何をやってもセクシーって言うんだろう？」サムが指摘した。

「おや、兄貴は違うわけ？」

ピートの冗談を無視して、サムは言った。「まあ、自分の子どもを手元に置くために、彼女と結婚する必要はないわけだしな」

「何かしてあげなくちゃいけないとは思ってるけどね。でも、何しろ複雑な話だから、焦って決めたくないんだ」

彼らはまるで、アナベルをひとりの人間ではなく、生命のないモノのように話していた。もう十分だわ……。アナベルは作り笑いを浮かべ、キッチンに足を踏み入れた。「あいにくだけど、このひでえタトゥーは仕事のためなの」

ギルはスパチュラを手にしたまま、くるりと振り返った。その瞳は、用心深く、不安げだ。

「まさか、聞いてたの？」

「ええ、お行儀が悪いとは思ったけどね。ボディピアスと同じくらい、お行儀が悪いわよねえ？」

「アナベル……」ギルはムッとしたような声を出した。

彼女はピートのほうを振り向くと、Tシャツの裾をちらりとめくってみせた。「ほら、これが噂のへそピアスよ。ひどいもんでしょ？」

ピートがごくりと唾を飲み込み、喉仏が動いた。視線はアナベルのおなかに釘付けだ。

「いや、その、キュートだよ」

「それはどうも。でも、セクシーじゃないでしょ？」

ピートは忌々しげに答えた。「今の質問には答えないほうがよさそうだから、黙っておくよ」

サムは腕組みをして椅子の背にもたれている。「何だよギル、おれたち夫婦の話よりも、ずっとおもしろそうじゃないか」

ギルは笑わなかった。「アナベル、シャツを下ろせよ」

「どうして？　みっともないから？」彼女は反論しながらも、それ以上おなかを見せるつもりもなかったので、シャツを下ろした。

「そうじゃなくて、ピートが真っ赤になってるだろ」

アナベルは呆れ顔をした。できることなら、ギルとその兄弟に仕事のことなんか話したくない。でも、このままじゃプライドが許さない。「仕事っていうのは、ウェブサイトのデザインよ。そのくらいしか、ニコールと一緒に暮らしながら、在宅で十分な収入を得られる仕事なんてなかったから。取引先は小さい企業ばっかりで、新しくビジネスを立ち上げた会社だってあるわ。タトゥー・ショップを経営しているディクソンの仕事を取るときには、自ら実験台になることにしたの。腕にタトゥーを入れてもらって、写真を撮って、彼のお店とウェブサイトで紹介したわ。単にサイトをデザインするだけじゃなくて、モデル役も務めるっていう契約だったの。ボディピアスのお店のときも同じ。経営者はドッジャーと言って、お店の宣伝用にわたしがイヤリングとへそピアスを付けることになった。ドッジャーは、モデルを雇う必要がなくなった分で、サイトデザインを依頼してくれたの」

「じゃあ、タトゥーを入れるつもりなんかなかったってことか？」とサム。

「一度もないわ。そもそも、ただでさえ生活が苦しいのに、タトゥーを入れるお金なんてないもの」彼女は繊細なツタ模様のタトゥーを指でなぞった。「でも、今はあんがい気に入ってるの。自分に似合ってるし。それに、お店のいい宣伝にもなってるみたいで、一番人気の柄なんですって」

「ほ、ほかにもピアスしてんの？」とピート。

アナベルがかぶりを振るのと同時に、ギルが「バカ言うな、してるわけないだろ」と弟を叱りつけた。

サムはピートに身を寄せて冗談を言った。「それ以上あいつをからかうと、朝食の材料にされるぜ」

ギルはいきなりコンロの火を止めると、一語一語、言葉を区切るようにしてアナベルに問いただした。「ちょっと待て、まさか、インターネットに、きみのおなかの写真が、載ってるのか？」

アナベルは思わず噴き出してしまった。「ねえ、その部分しか聞いてなかったの？」

「どうなんだ？」

「そうよ。サイトで堂々と、わたしの体の一部分を公開してるの」

ギルはへなへなとカウンターに寄り掛かった。「なんてこった……」彼はもうそれ以上、何もできないし、何も言えないという感じだった。

サムは立ち上がると、ギルの手からスパチュラを取り上げた。「せっかくの朝めしが黒焦げになるじゃないか」と弟をたしなめ、プロ並みの手際のよさで用意してあった皿に料理を盛りつけていった。「それと、言っておくけど、おれも彼女のタトゥーは気に入ったぜ。でっかいガラガラヘビのイラストとか、『マリワナ大好き』なんて言葉が派手に彫られてるんじゃ困るけどな。むしろ、センスがいいし、女らしいデザインでいいじゃないか」

「じゃあ、アリエルにもひとつ勧めてみようかな」

「やってみな。おまえのケツを蹴り飛ばしてやるから」サムはアナベルに向き直った。「アリエルってのはおれの奥さんでね。きみとニコールにぜひ会いたいってさ。うちの奥さんと母親が今夜にでもきみたちを招待しなかったら、むしろおれは驚きだね」

ピートが横から質問する。「ねえねえ、そのウェブサイトのURLは？」

ギルがくるりと弟に向き直る。「いい加減にしろよ、おまえ」

「わかった、わかったって。まったくもう、おれに八つ当たりすることないじゃないか」

サムは朝食の皿をテーブルに並べ始めた。「おーい、ニッキー。サムおじさんが、きみのパンケーキを作ってあげたよお！」

ギルは兄を睨みつけた。「何だよ、手柄をひとり占めすんなよ」

「ははは、第一印象が肝心だからな」

ニコールは大急ぎでキッチンに戻ってくるなり、分速一四〇キロで、鳥やパンケーキやおじさんたちのことをしゃべりだした。ニコールがギルの兄弟とすっかり打ち解けた様子なのを見て、アナベルはそれ以上何か言うのはやめることにした。しょせん、傷ついたのは自分だけ。どうせこれからも同じようなことが何度かあるのだろうから、いつまでもクヨクヨしても何にもならない。初めから、ギルの気持ちはわかっていた。セックスの相性がいいからといって、気持ちまで急に変わるわけがない。ギルとアナベルは、まさに水と油——ベッドの中ではぴったりだけど。それにギルなら、本人が望めば、今のアナベルの役を果たしてくれる相手くらい簡単に見つけられるだろう。

できればギルに、地獄に堕ちろと言ってやりたい――でも、アナベルにはできなかった。彼に本気で反論することも。そんなことをすれば、ニコールを失うとわかっているから。ニコールのために弁護士にあれこれ依頼してあると聞いたとき、アナベルは背筋に冷たいものが走るのを覚えた。早く何とかしなければ、この家を追い出されて、二度とニコールにも、そしてギルにも会えなくなってしまうかもしれない。そんなのは、絶対にいやだった。

でも、いったいどうすればいいの？

ふと気づくとギルが隣にいて、いかにも紳士らしいしぐさで彼女のために片手で椅子を引き、もう片方の手でコーヒーを差し出してきた。

彼の本心が、さっぱりわからない。「ありがとう」

ギルは彼女の額にキスをして、優しく言った。「どういたしまして」

今度はニコールがにっこりとして、ギルに向かって腕を差し出した。「ありがと」

ギルは娘を抱き上げてベビーチェアに座らせ、同じようにキスをしてから、自分の席についた。ふと横を見ると、ピートが次は自分の番だというようにロをすぼめて待っている。すかさずサムがスパチュラを武器のように構え、「そいつは女たちのために取っておけ」とたしなめた。

ニコールはけらけらと笑った。アナベルは、ヘンな兄弟と思った。朝食は、実ににぎやかで楽しいものになった。サムとピートは、ニコールの好きなものや、ちょっとしたいたずらについて、何から何まで聞きたがった。それだけではなく、ふたりはアナベルについてもあれこれと質問をしてきた。どうやらギルの兄弟は、彼女に対して悪い印象は持っていないようだった。あとは、ギルさえ同じように思ってくれればいいのだけど……。

サムとピートが帰り、キッチンの片付けが済むと、ギルはアナベルを抱き寄せた。

彼女は目をしばたたかせた。これからのことを彼女がひどく不安に思っているのが、ギルには痛いほどよくわかる。でも、もうしばらく悩んでもらうしかない。ギルはバカではない。アナベルには、試用期間とか便宜上の結婚とか、そんなくだらないものより、もっとふさわしいものがある。問題は、どうやってそのことを彼女に理解させるか。彼女に、どうせ自分は都合のいい女にすぎないんだから、なんて卑下してほしくない。全然そんなんじゃないのだから。ギルは自分なりの計画に沿って、ふたりの関係を深めていくつもりだ。

「キスしてもいい?」

アナベルはいぶかしげな表情になった。「どうして?」

「どうしてって、きみにキスするのが好きだし、今朝のきみはとってもセクシーだから」

アナベルはニコールの姿を探して周囲に視線をやった。まったく、子煩悩な母親だ。

「ニッキーなら、人形の着せ替えごっこに夢中だよ。それにしても、ほとんど髪がないし、顔にはクレヨンで何か描いてあるし、ひどい人形だね」

アナベルは笑みを漏らした。「あの子の赤ちゃんなのよ」

「ああ、ニッキーから聞いた。あの子の赤ちゃんにしちゃ、ずいぶん古ぼけてるけどね」

「実際はそんなに古いわけでもないのよ。一歳のお誕生日に買ってあげたんだもの」

ギルは驚きこそしなかったものの、またもや胸を打たれていた。「そうなんだ……」彼はささやくように言った。「だから、あんなにかわいがってるんだね」

アナベルの顔から笑みが消え、感傷的な表情が浮かぶ。「ちょっと前にね、あの人形にメークをしようと思いついたらしくて、何とクレヨンでやっちゃったの。やっちゃってから後悔して、かわいそうだから洗ってあげてって言われて。それで洗ってあげたら、今度は髪がほとんど抜けちゃったの。それなのにあの子、どこに行くにもあの人形を連れていくのよ」

ギルは先ほどの質問への答えを待つのをやめ、アナベルの顎を取って顔を上に向かせた。誘うような感じではなく、優しくキスしようと努めたけれど、たやすいことではなかった。

「おれの兄弟のこと、気に入ってくれた？」

アナベルは逞しい胸板に額をつけた。「それよりも、ふたりがわたしを気に入ったかどうかのほうが重要なんじゃない？」

「気に入ったに決まってるだろう？　そもそも、そんなのどうでもいいことだよ。何をするにしたって、あのふたりの許可を得る必要なんてないしね」彼はアナベルの肩に手を置いたまま、膝を折って視線を合わせるようにした。「それに、兄貴たちに気に入られないような理由があるの？」

アナベルは鼻を鳴らした。「ボディピアスとか。タトゥーとか」

ギルはにやりとした。「それ以外に、ネットで何を公開してるの？　きわどい写真じゃないといいけどね」彼はアナベルの唇を親指でなぞり、声を低くして続けた。「まさか、このかわいい唇の写真は載せてないだろうな？」

アナベルはげんこつでギルのおなかを小突いたが、ほとんど体が密着しているので、効き目はなかった。「ニッキーの前の部屋にね、取引先のアーティストが壁絵を描いたの。その壁を背景にしたウェブサイトを彼のためにデザインしたわ。壁中に鳥や木の絵が描いてあってね。とってもきれいだった。それから、美容師の友人のモデルになって、いろいろな髪型を試したこともあるわ」彼女は短めのウエーブヘアを指でもてあそんだ。「ほら、一回、真っ赤に染めてたのを覚えてない？」

「ああ、あれはおれもけっこう気に入ってたよ」

「そうなの？」

ギルは笑っただけで返事はしなかった。本当は、彼女のすべてが——あのへそピアスも——大好きだ。でも、まだ本人にそれを言うつもりはない。口で言う前に、態度で伝えたい。

「そうだ、今日はこれから映画に行くっていうのはどう？　ニッキーは映画は嫌いかな？」

「さあ。今まで一度も連れていってあげたことがないから」

金銭的に余裕がなかったからだろうか……？　ギルは思い、よし、今日は絶対に三人で出かけようと決心した。今までニコールが手に入れられなかったものを、全部与えてやりたい。ニコールが未知の体験をするところを、すぐそばで見ていたい。それからもちろん、アナベルにも少しはぜいたくをさせてやりたい。これまで彼女はずいぶん自分を犠牲にしてきた。これからは、彼女にも楽をさせないと。

それから数時間後。昼間の映画館で、ギルは自分の見識を疑っていた。映画館は小さな子どもだらけで、おしゃべりが途切れることすらなかった。泣き叫ぶ赤ん坊、何やら言い合う子どもたち、そしてそれをなだめる母親……ギルは騒音に負けないように大声で言った。

「この時間に映画館に来るのって初めてでさ。残念ながら、また来たいとは思えないね」

アナベルはギルの肩にもたれ、笑いながら返した。「イチャイチャできないから、がっかりしてるだけじゃないの?」

「そのとおり」ギルは笑い、ひそひそ声になって続けた。「でも、今晩があるから大丈夫」

彼女がさっと身を引くとき、体が震えているのが伝わってきた。

お昼はマクドナルドに行った。でもそのころにはニコールがぐずりだしていて、しきりにめそめそするので、アナベルは苛立ちを覚えていた。小さな天使が実はちっとも天使じゃなかったとギルにバレるのではないかと思うと、彼女はおろおろするばかりだった。

「あの、ニッキーは疲れてるだけなのよ」アナベルは必死に説明した。

「それと、大声を出したい気分なんだろ?」ギルはうなずいた。「まだ子どもだからな。このくらいの子って、やっぱりたまにはこんなふうに癇癪を起こすんだろう?」

アナベルは慌ててニコールの口にフライドポテトを放り込んで黙らせた。「ごくたまによ」

ギルはかぶりを振った。「正直に言えよ。ショックを受けたりしないから。それにさ、ニッキーがいくら癇癪を起こしても、おれは平気だよ。きみが素晴らしい母親だってことはちゃんとわかってる」

アナベルはまだ疑うような顔だが、瞳は期待にきらめいている。「本当にそう思ってくれる?」

ギルはニコールをベビーチェアから抱き上げた。「もちろん。それに、おれもコツさえつかめば、まあまあの父親になれると思うよ」

「あなたはもう素晴らしい父親よ。自分でもわかってるくせに」

どこか不機嫌そうな彼女の声に、ギルは笑いを噛み殺し、「それはどうも」とだけ言った。ニコールを肩車してやると、よほど気に入ったらしく、店を出るときも、車に戻ってからも、ずっと楽しそうにはしゃぎっぱなしだった。

だが公園に着くと、ニコールは木立の根元に敷いたブランケットの上ですぐさま眠りについてしまった。ギルは娘の短い黒髪をそっと撫でた。「なんだ、せっかく鳥を見せてやろうと思ってたのに」

「またいつだって見せられるわよ」

「ああ、きみのおかげでね」ギルはアナベルの手を取り、手のひらに口づけた。ふたりは手をつないだまま並んで木にもたれた。何だかとても穏やかな気持ちになれて、ギルは幸せだった。

家族っていいもんだな……。

アナベルが現れるまで、ギルは自分の人生に何が欠けているのかさえわからなかった。父の死後、彼はひたすら仕事に没頭した。当時は、深い悲しみをやり過ごすにはそれしか方法がなかった。でも何とかして悲しみを乗り越えることができた。次は前に進む番だ。

公園から自宅に戻る道すがら、ギルはこれからやらなければいけない、いろいろなことについてじっと考えていた。まずは、アナベルのポンコツを新しいミニバンに買い換える必要がある。バスルームもどれかひとつをリフォームして、ニコールが使えるようにバスタブを用意しなければ。ひょっとすると、リフォームについてはアナベルに任せてもいいかもしれない。

ギルはアナベルとの未来を思い描くのに夢中で、家のそばに来るまで、車回しに黒のBMWが停まっているのに気づかなかった。

「大変……」アナベルは不安に身を硬くした。「シェリーのご両親だわ」

「だろうと思った」ポーチに老夫婦が立っているのが見える。ギルは期待に笑みを漏らした。

「弁護士からの連絡は、もういってるのかな？　まあいいか。これでようやく、すっきりさせられるわけだしな」彼は車を停めると、さっさと降りようとした。

アナベルは彼の腕をつかんだ。「待ってよ、いったいどうするつもりなの？」

「あのふたりと話をするだけだよ。きみはニコールと部屋で待ってて」

「いやよ。わたしを締め出そうとしたって無理――」

「無理じゃないよ」ギルは車を降り、助手席側にまわってドアを開いた。シェリーの両親は、苛立たしげな表情でこちらをじっと見ている。「おれに任せて、アナベル。きみとは関係ないことなんだから」

「関係あるわ！」

ギルはキッとアナベルを睨みつけ、声を潜めた。「きみはすぐカッとするからダメだ。いいかい、きみがおれを頼ってここに来たんだよ。だからこの件はおれに任せるんだ」ギルは車内に腕を伸ばし、ニコールを抱き寄せた。ニコールは目を覚まして伸びをし、すぐに親指をしゃぶりだした。「ママに抱っこしてもらおうね、スイートハート？」

ニコールはよほど疲れているようで何も言わなかった。

アナベルはニコールをぎゅっと抱きしめ、「でも、ギル……」とさらに言い募った。

ギルは彼女のほっそりとしたウエストに手を置き、玄関のほうに導いた。「おれを信じて。何にも心配いらないから」

シェリーの両親は、険しい面持ちでポーチにたたずんでいる。ギルは完璧な無表情で、「ようこそ、タイリーさん。お待ちしてましたよ」と言った。

長身で、こげ茶色の髪に一本も白いものが見えないミスター・タイリーが咳払いした。

「われわれが今日こちらに伺ったのは――」

ギルはさえぎるように「話は書斎でしましょう」と言うと、玄関ドアを開け、緊張しきった面持ちのアナベルを先に中に入れた。幸いニコールは、アナベルの肩にもたれるようにして、親指をしゃぶったまま、祖父母の顔を用心深げに眺めているだけだ。

ギルはふたりの額にキスをした。「すぐに済むからね」彼はアナベルをその場に残し、タイリー夫妻を引き連れて廊下を奥に進んでいった。

「今日は、ニコールのことでこちらにお邪魔させてもらった」ミスター・タイリーは、書斎のドアが閉まるなりふたたび口を開いた。

ギルはミスター・タイリーの言葉をほとんど無視して言った。「シェリーのことでは、心からお悔やみ申し上げます。お嬢さんとは、いい友だちでしたので」

ミセス・タイリーが口元をゆがませた。「友だち以上だったのでしょう?」

「ええ、短い間でしたが」ギルはうなずき、椅子を示した。「どうぞ、おかけください」

ふたりは渋々といった感じで椅子にかけた。夫妻は疲れきった様子で、表情にはいまだに悲嘆の色がにじんでいる。たとえシェリーとの関係が理想的なものではなかったとしても、やはり、わが子を失って辛くないわけがない。

ギルはさっさと話を終わらせることにした。関係者全員のために。「ニコールは私の娘です。シェリーはそのことを包み隠さず日記に書いていてくれました。日記は私の手元にあります。そういうわけですから、血液検査などは必要ありません。シェリーが亡くなるまで、私は娘の存在を知らなかった、ただそれだけのことですから」

「アナベルがあなたのところに助けを求めたのでしょう?」

「ええ。まったく賢い選択でしたよ。彼女は、どんな母親にもできないくらい深くニッキーのことを愛しています。あの子のためにと、ただそれだけを思って私のところに来てくれたんです」ギルはタイリー夫妻をじっと見つめた。「これが最善の手段だと私は思っています。ニコールのことは必ず幸せにします」

「われわれは、あの子の祖父母なんですよ」

「ええ、存じ上げてますよ。ですから、あの子と会いたいとか、そういうご希望があれば喜んで聞きましょう。ただし、あの子を奪うことだけは絶対に許しませんから」

ミスター・タイリーはすっくと立ち上がった。「孫のことを、知りもせんで」

「さっきも申し上げたはずですよ。シェリーが私に教えてくれなかったんです。でも私はあの子の父親ですし、そのことで異議を唱えるのは不可能ですから」

「では、ここで一緒に暮らすというのか？」

「ええ、アトランタからは少々遠いとは思いますが、あの子に会いたいときはおっしゃっていただければ――」

「いいえ」夫人も立ち上がり、夫の横に並んだ。「タイリー家は、地元ではそれなりに知られた家系ですのよ。あんな事故でシェリーを失っただけでもう十分。その上、私生児の孫だなんて、そんなスキャンダルに巻き込まれるつもりは毛頭ありませんよ」

ギルの中で、夫妻に対する同情心は一瞬にして掻き消えた。「ニコールとかかわりを持ちたくないのなら、どうしてアナベルから奪おうとしたんですか？」彼は訊いたそばから自分で答えに気づき、はらわたが煮えくり返る思いがした。「なるほど、養女に出してしまうつもりだったわけですか」

ミセス・タイリーが、指輪で飾りたてたしわくちゃの手を苛立たしげに振った。「アナベル・トルーマンなんて、完璧にお金目当てなのにおわかりにならないのかしら？　わたしどものところにも、たかりに来たっておかしくなかったくらい。そのうち恐喝まがいのことでもするつもりだったんじゃないかしら」

まったく何て愚かな……ギルはミセス・タイリーの言葉に怒りを燃やした。「アナベルは、お嬢さんのルームメートだったんですよ。それなのに、あなた方は彼女のことを知ろうともしない」

「ミスター・ワトソン、わたしどもも、人を見る目くらいはありますの。それから、子どもを育てるにはお金が必要なことも存じてます。アナベル・トルーマンは、野心のかけらも、未来への希望もない人間ですわ」

「あなた方は誤解してらっしゃる。あんなに優しくて、勇気があって、意志の強い女性はいません」

「完璧にあの女にだまされているようね？」

夫人の愚かさ加減に呆れて首を横に振りながら、ギルはドアに歩み寄り、さっと開けた。これ以上一言も、こんな連中と口をきくつもりはない。「お金でしたら私は十分に持ってますので、どうぞご心配なく。いっさいご連絡もいたしませんから」

ミスター・タイリーはためらいを見せた。「しかしだね、きみがニコールの面倒を見るとそう簡単に信じることは――」

「私の実の娘ですよ?」ギルは静かな口調で皮肉を叩きつけた。「では、ごきげんよう、タイリーさん」

老夫妻はそろって安堵の表情を浮かべ、あっという間に帰っていった。ギルはしばしその場にたたずんで考えた。ニコールの人生の一部になりたいと思わない人間がこの世にいるなんて、とてもじゃないが信じられなかった。あんなに小さくて、まさに奇跡としか言いようのない、信じられないくらい素晴らしい存在を、あんなふうに無視できるだなんて。

「帰ったみたいね」

アナベルの手が背中に触れる感触に、ギルはハッと気づいた。彼はすぐさま、夫妻に対する嫌悪感を頭から振り払い、にっこりとほほ笑んでアナベルに向き直った。「ああ、無事に厄介払いできたよ。二度とあのふたりから何か言ってくることはないと思う」

アナベルは目をまん丸に見開いた。「本当に……養育権の請求もしないって?」

「ニッキーを養女にやるのが目的だったようだからね」ギルは言いながら、両腕をアナベルの腰にまわし、力強く抱き寄せた。「でも、おれはあの子の父親だから。そのことでは誰にも何も言わせない。だからもう心配はいらないよ、アナベル」彼は待った……アナベルが、じゃあこれからのわたしの役目は何なのと訊いてくれることを。でも彼女は何も訊いてはくれなかった。

たぶん、怖くて訊けないのだろう。

ギルはため息をついた。一週間、いや、二週間だけ様子を見よう。もちろん、その間の時間は有意義に使わせてもらうつもりだ。「ニッキーは、まさかまた寝てくれたってことはないよね?」

「残念でした。今はお人形さんの名前を変えるのに夢中みたい。さっき見たディズニーの映画に感化されちゃったらしくって」

「じゃあさ、ちょっとベッドに行くのが無理だったら、軽くキスでもどう?」見るとアナベルは、期待に頬を真っ赤にして、首筋の血管が脈打っている。そういう反応のよさが、ギルは大好きだった。「ニッキーに見つかっちゃうまででいいから」

「ここで?」

「そう……」ギルはアナベルの背を壁に押しつけた。「だって、ベッドに入るまで、まだ相当時間があるだろう?」

アナベルは唇を舐めた。「そうね……わかった」彼女は言うなり爪先立って彼の唇を奪い、胸に手を這わせた。少しでいい、おれを本気で愛してくれ、アナベル……ギルは胸の中で祈った。

5

ギルはアナベルの隣にバタンと倒れ込んだ。ふたりとも汗ばんで息を切らしている。アナベルは、試用期間はいったいいつまで続くのかしらと思った。

ギルがタイリー夫妻を追い返した日からすでに二週間が経過していた。アナベルにとっては、いくつもの質問や恐れ、そして彼への愛を胸に秘め続けていることが、どんどん難しくなっていくばかりだった。ギルがこれからも彼女をそばに置き続けるような態度を見せるのだから、なおさらだ。彼はアナベルに、家は好きなようにリフォームしていいよ、とまで言ってきた。ニコールが暮らしやすいように——そして、アナベルが暮らしやすいように。まるで、自分の好みなんて最終的にはどうでもいいとでもいうような口ぶりだった。さらに彼は、当座預金の名義にアナベルの名前を加えてくれた。弁護士との面会にも連れていってくれて、ニコールの将来に何ひとつ心配はいらないことをちゃんと見せてくれた。それだけではない。彼の全口座を自由に使えるようにまでしてくれた。

まるで本当の夫婦のようだったが——実際にはそうではなかったし、ギルもその件については何も言ってこない。一緒に暮らしていくけれど、妻にするつもりはないというのなら、それっていったい何なんだろう？　これまでアナベルは、ニコールのためならどんなことだってしてきた。でも、愛人になれるかどうかはさすがに自信がない。

苦笑を浮かべつつ、ウェブサイトの仕事の代わりに、愛人契約を結ぶと考えたらどうだろうと思ってみた。いや、やっぱりそれもできそうにない。

ギルの大きくて温かな手がおなかに置かれる。「まったくもう、きみと一緒にいたら死んじゃうよ」

アナベルは横向きになってギルと向き合った。もう真夜中だし、今夜はもう二回もしている。「よく言うわね。わたしはもう寝ようとしてたのに。やめようとしなかったのは、あなたのほうでしょ」

「少しは節制しないとなあ」ギルはハスキーな声で笑い、口元をゆるめた。次の瞬間には、彼は起き上がって彼女の上に乗っていた。こげ茶色の瞳は挑発するようで、熱く、優しさにあふれていた。「そもそも、きみがこんなにきれいなのがいけない……」

「もう、メークもしてないのよ。それに……あなたがあんなふうに激しくするから、髪だってくしゃくしゃだし」

ギルは低く呻きながら、彼女の首筋に鼻を押しつけた。「じゃあ、きっときみの匂いのせいだ」

アナベルは噴き出してしまった。ギルには意外とおちゃめなところがある。一緒に暮らすようになるまで、気づかなかった一面だ。とはいえこの数週間のあいだに、彼はすっかりおおらかで、いつも笑みの絶えない、ユーモアあふれる男性に変わっていた。それがアナベルには嬉しかった。心から彼を愛してると思った。「あなたのおかげで、汗びっしょりだっていうのに？」

ギルは片手をアナベルの両脚の間に忍ばせ、優しくそこをまさぐった。「それに体中べたべただしね。でも、おれは好きだよ」彼の声は深みを増していった。「きみのすべてが好きだ、アナベル」

アナベルの心臓は不規則に鼓動を打った。最近の彼は、あんなことばかり言っている。でも、いったいどういう意味なの？ 本気で言ってるの？

彼はアナベルに口づけた。「ねえ、青って好き？」

急に違う話題を振られて面食らいながら、アナベルは肩をすくめた。「好きよ、どうして？」

ギルはまたごろりと横になった。「きみの新しいミニバンの色だから。ずっと前から買わなくちゃとは思っていたんだけど、仕事もあるし、ニッキーと遊ばなくちゃいけないし、きみをベッドで満足させなくちゃいけないしで、忙しくてさ。後まわしにしてたんだ。今日はランチのときに時間が取れたから、何軒かディーラーをまわってみて――」

「待ってよ、わたしにミニバン？」ありがとうと言うべきなのはわかっている。それに、新しい車はニコールのためだということも。アナベルが出かけるたび、ギルはおれの車で行けよとしつこく言ってきた。でも、命令口調で言われるのが気に入らなくて、もううんざりだったのだ。

「そうだよ。きみのポンコツは廃品回収業者に出そう――まあ、引き取ってもらえたらの話だけど。もちろん、おれの車をきみと共有したって構わないんだけど……」彼は言葉の途中でアナベルに向き直った。「きみだって、自分の車があったほうがいいだろう？　つまりほら、ニッキーを置いて出かけたいことだってあるんじゃない？」

アナベルは表情を硬くした。「ニッキーを置いて出かけたりしないわ」

「まあ今まではね、無理だったんだから仕方ないよ。うちの親や兄弟がベビーシッター向きじゃないとかって意味じゃなくて、まだ彼らに安心してニッキーを任せられないって思う気持ちはよくわかる」

ううん、ギルは何にもわかってない。だって、わたしがニッキーの面倒を見る必要がなくなったら、わたしがここにいる意味っていったい何？「でもねギル、ここ数週間であの子の生活環境って相当変わったでしょう？　それにあの子も、あなたのご家族とはまだそんなに仲がいいわけじゃないし」

「すぐに仲よしになれるって。そもそもここしばらくは、みんなしょっちゅう、うちに来てるだろう？」

それは確かに彼の言うとおり。ギルの家族は、ニコールのことを大歓迎してくれたし、ニコールもギルの家族と会うたびにおおはしゃぎだった。ピートは最低でも週に二回はやって来て、すぐにニコールをプレゼントで甘やかすようになってしまった。サムと妻のアリエルも、やっぱりニコールを溺愛している。それからギルの母親のベリンダは、初めての孫に手放しで喜んでくれている。

ギルはアナベルの手を取り、指を絡ませた。最近の彼はよくそうやって、彼女の手を握ったり、頬に触れたり、優しく軽やかなキスをしてくれたりする。

「明日ね、ベビーシッターの面談をするつもりなんだ」

アナベルはゆっくりと顔をギルのほうに向けた。「本気で言ってるの?」

「だって、昼間に誰か来てくれれば、きみも仕事をしたり、出かけたり、ゆっくりお風呂に入ったりできるだろう？　母さんがね、必要なら美容師とか……何だかよくわからないけど、女性が行くようなそういう場所を紹介してくれるって。マニキュアとか、フェイシャルケアとか、いろいろあるんだろ？　ああ、ただしその髪型は変えちゃダメだよ。おれが気に入ってるんだから」

アナベルはもう我慢の限界だった。きっとギルは、彼女を徐々にお払い箱にするつもりなのだ。そういえば、ニコールの生活における彼女の役割は、少しずつ減ってきている。最近では、夜のお話もたいていギルが聞かせるし、お風呂に入れるのも、トレーニングパンツを替えるのも、とにかくニコールの生活にかかわるすべてのことを、彼はひとりでこなせるようになってしまった。彼は本当に申し分のない父親だ――でも、わたしはニコールの母親なのに。

いや、母親だった。

恐れのあまり声が出ない。アナベルはギルに握られた手を引き抜き、ベッドの上に起き直った。悲しみにゆがんだ顔を見られたくなくて、背中を向けたままたずねた。「ギル、わたしはどうなるの？」単なるセックスのお相手？　もしもそうなら、いったいいつまで？　ギルは身じろぎもしない。やがて同情のようなものがこめられた声で、こう言うのが聞こえた。「きみはどうなるかって？」

アナベルは胸が苦しくて仕方がなかった。「最初にここに来たときに、わたし言ったわよね……つまりその、あなたに申し出を……」

「おれと寝るって話だろ、覚えてるよ」ギルは人差し指の先で彼女の背筋をなぞった。「きみと愛し合うのは大好きだよ、アナベル」

アナベルはぎゅっと目を閉じた。「そんな意味で言ったんじゃないわ」

ギルが起き上がり、ベッドが揺れた。彼はアナベルの横まで尻を移動させ、片方の腕を彼女の背後のマットレスに置き、長いことその横顔をじっと見つめていた。「ニコールと一緒に住むために、きみと結婚する必要はない」

やっぱりそうだった。こんな恐ろしい現実と、できることなら向き合いたくなかった。

「……でも、あの子はわたしを愛してるわ」

「とってもね」ギルの声は笑っているようで、ニコールへの愛情にあふれていた。「きみは、素晴らしい母親だ」

「最善を尽くしたわ」でもきっと、あれではまだ足りなかったのだろう。だけど、こんなの信じられない。ギルは思いやりのある、優しい人だ。結婚は望んでいなくても、ニコールかで永遠に引き離すなんてことをするわけがない。彼女はそう信じている。

問題は、彼女がふたりのどちらからも離れたくないと思っていることだ。それも、死ぬまでずっと。

ギルは無言のままだ。

「わたし……わたしとあなたじゃ、まるで違う性格なのはわかってるわ」違うからこそお互いに補い合える、そんな理屈でギルは納得してくれるのかしら。

「ああ、まるで違うね」

「でも、ふたりともあの子を愛してるわ」

「そうだね。それに、ふたりともあの子の人生にかかわっていくべきだ」

アナベルは少しホッとしたものの、そんなことが知りたいのではない。「それだけじゃ、結婚する理由にはならない？」

ギルは彼女のうなじに手を添え、額と額をつけた。「ならないね」

アナベルは、足元にぽっかりと穴が開いたように感じた。

「おれはね、おれのことを愛してくれる人と結婚したいんだ。おれの娘を愛してくれるだけじゃなくて」

アナベルはサッと顔を上げた。答えを探すような、絶望に打ちひしがれたような瞳。彼女は両手を彼の胸にあて、もっとよく彼の顔が見えるように体を離した。彼女はほとんど息絶え絶えに訴えた。「でも、わたしはあなたを愛してるわ。ずっと前から」

ギルの顔に、ゆっくりと、柔らかな笑みが広がった。「そうなの？　でもきみは、一度も愛してるって言ってくれなかったよ？」

アナベルは眉根を寄せ、彼の肩を小突いた。「言わなくたって、伝わると思ったのよ」

ギルはアナベルをベッドに押し倒し、両の手首をつかんで押さえつけた。バカみたいに笑っている彼を見て、アナベルはますます困惑するばかりだ。「するときみは、おれを愛してくれてるわけだね？　ああ、よかった、やっと安心した」

「ギル……？」

「さっききみも言ったとおり、おれたちはまるで違う性格だ」ギルがじっと見つめると、アナベルは唇を舐めた。「奥さんにする女性は、取引先とのパーティーに連れていけるような人じゃないと困る」

「それで、わたしには無理だって言うわけ？」そんなふうに思われているなんて心外だ。「わたしだって、ちゃんとドレスアップできるんだから。今までは、しなかっただけよ」

「へえ、そうなんだ？」ギルは驚いたような声音を作った。「すると、このおれのために、地味な黒のミニのカクテルドレスなんかも着てくれるわけ？」

もうっ、ひとりでおもしろがって……アナベルはギルを睨みつけた。「そこまでできるかはわからないけど、パーティーにふさわしい格好くらいできるわ。こう見えても、あんがい社交的なんだから」彼女はさらに苛立たしげにつけ加えた。「それに、タトゥーが隠れるように、ちゃんと袖のあるドレスを選ぶんだから」

「ああ、そいつは残念だなあ」

まったくもう、わけがわからない。ひょっとして、このタトゥーが気に入ってるの……?

ギルはアナベルに体をすりよせ、かすれ声で言った。「それにね、おれは強い女が好きなんだ」

アナベルはあっという間にまたソノ気になってしまった。こんなふうに全身で愛撫しながら、きちんと話をしようなんて、ギルはいったいどういうつもりなんだろう。アナベルは必死に彼の体を引き離そうとしたが、びくとも動かない。「その条件にも十分当てはまるわ」

「嘘ばっかり」ギルはいとも簡単に彼女の脚を開かせ、その間に腰を据えてしまった。「おれの知ってた、でしゃばりのアナベル・トルーマンは、確かに強い女だったよ。何でもかんでも自分の意見を言わなきゃ気が済まない女だった。自分の考えを平気で他人にも押しつけようとする女だった。でも最近のきみは……」彼はいかにも無念そうに頭を振った。「おれが何をやっても涼しい顔で、怒らせようとしたって怒りもしない」

アナベルはいぶかしむような顔で身を硬くし、目を細めた。「ちょっと待って。わたしがあなたに合わせようと努力していたことくらい、あなただってわかってたはずよ」

「いいや、きみは波風を立てないようにしていただけだね。おれに背いたらこの家を追い出される、どうせそんなふうに思ってたんだろう?」

「じゃあ、あなたに従わないほうがよかったとでもいうの?」

「そうじゃなくて、おれはきみに、きみらしく生きてほしいだけだよ」

アナベルの胸は期待に高鳴った。「い、言ってる意味がよくわからないわ、ギル」

ギルは身をかがめて彼女に口づけた。甘く優しいキスではなく、舌を激しく絡ませあう、しっとりと濡れた熱いキスに、アナベルは息もできなくなった。「おれだって、ずっと前からきみに惹かれてた。きみみたいに魅力的な女性には会ったことがないと思った。でも、タイミングが悪かった。父が亡くなって、おれはシェリーとああいうことになって、それを後悔するようになって。今は後悔はしてないけど」

「それって、ニッキーがいるからでしょ」

ギルは親指で彼女の頬をなぞった。「そして、きみがいるから。きみは、おれのかわいい娘を連れてきてくれた。あの子にあんなに愛されてるきみを、おれだって愛さずにいられるもんか」

アナベルは、信じられないというふうに目を大きく見開いた。愛さずに、いられない……？　「ちょ、ちょっと待ってよ――」

いきなり唇を重ねられて、アナベルはそれ以上何も言えなくなってしまった。彼女がおとなしくなったところで、ギルは続けた。「きみはちょっとワイルドすぎるし、普通とは違うけど、おれはその点も気に入ってるんだ。だって、普通の女性なら、他人の赤ん坊を育てたりできないだろ？　よその子のために、そこまで自分の人生を変えられる女性なんてそうそういない。それに、ある日突然、男の家に上がりこんで、ぎょっとするような申し出をするなんてのも無理だ。しかもその理由が、母親でいたいからっていうんだからね」

アナベルは、今こそすべてを打ち明けてしまおうと決心した。「理由はそれだけじゃないの、ギル。相手があなたじゃなかったら、もっと別の方法を考えたわ。でもわたしは、あなたのことが、ずっと欲しいと思ってたから」

「じゃあ、今からおれはきみのものだ」ギルはいかにも満足げに言った。「ただし、ニコールのためでも、そのほうが都合がいいからでもないよ。ねえアナベル、これでもおれは、きみに伝わるように努力してきたつもりなんだ。きみを必要としてるのは、単にきみがニコールの母親だからってわけじゃない。きみと一緒にいて、きみを愛して、きみと一緒に笑っていると、幸せだからなんだ。ほかのどんな女性といるときよりもね」

アナベルは唇を震わせた。でも、ここで泣いたりするもんですか。

「本当に、きみほどの女はいないよ、未来のミセス・ワトソン」ギルはゆっくりと深呼吸をした。「愛してるよ、アナベル」

アナベルは両腕を彼の首にまわした。すべての不安が消え去って、たまらなく嬉しくて、幸せで、自分を抑えることができない。「ねえ、ギル？」

「うん？」

「これでようやく、あなたに本当のことが言えるわ……」

ギルは満面の笑みだ。「何だい？」

「あなたの大切なニール・ダイアモンドのＣＤを、わたしにも聴けって言わないでくれる？」

「その代わりにきみも、キッド・ロックを聴けっておれに言わない？」

アナベルは泣きたいくらいハッピーな気分だった。「ギル、愛してるわ」

ギルは今度は、優しく、とろけるようなキスをした。ようやく唇が離れたところで、アナベルは咳払いをしてから口を開いた。「もうひとつあるの」

「今度は何？」

「青のミニバンはいらないわ」

ギルは短く笑った。「どうして？　じゃあ、何が欲しいの？」

「赤のSUVと……」アナベルはギルの顎に口づけた。「ニコールと……」ギルの腰に両脚を絡ませる。「それから、あなた」

ギルはアナベルをぎゅうっと抱きしめ、心を込めてささやいた。「じゃあ、SUVは明日、買いに行こう。ニコールとおれは、もうきみのものだよ」

近くて遠い関係

1

曇りひとつなくきれいに磨き上げられた、白のフォード・コントゥア・セダン。その中からキャシディ・マクラナハンの姿が現れるのを、ピート・ワトソンは笑みを浮かべつつ眺めていた。いつものことながら、キャシディを見るたびに自然と笑みがこぼれてしまう。それはつまり、ここ最近のピートがほほ笑んでばかりいるということだ。何しろ彼は、毎日、どこへ行くにもキャシディと一緒なのだから。ふたりはスポーツ・セラピー・センターの同僚で、同じ分譲アパートメントの隣人同士。隣に住むことになったのも、キャシディが彼に、隣室が売りに出ていると教えてくれたのがきっかけだ。さらにふたりは、毎朝の出社も一緒だし、帰宅もこれまた一緒である。

まさに平凡な日常。でもそれがまたよかった。結婚生活のように代わり映えのしない日々……ただし、首に鎖はついていない。

そして、肉体関係もない。

でも、だからこそ単純かつ明快なつき合いを続けていられるのだろう。それにキャシディとなら、寝ようと思えばいつだって寝られると思う。要はピートが単にその気になれないだけ。本当に、それだけのことだ。

ともかく、こういうつき合いも悪くない。

春風が、キャシディのきれいにウエーブした茶色のロングヘアを乱す。乱れた髪が顔にかかり、彼女は思わず食料品店の紙袋を地面に落としてしまい、すぐさま両手で袋をつかんだ。まったく、彼女ときたら矛盾している。すごく女っぽい面もあるのに、当の本人はその女らしさにまったく無頓着だ。

ピートは彼女のかたわらに駆け寄った。「ポニーテールにしたらいいのに」

「ほっといてよ」

ピートは声をあげて笑った。キャシディの彼に対する態度も、まさに無頓着だった。まるで彼を男とも女とも思っていないような感じ。平気でジョークを言い、ときには彼をひどくこき下ろすこともある。そして、彼のために化粧をしたり、ドレスアップしたりすることは絶対にない。つまり彼女は、男としてのピートに興味がないということだ。それでも彼は、いつでも彼女を自分のものにできると考えている。

しつこいようだが、彼自身がその気になれないだけのことだ。

彼女が落とした紙袋を拾いあげ、その重さにぎょっとしながら、ピートは続けた。「おいで、ラプンツェル。部屋まで運んでやるよ」

彼女はピートの逞しく隆起した上腕二頭筋をちらりと見やった——職場でいつも目にしているはずなのに、初めて見るような目つきだ。ただし、驚嘆のまなざしというわけではなくて、単にそれに目を留めた、という雰囲気。ピートを見るときの彼女のいつもの目つきと言ってもいい。何の感情も隠されていないし、もちろん、セクシャルな感じでもない。しばらくしてようやく腕から視線をそらし、キャシディは言った。「中身をつぶさないでよね」

はい、はい、気をつけますよ。どうやら彼女も、腕力の強さについてはちゃんと認めてくれているらしい。「それにしても、いったい何を買ったわけ？」こうして帰宅途中にふたり一緒に食料品店に寄るのは、毎週金曜日の恒例だ。ただし、食べ物の好みは正反対なので、店に入るとすぐに別行動を取り、買い物が済んでから駐車場で落ち合うというのがいつものパターン。今日、ピートが買ったのは、一週間分のランチョンミートにパン。一方のキャシディは、この重さからするとレンガでも買ったのかもしれない。

キャシディは運転席側のウインドーを上げ、ドアをロックしながら、買ったものを列挙してみせた。「ベークドポテトに、ステーキに、トウモロコシに、ポップコーン六袋」

「へえ、誰かさんとディナーの約束でもあるの？」と訊いたが、もちろんそんな予定がないことくらいピートは知っている。キャシディは男とデートというタイプじゃない。実際、彼女がデートしているのを見た記憶もない。彼はそこまで考えて、思わず立ち止まってしまった。

「別に、そういうわけじゃないけど」

ふむ。何だか曖昧な返事だな。ピートは眉根を寄せながら、ふたりで一緒に食べない？

と彼女から誘われるのを待った。でも彼女は誘ってこなかった。ピートが誘えば、にっこり笑って、じゃあ何時に来てねと言うだろう。でも、毎回おれが誘うのってヘンじゃないか？彼女のほうから一回でも誘ってくれたことってあったっけ？　これもまた、彼女の矛盾したところだ。いつもふたりで一緒にいるのに、彼女が積極的にふたりで過ごそうとしたことは一度もない。

ピートは小走りにキャシディのかたわらに追いつき、きれいに掃除された通路を歩いて、玄関の階段を上っていった。キャシディの部屋のすぐ隣、わずか四・五メートル隔てたところが、彼の部屋だ。

キャシディはピートを振り返るでもなく、玄関の鍵を開けてドアを押し、スニーカーを蹴るようにして脱ぎながら、大またに室内に足を踏み入れた。風で乱れる心配がなくなったところで、彼女は長い髪をさらりと後ろに払った。ピートは背後から、彼女のほっそりとしたウエストと丸いお尻のあたりに、髪がふわりと広がる様子をうっとりと眺めていた。

ピートはぶるんぶるんと首を横に振った。確かに彼女は、スタイルは抜群だ。それに、いつも身ぎれいにしている。でも、髪とか爪とか、そういう細かいところにはまったく気をつかっていない。メークもしてないし、香水もつけてないし――いや、香水をつけたほうがいいという意味じゃない。そんなものをつけなくても、彼女はいつも、汗をかいているときでさえ、とてもいい香りがするから。それに彼女は、見るからに健康的で丈夫そのもの。

丈夫そのもの？　そうだ、そうだ、まともな男なら女性をそういう健全な目で見なくっちや。われながら妙なことばかり考えているのが恥ずかしくて、ピートは呆れ顔でかぶりを振った。

キャシディの長い髪については、以前に一度、手入れが大変だろうと訊いてみたことがある。驚いたことに、彼女はあのみごとな髪を洗って乾かすだけらしい。カーラーで巻くわけでも、こまめにカットに行くわけでも、カラーリングをするわけでもない。髪の手入れをろくにしない女がこの世に存在することを、ピートはそのとき初めて知った。そのくせキャシディの髪は、雨の日などはいつも以上にくるくるにカールして、それがまた何ともゴージャスなのだ。

室内は、部屋のあるじ同様、清潔感にあふれ、快適そのものという雰囲気だ。至るところに植物やポスターが飾られ、クッションが並んでいるが、ごてごてと飾り立てた感じはない。ピートはほとんど反射的に、キャシディのあとについてキッチンへと向かっていた。

「コーヒーか何か飲む?」と訊きながら、キャシディは答えを待とうともせず、コーヒーメーカーを用意し始めた。いかにも、彼の返事などお見通しという感じだ。ピートはいっそのこと、慇懃《いんぎん》に断ってすぐに自分の部屋に戻り、彼女を混乱させてやろうかとも思ったが……結局やめた。

「じゃあ、一杯だけもらおうかな」彼はふたり分の紙袋をカウンターに置き、椅子を引き出して腰かけた。

コーヒーメーカーをセットしてしまうと、キャシディはマグをふたつとシュガーポットを出し、すぐにまたピートに背を向けた。「ちょっと待ってて」

「どこに行くの？」

「着替え。今夜は暖かそうだから」

彼女は短く答え、さっさとキッチンを出て廊下を奥に進み、寝室へと消えていった。ピートは彼女の部屋の間取りを熟知している。自分の部屋と一緒なのだから当然だ。ただし、彼の部屋は玄関を入って左手が寝室だが、彼女の寝室は右手にある。もちろん彼は、彼女の寝室に入ったことなどない——彼女が彼の寝室に入ったこともない。

今日のキャシディは、だぼだぼの濃紺のアスレチックパンツにスニーカー、赤いユニセックスなポロシャツという服装だった。ちなみにポロシャツは、スポーツ・セラピー・センターの制服である。

ピートは椅子を後ろに傾けた。そういえば、キャシディと知り合ってからすでに一一カ月だ。もちろん、別に数えていたわけじゃない。でも、義姉以外の女性と親しいながらプラトニックな関係を一年近くも続けてきたのは、自己最長記録と言ってもいいかもしれない。普段の彼は、ひとりの女性と知り合ってある程度の時間が経てば、その相手とデートをしているか、あるいは単なる知り合いのままでいるかのどちらかで、仲よしになるなんてことはない。

キャシディと知り合ってまず気づいたのは——あのふわっふわの豊かなウエーブヘア以外にという意味だ——はっきりとした人生設計がある女性だということだ。スポーツ・セラピー・センターでの勤務初日、ピートは彼女と一時間ばかり話す機会があった。そのたった一時間の会話の中で、彼女が驚くほどしっかりした人生の目標を持った女性だということを知った。今から五年後に何をしていたいか、といった質問にも、彼女ならきっと明確な答えを持っているに違いない。どこで働きたいか、どこに住みたいか、さらには、いつか結婚するときにどんなタイプの男性を選ぶかといったことまで、彼女にはちゃんとした考えがあるようだった。

それに比べてピートときたら、一週間後にどこにいたいかすらわからない。別に、今の仕事を辞めたいとか、引っ越したいとか、キャシディとのつき合いをやめたいとか、そういう気持ちがあるわけじゃない。でも彼は、大学を出て三回ばかり職場を変えたあと、今の仕事に就いたわけで、どうも自分はまだ安定していないような、人生の全体像を見失っているような気がしてならない。

だがキャシディは違う。彼女は日々、新たな目標を定め、そこにたどり着くために努力している。たぶん、だから誰ともデートしないのだろう――自分で決めた目標を達成するのに精一杯だから。ピートはそこまで考えて顔をしかめた。ひょっとして、センターの男性クライアントの誰かが、キャシディに言い寄ったりしていないだろうか。

記憶をたどってみたが、特に思いあたる人物はいなかった。とはいえ、あそこに来る人間は誰でも、それこそ老若男女を問わずみんながキャシディに好意を寄せているはずだ。彼女はよく笑うし――それも作り笑いや愛想笑いじゃなくて、心から楽しそうな笑顔だ。それに、あの目がいい。色はごく平凡な青緑なのに、すごくストレートな、率直なまなざしだ。そう、あの笑顔と一緒だ。

彼女は、もちろんスタイルもいい。ちょっと小柄かなという感じもするし、やや筋肉質すぎるきらいもあるが、仕事で一日中、体を動かしているのだから仕方ない。いずれにしても、均整の取れたきれいな体をしている。男ならあの体に惹かれないわけは……。

だとしても、どうしておれが、彼女の体のことをいつまでもいつまでも考えなくちゃいけない？

ピートはすっくと立ち上がり、パティオに面したガラス戸のほうに足を運んだ。ズボンの後ろポケットに指先だけ突っ込んで、じっと空を眺めた。空はさっきよりも薄暗くなり、春の嵐がまたやって来そうな気配だった。木々が風に揺れているのも見える。どんよりとした灰色の雲が猛スピードで流れていく。ピートはスライド式のガラス戸を開けて、雨の匂いのする湿った風を網戸越しに室内に招き入れた。吹きつける風が、物思いも吹き飛ばしてくれるようだった。

でも、いったんキャシディの体のことを考えだしたが最後、考えまいとしても考えてしまう自分がいた。まったく妙な話だ。何しろ彼のタイプは、もっと女らしい女だ。髪型を気にしたり、マニキュアの色で悩んだり、口紅を塗り直したり……女性のそういう姿を見るのが、彼は好きだった。そういうところに、女らしさを感じるから。

ドーンはまさにそういうタイプだった。ドーンというのは、つい最近別れたばかりの元彼女だ。会社の重役で、頭がよく、野心的で、ビジネススーツ姿がすこぶるセクシーな女だった。体にぴったりとフィットしたミニのタイトスカートに、ハイヒール、真っ赤な口紅、そしてボタンを外されるときを待っているかのような、かっちりとしたジャケット……そういう彼女を見るたびに、ピートはむらむらした。きちんとした格好をしているのに、女らしさが目立たなくなるどころか、かえって強調されるのがたまらなかった。おまけに彼女はメガネまで掛けていた。妖しい雰囲気になってきて、彼女がメガネを外すと、ピートはそれだけで興奮した。

「コーヒーができてるわよ」

興奮といえば……大またにキッチンに戻ってくるキャシディを見つめながら、ピートは思った。キャシディは、ビジネススーツも、ハイヒールも、メガネも身に着けない。でもドーンのときと違って、キャシディと一緒にいると、絶対に退屈させられるということがない。キャシディは髪をアップにまとめていた。といっても、適当にくしゃくしゃっと束ねて留めているだけのようだが。波打つ長いほつれ毛が、肩や小さな顔の周りで揺れている。服は、アメフトのジャージとカットオフジーンズに替わっていた。ジャージのほうは大きすぎ、そしてジーンズのほうは短すぎだった。

ピートは健康な普通の男だし、今にも雨が降りそうな静かな金曜日の午後だというのになぜか欲情しているし……そんなわけで、彼の視線は自然と彼女のほうに吸い寄せられた。もしかしたら、今夜は満月だとか、満潮だとか、そういうことが影響しているのかもしれない。

何かこう、未知の力が働いて、キャシディの裸身を想像せずにいられなくなっているような感じだ。ピートは目を細め、唇をぎゅっと引き結んだまま、マグにコーヒーをそそぐキャシディをひたすら見つめた。スエット姿からバイクショーツ姿まで、いろいろな彼女を見てきた。だから、あの引き締まった筋肉の下に思わず抱きしめたくなるような柔らかな曲線が隠されているのは、よおく知っている。

そのときキャシディが、ピートの視線に気づいたかのように、顔だけ彼のほうに向けた。ところが彼女は、彼が尻を凝視していたのに気づいたはずなのに、何も言わずにまた後ろを向いてしまった。彼に見られても、何とも思わないのだ。きっと、彼に見られていなくても、やはり何とも思わないのだろう。

やっぱりキャシディは普通じゃない。

今まで覚えたことのない意地悪な気持ちがふつふつと湧いてきて、ピートはドア枠にもたれながら、笑みを浮かべて言った。「いいお尻だな。カットオフがよく似合ってるよ」

一瞬の間の後、キャシディは言った。「どうも。ねえ、コーヒーと一緒にクッキーでもどう？」

ピートは歯ぎしりした。どうも、だって？　それだけ？　ほかにもっと何か言うことはないのか？　彼は腕組みをした。「コーヒーと一緒にそのお尻をいただきたいな」

キャシディはクッキーを一枚、彼に向かって放り投げると、テーブルの前の椅子に腰を下ろし、ほーっとため息をついた。それから、足の爪先で向かいの椅子を自分のほうに引き寄せ、その上に両足を乗せた。「やっと週末ね。例の腰痛持ちの巨漢のおかげで、もうくったくた」

キャシディは、今週はずっとその男性の担当だった。一五〇キロはあるかと思われるその男性は、腰痛のリハビリ中で、反復的な動きを少しずつ複雑なものに発展させながら、安全なトレーニング方法を指導しなければならなかった。そのほかにも、もっと速く走れるようになりたい、もっと長く走れるようになりたいと希望して、毎日熱心に通ってくるクライアントもいた。確かに、それではさぞかし忙しかったことだろう。

ピートは椅子にかけ直した。「おれは今週は楽だったな。中学生の団体に、スポーツコンディショニングを指導するのがメインだったから。あんがい楽しかったよ」

「あなたって、子どもの指導が上手よね」キャシディはコーヒーを飲んだ。「もっとそっちの方面に力を入れればいいのに」

「どうも。おれもさ、以前は、体育の先生もいいなとかよく思ったんだ」といってもそれは、父が亡くなり、その結果として兄が家業を継ぐことになり、彼らの人生を含めたすべてのものが、それまでとは違うものになってしまう前の話だ。父が亡くなってから、ピートは人生を見失い、いまだに元に戻るすべを見つけられずにいる。

キャシディは真剣な面持ちでうなずいた。「やっぱりね。ようやく自分のやるべきことが見つかったってところでしょ？　まあ、あなただったら先生になるのはそんなに大変じゃないだろうし、きっと――」

「よせよ。先生になるなんて言ってないだろ。以前そんなふうに思ったことがあったってだけの話」

「じゃあ、これからどうするの？　まさか、一生あのスポーツ・センターで働くつもり？」

「そんなのわかんないよ」……まったく、なんでキャシディにこんなふうにあれこれ言われなくちゃいけないんだ？　「今のところ、あそこで楽しくやってるし、別に慌てる必要もないし」

キャシディは椅子の背にもたれかかり、まぶたを閉じた。「そうやってのんびり構えていられるあなたが、ちょっと羨ましいわ。わたしなんて、一〇代のころにはもう将来の目標を立てていたし、それからずっとその目標を目指してるんだもの」

「いずれは、自分のスポーツ・センターを経営したいんだろ？」

「そう、それもチェーン展開させてね」キャシディはまぶたを閉じたまま、どこか自分を卑下するように口元をゆがめてみせた。「でもね、何だか、小さいころからずっと人生設計が頭の中にあるような感じよ。最初の目標は、大学を主席で卒業することで――」

「それは実現させたんだろ」

「それから、就職は――」

「念願のスポーツ・センターにだろ」

「そうね」彼女は肩をすくめた。「あとは、あんまり年を取らないうちに、きちんとした男性と結婚するの。ウォード・クリーヴァーみたいに、いつもスーツできめてる男性とね」彼女はパッと目を開けた。「ねえ、あのテレビドラマ、覚えてるでしょ？『がんばれ！ビーバー』。ドラマの中で、ウォード・クリーヴァーはいつもスーツできめてて、妻のジューンはいつもドレス姿で、子どもたちは礼儀正しくて、家は染みひとつなく磨き上げられていて。わたしには、まさに理想の家族像に見えたわ。ただし、ドレスは着たくないけどね。わたしはスエット姿で仕事がしたい」

キャシディは例のごとく率直だった。ピートは思わず、マグで乾杯するようなしぐさをしていた。「きみはスエットが一番似合うよ」

「どうも。ね、やっぱりあなたもそう思うでしょ？　そもそもわたしって、快適で楽ちんなのが好きだから」

「だろうね」言われなくたって、そんなことくらいわかってるさ。特に今日は。今日の彼女ときたら、心からのんびりとリラックスした様子で、すごく自然で……魅力的だ。

「でもね、妹にはいい加減にしてって言われるの。わたしと一緒にいるところを、他人に見られるのもいやがるんだから」

「嘘だろ」

キャシディは苦笑を浮かべながら打ち明けた。「本当よ、わたしのファッションセンスは最悪だって。でもね、あなたもうちの妹に会ったらわかると思う。あの子はいつも完璧だから。メークもマニキュアも、ファッションもね」キャシディはピートから目をそらして続けた。「あなたのデートのお相手みたいなタイプかな」

ピートはしかめっ面をした。それじゃまるで、おれが見た目で女を選んでるみたいじゃないか。「で、きみはスーツの似合う男がいいってわけ？」どうせおれはスーツとはまったく縁遠い人間だし、彼女がそういうのがタイプだからといって、大して気にもならない。

キャシディは頬杖をついて、真面目な顔で天井をじっと睨んでいる。頭の中にイメージを思い描くようにして彼女は言った。「背が高くて、黒髪で、ハンサムで、フォーマルなパーティーでも物怖じしないタイプがいいわ。性格は真面目で、仕事と家族を一番大切にしてくれる人」

そう、彼女はそんなところまで入念に計画を立てているのだ。ピートは思わず深く椅子の背にもたれた。

視線が合うと、彼女は笑いを嚙み殺すような顔になった。「うちの父ってね、身長が一八〇センチくらいあって、いい男なんだけど、ちょっと髪が薄いの。でも、それ以外は完璧。小さいころにね、父のスーツの上着を着てみたことがあったわ。わあ、男の人ってこんなに大きいんだって、びっくりしちゃった――体だけじゃなくて、知性とか優しさとか、そういう面でも大きいのよね。父はいつも忙しかったけど、帰宅すると、シャツの袖をまくって母の夕食の支度をちゃんと手伝うの。食後はダイニングルームのテーブルで、妹とわたしの宿題をみてくれたわ」キャシディは自嘲気味に笑った。「素晴らしい父よ。もちろん、母もね」

「それに、妹さんも？」

「ホリーはいい子よ。美人は得よね。特に男性関係では」

いつものことながら、ふたりの会話はほとんど途切れることがない。こういう心地よさを、ピートは今まで特に大切に思ったことはなかった。キャシディが相手だと、まるで兄弟や親友――残念ながら男ばかりだ――と一緒にいるときと同じくらい、リラックスできるのだから不思議だ。「家族の話で思い出したんだけど、アリエルが妊娠したって言ったっけ？　兄貴が取り乱しちゃって、もう大変だよ」

キャシディは勢いよくマグをテーブルに置き、身を乗り出してきた。「嘘でしょう？　あの、腕利きの警官で、悪役を演じるのが大好きなおっかないサムに、子ども⁉」

「ああ、びっくりだろ？」キャシディはサムにはまだ会ったことがない。でも、真ん中の兄のギルは紹介したことがある。ギルがときどき、娘たちのベビーシッターをピートに頼むことがあって、キャシディが手伝ってくれるときがあるからだ。ギルの長女のニコールはいま七歳で、キャシディの大ファン。もちろん、二歳になる次女のレイチェルもだ。「でも、甥っ子たちのおかげで、兄貴もだいぶ丸くなったからな」

「それはそうでしょうね。あのかわいい天使ふたりを前にして、優しくならない人なんていないわ」

そう言ったキャシディの表情も、とても穏やかで優しげだった。彼女ならいずれいい母親になるだろうな――と思ったそばから、ピートはすぐにそのイメージを頭の中からきっぱりと振り払った。二度とそんなことを想像するんじゃないぞ、ピート……。ただ、キャシディのヌードを想像するのはまた別の話だ。そもそもそっちは、いくら想像しないようにしても、我慢できないのだから。でも、子どもを抱いたキャシディなんて二度と考えちゃダメだ。そういうのがトラブルのもとになるんだから——サムを見ろ、サムを。

ピートは咳払いして、マグカップに意識を集中させた。「兄貴たちも、結婚してもう五年だからね。アリエルもそろそろ子どもが欲しいって言ってたんだ。兄貴にも、子どもが欲しいの、欲しくないのって迫ってたらしいんだけど。何とかうまくやったみたいよ」

キャシディはコーヒーにむせそうになった。「もしかして、アリエルがサムに最後通牒でも叩きつけたの⁉」

「まさか。どうせ彼女が、コンドームを隠しておいてから、兄貴の目の前で裸になったんだろ。兄貴の協力を得るのに、別にそれ以上のテクニックは必要ないよ」

キャシディのハスキーな笑い声と、生温かく湿った風に、全身を包み込まれるような気持ちになって、ピートはひどくまごついた。彼は慌てて椅子を後ろに引くと、「じゃ、おれ、もう行くわ」といきなり告げた。

キャシディはクッキーをもう一枚つまんだ。「あっ、そう。じゃあまたね」

彼女は相変わらずリラックスした様子だ。ピートが急に帰ると言い出したって、別に何とも思わないらしい。彼は自分の紙袋を抱え、玄関のほうに向かおうとして、気づいたときには口走っていた。「今夜は部屋で映画を見るからさ、よかったら、あとでおいでよ」

「ドーンと出かけるんじゃないの？」

彼女とは三日前に別れた。一緒にお昼が食べたいから仕事を抜けてきてよと強引に言われて、ケンカになったのが原因だ。彼女自身はとても仕事熱心で、それはそれで結構なことだったのだが、ピートの仕事についてはあまり考えていないようで、それが癪に障ったのだ。ピートはそのときのことを思い出し、うんざり顔でかぶりを振りながら、「終わったんだ」と打ち明けた。

するとキャシディは、コーヒーを一口飲み、肩をすくめて、「じゃ、お邪魔するようだったら、先に電話でも入れるわ」とだけ言い、ドーンについてはそれ以上触れようともしなかった。

ピートは苛立たしげに目を細め、キャシディを睨むようにしながら、抑えきれない気持ちが今にも爆発しそうになるのを覚えていた。キャシディだって、裸にされて、おれに抱きしめられたら、あんなふうに落ち着いた態度は……。

ピートはハッとわれに返って目を見開き、背筋をしゃんと伸ばした。まったく、そういうことを考えるなって言ってるのに。とっとと自分の部屋に帰らないと、何かバカなこと、彼女に襲いかかるとか、そういうことをしてしまいそうだ。ピートはくるりと回れ右すると、大またにキッチンをあとにした。玄関のドアを叩きつけるように閉めたくなる気持ちを抑えるだけで、精一杯だった。

絶対に、キャシディ・マクラナハンに夢中になんかなるものか。キャシディときたら、まるで履きなれた靴みたいにのんびりした雰囲気を漂わせているくせに、なぜか女らしさまで醸し出しているのだから。ああ、そいつは正直に認めてやろう、彼女は女らしい！　でもそんなことは、おれには関係ない。女が欲しかったら、電話を一本――ピートは指をぱちんと鳴らした――すぐに好みのやつが手に入るのだから。

でも結局、部屋に戻ったピートは、食料品を片付けて、ボクサーパンツ一枚になり、テレビの前に座り込んでスポーツ番組を見ながら、コーラをガブ飲みし、塩味のチップスをむしゃむしゃ食べただけだった。電話には指一本触れなかった。とはいえ、目の前に映しだされている最新スポーツニュースなんて実はボケッと見ているだけで、頭の中ではキャシディの裸を延々と夢想していたのだ。長い髪が彼女の肩と胸を覆って……。彼女の瞳は温かく、まるで誘うようで……。すっかり降参したように、もっとちょうだいとおれに……。

じきにピートは、本格的に妄想し始め、当然の結果に陥った。

女が欲しくてたまらなかった。でも、欲しいのはひとりだけだった。そしてその相手は、彼にまるで関心などないようだった。

そのころキャシディは、ピートの部屋に行きたくなる衝動を必死に抑えていた。彼との友情は、むしろ最近では欲求不満の原因となりつつある。常識的に考えても、彼女自身の分別臭い性格から考えても、ピートを求めるのは適切なこととは言えないのに。でも本当は、ほとんど初対面のときから彼が欲しいと思っていた。

当初、キャシディがピートに惹かれた理由は、あのルックスだけだった。背が高くて、黒髪で、とてつもないハンサム。あいにくスーツ姿は一度も見たことがないけれど、そんなことはどうでもいい。彼女の好みは、ピートがスポーツ・センターで勤務を開始したその日から、一八〇度変わってしまったのだから。

物心ついたころから彼女は、知性がありスーツが似合う、真面目で向上心のある男性を選ぶべきだと自分に言い聞かせてきた。ピートはその理想とは程遠いのに、彼のすべてが完璧に思える。

引き締まった長身に、ほどよく筋肉のついた長い手足。髪は漆黒で、そそるようなこげ茶色の瞳は女なら誰だってうっとりする。プライベートのピートはほとんどジーンズで、きちんとしたズボンを穿いているところなど見たことがない。そういえば、彼のボクサーパンツ姿まで何回か目撃したことがある。あれはまさに、違法行為という感じだった。

あれだけセクシーなのだから、当人がそのことに気づいていないはずはない。それなのに彼は、セクシーさをむやみに誇張するところがない。むしろ、相手が誰でも朗らかに笑い、ジョークを交わし、気さくに接するタイプだ。あいにく大いに向上心があるとは言えないけれど、実家がノベルティ・メーカーを経営していて、その収益から定期的に配当があり、金銭面で困る心配はないらしい。つまり彼は、じっくり自分探しができる境遇にあるということだ。何しろ、生きるために定職に就く必要がないのだから。

要するにピートは裕福で魅力的な男なわけだが、それだけではなく、実は性格もすこぶるいい。他人を尊重し、彼らの長所も短所も受け入れる――だからみんな、ピートといるとリラックスできるし、すぐにピートのことを好きになってしまう。

一方、キャシディの最大の取り得は、自尊心と知性——そのふたつが今、ピートに本気になってはダメ、あんなおおらかすぎる、刹那的《せつなてき》な生き方をしている男はよくないと彼女に訴えてくる。そもそも、アパートの隣室が売りに出ているなどと彼に教えた自分が悪いのだ。まったく、バカとしか言いようがない。それがきっかけで、彼は数カ月前に隣に越してきた。そして現在ふたりは、とてもとても仲のいい友人としてほぼ毎日顔を合わせる一方で、プラトニックな関係を維持している。キャシディは、ほとんど頭がヘンになりそうだった。

仲がよすぎるから、さっきだってあんなふうに下ネタのジョークを言われるのだ。キャシディは顔を覆って呻いた。しかも、うちで一緒に映画でも見ないか、だなんて。あんなふうに、まるで気の置けない友だちを誘うように言うなんて。

まったく……。

確かに、キャシディはいわゆるセクシーというタイプではない。だからといって、そういう欲求がないわけじゃない。ピートといるときなど、正直言って、頭の中はセックスのことでいっぱいだ。彼と並んでソファに座り、彼がすぐそばにいるのをひしひしと感じながら、テレビに夢中なフリをして、内心では彼の香りにうっとりし、彼のぬくもりを堪能し、とろけそうな気持ちになって……これじゃ、ほとんどマゾだ。みじめったらしいったらない。もうたくさん。

そんなふうになるくらいなら、今夜はいっそひとりで映画館にでも行ったほうがいい。ポップコーンとコーラで満腹になり、家に帰るころには、自制心を取り戻しているだろう。ピートのボクサーパンツ姿を見ても、平静を装えるくらい、理性的でいられるかもしれない。

そうだ、やっぱりそうしよう。キャシディは車のキーをつかむと、玄関のほうに向かった。スニーカーに足を突っ込み、ノブを回し、ドアを引き――レンガの壁にしたたかに顔をぶつけた。

いや、そこにレンガの壁があるわけがない。彼女はすぐさま後ずさり、危うく転びそうになりながら懸命に顔を上げた。視界に入ったのは、壁ではなかったが、まあだいたい似たようなものだった。「デューク――」彼女はバカみたいに相手の名前を呼びながら、痛む鼻を押さえた。「ごめんなさい。大丈夫?」

デュークはセメントのかたまりのような体格の男で、自分は無敵だと思っている。彼はにやりと笑って「大丈夫」と言うと、手を伸ばしてキャシディの顔にかかった髪を払った。

「こっちこそすみません」

「ううん、わたしがうっかりしてたから」

身長二メートル、体重一一五キロのデュークの隣には、妹のホリーが不機嫌そうな顔で立っていた。巨漢の隣に並ぶと、壊れやすい人形のように見える。「何してるのよ、キャシディ?」ホリーは姉の手に握られたキーと、だらしない格好に視線をやり、苛立たしげに腰に手を当てた。「相手がキャスじゃなかったら、わたしだってこんなこと訊かないわ。だって普通の女性は、そんなみっともない格好で出かけようなんて絶対に思わないから。でも、キャスは自分の見た目なんて全然気にしないし、手には車のキーを持ってる……だからあえて訊くけど、いったい何してるの？」

　頼むから訊かないで、とキャシディは思った。

　ホリーはあきらめず、ほとんど責めるような口調で問いただした。「まさか、わたしたちをディナーに呼んだのに、忘れたわけじゃないわよね？」

　このふたりをディナーに呼んだ？　まさかそんな無茶なことをしたなんて……。「ええと……」どうやら、ピートのことばかり考えすぎて、頭がどうかしてしまったらしい。

「ひどいわ、キャシディ――」ホリーの声は、この世界が地獄と化してしまう直前のような、悲痛なものになっている。「約束したじゃない」

　そう、ホリーは今、大切なデュークの素晴らしさを家族にも認めてもらおうとあれこれ奮闘中なのだ。でも、当然ながら両親は娘のために最も望ましい男性をと考えていて、どうもデュークのことを気に入ってないらしい。そこでホリーは、キャシディが祝福してくれれば、両親もそれに従うだろうと考えたわけだ。それじゃまるで、よっぽどキャシディの信頼が篤いように聞こえるけれど、実際そうなのだ。何しろ両親にとって、キャシディは「分別のある子」だから。

　まともな女なら、そんな褒め言葉に喜ぶわけがないのに。

　クロマニヨン人――ではなくてデューク――は、姉妹の背をそっと押して室内へと足を踏み入れた。アメフト選手にしては、なかなか紳士的なところがあるようだ。でもキャシディは、妹はまだ若いのだからまずは勉学に励むべきだと思っている。スポーツマニアの巨人に一生を託す前に、まずは将来の仕事について、そして親からの独立について、じっくり考えるべきだ。

「ホリー、落ち着いて」デュークが言った。「キャシディは、ちょっとお使いに行こうとしてていただけかもしれないよ？」

キャシディはすかさず、デュークの絶妙な助け舟に乗った。「そう、そうなのよ。デザートを買い忘れちゃったの」ありがとう、デューク！「ステーキはカウンターに出してあるからね。雨が降りそうだから、今日は中で食べることにしましょ。ちょっとだけ買い物に行ってくるから、その間に先にふたりで支度しててよ」

何か言おうとしたホリーをデュークが抱き寄せ、ほほ笑みながらうなずいた。「ああ、急ぐことないよ、キャシディ。戻ってくるまで、ぼくたちは適当にやってるから」

キャシディは上目づかいにじっとデュークを見つめた。いくら分別臭い性格だと言っても、この目は節穴ではない。普通の女性と同じように、彼の今の表情が何を物語っているのかくらい、ちゃんとわかる。まったく、デュークときたらいつもああいう目でホリーを見つめてばかり。こうなったら、大急ぎで帰ってきてやる。もちろん、ホリーだってもう子どもじゃないのだから、男性とのつき合い方くらい自分で決めたらいい。でも、だからといって、わたしがそれに手を貸すこともない。

キャシディは小走りに玄関に向かった。妹のことで頭の中はいっぱいのはずなのに、ピートのことを考えずにはいられなかった。ピートの車は車回しに駐車されたままだが、彼の部屋は真っ暗だった。

でも、ほかの女性みたいにそう簡単に誘惑に負けるわけにはいかない。どんなに素晴らしいひとときが待っているとしても、しょせんそれは一時的なものだ。何しろわたしは、分別があるのだから。

そんなもの、欲しくもないのに。

2

ピートはもう我慢の限界だった。キャシディのあの忌々しいほどの無関心ぶりに、思わず口から泡を吹きそうになるくらいだ。もちろん彼は、絶対に泡なんか吹かないけれど。これまでだって、ひとりの女性にそれなりに真剣になったことなら何度かある。その最たる例が、アリエルのときだ。もちろん、アリエルがサムと結婚する前、あのふたりが出会う前の話だ。アリエルときたら、サムを一目見るなり……そう、彼女が一瞬にして恋に落ちたのは、当のサム以外の誰もが気づいていたことだった。でも、そのおかげでピートのアリエルに対する熱い思いはあっという間に冷めた。今では彼女のことを義理の姉として愛しているが、それ以上の気持ちはない。

あれ以来、ピートは女性と深くつき合おうとはせず、独身生活を楽しんできた。でも今は、ちっとも楽しくなんかない――キャシディに拒絶されて、意気消沈し、苛立ちを覚えている。どうして彼女は、おれに関心を示してくれないんだろう？

彼女にちょっとばかりヒントを与えたほうがいいのかもしれない。ベッドで心地よいひとときを過ごすのも悪くないんじゃないかと、ほのめかしたほうがいいのかも。そうだそうだ、それがいい。ふたりはすでに、いい友だち同士だ。お互いをよく理解しているし、信頼し合っているし、一緒にいると楽しいし……だったら、さらにもうちょっと楽しんでもいいんじゃないか？

ピートはTシャツと短パンを身に着けると、裸足のままで裏口に向かい、キャシディがおもてでステーキを焼き始めたかどうか確認することにした。ステーキを焼いている匂いがしたら、じきに彼女から「一緒にどう？」とお呼びがかかるはずだ。そうしたら、行動開始だ。ただし、あくまでさりげなく、リラックスした感じで行こう――情熱的なセックスを楽しみたいと、さらっとほのめかす程度がいい。期待に思わず、あそこが半分硬くなってくる……だが、キャシディは裏庭にいなかった。

ピートがすっかり熱くなっているというのに、キャシディの裏庭のグリルは冷たいままだった。

失望に顔をしかめつつ、雨が降りそうだから中で食べることにしたのかなと思った。見上げるとすでに空は真っ黒で、嵐の前の静けさがあたりに漂っている。じきに嵐になり、一晩中、雨がやまないかもしれない。彼女と愛を交わすにはぴったりの天気だ。

何だったら、食事は後回しにして、いきなりベッドの話に持っていってもいいかもしれない。ピートは覗き魔になったような気分を味わいつつ、パティオのガラス戸越しにキャシディの部屋を覗いた。だが彼女の姿はなかった。仕方がないなと思い、ノックしようと片手を振り上げたとき――寝室のほうから何やら物音が聞こえてきた。見れば、寝室の窓が開いている。ピートはしばらくそちらをじっと見つめてから、もしかしたらキャシディが着替え中かも、と考えた。これからシャワーを浴びるのか、すでに浴びたあとか……そのとき彼の耳に、くぐもったような激しい喘ぎ声が響いた。

ピートの心臓の鼓動も、思考も、呼吸も、すべて一瞬止まってしまったようだ。い、今の喘ぎ声は、もしかして……？　ピートの胸の中にさまざまな感情が去来する。嫉妬、所有欲、そして激しい怒り。彼はかすかな喘ぎ声に耳を澄ましながら、ひどく獰猛な気分になっていった。

喘ぎ声はやまなかった。その声は、興奮が高まっていくにつれて、徐々にトーンを上げていき、そしてついに絶頂を迎え――ピートはカーッとなった。

これって彼女に裏切られたってことかよ!?　おれと映画を見るのを断って、どこかの誰かとお楽しみかよ!?　彼女はおれの気持ちを知らないんだから仕方がないとか、もうそういう問題じゃないぞ。

ピートは言うことを聞かない足を懸命に動かし、怒りに任せて大またにその場を離れた。だが、自宅のキッチンに戻り、バタンと勢いよくドアを閉めても、歓喜に喘ぐ彼女のくぐもった甘い声はいつまでも耳の奥にこびりついていて、頭蓋骨にがんがんと響くようだった。

キャシディは誰かと寝ていた――彼以外のどこかの誰かと。くそう、サイテーだ。ようやく、彼女を求める気持ちと素直に向き合えたところだったのに。向き合えたと思ったとたんに、チャンスを失うなんて。

ディナーはまるで永遠に覚めない悪夢のようだった。だがそれも、ようやく終わりに近づいてきた。さっき買ってきたケーキも全部平らげたし、コーヒーも一滴も残っていない。それなのに、デュークとホリーはまだ帰ろうとしない。

やっぱり、ピートも誘えばよかった。ケーキを買って帰ってきたときにも、彼の車はまだ車回しにあった。彼がここにいたら、いい緩衝材になってくれたのに。コナン・ザ・グレートのいい話し相手になって、ふたりでアメフトの話で盛り上がってくれたのに。まったく、タックルとかパスとかキックの話を、今夜一晩で一生分くらい聞いたような気がする。

そう、ピートはとても人当たりがいいから、うまく話題を変えて、みんなが楽しめるように会話を引っ張ってくれただろう。警察官のサムや、姪っ子のニコールの新たな逸話を聞かせてくれたかもしれない。あるいは、スポーツ中の怪我についてデュークと語り合うことだってできただろう。とにかく彼がここにいて、ほほ笑んでくれたら、みんなが笑顔でいられただろうに。

物思いにふけっていたキャシディは、デュークが話を終えて、ニヤニヤ笑いを浮かべながらこちらを見つめているのにちっとも気づかなかった。まったくもう、いったいいつから、ボーッと座り、ピートのことを考えていたのだろう?

デュークはいかにもお見通しという感じで言った。「男のことを考えていたんでしょう?」

キャシディが唖然として何も答えられずにいると、彼はさらに続けた。「ひょっとして、今夜はお邪魔だったかな。何だったら、彼氏も一緒に呼んだらよかったのに」

キャシディは真っ赤になった。か、彼氏⁉ ピートは彼氏なんかじゃないわ。彼は、魅力的だけどどうしようもない、わたしなんかには一生手の届かない、単なる友人。

ホリーがけらけらと笑いだした。「キャシディはデートなんかしないわ！」その口調はまるで、そんなの絶対にありえないとでも言いたげだった。「だって、キャスが前に誰かとデートしたのって……ねえ、いつだった？ もう一年以上前じゃない？」

わたしには一〇年以上前に思えるけどね……そう、禁欲生活は、実際よりもずっと長く感じるものなのだ。

デュークの顔から笑みが消え、同情するような表情になる。「こら、ホリー。キャシディみたいにかわいい女性が、デートをしないなんてことありえないだろう？」

かわいい？ うん、まあ、わたしだって特別にブサイクってわけじゃない。でも……デュークの場合は、単なる点数稼ぎで言ったに決まってる。そう思いながらも彼女は、無意識のうちに、乱れた髪を耳に掛けたり、まるでどこかのオバサンみたいにクスクス笑いを漏らしたりしていた。

「わたしだって、かわいくないなんて言ってないわよ」ホリーは抗議した。「でも、両親がいつも言うの、キャスのほうが分別があるって。キャスは男にうつつを抜かして時間を無駄にしたりしないって」

あーあ、ホリーったら。今の発言はデュークに失礼よ。時間の無駄、なんて言われて、男が黙っていられると思う？

だが意外なことに、デュークは別の部分がカンに障ったようだ。「それはつまり、きみは分別がないってことなのかい？」

キャシディはぎょっとした。今までそんなふうに考えたことはなかったからだ。父も母も、別に悪い意味でああいうことを言っているわけではない。あれはつまり、姉に比べるとホリーのほうが社交的だという意味だ。ホリーは誰とでもすぐに親しくなれるし、もてるし、友だちも多い、という程度の意味だ。それがホリーのいいところなのだし、両親はそれを褒めているのだと思う。でも今の妹の表情からすると、デュークと同じように、悪い意味でとらえてしまっているようだ。

分別があるなんて言われても、キャシディは嬉しくも何ともない。だったらホリーが、その反対のことを言われたらどんなに傷つくか。キャシディは無意識のうちに、妹のほうに腕を伸ばしていた。「ホリー、ママもパパも、そんなつもりで言ったんじゃない――」

ホリーはふいににこやかな笑みを作って、キャシディに言った。「ねえ、そろそろ眠いんじゃない、キャス？」さらにデュークに向かって続ける。「キャスってすごく早起きなのよ。二七歳じゃなくて、八七歳のおばあさんじゃないかと思うくらい、早寝早起きなの」

キャシディは抗議しようとして、ホリーの必死のまなざしに気づき、すぐに大あくびをしてみせた。「そうなのよ、ごめんね。今週は特に忙しかったから、もう眠くって」

立ち上がったデュークが、優しくホリーに手を差し伸べて立たせ、自分のかたわらに抱き寄せた。どうやらデュークは、とてもストレートな男性で、絶えずホリーに触れていたいらしい。

それに思いやりにあふれていて、ホリーに対する気持ちはもう一目瞭然だった。

デュークはほほ笑み交じりに言った。「いずれにしても、さっきは男のことを考えていたんでしょう? ああいう表情なら、前にも見たことがあるからわかる」

ホリーがふざけて彼を叩いた。「最近は見たことがないはずよ」

「ああ、きみ以外の人のああいう表情は久しぶりに見た」デュークは言いながらホリーの鼻にキスをした。「今日はお招きいただいてありがとう、キャシディ。今度は、ぼくがおもてなしさせてもらいますよ」

「そうそう、そうしましょ、デューク」ホリーはデュークの腕にしがみつきながら、またもや必死のまなざしをキャシディに向けた。「ねえキャス、何だったら、ママとパパも呼んでみてくれない?」

このふたり、まるで恋わずらいの一〇代の子どもみたい。でも、デュークは本当にホリーに優しいし、ふたりが真剣な気持ちなら、それはそれで悪くないかもしれない。「そうね、わたしから声をかけてみるわ」

ホリーは嬉しそうに金切り声をあげながら、姉をぎゅっと抱きしめた。「ありがとう! キャスには、こういうのってあんまり縁がないことかもしれないけど——」

デュークが笑いながらホリーの言葉を途中でさえぎった。「こら、ホリー。キャシディだって洞穴に住んでるわけじゃないんだから。もう行こう。雨が小降りのうちに、車まで走ったほうがよさそうだしね」

キャシディは玄関までふたりを送った。幸い、さっきまでザアザア降りで雷も鳴っていたというのに、今はだいぶ落ち着いて、小雨程度になっているようだ。デュークはまず、上着を脱いでホリーの頭から掛けてやるのを忘れなかった。さらに、ホリーのためにドアを開けてやってから、彼女の頰にそっと指で触れ、愛情たっぷりに見つめながらほほ笑んだ。キャシディは思わずため息を漏らした。彼女は、男の人からあんなふうに見つめられたことなんて一度もない。ホリーがうっとりするのも、わかるような気がする。

物思いにふけりつつ、妹に手を振って送り出し、キャシディはドアの鍵を閉めた。家中の電気を消し、手早くシャワーを浴びると、タンクトップとショーツに着替え、ベッドに潜り込んだ。窓は開けたままにしてあるので、夜の冷たい風が顔や体を撫でていく。夜中に寒くて目が覚めてしまうかもしれないが、今は、新鮮な空気が恋しかった。

彼女はなかなか寝つけなかった。妹の真剣な恋のことを考えているうちに、いつの間にかピートのことを考えている自分がいた。どうしてわたしは、ホリーみたいに男の人から愛されないんだろう？　キャシディは寝返りを打ち、その質問に自ら答えた。それはわたしが、ホリーとはまるで違うから。ホリーみたいに、明るくて、きれいで、セクシーじゃないから。

ピートの前の彼女は、ヤングエグゼクティブ・タイプの女性だった。彼女はしょっちゅう、スポーツ・センターにピートを迎えにきた。どういうわけか、ほぼ毎回のようにピートがまだ勤務中の時間に現れるので、彼は快く思っていなかったはずだ。別に本人がそういう態度を見せたわけじゃない。でもキャシディには彼の気持ちがわかるのだ。ピートが彼女と長続きしなかったのも、そのあたりが原因だったのだろう。

キャシディは頭の下に腕をやり、天井に映る影を眺めた。ピートの部屋はすぐ隣だから、彼のところに訪ねてくる女性を見かけたこともある。たいていは、二週間もするとピートのほうが飽きてしまうようだった。彼を自分ひとりのものにしようとする女性は、結局泣きを見ることになるのだろう。

キャシディだって別に、ピートと生涯の約束をしたいとか思っているわけではない。もちろん、友だちとしてのつき合いはずっと続けていきたい。ふたりの友情はとても強いもののようだから。とはいえ、ピートが好きなのは妹のホリーみたいなタイプだ。いつもきれいにしていて、ほんのりと輝くようで、女らしくて、控えめで。

キャシディは全然そういうタイプじゃない。だから、たとえ短期間であっても彼を自分に惹きつけるのはまず無理だと思う。だからといって、自分を変えるつもりもない。そんなのは自尊心が許さない。

でも、キスしたり、触れ合ったり、抱きしめられたりするのに比べたら、自尊心なんていったい何の意味があるのだろう。もしかしたら、彼に気があるところをちょっと見せれば、応じてくれるのでは？　もちろん、あからさまにやるつもりはない。せっかく物心ついたころから自然体でやってきたのだから――背伸びしたっていいことなんかない。だから今の自分を変えるつもりはない。たとえそれがピートのためであっても、ほかの誰かのためであっても。だけど、ほんのちょっぴり手を加えるくらいならできるかもしれない。

キャシディは唇を噛んで、今後の対策をじっくりと考えた。

まずは、ぼうぼうに伸びきったこの髪を何とかしよう。近ごろはとにかく忙しくて、いろいろやることがあって、美容院どころではなかった。でも、すっかり伸びてくりんくりんになってしまったから、明日の朝一で切りに行くことにしよう。それから、ごくごくほのかに香るような香水をつけるのもいいかもしれない。何かこう、自然な感じの、ムスクとかそういう香り。美容院の入っているショッピングモールで、その手の香水も買うことにしよう。

あとは、せっかくピートがさっきショートパンツに気づいてくれたのだから、またあれを穿いてみることにしよう。トップスには胸元がぐっと開いたやつを合わせればいいかもしれない。あいにく自慢できるほど胸の谷間があるわけじゃないけれど、真っ平らというわけでもないのだから。

それに、失うものなんてないのだから。

キャシディは寝返りを打ち、果たしてピートがそんなささいな変化に気づいてくれるのかしらと思った。自分が彼のタイプじゃないことはわかっている。でも、ふたりは友だちなのだから、彼だって、もう少し親しい間柄になってもいいと思ってくれるかもしれない。

早速、明日から行動を開始することに決めた彼女は、どうかまだ彼に新しいガールフレンドができていませんようにと祈った。

翌朝ピートは、日の出とともに起きた。あの悩ましい――いろいろな意味で悩ましい――喘ぎ声を聞いたあと、彼は早いところ眠ってしまおうと、さっさとベッドに入った。でも、眠ろうにも眠れず、延々と寝返りを打ち、キャシディが誰かと一緒にいるところを想像し、悶々とした気持ちと戦い続けた。不愉快なイメージが次から次に湧いてきて、頭の中から振り払おうと必死にがんばったが、それはまるで虫歯のように彼を刺激し続けた――男と抱き合うキャシディ、興奮するキャシディ、身もだえして喘ぎ声をあげるキャシディ……。そして、クライマックスを迎えるキャシディ。

もう我慢できない！

午前七時には、彼はすでにシャワーを終えて、クローゼットの前に立っていた。まともな服など一着もない……。いや待て、スーツなら、兄たちの結婚式に着ていったのが一着だけあるはずだ。ギルのときは、もっといいやつを新調してくれよとさんざん言われたが、ピートは無視したのだ。スーツを買いに行くなんて、ゾッとする。試着して、寸法を直して。スーツが決まったら今度はシャツを選んで、ネクタイを買って、さらにカフスまで……。だからスーツは嫌いなんだ。

でも、キャシディはスーツが好きなんだよな。

結局ピートはいつもの格好で行くことにし、カーキの短パンと紺色のプルオーバーを苛立たしげにクローゼットから引っ張り出した。着替えを済ませると、室内をただうろうろ歩いて時間をつぶした。彼女は土曜日の朝は寝坊するのだ。彼女の日常なら、自分のことのように把握している。今ごろはきっと、まだ布団の中で丸くなってるだろう。温かく、柔らかなキャシディの体……彼はもう、あと一分たりとも待てない気分だった。

裏口から出て、濡れた芝生の上を大またに歩き、彼女の部屋のパティオに向かう。彼はガラス戸にほとんど鼻をつけるようにして、中を覗き込んだ。真っ暗で、物音ひとつ聞こえない。彼は一瞬ひるみ、きょろきょろと周囲を見渡し、彼女の寝室の窓がまだ開いたままなのに気づいた。

もしかして、例の男がまだいるのか？　まさか泊まっていったんじゃないだろうな？　ひょっとして、今この瞬間にも、キャシディを背後から抱きしめてるわけじゃないだろうな？

気づいたときには彼は荒々しい唸り声をあげていて、われながらぎょっとした。女のことで、こんなふうに唸り声をあげたことなんて一度もない。そういうのは長兄のサムに任せている。サムは、ヒトというよりもむしろ動物に近いから。

そういえば、次兄のギルはまさにキャシディのタイプだ。スーツが似合う、真面目な実業家。まあ、ギルはすごいやつだから。そうだ、ギルだったら、こういうときはどうするだろう。

ギルはあんがいプライドが高い。だからきっと、彼女に特定の相手がいるかどうか様子を見て、もしもいるとわかったら、そっと身を引くんじゃないだろうか。

ピートは考えただけで不愉快になり、ぶるっと身を震わせた。

こうなったら、どうにでもなれ。彼はパティオのガラス戸をどんどんと、ほとんどヤケになって叩き始めた。

数秒後、寝室のカーテンが引かれ、キャシディが顔を覗かせた。「ピート？」と言う彼女の声は、寝起きで掠れていた。「いったい何なの？」

「開けてくれよ」彼はギルを手本に、穏やかで落ち着いた声音を作ろうとした。でも気づいたときには、「ひとりなのか？」と怒鳴っていた。

朝日を浴びたキャシディは、目をまん丸にしている。「いいえ、ダラス・カウボーイズのメンバーがみんなベッドに群がってるわよ。きつきつだけど、まあ仲よくやってる」

ピートは息をのんだ。「おい、キャシディ……」

「バカね、ひとりに決まってるでしょ」彼女はいぶかしむような視線を裏庭に投げた。「ねえ、いったい今って何時なの？」

彼女はひとりだった……。一気に緊張がほぐれて、ピートはへなへなと地面に膝をついてしまいそうになった。「さあね、七時とかそのくらいだろ」朝の冷たい空気に、吐く息が真っ白になり、腕には鳥肌も立った。「そろそろ起きて、隣人をおもてなしする時間じゃないのか」

「七時ですって⁉」

ピートは五歩ほど足を進め、網戸越しに寝室を覗き込んだ。キャシディときたら、ひどい寝癖の上に、目は腫れているし、寝起きでまだぼんやりとした顔をしている。疲れて頼りなさげな彼女を見て、ピートは何だか胸の中が温かくなり、それと同時に、心臓がどきんと大きく鼓動を打つのを覚えた。「開けろよ、キャシディ」

キャシディはまだ混乱していた。彼を怒らせるようなことはしてないし……彼女は目をこすり、顔にかかった髪を払いのけた。「もう、わかったから、落ち着いてよ」彼女はそれだけ言うと、窓から離れようとした。

「おい、ふざけんなよ」

キャシディはくるりと振り向いた。沈黙が流れ、やがて彼女は言った。「窓から離れてよ。着替えなくちゃいけないんだから」

先ほど、どきんと大きく鳴った心臓が、今度は規則正しく激しい鼓動を打ち始める。「おれのために、わざわざ着替えることなんてないぞ」

だがキャシディはもう窓際から姿を消していて、ピートの顔に浮かんだ意味深な表情を見ることもなかった。彼は中を覗くことも考えてみたが、やっぱりそういうのはよくないと思い、パティオの前で待つことにした。じれったくて、心臓がどきどき言う。体内をアドレナリンが駆け巡り、やらなければ、何が何でも彼女を自分のものにしなければと焦った。

キッチンの蛍光灯がつき、それから数秒後にはガラス戸がすーっと開けられた。

どうせピートのことだから何も言わずにずかずか入ってくるはずだと思ったのか、キャシディはガラス戸を開けてしまうと、ひとりでさっさとシンクのほうに戻り、コーヒーを用意しながら大あくびで彼にたずねた。「ねえ、何かあったの？　どうして今日はこんなに早いわけ？」

ピートはキャシディの姿にうっとりとなっていた。今までとはまったく違う、欲望に燃えた目で彼女を見ることができた。彼女がこんなに魅力的だなんて、ちっとも気づかなかった。まるで縄のように肩に垂れた長い髪に、艶めき赤みがさした肌。ヒップにほどよくフィットした格子柄のフランネルのズボン。黒のタンクトップは、胸にぴったりと張りつくよう。足元は裸足で、タイルの床の上で爪先がぎゅっと丸くなっていた。

そして、朝の冷たい空気のせいで彼女の乳首は立っていた。

ピートはこれまで、立った乳首を見たくらいで膝が萎えてしまった経験なんて一度もない。でも今は、キッチンのど真ん中でよろよろと椅子に手を伸ばし、くずおれるようにそこに座り込んでいた。まるでパブロフの犬のように、口の中によだれが湧いてくる。あのタンクトップを頭から脱がせ、胸をむき出しにし、ふっくらとした乳首を口に含んで……。

香りのいいコーヒーを量りながら、キャシディは彼のほうに視線を投げた。「聞いてるの、ピート？」

「ああ、ゆうべはよく眠れなかったからさ」彼はもぐもぐ言いながら、ひたすら彼女のすてきな胸に見とれ、期待にうっとりとしていた。これまで、彼女の胸について真剣に考えたことなんて一度もなかったけど、ちゃんとあるんじゃないか。それも、なかなかいいのが。キャシディ自身と同じように、ちょっと小粒だけど活きのよさそうなのが。

でも、ゆうべはどこかの誰かがあの引き締まった小さなセクシーボディに触れたんだ。おれ以外の誰かが。ピートは想像して苛立った。

「自分がよく眠れなかったからって、わたしまで巻き添えにするわけ?」と文句を言うキャシディのかたわらで、コーヒーメーカーがぽこぽこと音を立て始める。彼女は椅子を引き出すと、ぐったりと座り込み、テーブルに腕を乗せて突っ伏してしまった。豊かなウエーブへアが、さらりとテーブルに広がった。

ピートはほとんど無意識に手を伸ばし、長い巻き毛を指に絡ませ、その触り心地や、重みや、ぬくもりを味わった。彼女との距離はさほど離れていない。彼は身を乗り出し、指に絡ませた髪を鼻先に持ってきて、シャンプーの香りを嗅いだ。

キャシディは固まってしまった。徐々に顔を上げていき、腕から額を放し、彼と視線を合わせる。彼はまだ、指先に絡めた髪の匂いを嗅いでいる。

キャシディはもう少し顔を上げた。「あの……ピート?」

ふたりともまばたきひとつしなかった。「何?」ピートは思わず声が上ずってしまった。でも、彼女の髪がこんなに柔らかくて、いい香りがして——彼女の艶やかな肌や、丸いお尻と同じように、おれを刺激してくるのだから仕方がない。ピートは想像した。この髪がおれの胸に広がり、おれの腹に、おれの太ももに……彼はそこまで考えたところで、パッと手を放し、居住まいを正した。

キャシディはまだピートを凝視している。やがて彼女は、まるで猛獣からそっと逃げるように、ゆっくりと身を起こして椅子の背にもたれた。彼女の丸い胸は柔らかそうで、せわしなく息をしているために、ぴったりと体にフィットするタンクトップの下でかすかに揺れている。硬くなった乳首はつんと立っている。

ピートは胸から視線をそらし、彼女の顔を見ようとしたけれど、無駄だった。するとキャシディがいきなり立ち上がった。「あの、ええと……ちょっと待ってて」

ピートは彼女を見上げながら、デジャブだ、と思った。「どこ行くの？」

「だから……歯を磨いたりとか、ちょっとね」彼女はピートに止める隙も与えず、小走りにキッチンを出ていってしまった。

ピートは立ち上がり、室内をぐるぐると歩きまわった。頭がどうにかなりそうだし、少しばかり途方に暮れてるし、そのくせものすごく興奮している。コーヒーができると、彼はカップをふたつ用意した。キャシディのカップには、彼女がいつもやっているように、砂糖とクリームをたっぷり入れた。さらに、彼女は甘いものが欲しいはずだと判断し、キャビネットの中をあちこち掻きまわして、開封済みのブラウニーの箱を探しだした。

シンクにもたれてコーヒーを飲みながら、ピートがあれこれとみだらな妄想にふけっているところへ、キャシディがなぜか恥ずかしげな様子でキッチンに戻ってきた。カップを口につけたまま、ピートの手がぴたりと止まる。

キャシディは、服はさっきのままだった。でも、髪がきれいに梳かされ、編み込みになっていた。ほつれた巻き毛が、こめかみとうなじのあたりで揺れている。頬はピンク色に染まり、さらに唇は透明のグロスで艶々と輝いている。

キャシディが、おれのためにメークを……？

ピートは自分のコーヒーをそうっと脇にやった。「あのさ、キャシディ、おれ、考えたんだけど……」

すると彼女は、大きく深呼吸してからキッチンにずかずかと足を踏み入れ、マグカップを引っつかむようにした。一気に半分くらい飲んでしまったところで唇をぐいっと拭ったせいで、せっかく塗ったばかりのグロスがほとんど剝げてしまった。ピートはにやにやしている。彼女って……何でこんなにかわいいんだろう。

今まで気づかずにいた自分が信じられないくらいだ。そういえば、アリエルのときも似たようなことがあったはずだ。アリエルの本命がサムだとわかると、ピートはすぐに彼女を性的対象として見るのをやめた。家族になる人なのだから、当然だ。キャシディの場合も、それと似たような気持ちが作用したのかもしれない。彼女を友だちと見なした時点で、それ以外の見方ができなくなったのではないだろうか？　アリエルのときも、彼女との関係を台無しにしたくなかったし、彼女ともサムとも疎遠になるつもりはなかったから、ああいう選択肢を取った。キャシディとは強い友情で結ばれているから、下手なリスクは冒したくないと思ったのかもしれない。

キャシディは何やら急にやる気満々の顔になって、ピートを促した。「なあに？　何を考えたの？」

いつもならすごく打ち解けた雰囲気で話せるのに、今のキャシディは妙に挑戦的だ。何だかよくない兆候なので、ピートは少しずつ本題に入っていくことにした。

「最近、誰かとデートしてる？」彼女の答えがイエスなら、だったらおれともデートしようと持ちかければいい。そこから話を進めよう。

だが、キャシディは首を横に振った。「してないって知ってるでしょ？」

ピートは後ずさり、目を細めてじっくりと考えた。「本当のことを言えよ。おれたち……友だちだろ？」

「そうね」彼女はうなずき、ピートが何も言わずにいるとさらに続けた。「デートをする暇なんてないの」

ピートは目をしばたたいた。ゆうべのあれがデートじゃないなら、いったい――一夜限りの火遊びだっていうのか？　まさか、そんな。彼はかぶりを振った。キャシディはおれと同じで、そういう遊びは絶対にしないはずだ。

彼は別の角度からアプローチすることにした。「ゆうべは、映画に誘ったのに来なかったよね？」

キャシディは顔を赤らめた。顔を赤らめる!?　いったいどういうことだ？

「ええ」彼女は落ち着かない様子だ。「ゆうべは……ちょっとやることがあったから」

ちょっとやることって――たとえば、オルガズムに喘ぎ声を漏らしたりとかなんだろう？

ピートはぎゅっと歯を食いしばった。「男に会ってたのか？」

さっきまで紅潮していたキャシディの顔に、激しい苛立ちの色が浮かんだ。「だから、男なんていないって言ってるでしょ」

「でも……」どうして、本当のことを言ってくれないんだ？「それってつまり、ゆうべはデートじゃなかったってこと？」

キャシディの声は怒りで上ずっている。「何回言えばわかるの？わたしは誰ともデートなんかしてません。もう一年もひとりぼっちなんだから。だいたい、わたしたち毎日のように会ってるじゃないの。そのくらい、察してよね」

ゆうべはデートじゃなかった。ピートはたっぷり一五秒ほど無言で考え、混乱しつつも、ようやくあるひとつの可能性に思い当たった。おい、本当かよ……。

男と一緒じゃなかったということは、あの、興奮しきった甘くセクシーな喘ぎ声が寝室から聞こえてきたとき、彼女はひとりだったってことだ。そして、彼女がひとりで、あんなふうに喘いでいたってことは、もしかして……？

みだらなイメージが鮮やかに脳裏に浮かび、ピートは下腹部がぎゅうっと締めつけられるように感じ、思わずその場にくずおれそうになった。その一方で、彼は何とも優しい気持ちに包まれてもいた。彼女は、男と一緒じゃなかった。ひとりだった……！ピートはじっとキャシディを見つめた。胸の中はとろけそうなのに、下半身はもうがちがちに硬くなっている。

ああ、本当によかった……。ピートはほほ笑み、今すぐに彼女を抱きしめたいと思った。今すぐ裸にして、床の上に押し倒したい。

これからどうするか具体的な方針は決めていないが、どこから始めればいいかはわかっている。ピートは切迫感に胸を高鳴らせながら、小さく一歩、彼女のほうに足を踏み出した。

「もしもきみにキスしたら――」

「わたしに、キス？」キャシディは目を見開いた。ショックのあまり、どこか間の抜けた表情になっている。

「ああ、そうしたら、きみはどうする？」

彼女は二回、口をパクパクとさせてから、ささやくように言った。「わからないわ」

「おれのことを叩く？」

「まさか」彼女は眉根を寄せた。

ピートはさらに一歩、足を踏み出した。「じゃあ、おれを押しのける？」

頬を真っ赤に染めながら、彼女は首を横に振った。「もちろん、そんなことしないわ」

「ならいい」さらにもう一歩。ピートは彼女のマグカップを取り上げ、カウンターに置いた。

「じゃあ、どうする？」

彼女はピートを見上げるようにした。青緑の瞳がきらきらと輝き、唇が開かれ……。「キスし返すわ」と息も絶え絶えに言うなり、彼女はピートに襲いかかった。

ピートは突然のことに後ろによろめいた。これはまさに、襲いかかられたとしか言いようがない。ピートは首をぎゅっとつかまれていた。唇が強く押しつけられているので、自分の歯が唇の内側に当たって痛い。さらに背中が、衝撃でカウンターのとがった角にどんとぶつかった。

「あううううう」ピートは、頼むからちょっと落ち着いてくれと言おうとした。でもキャシディはそのへんのひ弱な女とは違うし、無理に押しのけたら傷つくかもしれない。自分のほうが離れようとすると、今度は髪をぐいっとつかまれた。まったく、痛いなんてもんじゃない。

仕方なくピートはくるりと体勢を入れ替えて、彼女の背をカウンターに押しつけるかたちにした。それから彼は、彼女の胸に手を触れた。

キャシディはようやく目を覚ましてくれたようだ。

いや、目を覚ましたのはピートも同じだった。彼女の胸は、最高に柔らかかった。

キャシディが唇を離して呻く。「ピート」

彼女はまぶたを閉じていて、胸に置いた手のひらに、激しい心臓の鼓動が伝わってくるようだ。ピートはほほ笑み、「キャシディ」と彼女の名を呼んだ。

彼女がまた唇を重ねようとするのを、ピートは巧みによけた。「少し落ち着いて、ね？しばらくそうやってじっとして、おれにキスさせてよ」

「わたし……下手くそだった？」

「そうだな、ちょっと練習不足かも」

キャシディは恥ずかしそうにうつむいた。「ごめんなさい。でも、一年ぶりだったから」

驚いたピートは、唇を重ねようとしている途中で固まってしまった。「最後にキスしたのも一年前なの？」

「そうよ」キャシディはうなずいてから、言い訳するように、「だって、忙しかったから」とつけ加えた。

でも、ゆうべは、ひとりで楽しむくらいの暇はあったんだろう？　ああ、おかげでしばらく妄想に悩まされそうだ。彼女、おれのことを考えながらしたのかな？　今や、爪先がぎゅっと丸まっているのはピートのほうだ。

「キャシディ、きみを起こしに来た甲斐があったよ」ピートは言いながら、髪をつかんでいる彼女の指をほどいた。

「そうね」キャシディは懸命に笑みを浮かべようとした。「それで、ええと、これからどうするの？」

今のは完全に誘導尋問だな。ピートは彼女のウエストに手を添え、カウンターの上に座らせた。「きみ次第だけどね、お望みなら、一年分の埋め合わせになるようなキスをしてあげるけど？」

キャシディはにっこりとほほ笑んだ。「じゃあ、始めましょ」

3

キャシディは今にも卒倒してしまいそうだった。髪を編み込みにしただけで、ピートがソノ気になってくれるなんて。信じられない。

彼女の髪はとても長いので、編んでる途中でイライラして投げ出したくなったけれど、あれだけでピートが興奮してくれるというのなら、毎日だって編んでもいい。

キャシディはカウンターの上からピートを見下ろすようにした。でも彼は視線を合わせようとしない。彼女の胸に釘付けになっているからだ。いや、もっと正確に言うと、薄いタンクトップに包まれたつんと立った乳首に。

生まれて初めてそんなふうに見つめられて、キャシディはちょっぴり恥ずかしくなった。そもそも、こんなにあっさりうまくいくとは、思ってもみなかった。

キャシディは咳払いをしてからたずねた。「もしかして、このためにうちに来たの?」

ピートは上の空で「ああ」とだけ答えた。それから、両手で乳房を包み込むようにして、まぶたを閉じながら「すごく柔らかい……」とつぶやいた。

キャシディは、カウンターから下りようにも下りられない状態だった。ちょうど脚の間にピートが立っていて、身動きもできないからだ。

彼の親指に乳首をそっとなぞられて、彼女はしびれるような快感を覚えながら、後ろの壁に頭をもたせるようにしてのけぞった。肘で体を支えながら、ピートに触れられる喜びを思う存分に味わった。

ピートが前かがみになり、何ごとか小さくつぶやきながら、タンクトップ越しに胸に口づけ、乳首を軽く噛んでくる。キャシディは喘いだ。「ゆうべ、あなたにこうされるところを考えてたの」

「知ってるよ」彼はささやきながら、いたぶるように乳首を噛んでいる。

キャシディはとまどった。「知ってるって、どういう意味?」

ピートはタンクトップの裾をつかんだ手を一瞬止めた。彼は優しさとぬくもりに満ちたこげ茶色の瞳でキャシディをじっと見つめ、肩をすくめると、見つめ合ったままタンクトップを胸の上まで一気に引き上げた。そして息をのみ、頬を紅潮させながらハスキーにつぶやいた。「おれも同じことを考えてた。昨日、おれたちの間に何かが起きたんだよ」

「そう……」

ピートの熱くしっとりとした唇が、硬くなった乳首を舐めてくる。

「ダメよ……」キャシディは胸を突き出すようにして頭をのけぞらせながら、あまりの心地よさに驚きを覚えていた。

ピートはゆっくりと愛撫を加え続けた。舌で乳首の周りを舐めつつ、ときおり歯を立てたり、優しく吸ったりした。「すてきだよ、キャシディ」

ふと今の自分の体勢が意識されて、キャシディは何だかきまりが悪くなってきた。シンクの脇の壁にぐったりと寄り掛かり、彼の引き締まったお尻を挟むようにして、両脚をだらりと下ろしている。ほとんど身動きが取れなくて、完全に横たわることもできないし、かといって起き上がることもできない。「ピート？」

彼は構わずに反対の乳首に移動している。むさぼるように、いったん口の中に頬張ってから、ゆっくりと焦らすように、舌と歯で愛撫を加え始めた。「何？」

「寝室に行かない？」

ピートは顔を上げた。黒目が大きくなって、ほとんどまぶたが閉じてしまいそうになっている。呼吸は荒く、唇はしっとりと濡れていた。「ああ」

自分でカウンターから下りようとしたのに、キャシディはピートにお尻をつかまれ、抱き上げられてしまった。仕方なく彼女は、彼の腰に両脚を絡め、腕を首にまわした。

廊下を進みながら、ピートは大きな手で彼女のお尻を撫で、呻くように言った。「これからどうなるか、わかってる？」

肩にしがみついたまま、キャシディは気だるげにピートを見つめた。彼の硬くなったものが大切なところに当たって、それだけで頭の中が真っ白になってしまいそうだった。「セックスをするんでしょう？　少なくとも、わたしはそう願ってるけど」

ピートはハスキーな声で笑った。大またに寝室へと足を踏み入れ、彼女をベッドの上に横たえると、すぐにその上にのしかかり、彼女の両手をつかんでマットレスに押しつけるようにする。「そのとおりだよ」彼は真剣な表情になっていた。「でもその前に、後悔しないって約束してくれる？」

「どうして後悔なんかするの？」キャシディは問いかけながら、胸の中では「早くしてよ！」と思っていた。

「だって、おれたちは友だちだろう？」ピートはゆっくりと身をかがめ、唇を重ねた。優しい、愛情すら感じさせるようなキス。体ではなくて心が温かくなるようなキスに、キャシディは当惑を覚える一方で、喜びを感じていた。

唇、顎、首筋……ピートは彼女のいろいろなところにそっと口づけながらささやいた。「いや、親友だ。とても大切なね。きみは、おれの大事な親友なんだよ。だから、これがきっかけで……友情が壊れるのはいやなんだ」

つまり、一度寝たからって、妙にべたべたするなってことね。キャシディはそう理解した。ピートみたいに自由奔放な人には、彼女はきっと、とんでもなく固い頭の持ち主に見えるに違いない。一瞬、いつもの分別を思い出してしまい、今なら傷つくことなく引き返せるわよ、という言葉が脳裏をよぎる。でも、物心ついたときからずっと分別を大事にしてきて、もういい加減うんざりだったし、それに、寂しくて仕方がなかった。

いつかは彼と別れることになると思う。一年後か、二年後かはわからないけれど。でもそのときには、貯金も十分に貯まっているだろうし、経験も十分に積んでいるはずだから、自分のスポーツ・センターを開けるようになっているだろう。そうしたら、まさかピートを雇うわけにはいかないから、ふたりは徐々に疎遠になっていくだろう。そんなのいやだけど、でも、それが現実だ。

ピートとようやくこうなれたんだもの。わたしは、彼以上に求めているんだもの。キャシディは、今回だけは分別をすべて忘れ、イチかバチか賭けてみようと思った。

彼女はピートの頰に両手を添えて抱き寄せた。その手を後ろのほうに移動させ、ひんやりとしてシルクのように柔らかい、豊かな黒髪をまさぐりながら、親指で頰を撫で、引き締まった硬い顎に生えた無精ひげのざらざらとした感触を楽しんだ。彼女はピートにほほ笑んでみせた。口元が引きつりそうになったけれど、何とかほほ笑むことができた。「わたしには将来の目標があるわ。あなたも知ってるでしょう？　それに、絶対にその目標を達成してみせるつもりだってことも。だから、あなたと寝たからって、せっかくの計画を全部台無しにするつもりなんてないから大丈夫」

ピートは意外なほど真剣で重々しい表情になっている。「キャシディ……」

「シーッ」彼女は頭をもたげて彼の唇を奪った。彼の唇がいとおしかった。それに、彼自身も。「あなたが欲しいの。あなたも同じ気持ちなんでしょう？」

「それはそうだけど……」

キャシディはため息を漏らした。「わたしたち、もう大人なんだし、ちょうどフリーだし、それにいい友だち同士だわ。わたし、あなたを信じてるの。ほかの男たちよりもずっと信じてる。それだけじゃ、まだ足りない？」

ピートが横を向いてしまったので、やっぱりやめるつもりなのねとキャシディは思った。

かたわらに横たわった彼は、片手を彼女のおなかの上に置いて言った。「そういう運命なのかもしれないいな」

キャシディには、彼の言葉の本意がわからなかった。でも、彼の手はまだおなかの上にある。その指先がおなかをそっと撫で、やがてフランネルのズボンの中に忍び込んでくる。小指でへそをなぞられて、キャシディは思わず身を硬くした。

身を起こしたピートが唇を重ねてくる。単なるキスではなくて、もっと——深く、熱く、心のこもったキスだ。キャシディはますます戸惑ったが、彼の指はさらに下のほうに移動していって、ショーツの中に入り、ヘアをまさぐってくる。

ピートは唇を重ねたまま言った。「力を抜いて、キャシディ」彼の指は熱くて、ざらざらしていた。「せっかちでごめん。でも、早くきみに触れたくて」

わたしに、触れたい？キャシディは吐息を漏らし、わずかに脚を広げた。彼に触れてほしかった。でも、まるですべてが夢のようだ。彼の匂いに包まれて、彼の引き締まった熱い体がぴったりと密着して、彼の手がそっと、優しく全身を愛撫してくれる。

ピートは片手でヘアをまさぐりながら、肘をついて身を起こした。「キャス、おれを見て」

重たいまぶたをこじ開けるようにして、キャシディはピートの顔に焦点を合わせた。ふたりの荒い息づかいが、ひとつのハーモニーのように聞こえる。見つめ返してくるピートの瞳は激しく燃えるよう。彼は指先でキャシディの大切な部分を押し開き、リラックスさせるようにそっと撫で――人差し指を中へと挿し入れた。

キャシディは、快感に思わず激しく頭をのけぞらせ、ぎゅっと目を閉じた。

ピートの動きが止まる。「目を開けて、キャス。ほら、おれをちゃんと見て」

キャシディは喘ぎ、自制心を取り戻そうとし、唇をぎゅっと噛んで、懸命に彼と視線を合わせようとした。

「すごく濡れてるよ」ピートは彼女の口元を見つめながらほほ笑んだ。「唇を噛まないで。もっとリラックスするんだ。そうそう。どう、気持ちいい？」彼はいっそう指を奥深くに沈めたり、引き抜いたりを繰り返した。

言葉が見つからなくて、キャシディはただうなずいた。

「いいの？」

「ええ」彼女は腰を突き上げて呻いた。「すごくいい。でも、もっと欲しいわ」

「じゃあ、これならどう？」ピートは中指も挿入した。「ううん……すごく締まってるよ」

「ああ、ピート……」

「ほら、キャス」ピートは優しく促した。「ちゃんと目を開けて。おれもきみをちゃんと見てるよ、きみがどんなふうに感じてるか、ちゃんと見てるから」彼はゆっくりと指で挿入を繰り返した。「ほら、一緒に腰を動かして」

キャシディは言うとおりにした。言われなくても、そうせずにはいられなかった。

呻きながらピートはつぶやいた。「そうだよ、そうやって動かして」彼は身をかがめて乳首を口に含んで吸い、歯で軽く嚙んで、さらに強く吸った。

ピートとのセックスを夢想したことは——実は何度も——あるけれど、まさかこんなふうだとは思ってもみなかった。こんなふうにお互いに服を着たままで、しかもピートに至ってはシャツ一枚も脱いでいない状態で、ふたりして彼女のベッドに横になり、彼の一方的な愛撫を受けるなんて思わなかった。想像の中のふたりは、お互いに裸になって触れ合い、キスをし合い、見つめ合っていたはずだ。

「ピート、お願い」

彼女の言葉で急に目を覚ましたように、ピートはいきなり起き上がると、「まずはこれを脱いじゃおうね」と言ってタンクトップを脱がせ、自分も上半身裸になった。

すてき……。キャシディはあらわになった胸板を食い入るように見つめた。黒っぽい胸毛に適度に覆われていて、筋肉が隆起して、大きくて逞しい胸板だ。勤務先のスポーツ・センターも、あんなポロシャツの制服なんか廃止すれば、もっとクライアントが増えるのに。きっと、短パン一枚のピートを見るために女性客が大挙するに違いない。そうだ、自分のスポーツ・センターを始めたら、彼にポスターのモデルを頼もう。

「次はこれも」

ピートの手がフランネルのズボンのウエストに掛けられる。キャシディは恥ずかしさでいっぱいになった。わたしの裸を見て、彼は何て思うだろう？　わたしと同じように、裸を見て楽しんでくれるかしら?

「お尻を上げて」

彼女は必死の思いで平静を装い、言われたとおりにお尻を上げた。あっという間に、彼女は一糸まとわぬ姿になってしまった。ピートはかたわらに座り、時間をかけてゆっくりと、彼女の体を観察している。

キャシディは身を震わせた。何度も言われたのに、やっぱり目を閉じてしまう。彼女は顔を横に向けて、恐れおののきながら彼の言葉を待った。でも、いくら待っても彼の声は聞こえてこない。

やがて、おなかの辺りに息がかかるのを覚えて、キャシディはさっと身を起こそうとした。

「ピート?」

ピートはおなかに唇を寄せ、鼻先をこすりつけるようにしていた。

「ピート!」

「すごくいい匂いがする」彼はそう言うと、かすかに喘ぎ声のようなものを漏らし、両手を彼女の太ももに添えてぐいっと左右に押し開いた。

ショックのあまり、キャシディは身動きひとつできなくなってしまった。まさかそんな――ああ、嘘でしょう? ふたたびピートが身をかがめるのに気づいて、彼女はもう一度「ピート」と名前を呼んだ。

ピートは花びらにそっと熱いキスをしてから、ベッドのかたわらにひざまずいた。「そうやってずっと話してて、キャス。興奮するから」

キャシディはパッと目を見開いた。まさか、この分別臭いわたしがそんなこと！　彼女はあまりのバカバカしさにほとんど笑いだしそうになった。でもすっかり興奮しきっていて、笑い声も出せない。そもそも、話してと言われても、何ひとつ適当な言葉など見つからない。ピートは太ももの内側への愛撫を続けた。前腕で彼女の脚を押さえるようにして、愛撫を加えるたびにいっそう脚を大きく広げていった。やがて彼女がぐったりとなったところで、いったん愛撫をやめて、その裸身をじっと見つめた。彼のまぶたは半分閉じられ、唇は半開きで、頬は紅潮している。興奮しきった顔で、彼はあらためてゆっくりと身をかがめると、呻き声と共に太い指を中へと挿し入れ、それと同時に舌で愛撫を与えた。

キャシディは今にも爆発してしまいそうだった。ピートがそこに顔をうずめていると思うと、快感がますます高まっていった。そこにキスしてくれる人なんて、今まで誰もいなかった。キャシディだって、セックスまでいったボーイフレンドくらいはいる。でも彼らは、おざなりな愛撫のあと、自分だけ満足して、はいおしまいだった。さっさと彼女の服を脱がし、さっさとに中に押し入り、さっさと去っていった。

でもピートの愛撫は、少しもさっさとしたところがない。それどころか彼は、呻くような声で「一晩中、こうしていてもいいな」とまで言った。

キャシディは、一晩中なんて耐えられない、と思った。

「キャス、何か話して。ねえ、これは好き？」彼は、膨らみきった花びらに舌を這わせ、中へと挿し入れた。

「好きよ……」

「じゃあ、これはどう?」彼の舌が、軽く素早く中を刺激する。

キャシディは、体の奥のほうがしびれて、そのしびれがやがて爪先のほうに伝わっていくのを覚えた。肺がぎゅっと縮こまったようになり、心臓が激しく鼓動を打つ。彼女は「いいわ」とむせぶようにつぶやいた。

「じゃあ……これは?」ピートはクリトリスにそうっと唇を寄せ、舌で舐めた。キャシディはもう限界だった。

「あああ、もうダメ……!」激しいエクスタシーに、キャシディはわれながら驚いていた。自分でも信じられない。こんなに簡単に達してしまうなんて。全身がぴんと張りつめ、熱くなって、自然と震えてしまう。彼女は腰を突き上げ、左右に振りながら、何かにつかまろうとするかのようにシーツをぎゅっと握りしめた。

「ああ、ピート……」キャシディは、すっかり生まれ変わったような気持ちだった。圧倒的な快感が去ったあとも、まだ全身が震えて脈打っているし、胸は苦しいし、手足にまったく力が入らない。

少しずつ正気が戻ってくるような感じがあるけれど、まだ完全ではない。心地よさに包まれ、満たされて、生きていることを実感できる一方で、全身がだるくて仕方がなかった。ピートが体の位置を移動させ、立ち上がったのに気づいているのに、まだ頭の中が朦朧として身動きひとつできない。強烈なエクスタシーの余韻が、まだ体中に残っている。やがてピートがのしかかってきて、柔らかな乳房が逞しい胸板に押しつぶされた。毛に覆われた太ももが脚の間に割って入ってくる。彼はキャシディの顔に手を添えながら、優しくささやいた。「少し待つべきだってわかってるんだけど、でも、我慢できないんだ」彼女は、オルガズムの直後でまだ敏感なままの大切な部分に硬いものが当たるのに気づき、思わずしり込みした。「ごめんね、キャシディ」

ピートは一気にペニスを中に沈ませた。大きく、硬く、熱いものに貫かれて、キャシディは新たな快感に襲われていた。彼はこれっぽっちもためらうことなく、腰を突き上げた。規則正しく挿入を繰り返しながら、呻き声を漏らし、全身から熱を放出させた。

「ああ、キャス……」ピートは彼女の名前を呼び、頭をつかんでむさぼるように口づけた。荒々しく舌を挿し入れ、ぴったりと体を重ね合わせた。乳首が胸毛でこすれ、下腹部が密着する。キャシディは、慣れない体勢のせいで太ももに痛みを覚えた。やがて、ふたたび快感の波が押し寄せてきて、徐々に大きくなり、そして全身を満たしていった。

思わずキャシディは、足首をピートの背中に押し当てた。そのせいで、ペニスがさらに奥深くへと入ってきて、ほとんど痛いくらいの強烈な快感を覚えた。彼女はすすり泣きながら、息苦しさに唇を放そうとしたけれど、ピートにぎゅっと抱きしめられていて、それすらもできない。彼の動きがどんどん速く、激しくなっていき……やがて彼は身を硬くし、最後にもう一度激しく腰を突き上げた。ふたりは同時にオルガズムに達し、そして、唇を重ねたまま呻いた。

キャシディは、えもいわれぬ幸福感に浸った。ピートはまだ上に乗ったままで、汗ばんだ体をぬくもりが包んでいる。彼の呼吸がようやく落ち着いてきたと思うと、小さくなったものが引き抜かれるのがわかった。

「ううん……」キャシディは気だるげに、指先で彼の背中をなぞった。なめらかで、熱くて、少し汗ばんでいた。「むずむずする」

ピートは身動きひとつしない。「何が?」

「抜いたときよ、何だかくすぐったい」

「ああ。すっかりエネルギーを使い果たしちゃったからね」ピートはもぞもぞと身を起こした。ふたりの視線が絡み合う。キャシディはちょっとおどおどした目つきで、彼は勝ち誇ったような目つきだ。彼はほほ笑んだ。「すごくよかったよ」

キャシディの顔にも温かな笑みが広がった。「ありがとう。あなたもよかったわ」

ピートは彼女の目元から口元へと視線を移した。「もう一回戦いく?」

彼のものがまた硬くなってくるのがわかり、キャシディは驚いて目を見開いた。「でも……」

ピートは笑いながら彼女のかたわらに仰向けになった。「ちょっと休んでからだよ。そんなすぐには、おれも無理だって」彼は手を伸ばし、上の空で彼女の太ももを叩いた。「本当なら、男らしくバスルームに行ってコンドームを外さなくちゃいけないんだけどさ。なんか無理そうだな。ねえキャス、ティッシュペーパーか何かない?」

キャシディは天井をじっと見上げている。いきなりの出来事に心底びっくりしていた。分別臭いことで有名なこのわたしが、魅力的なハンサムから、使い終わったコンドームの処理方法について相談されるだなんて! 彼女はくすくす笑いながら、えいっと身を起こした。ピートはかたわらに大の字になっている。片手は自分の胸の上、そしてもう片方の手は彼女のお尻の辺りに置かれている。まだ焦点がしっかり定まらないようで、口元には苦笑が浮かんでいる。

「わたしのほうが、あなたよりもタフみたいね」彼女は笑いながら勢いよく脚を床に下ろして立ち上がり——よろめいた。

今度はピートがくすくす笑う番だ。「ああ、みたいだね」

「ちょっと待っててね」

廊下のほうに向かうキャシディの背中に向かって、ピートは言った。「もうそのせりふは聞き飽きたよ」

バスルームの明るい照明の下に立ち、鏡に映る自分の姿を見て初めて、キャシディは素っ裸なのを思い出した。それに、せっかくきれいに編み込みにした髪がボロボロの縄のようになっている。頭のあちらこちらから、ほつれ毛が飛び出していた。彼女はゴムをさっと取り、髪を梳かしてから、編み直すのはあきらめることにした。けっこう時間がかかるので、その間ずっと、ピートを裸のままひとりでベッドに残しておくのはかわいそうだ。

ペーパータオルを濡らしてぎゅっと絞ると、彼女はバスルーム用の小さなゴミ箱を片手に、ピートの待つ寝室へと戻った。長い髪が背中をくすぐり、自分が素っ裸だということが思い出される。でも意識するとますます照れ臭くなった。ドアの隙間から寝室を覗き込むと、ピートがヘッドボードに寄り掛かっているのが見えて、隠れても仕方ないとあきらめることができた。少なくとも、彼も同じように裸なのだから。そうそう、彼の裸を見て気をそらしていれば大丈夫。彼女は平静を装って、きびきびと寝室に足を踏み入れた。

ピートは横目でちらりと彼女を見た。「髪は下ろしたほうがいいよ。ゆうべもさ、その髪がおれの体の上に広がるところを考えてた」

「本当に?」キャシディはびっくりして足を止めた。

「ああ。何だよ、そんなに驚くこと?」

「だって……」キャシディは当たり障りのない返事を懸命に考えた。わたしも初めて会ったときからずっと夢に見ていただなんて、言えるわけがない。彼女は黙ってゴミ箱とペーパータオルを差し出した。まったく不思議な光景だった。ピートは彼女が興味津々に見物していることなどまったく気にならないかのように、ごく自然なしぐさでコンドームを外し、ペーパータオルで拭いている。

「キャシディ?」彼は呼びかけながら、ベッドの脇に置いたゴミ箱にペーパータオルを捨て、彼女の手を取って胸に抱き寄せた。「あんまりじろじろ見るなよ」

言われて初めて、キャシディは彼のすることをずっと凝視していたのに気づいた。

ピートはいとも簡単に彼女をかたわらに引き寄せた。キャシディは片脚を彼の膝の上に乗せ、片腕を彼の胸に置き、肩に顔をうずめるような格好になった。

心地いいけれど、何だかヘンな感じがして、キャシディは身を硬くした。「こんなふうにするの、初めてだわ」

「そうなの？」ピートは彼女の髪と肩を撫でた。「今まではどんなふうだったわけ？」

そんなこと、言えるわけがない。「そういうのって、あんまり人に聞かせるようなものじゃないでしょ」

「別に詳しく話せとは言ってないよ」ピートは勝手に想像して身震いした。「でも、初めてってことはないだろう？　だってもう二七歳だよね？　おれと同い年なんだから」

「まあね」キャシディはムッとした声を出し、彼の胸毛をもてあそびながら、眉根を寄せて見上げるようにした。「もちろん、初めてだったわけじゃないわよ。でも、ここまでしたことはなかったから。それに、終わったあとにベッドで抱き合って、ヘンな質問をされたこともないわ」

ピートはしばらくじっと考え込み、自分なりに今の返事を解釈したようだ。「つまり、今までの相手は、さっさとやって逃げていくやつばかりだったってことか。情けないな」

キャシディはため息をつき、彼にいっそうぴったりと寄り添った。死ぬまでそうして抱き合っていられそうだった。「言われなくてもわかってるわ」

「そうじゃないって」ピートは彼女の髪を軽くつかんで上を向かせた。「さっさと逃げていったやつが、情けないって言ったの。バカなやつだよ」

「バカなやつらよ。ひとりだけじゃないから」

「で、そのバカなやつらって、いったい何人？」

「あなたには関係ないでしょ。わたしだって、あなたの過去の女の数なんて訊かないわ」キャシディは胸毛を強く引っ張った。

「へえ、おれは別に訊かれても構わないよ。だって、おれたち親友だろ。昨日さ、おれたちって本当に話題が尽きないなってふと気づいたんだ。何でも話せちゃうっていうか」

「わたしは知りたくないの」ピートったら、本気でわたしが昔の女の数を訊きたがってると思っているのかしら？

「きみといるとさ、男友だちと一緒にいるときみたいに、リラックスできるんだよなあ」

何よ、それでわたしを安心させているつもりなの？　キャシディはピートを殴り倒してやりたくなった。ぎゅっとこぶしを握り、脇腹を殴ろうと身構える。

「で、あそこにキスされたのって初めてだったの？」

もうっ。キャシディはこぶしを下ろし、ふたたび彼の肩に顔をうずめた。いっそのこと、マットレスの中に潜り込んでしまいたい。恥ずかしくて、どこかに隠れてしまいたい。でも、わたしが隠れても、ピートはここにいるわけだし……。

「キャシディ？」

彼女は思いきって顔を上げると、ピートをじっと睨みつけた。「確かにこんなふうにするのは初めてだけど、でも、こんなのセックスの直後の会話とは思えないわっ。いくら親友同士でもヘンよ！」

「おれは、きみのあそこにキスするのが好きだよ」ピートは照れ臭そうに笑った。「すごくおいしかった」

キャシディは呆れ顔をした。ピートときたら、恥の意識も慎みもないし、まともな会話ってものが全然わかってないんだから！

彼女はあきらめたようにベッドに仰向けになり、ダウンの枕で顔を隠すと、くぐもった声で言った。「あなたって異常だわっ。もうやめて」

「やめないよ」ピートが体を移動させたせいで、ベッドが揺れる。「やめるどころか――」膝のほうから彼の声が聞こえる。「もう一回やりたいね。それも今すぐに」

熱くしっとりとした息がかかり、キャシディは抗議の言葉をすべて忘れ――そのとき、誰かが玄関のドアを叩く音が聞こえてきた。

4

突然邪魔が入り、ピートは呻いた。せっかく、キャシディの太ももの内側の、引き締まって温かくなめらかな感触を楽しんでいたところだったのに。「誰かと約束?」

「ううん」キャシディは顔の上から枕をどけ、身をよじって壁の掛け時計を見上げた。「やだ、もう九時半?」彼女はふたたびバタンと仰向けになり、あからさまに驚いた様子で言った。「まだほんの少ししか経ってないと思ったのに」

ピートはにやりと笑って彼女の脚をつねった。指先が、ヘアを危うくかすめそうになる。

「楽しい時間は早く過ぎるって言うからね」そこへ、ふたたびドアを叩く音。ピートは残念そうにため息をついた。「おれが出てやろうか?」

「もう、やめてよ!」

キャシディは一糸まとわぬ姿のまま、ベッドから這い出した。丸くて柔らかなお尻、ほっそりとしたウエスト、なめらかな脚。長い髪はまるで全身を包み込むように、背中と両脇と肩の上にふんわりと広がっている。ピートはゆったりと仰向けになり、頭の後ろで腕を組んで、彼女が服を着る様子をじっくりと眺めた。

「もしかしたら、両親かもしれないわ」

そいつはありえるな。ジューン・クリーヴァーにウォード・クリーヴァーか。ピートは彼女に見られないようにしかめっ面をした。「おれは、どうしてればいい？」

キャシディは手早くシャツを身に着け、フランネルのズボンをいそいそと穿いた。そして寝室を出ていきざま、「音をたてないでよ」と言い残し、後ろ手にドアを閉めた。

ピートはすぐさまベッドを出た。ベッドからシーツを引きはがし、腰の周りに巻きつける。そして慎重に、物音ひとつたてないようにそうっと寝室を出ると、キャシディのあとを追って廊下を進んだ。廊下の端から玄関のほうを覗くと、まさに彼女が鍵を外してドアを開けたところだった。

玄関に続く階段に立っていたのは何と、兄のサムとギルだった。「おはよう、キャシディ。まだ寝てたかい？」

哀れなキャシディは、胸に手を当ててよほどびっくりしているようだ。ほとんどショック状態のように見える。「あ、あの……」

サムがギルの脇から片手を差し出す。「どうも、ピートの兄のサムだ。ギルのやつが、弟がこちらにお邪魔してるんじゃないかって言うんでね」

差し出された手を弱々しく握り返しながら、キャシディは「あ、あの……」と繰り返した。

兄貴がふたり揃っておれを探しに？　ピートはすぐさま玄関に出ていった。「いったいどうしたんだよ？　何かあったの？」

振り返ったキャシディが、今にも目玉が落ちるのではないかと思うくらい大きく目を見開く。ギルは弟の全身をさっと確認してから、一瞬シーツに目を留め、笑いを嚙み殺すような顔になった。それから咳払いをし、天井を見上げ、右足から左足に落ち着かなげに体重を移動させた。

一方サムは、まるで何も妙なものなど見ていないとでもいうように、まばたきひとつせずに説明しだした。「いや、別に何もないんだけどな。ギルのヨットで遊ぼうかって話になって、だったら、おまえもついてきたがるかなと思っただけさ。邪魔して悪かったな。でもギルがな、おまえときたら、彼女の部屋に入り浸りだって言うもんだから」

ピートはムッとした。今ここでそんなこと言うことないじゃないか。キャシディのほうを見ると、顔を真っ赤にして、黙りこくっている。まったく、彼女に恥をかかせやがって。

ギルがまた咳払いをした。「どうやら先約があるみたいだから、おれたちはおいとまするよ」

だが、ギルとサムが帰ろうと後ろを振り返ったそのとき、キャシディが口を開いた。「ちょ、ちょっと待って」彼女は両手で、顔にかかった髪を払った。「あの、ええと……わたしは出かける用事があるから」

ピートは彼女の腕をつかんだ。「おい、キャシディ……」

彼女はピートの目を見ることができなかった。「買い物があるのよ。それに、両親のところにも行かなくちゃいけないし。だから、あなたはお兄様たちと行って。ほら、行ってよ、ね？」

キャシディは手で彼を追い払うようにした。

ピートは腕組みをした。「その前に、おれの短パン」

キャシディは一瞬呆然とした顔になり、やけに元気よく笑いだした。「そうそう。短パン。今すぐに持ってきてあげるわ」彼女は言うなり、小走りに寝室に消えてしまった。

「いったい何事だよ？」とサム。

「世界が一八〇度変わっちゃったってやつじゃない？」ギルはにやりとした。

「バカ言うな」ピートは玄関ドアのほうに向かい、開いたドアを押さえたままで言った。

「ねえ、おれの部屋で待っててよ、すぐに戻るから」

「何だよ、おもてで待ってろって言うのか？　おまえのとこなら、玄関に鍵が掛かってたぞ」ギルは言うなり、ソファに向かって歩きだした。「兄さん、おれたち、ここで待たせてもらおうよ」

「よしてくれよ」とピート。

「ああ、それがいいな」サムはギルにならってソファに腰かけながら、考え深げに言った。

「そういえば、おれたちがまだ奥さんとつき合ってるころは、末の弟にさんざん邪魔されたよなあ？」

「ああ、ちょっと記憶が曖昧になってきてるけど、確かそうだったね」

ピートは、ふたりの兄とはさんざん取っ組み合いのケンカをしてきた。でもさすがにシーツ一枚という格好でやったことはない。今この場でそれを試してみたところで、どうせ尻が丸出しになるだけだろうし、そんなの絶対にいやだ。それに、邪魔なものをぶらぶらさせながら取っ組み合いのケンカなんて無理に決まってる。「わかったよ。でも、兄貴たちのせいで恥ずかしい思いをしたのは、おれじゃなくって彼女だぜ」

三兄弟の中で唯一瞳がブルーのサムは、擦り切れたジーンズに包まれた長い脚を伸ばした。「そういうおまえも、アリエルがおれの短パンを穿いてるのを見て、からかってくれたっけな?」

「だって、あの格好はどう見てもおかしかったじゃないか」ピートは抗議した。

「そうそう、アナベルには、彼女の写真が載ってるウェブサイトのURLを教えろなんて言ったよなあ?」とギル。

「純粋に興味があっただけだろ」ピートはうんざりした声になった。「頼むよ、ギル。あのときはちょっと冗談を言っただけだってば。わかってるだろ?」

サムはにやにやしながら口を挟んだ。「とにかく、おれたちはここで待たしてもらうぞ」

ずっと兄たちとそこにいても仕方がないので、ピートはキャシディの寝室に急いで向かった。彼女はベッドの端にちょこんと腰を下ろしていた。頬はまだ赤らめているものの、服はジーンズとニットに着替え済みだ。彼女は、まるでサムとギルに聞かれるのを恐れるように声を潜めながら、期待を込めてたずねた。「ふたりとも、もう帰った?」

ピートは腰に巻いたシーツを放り投げ、ボクサーパンツを穿いた。「まだいるよ。きみのソファにずうずうしく座り込んで、おれが一緒に出かけるのを待ってる」

「そう」キャシディは唇を舐めた。視線は彼のへその下のあたりに釘付けだ。「じゃあ、それまでわたしはここにいたほうがよさそうね」

「弱虫だなあ」ピートは横目で彼女を見やりながら、短パンのファスナーを引き上げ、シャツをつかんだ。「何も恥ずかしがることなんかないだろ?」

「でも、わたしには分別ってものがあるのよ。こういうときこそ、分別を大事にしなくっちゃ」

ピートは傷ついた。彼は目を細めてキャシディに歩み寄り、すかさず後ろに身を引く彼女を逃がさないように、彼女の両脇にどんとこぶしを置いた。「今の、どういう意味だよ?」

彼女は肘で体を支えた体勢で、大きく深呼吸した。呼吸が速く、浅くなっていき、胸が苦しいくらいだ。「わ、わかってるくせに」

彼女の熱い吐息に口元を撫でられて、ピートはまたもや、したくなってくる。「説明しろよ」

「あ、あなたは……遊び人だから」いったん思っていることを口にしてしまうと、あとはすらすらと言葉が出てきた。「女たらしの、快楽主義者だから。あなたが身を落ち着けるなんてありえないから」

ピートは身じろぎひとつしない。彼は……真剣に傷ついていた。それから、少々当惑してもいた。彼はおずおずと、「それってもしかして、身を落ち着けたいってこと?」とたずねた。

「そうよ！　いつかはね——決まってるでしょ」キャシディは挑戦的な目を向けた。「わたしには将来の計画があるって言ったの忘れた？」

「ああ、そうだったね」その計画に、おれは入ってないんだ。ピートは身を起こし、彼女から離れた。少しでも距離を置かないと、またキスをしてしまいそうだ。そうなったら、あとはもう我慢できないとお互いにわかっている。「蝶タイの似合う、格好いい実業家がいいんだろ。ちょうど、きみの大切なパパみたいなさ」

「そういう当てこすりはやめてよ！」キャシディは怒りに駆られてすっくと立ち上がり、彼を睨みつけるようにした。「少なくともわたしには、ベッドで楽しむ以外にもいろいろと計画があるんだから！」

そこへ、寝室のドアをノックする音がして、キャシディはほとんど腰を抜かしそうなくらい驚いた。

くるりと振り返りながら、ピートが叫ぶ。「何だよ!?」

「おい、全部聞こえてるぞ。しばらくかかりそうだから、おれたち、とりあえずおまえの部屋のほうに行ってるけどな。あんまり待たせるなよ、ピート」

キャシディは目をまん丸に見開いて、ピートの手首をぎゅっと握りしめている。「今のって、サム？」彼女は声を潜めてたずねた。

「ああ」ピートは空いているほうの手で顔を撫でた。せっかくサイコーの時間を過ごした直後に、口元を押さえた。

「わたしのせりふも聞かれちゃったのね」キャシディは彼の手首を放し、口元を押さえた。

「どうしよう……」

「おい、気絶したりするなよ」キャシディの大げさな反応がおかしくて、ピートは彼女に傷つけられた痛みを少しだけ忘れることができた。「兄貴なら、もっとすごいせりふも散々聞いてきてるはずだからさ。それに、ふたりともどうせ、きみのほうを応援してるに決まってるから」

「兄弟なのに？」

「ああ。だいたい、女の子をいじめたっておもしろくも何ともないからね」

「女性よ」キャシディは上の空で訂正した。

「え、何が？」

「わたしは、女の子じゃなくって女性だって言ったの。……でも、恥ずかしい。二度とあのふたりと顔を合わせられない」

ピートはキャシディを抱き寄せた。「そんなこと言うなよ。ベビーシッターをやるときは、手伝ってくれるって約束したろ？　それに、そのうちおれの義理の姉さんたちにも会ってほしいんだ。ふたりとも素晴らしい女性だから」ピートはそのまま、彼女と一緒に寝室を出て、兄たちのいなくなったソファに腰を下ろした。ようやくベッドから離れることができて、彼はホッとしていた。ここなら、まともにものを考えることができる。といっても、いかにも愛し合った直後という感じのキャシディがそばにいるので、大してまともに考えられるわけではないけれど。だとしても、愛の営みのあとの、ふたりの匂いが充満した部屋よりはまだマシだ。

ピートはそこまで考えてふと気づいた……そうだ、さっきのあれは、愛の営みだった。単なるセックスなんかじゃなかった。ただのセックスならさんざんしてきたし、正直言って、セックスは大好きだ。でも、さっきのキャシディとのひとときは……もっと深いものだった。残念ながら、彼女はそのことに気づいていないようだけど。

ピートは眉根を寄せて、彼女に言うべき言葉を探した。

「早く行ったほうがいいわ」

ピートは苛立った。キャシディは彼を帰らせようとして必死だ。これじゃまるで、さっさとやって逃げていったとかいうやつらと同じじゃないか。「なあ、キャシディ、その前にちょっとはっきりさせておきたいんだ」

「別に構わないけど、早くしてね。お兄さんたちが戻ってきたら困るから」

ピートの苛立ちはいっそう募った。キャシディが、こんな偉そうな口をきく嫌みな女になれるとは思ってもみなかった。「さっさと本題に入れってことか？　わかったよ」ピートは彼女の前に立った。反射的に彼女は、彼の顔を見上げていた。「おれは、これで終わりだとは、思ってないからな」

キャシディはソファの上で後ずさった。「終わりって、何が？」

「何がじゃなくって、誰とだよ。一回寝たくらいで、おれが満足すると思うな」キャシディの顔が、まるで日焼けでもしたように真っ赤になる。「そうやってびっくりした顔をするのはよせよ。きみの大切な計画の邪魔をするつもりはない。どうせスーツを着たロミオ様が……おれたちの今の関係が行きつくところへ行くまで、きみを待っててくれるんだろうからな」

長い髪のせいで、キャシディの顔の表情はよく見えなかった。両手は膝の上で握り合わされている。やがて彼女はうなずいて、「わかったわ」とだけ言った。

「わかった？」

顔を上げたとき、彼女はほほ笑んでいた。「わたしも、どこに行きつくか知りたいわ」

ふん。もっと最悪な返事を予想してたのに。「ならいい。じゃあ、そうやっておれを追い返そうとするのはもうやめてくれ」

「お兄さんたちに邪魔しないでって言ってくれたら、やめてあげる」

ピートは思わずほほ笑んでいた。「あのふたりにそんなこと言ったら、ますますちょっかいを出してくるよ。だったら、きみのことは秘密にしておいたほうがいい」

苦々しい表情を見て、ピートは彼女が何を考えているのか察した。

「自分の基準で物事を判断するのはよせよ。秘密にしておくったって、別にきみと寝たことを後悔してるからじゃない。兄貴たちからきみを守るために決まってるじゃないか」

「どうしてお兄さんたちは、わたしにまでちょっかいを出すわけ？」

「おれが先にちょっかいを出したから、その仕返しだろ。前に兄貴たちも——」ピートはハッと息をのんだ。彼は今、恋に落ちたとき、と言おうとしていた。そんなことを今ここで言ったら、それこそ速攻で彼女に追い出されるだろう。彼女はおれみたいな男は求めていない。生涯のパートナーという意味では。彼女が求めているのは、スーツの似合う、気取り屋の男だ。

　彼女の父親に一度会わせてもらったほうがよさそうだな。はは。

「何よ?」キャシディはいぶかしむような顔だ。「何を考えてるの?」

「ああ、いや、別に何も」ピートはかぶりを振った。「おれたち兄弟って、ちょっかい出し合ってばかりだなと思っただけ」

「ああ、そう」キャシディは立ち上がり、ピートを玄関のほうに引っ張っていった。「じゃあ、あのふたりには、あなたにちょっかいを出すように言って。わたしのことは、ほっといて」

「了解」ピートは素早く彼女を抱き寄せてささやいた。「キャシディ?　サイコーだったよ」

　キャシディは挑発的な笑みを浮かべた。「どうも。あなたもサイコーだったわ」

　ピートはおもてに出た。後ろ手にドアを閉めようとしたそのとき、キャシディが「ピート?」と呼びかけてきた。

　おずおずとした声に、彼はすぐに振り返った。

　すると彼女は、とても穏やかな声で続けた。「あなたと寝たこと、全然後悔してないから」

「ほんとに？」ピートは気持ちが軽くなるのを覚えた――といっても、一〇〇パーセント、彼女の言葉を信じたわけではないが。

「ほんと」キャシディはほとんどドアを閉めながら、わずかな隙間から顔を覗かせて言った。「むしろね、次のチャンスを楽しみにしてるわ」

ドアがバタンと閉じられ、鍵がかちゃりと掛けられる音が響く。ピートは、バカみたいににやにや笑いながらその場に突っ立っていた。兄たちが隣の玄関先からじっとこちらを見ていることなど、まったく気づきもしなかった。そこへふいに、サムの声が聞こえてきた――

「ありゃ本気だな。顔を見ればわかる」

「ああ、間違いないね」ギルがうなずいた。

ピートはハッとわれに返った。兄貴たちに首を突っ込むなと言っても無駄だろう。おれのほうがさんざん、ふたりが恋をしてたときに首を突っ込んだんだから。でも、そういうのはせめて兄弟だけのときにして、キャシディを守ってやらなくては。彼女はもうたっぷり恥ずかしい思いをさせられたのだから。もちろん彼女だって、いずれは兄貴たちのああいうジョークにも慣れるだろうけど……いや、それはまだわからないか。

「盗み聞きすんなよ」ピートはむっつりと言った。「ふたりとも、よっぽど暇なんだな」彼はポケットから鍵を出しながら、大またに兄たちのほうに歩み寄り、玄関ドアに鍵を差し込んだ。

サムはいかにも年上らしく、偉そうな口きくな、というふうにピートを睨みつけた。普段から怒りっぽいことで有名な彼なので、そういう目つきはお手のものだ。「おいピート、本気で恋をしてる割には、妙に冷静じゃないか」

ギルはピートの顔を覗き込むようにした。「それに、青ざめてもいないなあ」

ピートは声をあげて笑いだした。確かに、自分でもこれは本気なんだと思う。問題はこれからどうするかだ。「どうぞ、よろしかったらお上がりください」彼はうやうやしくドアを開けてみせた。

サムは呆れて鼻を鳴らした。「バカ、よろしかったらも何もあるか」

三兄弟は、当然のようにキッチンに向かった。それが誰の家だろうと、三人は何か重要な問題について話し合うときには必ずキッチンに集まる。ということは、兄貴たちはキャシディのことを、重要な問題とみなしてるってことか。厄介のタネと思ってるわけじゃないんだな。

ピートは冷蔵庫を開けると、よく冷えたコーラの缶をまずはサムに放り、続けてギルにも手渡した。そして自らも一缶手に取り、プルタブを引いていきなり口をつけようとした。だが急にギルの手が伸びてきて、缶を取り上げられてしまった。

「ふたりとも、本当に行儀が悪いな」ギルが言いながらサムにも目を向ける。だがサムは、おれのコーラに指一本でも触れたらぶっ殺すとでも言いたげな顔だ。ギルはため息をつき、ピートの缶の飲み口をきれいに洗い、きちんと拭いてから返した。「ほら。グラスで飲むくらいのデリカシーがないんなら、せめて缶を洗うくらいのことはしろよ」

ギルはそう言うと、自分用に取り出したグラスを氷で満たした。

サムはすでに不潔な缶の中身を半分ほども飲んでしまって、缶を軽く持ち上げながらピートに問いただした。「おれとしては、コーラの缶のばい菌なんかのことよりも、おまえがちゃんとゴムを使ったかどうかのほうが心配だね」

ピートはハーッと大きくため息をついてから口を開いた。「なあ、兄貴。兄貴ときたら、おれが一〇代のときから——いや、二〇代の前半になってもそうだったな——そのことばっかり心配してるんじゃないの？ 忘れてるようだから言っておくけどね、おれももう大人なんだよ。兄貴やギルと同じように、ちゃんと自分で責任くらい取れるんだって」

サムとギルは大爆笑だ。

ピートのムッとした表情に気づいたギルは、必死に笑いを噛み殺した。「いや、ごめん、ごめん。わかったよ、避妊については、ちゃんと気をつけてるってことだよな」

「そうだよ」

一方、サムはまだ忍び笑いを漏らしている。その様子を見てピートは、キャシディの言い分がどんなに正しいか痛感させられた。どうせおれは、まともな女が生涯つき合いたいと思うような男じゃない。実の兄たちにすら、無鉄砲なガキだと思われてるんだから。ピートはむしゃくしゃした。

ギルはテーブルの椅子に腰を下ろした。サムはカウンターの上に座った。そしてピートは壁にもたれて——待った。

「で？」ギルが最初に口を開いた。「彼女のこと、本気なのか？」

「たぶんね」

サムはちらりとピートを見やった。「そのわりには、ずいぶん落ち着いてるじゃないか」

ピートは肩をすくめてうなずいた。「自分の気持ちより、彼女の気持ちのほうが心配だからさ」彼はコーラの残りを飲み干し、三回大きく深呼吸して、ようやく打ち明ける勇気を奮い立たせた。「彼女も、おれのことをただの無責任男だと思ってるんだ」

「彼女もって何だよ？」

「兄貴たちだって、さっきおれのことを笑ったじゃない」ピートは苦笑交じりに指摘した。

「バカだなあ、そりゃ兄弟だからだろ」サムは背筋をしゃんと伸ばし、呆れた声を出した。

「兄弟同士はおちょくっていいの。そういう試練を乗り越えて大人になるんだ」

「そうそう」ギルがうなずいた。「でも、キャシディが本当におまえのことを無責任だと思ってるとしたら、それは単に彼女がおまえのことをわかってないってことだよ」

「だからって、彼女に余計なこと言うなよな」ピートは釘を刺した。「おれたちの関係は……」

「デリケートだから？」

「まあね」

サムはピートの顔を覗き込んだ。「セックスの相性は？」

「兄貴には関係ないだろ！」

サムは降参のポーズをしながら、にやにやしている。「今の反応はあれだな——」彼はピートに向かって言った。「ふたつの意味に取れるんじゃないか？　つまり、あまりの相性のよさにかえって当惑してるのか、それとも、最悪だったんでなかったことにしたいのか」

ギルが真面目な顔で頭を振った。「まさか。おれはキャシディのことはよく知ってるけどね、彼女なら、何をやらせても最悪なんてことはありえないよ」

「ほう、そんなによくできた子なのか？」

「まあ、そんなとこだね。すごくしっかりしてて、自分の欲しいものもちゃんとわかってるし、そのために努力するタイプなんだ。五年後、一〇年後の目標がありそうな感じ。いや、ひょっとすると二〇年後の目標もあるかもしれないな」

「おれには、彼女が欲しがってるものはピートのように思えたけどなあ」

「まあ、いろいろ考え合わせてみると、そうとしか思えないよね」ギルは肩をすくめてコーラを口にした。

そんな単純な話だったら、どんなにいいだろう。確かに、キャシディはベッドへの誘いには応じてくれた。でもさっきの会話では、彼女の目標にピートはいっさい無関係で、きちんとした関係なんて築けないと宣言されたも同然だ。彼は手のひらの付け根をまぶたに押しつけて、どうすれば彼女の気持ちがわかるのだろうと考えた。とはいえ、ひとつだけはっきりしていることがある。「彼女、スーツの似合う男が好きなんだ」

ギルは呆れ顔だ。「だったら、おまえもスーツを着ればいいじゃないか」

ギルはいつもそうだ。何があっても、それが当たり前という顔をする。さすが実業家というか、一〇〇パーセント自信を持って物事の計画を立て、それを実行する。何があっても道を踏み外すということがない。ギルのほうがよっぽどキャシディにお似合いだ。彼が結婚していて本当によかった。「スポーツ・センターで働くのに、スーツなんか着ていられるわけがないだろ?」

ギルは膝をぴしゃりと打って言った。「おれに名案がある!」

「またかよ」サムが呻いた。

「兄さんは黙ってろよ」ギルはサムに言ってからピートに向き直った。「うちの会社で働け、な? みんな歓迎してくれるぞ。それにおまえは口がうまいから、理事会への報告とか、クライアントとの交渉とかは全部……」

「そのためには、スーツを着なくちゃいけないんだろう?」サムは身震いした。

「だから名案だって言ってるんじゃないか。キャシディはスーツの似合う男が好きなんだから」

「ところで、どうして当の本人はスーツを着てないんだ? おまえ、彼女に訊いてみたことあるか、ピート?」サムはカウンターから飛び下りた。「答えは簡単だよ、柄にもないことはするなってことだ」

ギルも立ち上がった。「おれと一緒に仕事するのが、どうして柄にもないわけ?」

兄貴たちはやっぱり頭がヘンだ。でも、そんなふたりが大好きだけど。「おれとしては、柄にもないとは思わないけどさ。ギルがいるんじゃ、おれは会社に入ったって永久に二番手だろ。それに兄貴の言うとおり、彼女のために生き方を変えるなんてできないよ」

サムは筋肉もりもりの腕をピートの肩にまわした。「とにかく、ベッドではしっかりがんばれよ。そうすりゃ絶対にうまくいくから」

「そうだね」ギルも渋々うなずいた。「やっぱりそれが一番の手かもしれないね」

三人は声を合わせて笑った。ちっとも問題の解決にはなっていないが、兄たちといるだけで、ちょうどいい具合に気が紛れるのはありがたかった。「ところで、ヨットで出かけるんじゃなかった?」

「おう、そうだ」ギルはさっさと玄関ドアのほうに向かった。「こんないい天気なのに、家に閉じこもるなんてよくない。アナベルとアリエルが一緒に来られなかったのは残念だけど。妊娠した友だちのお祝いパーティーか何かだって言うから仕方がない」

「何だよ、じゃあおれって補欠?」

ギルはウインクした。「当たり前。レギュラーはうちの奥さんだからね」

「おれが運転するよ」サムがミラーサングラスを掛けながら言った。

ギルはすかさずサムから車のキーを取り上げた。「ダーメ。兄さんはまだ、アリエルの妊娠の知らせを聞いたときの後遺症で手が震えてるだろ。お申し出はありがたいけど、ヨット置き場まで生きてたどりつけなかったら困るからね」

夕焼けを顔に浴びながら車を走らせるキャシディは、ショッピングモールでのあれこれについて思いをめぐらしていた。今日はちょっと買い物をし、その途中で美容院に飛び込んで、髪を五センチも切ってもらった。美容師はもっと切りたそうだったが、キャシディにはいっぺんにそこまで短くする勇気はなかった。仕方がないので美容師には、家に帰ってから具合を確かめてみて、すぐにまた切りに来るからと言って納得してもらった。

でもおかげで、少なくとも毛先がまとまりやすくなって、タンポポの綿毛のようにふわふわに広がってしまうことはなくなった。それに見た目も前よりもソフトな感じでいい。自分ではかなり変わったと思うし、もう少し短くしたらもっとよくなるかも、とまで思えた。

隣の助手席では、ピンク色のかわいらしい袋が、開け放したウインドーから吹き込む風にかさかさと音をたてている。袋の中に入っているのは、買ったばかりのランジェリー。ちっちゃくてセクシーなショーツが数枚に、おそろいのブラが二枚――買ったのも信じられないけど、それを身に着けるとなったら、まずありえないことのように思える。どれもみな、快適さとは無縁のデザインばかりだった。とはいえ、彼女は大人になってから初めて、快適さを追求するのをやめたところだ。

紙袋の上には小さな箱が乗っている。何と香水なんてものまで買ってしまった。店で手首につけて試してみて、自然でいながら、うっとりさせられるような香りがいっぺんで気に入った。家に着いたら、早速ほかのところにもつけてみよう。

ピートと寝たせいで、キャシディはすっかり色気づいてしまったようだ。頭の中も、早く彼にまた会いたいという思いでいっぱいである。

でもとりあえず今は、やるべきことをやらなくちゃね。

キャシディは実家の車回しにたどり着くと、まずは両親の車があるのを確認した。よかった。これで今日一日で義務を果たすことができる。彼女は勝手口のほうにまわり、キッチンに足を踏み入れ――両親がキスをしてる場面に出くわしてしまった。どうやら、この人たちはちっとも変わっていないらしい。結婚してからもう何十年も経つというのに、父は相変わらず母を溺愛している。父ときたら、見た目はいかにも気取った感じなのに、いつもああやって母といちゃいちゃしてばかり。

キャシディは苦笑交じりに、「コンコン」と言いながらノックするフリをした。

軽いサマードレスに、それによく似合うサンダルというシックな装いの母が、いきなりおろおろしだす。一方の父は、朗らかに笑ってキャシディを抱きしめた。「やあ、キャス。どうしたんだい、急に来るなんて」

父はいつも愛用のアフターシェーブ・ローションの香りをさせていて、それは週末でも変わることはない。それに父は、映画や小説の中の男、あるいは現実の男たちと違って、予想外の行動で人を驚かせることもない。毎日必ず六時に起き、エクササイズをして、コーヒーを飲んで、新聞を読む。それから着替えをして、ひげを剃って、八時までには朝食を終えている。髪が薄くなったことはちっとも気にしないくせに、家族のことでは絶えず気を揉んでいる。

今日の父は、おしゃれな半そでのオックスフォード・シャツに、黒っぽいズボンをきちんと着こなしている。そういえばキャシディは、父の短パン姿など一度も見たことがない。たとえゴルフに行くときであっても。

父性本能丸出しにぎゅっと抱きしめられて、キャシディはほとんど足が宙に浮いてしまいそうになった。

まだ質問攻めにされる気にはなれなかったので、キャシディは母のかたわらに寄り、同じように抱きしめた。「ねえ、ママ――」彼女は顔を赤らめたままの母に向かって言った。「夫婦がキッチンでいちゃいちゃしちゃいけないんなら、わたし、一生結婚なんかしないからね」

母は声をあげて笑った。「もう、やめてちょうだい、キャス」

「ついさっき夕食を済ませてしまったんだよ。まだだったら、何か温めてあげようか、キャス?」

「ううん、大丈夫よ、パパ。代わりにお茶か何かもらってもいい?」父が三つのグラスにアイスティーを用意している間に、母はキャシディの隣の椅子に腰を下ろした。キャシディは、母から髪のことで何か言われるのを待った。髪を切ったのに気づいて、どうしたの、と訊かれるのを。質問された場合の答えはちゃんと用意してある。もちろん、ピートのことを言うつもりはないけれど……。だが、両親は髪のことは何も言ってこなかった。ふたりの反応のなさに少々物足りなさを感じつつ、キャシディは切り出した。「ゆうべね、ホリーがうちに来たの」

父はグラスをキャシディの目の前に置いて、自分も椅子にかけた。「それはよかった。キャスは仕事が忙しいし、ホリーは学校があるしで、このごろはあまりふたりで会っていないようだったからね」

「それでね、ええと、デュークも一緒に来てくれたのよ」

「すっかり彼に夢中みたいね」母が大きなため息をついた。

キャシディはうなずいた。「ママ、わたしね、あのふたりは本気だと思うの」

「キャス、あの子はまだ二二歳だぞ。愛の何たるかもまだわかってないんだ」父が苛立たしげに言った。

「ううん、ホリーはちゃんとわかってると思う」キャシディは言いながら、両親にとってはあまり愉快な話題ではないだろうからと、慎重に言葉を選んだ。「ホリーがデュークを見つめる様子を目にしたら、パパとママも同じように感じるはずよ。ホリーが彼氏をあんなふうに見つめるところ、今まで見たことないもの。それに、デュークもホリーにすごく優しいの。そりゃ、パパやママがホリーの相手として望んでいるようなタイプじゃないのはわかってるけど……」

「だがデュークは、プロのスポーツ選手を目指しているんだろう？　そんなのカウボーイを夢見る子どもと大差ないじゃないか。たいていは、いずれ夢から覚めるものさ」

キャシディは肩をすくめた。「本人から聞いた話では、相当な実力があるようだけどね。

ねえ、ふたりとも実際に会ってみれば？　きっとデュークが本当にいい人だって、わかると思うんだけどな」――ただし、ちょっと退屈だけどね――「それに、彼が心からホリーを愛してるってことも。ねえ、男女の間で一番大切なのって、そこのところでしょ？」

キャシディは必死に説得に努めたが、両親のいぶかしむような表情は、前途有望とは言いがたいものだった。

こうなったら、毒を食らわば皿までよ。「そうだ、みんなで食事でもどう？」キャシディは満面の笑みを浮かべ、いかにも自分も乗り気だという口調で提案した。「そうしたら、デュークのことがもっとよくわかるじゃない」

「ホリーには、ちゃんと学校を卒業してもらわんと困る」

キャシディにとって、父のその厳しい口調はもうおなじみだ。「そんなことわかってるわよ、パパ。ホリーだってちゃんとわかってるってば。でもね、今ここでデュークのことを頭ごなしにダメって言ったりしたら、あの子……ひょっとしたらだけど、すぐにでも彼と結婚するとか、何かしでかすかもしれないわ」

常に理論的で、分別を重んじる父は、渋々折れる気持ちになったようだ。母に向き直ると父は言った。「ジーナ、きみはどう思う？」

母は考え込むような顔になった。「ちょうど明日、カントリークラブで慈善パーティーがあるわねえ」

「それはいい！」父は笑みを浮かべた。

こうしっかりものいとかしろといわれてことを、たまにはしてみたいしれない、いつでも――しかし――ないしいかから。


「そんなのダメ！」キャシディは父が言うのと同時に口走っていた。「つまりその、それってフォーマルなパーティーなんでしょ？　わたしとしては、五人で集まってうちでバーベキューでもしたほうが……」

「でも、せっかくだから、今までとは違うシチュエーションでデュークに会ってみたいね。彼にはもう二回ほど会ってるが、短い時間だったし、それでも、フィールドの外ではあまり社交性があるとは言えない青年だってことはよくわかったからな。ホリーのためにデュークがそういう場でちゃんと振る舞えるかどうか、ひとつ試してみようじゃないか」

「でもそうしたら、わたしもドレスを着なくちゃいけないってことでしょう？」キャシディは呻いた。

母がにっこりとほほ笑んでキャシディの手を取った。「よほどいやみたいね、キャス？　でも、どうしてそこまでドレスを着るのをいやがるのか、ママにはわからないわ」

そんなの、全然似合わなくてみっともないからに決まってるじゃない。

母はすぐさま、おだて言葉を並べだした。「キャス、パーティーにはあなたがいないと困るわ。ねえ、そうよねえ、フランク？」

「そのとおりだよ、ジーナ」

「ホリーはいつも、分別のあるあなたを見本にしてるんだもの、ね？」

分別のある、か。本当にそのとおりよね。パパもママも、わたしがピートと熱い関係になっちゃったって言ったら、いったいどんな顔するかしら。それで分別のあるなんていう最低のレッテルが剝がれるとしたら、それだけでふたりに打ち明ける価値があるかもしれないけど。

　キャシディはえいっと立ち上がった。「わかったわ。ホリーに話して、詳しいことが決まったら、また連絡する」彼女は母の頰にキスをし、父をあらためて抱きしめ、玄関のほうに向かった。でも最後の最後になって、彼女はふと思い出して立ち止まった。「ねえ、ママ。ホリーだってちゃんといろいろと考えてるのよ。顔がきれいだからって、頭が空っぽってことにはならないんだからね」

　それを聞いて父が朗らかに笑った。「そりゃそうさ、ひとつの長所が別の長所を帳消しにするなんてことはありえないよ。おまえがいい例だ」父はウインクまでした。「きれいで、しかも、頭がいい」

　キャシディは目をしばたたいた。

「ホリーはまだ若いから心配なのよ」母が言った。「でも、心配しないわけがないでしょう？　ホリーのことも、キャスのことも、ね？」

　何か答えようと思ったけれど、いきなりきれいなんて言われたせいで、キャシディはすっかり当惑してしまい、適当な言葉が見つからなかった。自分のことをきれいだなんて思ったことは一度もない。それに、父からそんなふうに言われたことも。両親はいつだって、彼女の頭のよさや、良識や、意志の強さばかり褒めてきた。

　ホリーの学生寮に着いたときにも、キャシディはまだぼんやりとしていた。驚いたことにホリーは寮にいた。土曜日の晩なのに珍しいこともあるのねと思ったら、夜遅くにデートの約束をしているらしい。

キャシディは、妹ならきっと髪型の変化に気づいてくれるだろうと思っていた。だから、いきなり外見に気を使うようになった理由について、適当な言い訳を用意しておいた。それなのにホリーは、急に来るなんてどうしたのと言ったあとは、慈善パーティーで思う存分におしゃれができると聞いて小躍りして喜んだだけだった。少なくとも彼女は、パーティーに行けるのが嬉しいらしい。でも当然だ。彼女は、おしゃれが大好きな普通の女の子なのだから。

ホリーはすぐさまデュークに電話をかけた。デュークも喜んで出席するということだった。ということは、この世でフォーマルな集まりを嫌ってる人間って、もしかしてわたしひとり？

だがキャシディは思い出してほほ笑んだ。ううん、大丈夫、ピートもそういうのが嫌いだから。やっぱりわたしには、きざな実業家なんかよりも、彼のほうがずっと似合ってる……。

5

キャシディが帰宅したとき、ピートはまだ兄たちと外出したままのようだった。車回しに彼の車は見えるものの、部屋の明かりがついていないし、室内に人のいる気配もない。彼女はためらったが、必死の表情を押し隠して隣室の玄関前まで行き、思いきってドアをノックしてみた。

返事はなかった。

ひどくがっかりしている自分がいやで、彼女は小さく悪態をつきながら自分の部屋のほうに戻った。何にせよ、夜になる前にいろいろとやっておくべきことがある。

でも、もしも肝心の彼が夜になっても帰ってこなかったら？　たった一回彼と寝ただけなのに、もう禁断症状が出るなんて。思わず手が震えて、叫びだしたくなったけれど、この程度のことで理性を失いたくはなかった。

買ったばかりのランジェリーを洗濯機に入れ、手洗いモードにセットする。キャシディは、新しく服を買ったときは必ず、着る前に一度洗濯をするようにしている。特に下着の場合は絶対にそれが欠かせない上、洗ったあとは乾燥機にかけずに自然乾燥させなければならない。

まったく、何て面倒なんだろう。ピートとのことは、早くも彼女の日常生活に影響を及ぼしつつあった。外見なんて今までまるで無頓着だったのに、今は気になって仕方がない。

洗いあがったランジェリーを干してしまうと、キャシディはバスルームに飛び込んだ。急ぐ必要なんかないんだからと懸命に自分に言い聞かせ、電話やドアをノックする音に聞き耳を立てないよう、じっとシャワーの下で我慢した。そのくせ、浴室を出てまずやったことは、留守電のチェックだった。残念ながら誰からも、一本も電話はなかったようだ。さらに彼女は、玄関から顔を覗かせ、ピートがもう帰宅したかどうか確認までした。やっぱりまだ帰っていない。彼女は自分を殴りつけたくなった。

ひとまずゆったりとした紺色のナイトシャツだけ身に着けると、キャシディは室内を意味もなくうろうろと歩きまわった。新しいショーツが乾いたら、万が一ピートが来た場合に備えて穿いておくつもりだった。それまでは、ひとりで悶々として過ごすしかない。

それから二時間後、キャシディはテレビの前に座り込み、スナックをつまみながら、上の空で映画を見ていた。そのとき、キッチンのドアをノックする音が聞こえてきた。

彼女は文字どおり椅子から飛び上がった。慌てちゃダメと自分に言い聞かせながら、髪を指でさっと梳かし、チーズサンドイッチのパン屑をナイトシャツから払い、キッチンのほうに向かう。

ピートはパティオのガラス戸の前に立っていた。シャワーを浴びたばかりで髪が湿っていて、陽射しをたっぷり浴びたせいで頬が少し赤みを帯びている。筋肉質な長い腕を戸枠の上端と左端に置いて、室内を覗き込むようにしている。キャシディは、彼女の姿を認めるなりにっこりとほほ笑むピートを見ただけで、膝の力が抜け、大切なところが熱くなってくるのを覚えた。わたし、かなり重症みたい……。

鍵を外し、ガラス戸を開けながら、キャシディは言った。「ねえ、どうしていつもキッチンから入ってくる——んんんっ」

ピートは、会いたくてたまらなかったというふうに、狂おしくキャシディに口づけた。片手で彼女の頭の後ろを支え、長い指で髪をまさぐり、同時に舌を奥深く挿し入れた。もう一方の手はほっそりとした背中を抱き、徐々に下のほうに下ろしていって、お尻をつかみ、いっそう体を密着させた。

「一日中、きみとキスすることばかり考えてたよ。クルージングがあんなにつまらなく感じられたのは初めてだ」

キャシディはうずく唇を舌で舐めながら、懸命にまぶたを開いた。「ほんと?」

「ああ、兄貴たちときたら、延々としゃべってばかりいるし。波があってヨットが揺れるし。ビキニを着た小娘たちがからかってくるし」

キャシディはピートを押しのけ、眉根を寄せた。「ふうん、それはさぞかしつまらなかったでしょうね」

ピートはにやりとして「嫌みだなあ」と笑い、彼女をまたぎゅっと抱き寄せた。「ギルもサムも既婚者だからさ、せめておれだけでも、お嬢さんたちに笑顔くらい見せてあげないとね」

「笑顔を見せて、それだけ？」

ピートはくすくす笑った。「嫌みな上に、疑り深いんだな。それだけに決まってるだろ。でも、もしもきみがビキニ姿で――」

「やめてよ。人前でそんな格好なんて絶対に――」

「ねえ、髪をどうかした？」ピートは眉間にしわを寄せ、長い巻き毛を手に取り、それが手のひらを滑り落ちていく感触を味わった。「いつもと違うように見えるけど。何だか前より短く感じるな」

やった！　ピートが気づいてくれた！　キャシディは、心臓がひっくり返ってしまいそうな感覚に襲われながら、頬を紅潮させた。誰も気づいてくれなかったけど……ピートだけはちゃんとわかってくれた！　「ええ、あのね、ちょっと毛先を揃えてみたの」彼女はつぶやくように言った。

「ずいぶんばっさり切ったんだな」

「ほんの数センチよ」

ピートはそれ以上何も言わず、じっと髪を見つめるばかりだ。やがて、彼女のお尻に置かれていた手がもぞもぞと動きだし、ふいに質問された。「ショーツは穿いてるよね？」

いけないっ。どうしよう、忘れてたわ。あっと思ったときには、キャシディはキッチンの脇にある洗濯室のほうを反射的に向いてしまっていた。買ったばかりのランジェリーがずらりと並んでいるのが見える。「あ、あの――」

彼女の視線の先を追ったピートの瞳が、きらりと輝いた。「おやあ、あそこに干してあるのは何かなあ？」

「ピート！」キャシディは、洗濯室のほうに足を向けようとするピートの短パンのウエストをつかんだが、結局、そちらに引きずられてしまい、気づいたときにはふたりしてリノリウムの床に立っていた。「もうっ、人の下着を見ないでよ！」

当然ながらピートは、彼女の命令に聞く耳など持たない。キャシディの中で、恥ずかしさが屈辱感へと変わっていく。ピートは干してあるショーツに指をかけ、レースやシルク地をじっくりとチェックしている。やがて彼は、視線を彼女の下半身のほうに落とした。

「つまり、そのシャツの下は何も着けてないってこと？」

キャシディは後ずさった。ピートの顔に浮かぶいたずらっぽい、セクシーな表情に、彼女はくすくす笑いだした。「たぶんね」

「やっぱりそうか」ピートはショーツから手を放し、ゆっくりと彼女のほうに歩み寄っていく。「きみのかわいいお尻がこのセクシーなショーツに包まれているところも見たいけど、どうせすぐに脱がすことになるんだろうな」

キャシディは、太もものあたりでナイトシャツをぎゅっと握りしめた。「へえ、そうなの？」

「こっちにおいで、キャス」

「いやよ」彼女はかぶりを振り、くすくす笑った。

「なるほど、さては追いかけっこがしたいんだな？」ピートは瞳をらんらんと輝かせた。

「いいよ、きみがその気なら、ちょっとつき合ってあげる」

「そんな気ないわ！　わたしは――」

「早く逃げたほうがいいんじゃないのかな……ほら、始めるぞ！」

ピートはすっかり興奮しているようだ。キャシディはそれ以上、反論するのはあきらめ、くるりと振り返るなり一気に走りだした。すぐ後ろにピートが迫ってくる気配がする。彼の足音が床に響く。キャシディは、口から心臓が飛び出そうだった。懸命に逃げながら、彼女はまるで女学生みたいにヒステリックに笑い続けた。

せっかくソファの後ろに逃げ込んだのに、ピートがソファの上に飛び乗り、目の前の床に飛び下りてくる。彼女はキャーッと叫びながら、また逃げだした。ピートがわざと捕まえずに楽しんでいるのは一目瞭然だ。追いかけながら彼は、何度も何度も彼女のお尻を触り、そのくせ捕まえようとはしない。彼女は寝室のほうに向かい、ドアが開いているのを見てあそこなら安全だわと思い、猛烈にダッシュしてピートが来る前にドアを閉めようとした。だが一足遅かったようだ。すぐ後ろから彼が突進してくるのに気づいて、彼女は金切り声をあげた。

後ずさり、ぜえぜえと息を切らしながら、キャシディはピートを見つめた。

ピートはにやにや笑いを浮かべていて、すでにやる気満々だ。「もう逃げ場はないぞ、キャス。さあ、おとなしく言うことを聞いて、シャツを上げるんだ。下着を着けてるかどうか、おれに見せてごらん」

こんなときなのに、自然と顔が笑ってしまう。その一方でキャシディは、心臓がばくばくいって、その場で気絶してしまうのではないかと思った。「は、穿いてないって、わかってるくせに」

「いいから、早く見せて」

膝の裏にベッドのマットレスが当たり、キャシディの逃げ場は完全になくなった。彼女はゆっくりと、どこか思わせぶりなしぐさでシャツの裾に手をやり——一瞬だけ持ち上げ、すぐにまた下ろした。

ピートは声をあげて笑った。「それじゃ速すぎるよ」

「ダメ、今のでおしまいよ」

「全然見えなかったよ」ピートに歩み寄られて、キャシディは息をのんだ。彼の手がゆっくりとシャツの裾に伸び、徐々に裾を持ち上げていき、ついには胸のところまであらわにされる。キャシディは何だか、シャツも脱いで丸裸になったときよりも、ずっと恥ずかしく感じた。

「このまま押さえてて」

またもや気絶しそうになりながら、キャシディは言われたとおりにした。

ピートはその場にひざまずいた。

彼女は思わず、すすり泣きのような声を漏らしていた。すすり泣き!? わたし、すすり泣きなんて柄じゃないのに……やがて彼の指に花びらを押し開かれると、彼女はもうまともにものを考えることさえできなくなってしまった。

キャシディは息をのみ、またすすり泣きのような声を漏らし、そして小さく喘いだ。「ピート……」

「一日中考えてたよ」ピートはハスキーな声でささやいた。「きみはどんな味だったかなって」彼は指で花びらを押さえたまま、キャシディを見上げるようにした。「よし、確かめてみよう」

彼はそう言うなり、たっぷり一〇分もかけて彼女を味わった。膝が震えて、脚の力が完全に抜けてしまって、もうそれ以上立っていられない。「ねえ、座らせて?」

「いっそ横になったほうがいいんじゃない?」ピートは立ち上がり、彼女のナイトシャツをすっかり脱がせてしまうと、自分も服を脱ぎだした。「先にきみをかわいがってあげるよ」彼は言いながら、視線を乳房にそそいだ。「そうじゃないと、おれのほうがすぐにイッちゃいそうだからさ」

「別にそれでも構わないわ」キャシディは待ちきれずに彼の短パンのファスナーに手を伸ばし、一気にずり下ろした。彼のものはすっかり大きくなっていた。息をのみ、両手でそれを包み込むようにして根元から先端まで撫で、なめらかな感触と、鋼のように張りつめた硬さを堪能した。見上げると、ピートはまぶたを閉じ、歯を食いしばっていて、キャシディはそれまでにないくらい大きな征服感を覚えた。「わたしも、あなたを味見したい」

ピートは歯を食いしばったまま呻き、大きく息をのむと、彼女をじっと見つめてささやいた。「いいよ、してごらん」

今度はキャシディがひざまずく番だ。彼女はゆっくりと時間をかけて、彼を感じながら、丹念に愛撫した。彼は仁王立ちのようになって足を踏ん張り、脇に垂らした両手をぎゅっと握ってこらえている。

実はキャシディは、本などで読んだことはあっても、実際にこんなことをするのは初めてだ。硬く勃起した根元を指で押さえるようにして、彼女はペニスを口に含み、ゆっくりと優しく舐めてみた。

ピートは頭をのけぞらせて呻いた。

彼のものは、ほんのりとしょっぱくて、とても温かくて、キャシディは大いに気に入った。いとおしいくらいだった。彼女は口を大きく開けてさらに奥のほうに飲み込み、舌を巧みに使ってなぶりながら軽く吸った。

ピートが荒々しく「ずいぶん焦らすんだな」と呻くように言う。

「ううん……」もっと焦らしてほしいという意味なら、望みどおりにやってあげてもいい。

「ああ、ダメだ」ピートは短く笑いながら泣き言を言った。「もうやめてくれ。キャス、我慢できないよ」彼はキャシディの肩をつかんで立ち上がらせた。「一日中きみのことを考えてて、爆発寸前だ」

キャシディは立ち上がりながら、びっくりした声で言った。「でも、今朝もしたばっかり――」

「いいから、ベッドに入って」

あっという間にベッドに横たえられて、キャシディは考える暇もなかった。「あ、あなたは？」

「おれは先にゴムを着けないと。心配しないで、すぐにそっちに行くから」ピートは短パンをつかむと、ポケットを探り、財布を取り出した。そしてコンドームを彼女に向かってひらひらさせながら言った。「一個しかないから、あとで部屋に取りに行かないと」袋を引きちぎり、彼は巧みな手さばきでコンドームを装着した。それはいかにも手慣れた様子だった。でも、キャシディはそんなことはどうでもよかった。彼は素晴らしい、最高の恋人だ。それに髪型の変化にも気づいてくれた。彼女は両手を広げて彼を迎えた。

前戯はほとんどなかった。ピートは彼女の脚の間に腰を据え、むさぼるように口づけながら乳房を揉みしだき、乳首をなぶった。短い前戯のあと、彼は指で彼女を押し開いた。キャシディは、すっかり大きくなったものが圧迫感と共に中に入ってくるのを覚えた。

「つかまってて、キャス。すごく暴れたい気分だから」

彼の言葉に、キャシディは胸を高鳴らせ、両の腕できつく彼を抱きしめた。すぐさまお尻をぐっとつかまれ、一番奥まで貫かれて、ふたりは同時に息をのんだ。

ピートは呻きながらささやいた。「最高だよ、キャス。すごくいい」

ピートの荒々しい動きに、ベッドが揺れ、スプリングがリズミカルにきしむ。キャシディは彼の腰に脚をまわし、肩につかまりながら、信じられないくらい激しい快感と、心の中が満たされていく感覚に身をゆだねた。わたし、ピートを愛してる……キャシディは思った。愛しているからこそ、あまりにも幸福で、泣きたいような、笑いたいような気分だった。でもどちらも我慢した。やがてエクスタシーが訪れ、彼女は身をよじり、喘ぎ、叫んだ――同時にピートも、とどろくような呻き声と共に絶頂に達した。

わたし、心の底から彼を愛してる。

これからどうすればいいの？

正直そのつもりはなかったのに、ピートは結局、そのままキャシディの部屋に泊まってしまった。セックスしたあとは相手の部屋に泊まるのが当たり前、なんて発想自体が彼にはなかった。実際、相手の部屋に泊まったことはほとんどない。部屋に泊まるということは関係がさらに深まることを意味するし、そもそも、そこまで真剣になれるほど相性のいい女性はほとんどいなかった。だがゆうべは、コンドームを取りにいったん自分の部屋に走ったあと、ちゃんとキャシディの部屋に戻った。そして、うまいこと彼女をおだてて、新しいランジェリーでファッションショーごっこを楽しんだ。

あれには本当に興奮させられた。あんなセクシーなランジェリーを着ながら、恥ずかしそうに顔を赤らめ、そのくせ彼と同じ、強烈な欲望を秘めた瞳を輝かせて笑っていたキャシディ。ピートは、彼女がエクスタシーを迎えるところを見るのが大好きだった。彼女をぎゅっと抱きしめるのも。彼女のそばにいるだけでも幸福を感じられるくらいだ。

静かに眠るキャシディを腕に抱きながら、ピートは一晩中、彼女が隣にいることを意識していた。おかげでほとんど眠れなかった。一糸まとわぬ彼女のしなやかな体を抱きながら、彼女のすべてに魅了されていた。

ただひとつ気に入らないのは、彼女が髪を切ってしまったことだ。ひょっとして、以前に髪のことでからかったのがいけなかったのだろうか。でも、あの髪がセクシーだったのに。すごく自然で、気取りがなくて、女性らしくて……そう、まるでキャシディ自身のように。

あれは三回目のオルガズムにキャシディが叫び声をあげたときだったと思う。あのときピートはようやく、ああ、おれは彼女のこのナチュラルな雰囲気が好きなんだとふと気づいた。妙な話だった。今までは気取った女にしか興味がなかったのに。それに、彼女たちとの関係もまた、気取ったものでしかなかった。お互いに格好つけて、いいところしか見せない、表面的なつき合いばかりだった。相手の女性と、くだらない冗談を言い合って笑ったこともない。以前の彼は、相手に本当の自分を見せることさえなかった。

キャシディがむにゃむにゃと寝言を言い、指先を胸毛に絡めてきた。彼女は一晩中、そうやって彼にぴったりと寄り添ったままだった。ピートは幸せだった。ふたりで寄り添っているると、希望が湧いてくる……もしかしたら彼女にも、心の底から彼を求める気持ちが少しはあるのかもしれないと。

ピートは彼女の指を胸元からそっと放し、指先に優しく口づけた。彼女は軽く身じろぎしたが、目を覚ますことはなかった。彼はその小さな手をじっくりと観察した。マニキュアも塗らずに短くきれいに切りそろえられた爪。指輪もしていない。彼女が眠っているのをいいことに、今度はその指先で自分の唇と顎をなぞってみた。指先には小さなタコができていた。それでもやっぱり、キャシディ以上に女らしい女はこの世にいないと思った。

ピートはさらに、彼女の手を広げさせて、それで自分の口をふさいでみた。

「ピート？」

眠たそうに開かれたキャシディの瞳は、とてつもなくセクシーだった。まるで誘うようだ。

「こうやってきみに触れるのが大好きなんだ」ピートは無意識のうちに愛の言葉をささやいていた。彼は一瞬ためらい、それから、どうにでもなれと思って続けた。「なめらかな肌も、匂いも大好きだよ。それに、味も」彼はキャシディの指をくわえ、舌で舐め、気だるくしゃぶった。

キャシディはぼんやりと彼の口元を見上げながら、息苦しそうにかすかに口を開いた。胸が平らになってしまうくらいぴったりと彼に体を密着させ、硬くなった下半身を焦らすように太ももで撫でてくる。

ピートはまぶたを閉じ、指と指の間まで優しく探るように舌で舐めた。キャシディが「ピート」と呼ぶ。欲しくてたまらないというふうに――そのとき、電話が鳴った。

だがふたりは、呼び出し音を無視した。ところが留守電に切り替わるなり、若い女性の声が聞こえてきた。「もしもし、キャス？　あのね、明日の慈善パーティーのことだけど、デュークと一緒に迎えにいくから。そのほうが、わたしたちとの約束を忘れる心配がないでしょ。この前みたいにね」くすくす笑う声に、誰かが誰かに話しかけるくぐもった声がかぶさる。「デュークがね、キャスの秘密の彼氏も誘ったらどうかって。そのほうが和むし、わたしたちもママとパパの集中攻撃に遭わなくて済むからありがたいな」

キャシディはムキになってピートを押しのけ、慌ててベッドから這い出た。手で胸を隠すようにしながら、彼女は呆然と立ちつくしてピートの顔をじっと見つめ、「妹だわ」と震える声でささやいた。

秘密の彼氏と聞いて、ピートはすでに、キャシディを絞め殺したいような気分になっている。彼は目を細めて言った。「彼女に見られてるわけでも、聞かれてるわけでもないのに、何を慌ててるんだよ」

「そういう問題じゃないわ」キャシディはピートに背を向け——ピートはその後ろ姿に見入った。「きまりが悪いじゃない」

「どうして？」電話が切れる音がすると、ピートは身を起こしてヘッドボードに寄り掛かり、はっきりさせようと決心した。「彼氏のことを、おれに隠してたのがバレたから？」

キャシディはくるりと向き直った。勢いで、もつれた長い髪がふわりと広がり、胸がかすかに揺れた。「隠してなんかないわ。言いがかりつけないでよ」

ピートは困惑した。「じゃあ、妹さんは何であんなことを言ったんだよ？」

キャシディは両手で顔をごしごしとこすった。「この前、デュークとホリーがうちにディナーに来たの。デュークはアメフト選手を目指してて、信じられないくらい退屈な人なのよ。特に、アメフトの話をしだすともう最悪。でもホリーは、熱烈に彼を愛してるの。デュークの話があんまりつまらないから、ぼんやり考え事をしてたら、男のことを考えてたなって彼が決めつけて」

「本当に男のことを考えてたのか？」

キャシディは眉根を寄せ、顔を真っ赤にした。「ええ、でも……相手は彼氏じゃないわ」

「じゃあ誰だよ？」彼女が男のことを考えてぼんやりしてたと知って、ピートは殺意さえ覚えていた。

キャシディは腕を組んでいる。そのせいで胸がせり上がっているのが、ひどく気をそそる。生意気そうに顎を上げる様子に、ピートはますます疑惑を深めていた。ところが、彼女の答えは意外なものだった。「あなたよ」

「おれ？」

「だから、彼氏じゃないって言ったの」キャシディはいったんベッドのそばを離れ、すぐにまた戻ってきて続けた。「前に、お互いにセックスのことを考えてた、みたいな話をしたでしょ？　実はデュークの話を聞いてるときも、そうだったの。デュークはわたしの表情を見てそれに気づいて、それで、からかってきたのよ」

ピートの胸の中に、何だか妙な感情が湧き起こってくる。キャシディが、おれのことを考えてた……。それってつまり……。「じゃあ、金曜日の晩、あんなにたっぷりステーキ用の肉を買ったのにおれを誘わず、映画を一緒に見ようって言ったのに断ったのは、妹さんとデュークが遊びにくるからだったのか？」

「ええ、ステーキを買ったのは、あのふたりを呼んであったからよ」キャシディは肩をまわした。「でも、ディナーの約束がなかったとしても、あなたと一緒に映画を見るつもりはなかったわ」

「なんで？」

彼女の表情を見れば、理由は一目瞭然だった。「だってわたし……あの時点でもう、あなたとのことを考えてたから。それなのにさんざんからかわれて、あの日はもう、あれ以上あなたと一緒にいたら頭がヘンになると思って」

ピートの胸はちくりと痛んだ。「ごめん」

キャシディは一瞬ためらってから、肩をすくめて、ベッドに飛び乗った。「でも、もういいわ。たっぷり埋め合わせしてもらったから」

ピートは彼女を抱き寄せて膝の上にまたがらせ、正面から向き合うと、彼女の太ももに手を置いたままたずねた。「でも妹さんは、金曜日のディナーの約束をきみが忘れてたみたいなことを言ってたよね？」

キャシディは腰をくねらせながらにっと笑った。「ねえ、本当にまだこんな話がしたいの？　もっといいことを――」

「どうなの、キャス？」

キャシディは呆れ顔でため息をつき、渋々打ち明けた。「あなたにからかわれたせいで、ディナーの約束をうっかり忘れちゃったの。それでひとりで映画館にでも行こうとしてたところに、ふたりが来てね。本当は、B級映画でも見て、気持ち悪くなるくらいポップコーンを食べようって思ってたのよ。でもふたりを見て約束を思い出して、デザートを買い忘れたからちょっと出てくるってごまかしたの」

「なるほど」ピートはにっこりとほほ笑んだ。「じゃあ、本当におれに隠し事をしたわけじゃないんだ」

「隠し事なんかしないわ」キャシディは両手を胸板に這わせ、身をかがめて彼の鼻にキスをした。「あなたにはね」

身を起こそうとしたキャシディを、ピートはぎゅっと抱き寄せ、深く口づけた。口づけのあとも、彼女はピートの肩に頭をもたせて寄り添ったまま離れようとしない。彼女の脚が腰に絡まり、柔らかなおなかがぴったりと密着する感触が、何とも心地よかった。ピートは彼女のお尻を両手でつかみ、さらに下半身を密着させた。「すると、きみが買い物に行ってるあいだ、ふたりは留守番をしてたわけだね？」

「そうよ、どうして？」

本当のことを言っておくべきだろうか。ピートは思わず唸ってしまった。でも、彼女にいつも正直でいてほしいと思うのなら、自分だって正直でいなくちゃいけないよな。「実はさ、あのふたりがしてる声を聞いちゃったみたいなんだ」

キャシディはぎょっとしてピートの膝から転がり落ちそうになったが、幸い、彼がお尻をつかんでいるので大丈夫だった。「嘘でしょう？　わたしの家でそんなことするわけないじゃない！」

「あいにく、嘘じゃないんだ。たっぷり喘ぎ声を聞かされちゃったから」

「もう、サイテー」キャシディは顔を覆ってしまった。

「でもさ、実はおれ、あれをきみの声だと思ってたんだよ」

キャシディはパッと顔を上げた。「だから、誰かと会ってたのかってしつこく訊いてきたのね？」

「まあね」ピートはにやりとして、彼女を抱く腕に力を込めた。「それでも、きみが誰とも会ってないって言い張るもんだから……さてはソリティアの最中だったんだなって思ったわけ」

「ソリティア？　どうしてトランプで一人遊びをしながら喘ぎ声を漏らすのよ？」

ピートはにやにや笑っている。「いや、そうじゃなくって。つまりその……きみがひとりで、よがり声をあげていたのかと勘違いして」

キャシディはまだ何のことかわからないようだ。

ピートはため息交じりに言った。「だから、きみがひとりで楽しんでたんだと勘違いしたんだってば。きみがベッドで……自分で自分を慰めてたのかと思って」

キャシディの顔に浮かんでいた、いぶかしむような表情が、それってもしかして、という表情に徐々に変化していく。やがて彼女は、怒りに目をらんらんとさせながら叫んだ。「ピート、それって――！」

「まあ、そういうこと」

どうやら、そのあとピートが歯をむき出しにしてにやにや笑ったのがいけなかったらしい。キャシディは彼にパンチを食らわした。思いっきり。彼は呻き、肋骨のあたりに手を当て、二発目を回避するためにキャシディを押さえつけた。

「もうっ！」

ピートが笑い声をあげると、キャシディは必死にもがいて逃げようとした。ピートは彼女を組み伏せようとしながら、わざと適度に力を抜いて、彼女が逃げようともがくところを捕まえる、ということを何度も繰り返した。彼女とそうやって戯れるのが、楽しくて仕方がない。最後にすっかり彼女をベッドに仰向けに押し倒したところで、彼は膝を使って脚を割らせ、一気に挿入した。

ふたりは同時に身を硬くし、ハッと息をのんだ。キャシディがつかまれた手首を必死に引き抜こうとする。でもそれは、彼の首に腕をまわすためだった。彼女は「あなたの勝ちよ」とハスキーな声でささやいた。

ピートは彼女の肩に顔をうずめた。コンドームをしていないので、これ以上するわけにはいかない。「キャス、動かないって約束して」

「いやよ。早くして、ピート」

「でも、何も着けてないんだ」

「じゃあ……」キャシディはピートの肩をとんとんと叩いた。「何か着けてきて?」

「ああ、すぐに着けるよ」ピートは笑い、彼女の顔にかかった美しい髪を払って、「で?」と促した。

「でって何が?」

キャシディの顔をじっと見つめながら、ピートはほんの少しだけ腰を突き上げた。キャシディが鋭く息をのむ。そんなことをしたら危ないと頭ではわかっていても、そうせずにはいられなかった。

「秘密の彼氏は、慈善パーティーに同伴してもいいのかな?」ピートはできるだけさりげなく言った。でも本当は、不安で胸が苦しいくらいだった。今までの人生で、こんなに必死な気持ちになったことはない。

「でも、きっと退屈よ」キャシディが身を硬くするのがわかる。

「おれも行けば、少しは楽しくなるんじゃない?」彼女は来なくていいって言うに決まってるじゃないか。ピートは眉根を寄せ、やっぱりやめておくよと自分から言おうとして、彼女が優しくほほ笑んでいるのに気づいた。

「デュークに男のことでも考えてるのってからかわれたときにね、実はわたしもそう思ってたの。あなたがここにいたらなあって。あなたがいたら、こんなに退屈しなかったのになあって」

ああ、よかった……。ピートは彼女の言葉にすっかりめろめろになってしまい、優しく「じゃあ、おれに同伴させてくれるね？」と答えを促した。

「でも、パーティーに行くのはデュークとホリーだけじゃないのよ」キャシディは唇を噛んでピートの顎のあたりを見つめている。「実は、ママとパパも一緒なの」

ピートはムッとして身を硬くした。つまり、おれなんかじゃ、ジューンとウォードに認めてもらえないってことかよ⁉「ご両親におれを会わせるのがそんなにいやなの？」

「そうじゃないわ！」キャシディは即座に否定し、苛立たしげに眉根を寄せて「どうしてそんなふうに思うのよ？」とたしなめるように言ったが、すぐにまた優しい声になった。「ママもパパもそんな人間じゃないし、絶対にあなたのことを気に入ると思うわ」

「だったら何が問題なの？」

キャシディは大きくため息をついた。「正装しなくちゃいけないのよ。カントリークラブで開かれる、ちゃんとしたパーティーなの。パパはきっとタキシードできめてくるはずよ」

「じゃあおれは、短パンは穿かないって誓う」とはいえ、パーティーは明日なのに、どうやってまともな服を調達しよう？　待てよ、ギルならタキシードくらい何着も持ってるだろうし、おれとサイズはだいたい一緒だし……。

キャシディは声をあげて笑い、「だったら、いっそのことふたりで短パンっていうのはどう？　そのほうがよっぽど快適だもの」と冗談を言ってから、ため息をついた。「じゃあね、パーティーに招待してあげたら、コンドームを着けてくれる？」

そう、少なくとも彼女は、おれをベッドの中では求めてくれる。兄貴たちが言ったように、そこから始めればいい。それも今すぐ。考えつく限りの方法で彼女を喜ばせ、叫び声をあげさせ、もっとちょうだいと言わせてやる。彼女をへとへとにさせてやるんだ。「承知しました、マダム。少々お待ちを」

だがコンドームを着け終えたところに、「あのね、ピート、本当はあるの」とキャシディが言うのが聞こえてきた。

彼はキャシディに向き直った。彼女はベッドに仰向けになっていた。しなやかな筋肉に覆われた裸身は、女性らしい力強さに満ちあふれていた。くそっ、おれは心の底から彼女を愛してるぞ。「あるって、何が？」

「あなたのことを考えたこと」

「そうなの？」ピートはキャシディのかたわらに横たわった。

「ひとりでしてるときにね」

ピートの心臓は今にも止まってしまいそうだ。まいったな……。ピートはキャシディの顔を見つめたが、頭の中が真っ白で何も言葉が出ず、飢えたように彼女の上にのしかかった。あれは後回しだ……彼女をへとへとにさせるのは。今はただ、とにかく彼女が欲しい。

6

キャシディはまだ信じられずにいる。あのピートが、キャシディとその家族と一緒にパーティーに出席したがっているなんて。もしかしたら……期待してもいいの？

ピートは午後早めの時間に自分の部屋に戻ったので、彼女は空いている時間を使って新しいストッキング――何であんな面倒臭いものを穿くんだろう！――を買いにいき、外出したついでに、髪をもう少し切ることにした。ピートが気づいてくれたからではなく（と彼女は自分に言い聞かせた）、自分で気に入ったからだ。

カットが終わるころには、腰まであった魔女を思わせるロングヘアは、肩甲骨が隠れる程度の長さになっていた。それでもまだ十分長いが、かなりさっぱりしたし、このほうが何かと楽そうだ。

帰宅すると、キャシディは唯一所有している黒のドレスをクローゼットの奥のほうから引っ張りだした。ドライクリーニングのカバーを取り去り、早速、頭からかぶるようにしてドレスを着る。詰まった丸襟に袖つきで、膝下までの長さのストンとしたストレートラインのドレス。

着心地は……最高ということにしておこう。

鏡に映る自分の姿を確認して、キャシディは気が滅入った。これで鎌を手に持ち、ついでにドレスにフードがついていたら、まさに死神だ。彼女は呻き、黒のハイヒールもクローゼットから引っ張りだした。でも、ハイヒールを履いたところで効果はゼロだった。というより、今度は女装趣味の死神に見えた。

そこへタイミング悪く、ピートがドアをノックする音が聞こえてきてしまった。別の服を試している時間はもうない。いやそもそも、黒のドレスはこれ一着しかないのだ。こうなったらあきらめるしかない。どうか、このひどいドレス姿を見て、ピートが尻尾を巻いて逃げだしたりしませんように。

今日は珍しく、ピートは玄関のほうから来たようだ。キャシディはドアを開け……その場で卒倒しそうになった。

彼は何とタキシードを着ていた。

頭のてっぺんから足の爪先までまじまじと彼を見つめても、まだ信じられない気持ちだった。一分の隙もなくおしゃれをしていて、ピートとは思えないくらい。もちろん、見た感じは全然悪くない。ただ何というか……いつもの彼じゃない、わたしのピートじゃないという気がした。

でも、ついこの間までは、キャシディだってスーツを着た男性がタイプだと公言していたのだ。まったく、われながらバカだったとつくづく思う。

ピートは黒の蝶タイをせわしなくいじっている。「やんなっちゃうよな。何度やってもうまく結べないいんだ。ねえ、手伝ってくれない、キャス？」彼はそこでようやく顔を上げ、何かに気づいたようだ。眉根をぎゅっと寄せる彼の不機嫌そうな表情に、キャシディは身構えた。ドレスのことで何か言われるに違いない。

「また髪を切ったの？」

どうして？　この黒いテントみたいな服のことは何も言わないの？　キャシディは咳払いした。「正確には、美容師に切ってもらったのよ」

ピートは、蝶タイのことなどもうどうでもよくなった。ほどけたままのそれを襟元にだらりと垂らしたまま、両手を腰に当ててキャシディを睨みつけた。「何でどんどん短くなっていくんだよ⁉」

そのとき、キャシディの視界に、こちらにやってくる両親の姿が映った。さらにその後ろから、デュークとホリーが来るのも。何てこと。これじゃまるで見せ物だわ。

だがピートは、背後に人が近づいてくるのにまるで気づかないようで、ちゃんと話を聞けよというふうにキャシディの肩をつかむと、そのまま彼女を後ずさりさせながら室内へとずんずん入ってくる。「キャス、おれは長い髪のほうが好きなんだよ」

「あの、まだ十分長いでしょ？」キャシディは、両親たちがだんだんこちらに近づいてくるのを、おろおろと見ている。四人とも、いったい何事かという顔をしているのがわかる。両親はきっと、次女の彼氏の品定めをするつもりが、長女の彼氏の品定めまでしなくちゃいけないのかと、うんざりしているはずだ。

「でも、前に比べたらちっとも長くない!」ピートはなぜか相当苛立っているようで、ついには大声をあげだした。「おれが髪のことをからかったのがいけなかったの? もしそうなら、頼むからもう忘れてくれよ。おれは、きみの長い髪が大好きなんだから!」

「あの、そうじゃなくって……」キャシディは慌てて、両親がピートのすぐ後ろまで来ていると説明しようとした。「あのね、ピート、実は……」

ピートは彼女の髪を両手でつかみ、柔らかな感触を楽しむようにその手を握りしめた。

「おれのために変わる必要なんてないんだよ、キャス。おれは、そのままのきみが大好きなんだ」

驚きのあまり、キャシディは口をあんぐりと開けた。

ピートはキャシディに歩み寄った。「きみのことが大好きだから、こんな窮屈なタキシードなんか着て、ウォードとジューンに気に入られようと努力してるんじゃないか……ただ、どうもこの蝶タイの結び方がよくわからないんだよ。ねえキャス、蝶タイの結び方、知らない?」

ピートの背後から、デュークがいきなり口を挟んだ。「何なら、ぼくが手伝おうか?」

くるりと後ろを振り返ったピートは、四人が揃っているのにようやく気づいて、照れ笑いを浮かべた。デュークも父もタキシード姿で、驚いたことに、デュークはタキシードがとてもよく似合っていた。

「ああ、あの、ええと……」ピートは口ごもった。「きみがデュークだよね、どう見ても、ウォードじゃなさそうだから」

「当たり」デュークが笑い、ふたりは固く手を握り合った。

「で、そちらがキャシディのかわいい妹さんのホリー？」

ホリーはくすくす笑いながら「ええ、そうよ」とうなずいた。うなずいてしまってから、「かわいい」と言われて「そうよ」なんて自信満々に答えたことに気づき、顔を真っ赤にした。

それからピートは、咳払いをしてから姉妹の父親と向き合った。「そして、そちらが――」

「ウォードではないよ」父は笑いを噛み殺しながら、さっと片手を差し出した。

「すみません。あれは単なる――」ピートはおろおろした。

「キャシディがそう言ったんだろう？ わたしも彼女から聞いたことがあるからわかってるよ。まあ、いったいどこが似てるって言うのか、わたしには見当もつかないがね」

ピートは軽いジョークにリラックスしたようで、差し出された手を握り返した。「お会いできて光栄です、ミスター・マクラナハン」

「娘を大好きだと言ってくれる人には、ぜひフランクと呼んでほしいな。こちらは妻のジーナだ」

面倒な自己紹介に、キャシディの出る幕はないようだった。彼女は壁にもたれて、まぶたを閉じて考えた。ピートはさっき、きみが大好きだと言った。しかもみんなのいる前で。それに彼は、髪を切ったことにも気づいてくれた。ほかに誰ひとりとして気づかなかったのに。それから彼は、このみっともないドレスのことはまるで気にも留めなかった。すぐ目の前に美しく着飾ったホリーと母がいて、その違いが一目瞭然なのに。

母が言うのが聞こえた。「ねえ、キャシディ、彼の言うとおりね。あなた、髪を切ったんじゃない」

「二回もです」ピートが指摘した。

「とってもいい感じだわ」母が言うとピートはしかめっ面をした。さらにホリーが「よく似合ってる」とうなずくと、彼はますますムッとした表情になった。

デュークが丸太のような腕を広げて、一同を室内へとそっと押していく。「おしゃべりなら、中に入ってやりましょうよ。パーティーまではまだ少し時間もあることですし」

キャシディはそこでようやく、忌々しいパーティーに行くことになった理由を思い出し、どうやってデュークを持ち上げようかと思案した。当のデュークは、会話の間中、ホリーのそばを片時も離れようとしない。「わたしね、普段は結婚式とお葬式のときしか正装なんてしないんだけど。でもいつも汗まみれのスエットばかりだから、たまにはこうしてドレスアップするのもいいわね」

キャシディが言うと、ピートが耳元にささやきかけてきた。「今夜は葬式だろ？」

彼女はシッと言ってピートをたしなめた。「ねえママ、デュークって大学の最多タッチダウンの記録保持者なんですって。すごいと思わない？」

「そう、すごいのね」ジーナはうなずいた。

デュークはピートを部屋の隅のほうに引っ張っていって、蝶タイを結んでやりながら礼を言った。「ありがとうございます。自分でも誇りに思ってますよ」

ホリーが一同に満面の笑みを見せる。「それにね、彼って優等生名簿にも載ったのよ」

フランクがすぐさま反応した。「それは素晴らしい。専攻は何だね？」

蝶タイを結び終えた巨漢のデュークに肩を組まれ、ピートが危うくバランスを崩しそうになる。「経営学です。アメフトのプロ選手になれなかったら、スポーツ用品店を経営したいと思ってるんですよ。チェーン展開も考えてます」

「そいつはすごいね」ピートはうなずいたが、キャシディがじっとデュークのことを見ているのに気づいて、しかめっ面をした。

キャシディは、ピートとデュークの違いに驚いていたのだった。長身で筋肉質という共通点はある。でもデュークと並ぶと、ピートはずっとほっそりしているし、ずっと品がある。それに、ずっとハンサムだ――もちろんそれは、キャシディの主観的な見方によるもので、妹が正反対のことを感じているらしいのは一目瞭然だ。

それにしても、どういうわけかピートはさっきからずっと不機嫌そうだ。キャシディは「コーヒーでも淹れてくるわ」と告げてその場を逃げだした。ひとりになって、少し考えたかった。ピートはさっき、きみのことが大好きだと言ってくれた。愛に発展するのはまだまだ先の話だろうけど、単なる遊びのつき合いよりはずっとマシだ。そこから何かが始まる可能性だって十分にある。

キャシディはキッチンの入り口の壁にもたれて、コーヒーができるのを待った。そのときふと、男性の大きくて温かな手がウエストにまわされるのを感じた。ピートの香り、嗅ぎなれた心地よい香りが全身を包む。慈善パーティーなんてどうでもいいわ――そんなことよりも、今すぐに服を脱いでベッドで彼と抱き合いたい。

耳元でピートの怒ったような声が聞こえる。「何だってデュークのことばっかりじろじろ見てたんだ？」

今のってもしかして嫉妬？　まさかね。ふたりを見比べていたことを正直に打ち明けるつもりはなかったので、キャシディはただ肩をすくめてみせた。「彼ってスーツを着ると別人だなと思ってただけよ。とてもよく似合ってたから」彼女は首をひねってピートを見上げた。

「両親もきっと納得したと思うわ」

「じゃあ、彼は普段はスーツは着ないんだな？」

「何バカなこと言ってるの？　デュークは根っからのスポーツマンなのよ。でも、専攻が経営学だっていうのには、うちの両親も驚いたでしょうね。うん、彼にはいろいろと驚かされるわ」

「あいつのことが好きなのか？」

そう、キャシディはデュークのことを好きになっていた。あんなに妹に尽くしているデュークを、好きにならないわけがない。「もちろん、好きよ。浮ついたところもないようだし。

将来の計画も、それがうまくいかなかった場合の予備の計画も立ててあるし。欲しいものをちゃんと追求するなんて偉いわ」

ピートは呻き、彼女の首筋に顔をうずめた。「ねえ、キャシディ――」彼がつぶやき、キャシディは首筋に唇が触れるのを感じた。「おれ、考えたんだ。大したことじゃないんだけど――つまりその、きみには、ほんのちょっぴり変化が必要なんじゃないかな」

キャシディは屈辱感で真っ赤になった。「このみっともないドレスのことでしょ、わかってるわよ！」

ピートはさっと身を起こした。「何だって？」

テントのような格好悪いドレスの脇を握りしめ、キャシディは繰り返した。「このドレスよ。でも、黒い服なんてこの一着しかないんだから仕方がないでしょ！」

困惑の面持ちでピートはかぶりを振った。「そりゃ、おれとしては短パン姿のきみのほうが好きだけど。でも、きみは何を着ててもすごくすてきだよ、ほんとに」彼は両手でキャシディの脇をなぞった。「そうじゃなくってさ、きみには、きちんとした人生の目標があるよね？」

それとこれとどう関係があるっていうのよ。「フン、どうせわたしは分別臭い人間よ」

「でも、おれと寝たのは分別が足りなかったんじゃない？　自分でも、そう言ったよね？」

「その件については気が変わったの。あなたと寝たのは、今まで決断したことの中でも最高の部類に入るわ」

「本当？」ピートはにんまりした。

そのときふたりの背後から、フランクの声がいきなり聞こえてきた。「ああ、ええと、わたしたちはそろそろ、おいとまするよ」

キャシディは息をのみ、ピートは慌てて振り返った。背後にいたのは、父だけではなかった。母もホリーもデュークも、みんなすぐ後ろにいたのだ。もうっ、どういうこと？　足音をたてるとか、咳払いをするとか、あるいは口笛を吹くとかしてくれたっていいじゃないの。

すかさずピートが「もう出かける時間ですか？」と確認する。

すると父は、キッチンに入ってきて言った。「ああ、わたしたち四人はね。だが、キャシディは何か悩み事があるようだから、今夜は残ったほうがよさそうだ」

一同が一斉にキャシディを見る。恥ずかしくて、彼女は消えてしまいたくなった。「だ、大丈夫よ、パパ。わたしなら何でもないから。ほんと。ちゃんとパーティーに――」

デュークがほほ笑んだ。「キャシディ、ぼくたちのことなら心配いりませんから。ホリーもぼくもお心づかいには感謝してますけど、あとはもう自分たちでやれます」

母は父の腕を取って笑った。「もちろん、キャシディも一緒ならそれは嬉しいけれどね。でも、ピートもまだあなたに話したいことがあるようだから。ねえピート、キャスはね、小さいころからそれはもうお転婆で。無理やりドレスなんか着せたら、この子がかわいそうだわ。だからこの子はここで、あなたとゆっくり話し合ったほうがいいと思うの」

キャシディは呻いた。ママったら、そんなあからさまに彼とわたしをくっつけようとすることないじゃないの。

父は愛情たっぷりの笑顔を母に向けている。「キャシディは分別のある子だ。自分ですぐに決められるから、心配はいらんよ」

決めるって何を？　ピートとのこと？

ピートはキャシディを促した。「パーティーのことなら、おれはどっちでもいいよ、キャス」

もちろん、わたしだってできれば行きたくない。でも、行かなかったら悪い気もするし……。「だって、せっかくタキシードを借りたのに……」

「ああ、これ？　これならギルに借りたやつだから」ピートはにっこりした。

「じゃあ、これで決まりね」キャシディが何か言おうとする前に、母はそう言ってうなずいた。ピートの後ろに立っている母は、キャシディに向かって、親指を立てて無言で声援を送ってくる。「さて、そろそろ行かなくっちゃ。じゃあね、ふたりとも楽しんでちょうだいな」

四人が慌しく帰ってしまうと、室内には重苦しい沈黙が漂った。

ピートはキャシディのドレスに視線を落とした。「そのドレスのことだけどさ」

ピートの何かを決意したような表情に、キャシディはもじもじした。「やっぱりみっともないって言いたいんでしょ？」

「早く脱がない？」

つまり、今すぐにベッドに行くってこと？　変化が必要だの何だのっていう話は、もうどうでもいいのね？　きみが大好きだとかいう話も、とりあえず置いておいていいのね？

「ずいぶん急ぐのね？」

「うん。きみが脱いだら、おれも脱げるから」

キャシディは安堵の笑みを漏らし、ゆっくりと彼の蝶タイをほどいていき、ドレスシャツの一番上のボタンを外した。「かわいそうなピート。タキシードなんて、窮屈でしょう？」わたしも、こんなドレスを着て窮屈だからわかるわ。もちろん、彼の場合は似合ってるからまだいいけど。

「ああ、でもね、ご褒美を得るためなら、何だって耐えてみせるよ」つまり、ご褒美にわたしが欲しいってことね？

キャシディは蝶タイを引き綱のように持ち、ピートを引っ張るようにして寝室に向かった。期待に胸が高鳴る。「じゃあ、何としてでもそのタキシードを脱がさなくっちゃね」

ピートはおとなしく寝室までついていったが、ドアが閉められるなり話を蒸し返した。

「ところで、変化が必要だって話の続きなんだけど……」

結局、またその話⁉　キャシディは彼の気をそらそうとして、肩から上着を脱がせ、シャツのボタンを全部外してしまった。「さあ、脱ぎましょ？」

「その前に話がしたいんだ、キャス」

「話ならベッドでできるじゃない」キャシディはピートのベルトに手を伸ばした。ピートはあきらめて呻いた。タキシードのズボンは、彼が普段穿いているジーンズよりも簡単に脱がすことができた。あっという間に、キャシディは彼を素っ裸にしてしまった。彼の体は素晴らしかった。今この一瞬だけは、彼はキャシディのものだ。

そういえば、ゆうべは彼にずいぶんからかわれた。家中追い駆けまわされたり、ベッドの上で取っ組み合いになったり。キャシディは、ちょっとばかりその仕返しをしてやろうと思った。

彼はこげ茶色の瞳を期待に輝かせている。「何をするつもりだい？」

「ちょっと楽しむだけよ」彼女はマットレスの上をぽんぽんと叩いた。「さあ、わたしが服を脱ぐ間、ここに横になってて」

「ふうん、何だかおもしろそうだな」ピートは慎みの欠片もないらしく、堂々とベッドに横たわった。腕は頭の後ろにまわし、片脚は軽く曲げている。「いいよ。こっちは準備万端だ」

ベッドの上にいる彼って本当にすてき。キャシディはため息交じりに、「いいえ、まだ準備万端とは言えないわ。残念だけど」とつぶやくと、ベッドに歩み寄り、硬くなった彼のものに蝶タイを一回、二回と巻きつけた。「できあがり。しばらくそのまま外しちゃダメよ」

ピートは目を大きく見開いて、蝶タイが巻きつけられたところをじいっと見つめている。

「ねえ、キャス……」

キャシディはハイヒールを蹴り脱ぎ、ドレスの裾から手を入れて、窮屈なストッキングを脱いだ。ピートは蝶タイのことなどすっかり忘れた様子で、一心に彼女に見入っている。

キャシディはほほ笑み、ドレスの裾を持ち上げて頭から一気に脱ぎ、脇に放り投げた。みっともないドレスを脱いでしまうと、ずっと気分がよくなった。あんなもの、二度と着ないで済むように、あとで燃やしてしまおう。彼女は今、買ったばかりのランジェリーだけを身に着けて、ピートの前に立っている。表情から判断する限り、彼はこの状況を大いに楽しんでくれているようだ。

キャシディはポーズを取りながら言った。「変化が必要って、たとえばこういうことを言うのかしら？」

ピートの視線はおへその下あたりに釘付けだ。「え、何が？」

「わたしに変わってほしいんでしょ？　セクシーなランジェリーも、変化のひとつに入れていいのかしら？」

ピートはいきなり冷水でも浴びせられたようにベッドの上に起き上がると、怒りを爆発させた。「おれはきみに変わってほしくなんかない！」それからふいに思い出したように、少し静かな声になって、「いや、そのショーツは気に入ったけど」と続けた。

キャシディは腰に両手を当てた。「きみには変化が必要だって、ついさっきそう言ったじゃないの」

ピートは何やらぶつぶつとこぼしながら、ベッドを這い出て彼女の前に立ちはだかった。蝶タイはまだあそこに巻きついたままで、端がだらりと垂れ下がっているのが何とも珍妙だ。キャシディは、唇をぎゅっと引き結んで、懸命に笑いを嚙み殺した。

ピートはまだ全然気づく様子がない。「きみの髪も、きみのファッションも！」彼が全身を震わせてわめくせいで、蝶タイもふるふると震える。「きみらしい部分が変わったら、困るんだよ！」

キャシディは彼に歩み寄り、笑みを浮かべて見上げた。「ねえピート、全然意味がわからないんだけど？」

ピートは頭を掻きむしり、大きく息を吸い込み……出し抜けに叫んだ。「キャシディ、きみを愛してるんだ！」

突然どこかから降って湧いたような愛の告白に、ふたりは言葉を失ってしまった。ピートは彼女の顔を凝視して、ひたすら待った。でもキャシディは、見つめ返すことしかできない。何か言わなくちゃと思うのに、言葉が出てこなかった。彼が、わたしを愛してる……？　キャシディの瞳に大粒の涙があふれてくる。

ピートはすぐさま呻いた。「ああ、キャス。やめてくれ、泣いたりしないで」

ええ、もちろん、泣いたりしない。キャシディは鼻をすすり、懸命に深呼吸してから、すっかり乾いてしまった唇を舐めた。「わたしを……愛してくれてるの？」

「ああ、愛してるよ」

ピートはどこかむっつりとした口調になって言った。信じられないくらい魅力的でハンサムなピート。絶対に手に入れることはできないと思っていたのに。その彼が、わたしの寝室で、あんなところに蝶タイを結んで、不機嫌な顔で愛の告白をしてくれるなんて。キャシディは口元を押さえた。でも、あまりにも幸せすぎて、いくら我慢しようとしても笑みがこぼれてしまう。

ピートはいぶかしげに目を細めた。「泣くのはやめたの?」

キャシディはかぶりを振り、「泣いたりしないわ」と言ってほほ笑んだ。

咳払いをしてから、ピートは「よかった」とつぶやいた。彼はまだ、腰に両手を置いて、どこか偉そうな態度で立っている。まるで、あそこに蝶タイなど結んでいないというように。

「なあ、スーツの似合う男が好みだって言ったけどさ、そいつを変えるわけにはいかないかな?」

大丈夫、好みのタイプはとっくにあなたに変わったから。「変えられなくもないけど。どうして?」

ピートは首の後ろを掻いた。「今日さ、ちょっと考えたんだよ。それでおれ、教員資格を取ろうかなと思って。そうしたら少しはきみに信頼してもらえる――」

嬉しい驚きに、キャシディは彼の腕の中に飛び込んだ。「ピート! すごいわ! 前からずっと、あなたなら素晴らしい先生になれるって思ってたもの!」

ピートは彼女を押しのけた。「先生ったって、体育のだぜ。だからスーツは着ないよ?」

「ええ、だから何?」

ピートは苛立たしげに首を横に振った。「だって、きみは蝶タイの似合う男がいいんだろ? 前にそう言ったじゃないか、忘れたのか?」

彼をからかいたくなって、キャシディはさらりと指摘した。「蝶タイなら、とってもよく似合ってるけど?」

　彼の顔に、何ともマヌケな表情が浮かぶ。さっと下を見るなり、「やばい。忘れてた」と言って蝶タイに伸ばしかけた手を、キャシディはすかさずつかんだ。

「ピート、わたしもあなたを愛してるわ。そのままのあなたが好きよ。あなたと一緒にいると、素顔のわたしでいられるの。あなたがもしもうちのパパみたいな人だったら、わたしもママみたいにいつもきれいにしてなくちゃいけないけど、そんなの無理だもの」

「きみは十分にきれいだよ」

　もうっ、そんなふうに言われたら、ますます好きになっちゃう! キャシディは今にも卒倒しそうになりながら、「お褒めいただきありがとう」と笑った。

　ピートは身をかがめ、心を込めて彼女に口づけた。そして気づいたときには、ふたりはベッドの上にいた。ピートがいとも簡単に彼女の脚を開かせ、彼女は硬くなったものが押し入ってくるのを感じた。「キャス、きみが欲しい」

「ええ、ピート」

　ピートは彼女の顔にかかった髪を払ってやった。「でもおれは、何もない男だよ」

「わたしと結婚してくれる?」

　ピートはにやりと笑った。「おれもそれを訊こうと思ってたんだけど?」

「じゃあ、答えはイエスよ」

「よかった」ピートはさらに深く挿入した。甘く擦れ合う感覚に、えもいわれぬ快感が走って、ふたりは同時に喘ぎ声を漏らした。「結婚式は、盛大なのがいい？」

「ママがたぶんそうしたがると思う」

ピートは動きを速めながら、「わかった」とうなずき、いっそう強くキャシディを抱きしめた。「そうしたら、またギルにタキシードを借りるかな」

「どっちでもいい」

「子どもは欲しい？」

「ええ」キャシディは質問に答えながら、自分で何を言っているのかよくわかっていなかった。はっきりしているのは、彼を愛していることと、このままでいたいということだけ。今はしばらくこうしていたい。ううん、永遠にずっと。

「おれも子どもが欲しい」

「ピート？」

「何？」

キャシディは両脚を彼にからませ、背をそらせ、息をのみ、「黙ってて」とささやいた。

「了解」ピートが両手で彼女のお尻をつかんで持ち上げる。乳房に胸板が密着し、硬くなった乳首に胸毛がこすれる。キャシディは、こらえきれずに叫び声をあげた。

「愛してるよ」ピートの愛の言葉で、キャシディはエクスタシーに達した。彼をぎゅうっと抱きしめ、喘ぎ、身を震わせながら。そして強烈な震えがようやくおさまったころ、ピートも身を硬くし、そのまま精をほとばしらせた。今ので赤ちゃんができるかも……キャシディはぼんやり思った。でも、別に不安は感じなかった。彼女はもう二七歳だし、仕事は順調だし、それに、最愛の人がそばにいてくれる。

すっかり脱力したピートが、息を荒らげて上に倒れてくる。重かったけれど、キャシディはちっとも気にならなかった。そんなことよりも……。「ねえ、ピート？」

彼はううんと唸るだけだ。

そんな彼をぎゅっと抱きしめながら、キャシディは告げた。「あなたのジーンズ姿が大好きよ。それに、裸になったところも大好き」

彼は口だけすぼめてキャシディの肩にキスをし、またぐったりとなった。

キャシディは彼の大きな背中を撫でた。「でもね、ピート――」彼女はひそひそ声になっている。彼の男らしさに畏怖の念さえ感じている一方で、彼をからかいたくて仕方がなかった。「あなたの蝶タイ姿は、もう最高よ」

丸々二秒経ってから、ピートはいきなり身を硬くし、彼女からさっと体を引き離した。「わっ、まずい！」見下ろした先には、しわくちゃになった蝶タイがあった。「これじゃもう使い物にならないかもしれないな」

キャシディは笑いが止まらなかった。「かも、し、しれない、い？」

ピートは蝶タイをほどき、ベッドの脇に放り投げた。「仕方ない、ギルには新しいのを買って返すか」

「何だったら、一〇本くらい買ったら？」

「一〇本も？　どうして？」

とてつもない幸福感に胸がいっぱいになるのを感じながら、キャシディは笑った。「蝶タイをしたあなたのほうが、ずっとすてきだから」

ピートの顔にゆっくりと笑みが広がった。「じゃあそうしよう。ただし、ついでにスーツも着てねとは言うなよ」

青い月の下で

1

間欠性精神病――病理学的にはそう呼ばれるのだろう。どこかに閉じ込められて二度と日の目も見られない、正真正銘の精神病だ。でも実際は、何もかもあの忌々しい月のせい。七月になってから二度もやって来た満月のせいなのだ。人に話したら、おまえ頭がおかしいんじゃないのかと言われるに違いない。もちろん彼は、誰にも打ち明けるつもりなどない。子どものころに一度だけ話してみたことがあるが、みんなに大笑いされただけだった。

でも、よりによってこんなときにあれが来るなんて。今週は造園業も忙しいし、原稿の締め切りもあるし、新聞のインタビューも受けなければならないというのに。

スタン・タッカーは、オハイオ州デリシャスのきれいに清掃された歩道を歩きながら、七月らしいさわやかな空気と明るい陽射しを満喫し……人びとの思考を読まないよう、懸命に努力した。他人の心の中が読めてしまうこと自体は、それほど大きな問題ではない。そもそもほとんどの人間は、大したことは考えていないのだから。買い物リスト、仕事のアポ、会社でのトラブル、それから、罪悪感に嫉妬に自己憐憫。あまりのくだらなさに、最初のころはいちいち驚いたくらいだ。

スタンはいつもの癖で頭に手をやった。午前中の仕事と初夏の気まぐれな風のせいでただでさえ乱れていた髪が、いっそうくしゃくしゃになる。シャツはほこりまみれで汗染みがつき、ブーツには乾いた泥がこびりついている。それなりに名の知れた文筆家という一面があるにもかかわらず、彼はいまだに自分の手で造園作業を行っている。薄汚れた格好をインタビュアーが気に入らないというのなら、この話はなかったことにすればいい。広報担当者は鼻を鳴らして呻くだろうが、宣伝なんか別にしなくたって構わない。

道行く人びとと行き交うたび、ただでさえ混乱気味の頭の中に、他人の思考が割り込んでくる。スタンは苛立たしげに目を細め、あらためて意識を閉ざした。意識をシャットダウンし、他人の思考や心の声を締め出すのは、さほど難しいことではない。ただ、わざわざそうしなければならないのが面倒なだけだ。この町に引っ越してきた当初は、都会の雑踏と人込みから離れれば、少しはマシになるかもしれないと期待したものだ。でも今月に入って二度目の満月のおかげで、ここ数日は、ちょっと人に近づくだけで相手が何を考えているかわかってしまう。どうせみんな、ろくなことは考えてやしないのに。

彼はうんざりした表情で、美しいエッチングが施された両開きのドアを開けた。〈ブック・ヌーク〉という名の小さな書店だ。店主は女性で、名前はジェナ・ローワン。ジョナサン・アヴェニュー沿いにあり、スタンの経営する園芸用品店はそのすぐ隣にある。スタンの所有する数エーカーの広大な土地は、ゴールデン・レイク という湖に面していて、園芸用品店の隣が自宅になっている。ちょっと足を伸ばせば町の広場があって、彼が越してくるずっと前に市民の手で造られた美しい噴水が、人びとを和ませてくれる。

湖の周辺に野生のりんごの木が立ち並んでいるために、この町の建物には何とも風変わりな名前がつけられている。たとえば、〈エデンの園〉なんて名前のサロン、米国の開拓者にちなんで〈ジョニー・アップルシード〉という名前を冠した博物館、りんごの一品種から取って〈グラニー・スミス〉なんて名前の薬局店まである。味わい深いけれど少々古びた外観の〈オールド・オーチャード・イン〉というB&B兼レストランでは、敷地内でりんごの木を育てており、りんごを使った料理が自慢だ。午後になると調理場のほうから、アップルソースやアップルパイ、シードルなどを作る甘い香りが漂ってくる。

スタンは、この町のそうした風変わりな魅力と、ゆったりとおおらかな雰囲気が大いに気に入っていた。

〈ブック・ヌーク〉に足を踏み入れた瞬間、空調の利いたひんやりとした空気がスタンの火照った頬を撫でる。店内にはさわやかなシナモンの香りが漂っていて、彼はその香りを肺の奥深くまで吸い込んだ。彼はこの店が大のお気に入りだった。ちりひとつない書架、磨き上げられたテーブル、香り、色合い……そして、この店の店主。そう、彼はとりわけ店主のジェナが大好きだった。

いつものように、彼の視線は自然とジェナの姿を探していた。どうやら、奥の通路にある書架に新しく入荷した本を並べているところのようだ。今日のジェナは、蜜色のブロンドへアをゆるく編んでアップにし、金色の大ぶりなバレッタで後頭部に留めている。

彼はうっとりとジェナを見つめた。花柄のロングワンピースに、フラットな革サンダルがよく似合っている。彼女と知り合ったのは、六カ月ほど前、シカゴの喧騒を逃れるようにしてこの町に越してきたときだ。以来、彼のおかげで〈ブック・ヌーク〉は観光客にも人気の店となったのに、ジェナは彼を特別扱いするようなことはない。

ジェナは、それこそ老若男女を問わず誰にでも同じように母性的な優しさで接し、そういう彼女の姿を見るたびにスタンは苛立ちを覚える。彼がこんなにもジェナを求めているのに、彼女のほうでは単なる友人のひとりとしか見てくれないからだ。

人柄といい、外見といい、ジェナほど優しげな女性にスタンは今まで出会ったことがない。誰にでも親切で、思いやり深く接するジェナ。彼女がもうすぐ四〇歳で、自分と年齢が近いという点も嬉しかった。夫を亡くしてもう三年になるそうだが、彼女は誰ともデートさえしない。どんな男が相手でも――もちろんスタンにも――純粋な友情に満ちたほほ笑み以上に、特別な関心は示そうとしない。彼女がほんの少しでもそれらしいそぶりを見せてくれれば、スタンはすぐに一歩踏み出すのに。

彼女は、そんな気配はチラリとも見せてくれない。

スタンがドアを放すと、ベルがカランカランと音をたて、ジェナが顔を上げた。イヤリングが頬に当たり、片頬でほほ笑んだ彼女の口元にえくぼが浮かんだ。「ああ、いらっしゃい、スタン。ちゃんとインタビューの準備はしてきた？」

ジェナが背筋を伸ばし、ワンピースの生地がぴんと張って、丸いお尻と引き締まった太ものラインがあらわになった。若い女とは違う熟しきった体に、男なら誰だって目を留めずにはいられないだろう。彼女のほうに近づいていくとき、妙に緊張していたスタンは、ほんの一瞬だけ意識をシャットダウンするのを忘れていた。

まるで雷鳴のように、ジェナの心の中にある風景が、スタンの意識の中にとどろきわたる。彼女の内にある、緊張と、目もくらむような欲望と、そして、あるイメージ……裸の彼が、汗まみれになって、彼女の上に――。

スタンはその場によろめいた。ジェナの心の中が、はっきりと見える。彼は歯をぎゅっと食いしばりながら、激しい欲望の高まりに胃がひっくり返りそうになるのを覚えた。

ジェナは唇を噛んでこちらを見つめ、いかにも落ち着かなげにスカートの表を撫でている。

「どうかしたの、スタン？　大丈夫？」

信じられない。ジェナは何でもないような顔をしているが、スタンは知ってしまった……彼女が今、心の中で何を想像しているのか。

でも、今までそんなそぶりは、これっぽっちも見せなかったのに。

スタンはその場に突っ立ったまま、彼女の顔をひたすらじっと見つめ、彼女の心の中にあるみだらなイメージを探った。彼女が声をあげて笑い、「ねえ、本当にどうしたの？　具合でも悪いの？」と訊いてくる。

間違いなかった。スタンは、まるで映画のようにはっきりと色鮮やかに、彼女の中にあるイメージを見ることができた。彼女の体の奥深いところが、欲望に震えているのも……。何てことだ。このままでは下半身がまずいことになる。スタンは懸命に意識を閉ざそうとした。こわばる脚で一歩後ろに下がり、物理的にも、精神的にも、少しでも彼女と距離を置こうとした。

でも効き目はなかった。まるで実際に彼女に触れているように、激しい興奮が湧き起こってくる。「な、何でもないよ」と取り繕うように言ったが、何でもないわけはないのだ。彼女の店で、こんなふうにバカみたいに興奮するなんて。しかも、じきにインタビュアーが来るというのに。

ジェナは表情を曇らせ、ふと視線を下のほうにやり……そして、彼の股間が大きくなっているのに気づくと、さっと視線を元に戻した。「だ、だったら、暑さでちょっとめまいでもおこしたのね、きっと」

人前で勝手に下半身が大きくなるなんて、一〇代の子どものころ以来だ。

だがジェナは、彼のジーンズの前が膨らんでいることなど気がつかなかったかのように、平然とした態度を装って彼の脇を通り過ぎていく。ワンピースは大きくくれた襟元から裾までボタンが並んでいて、そのボタンの膝から下が外れているのが目に入る。大きく足を踏み出すごとに、彼女の足元でワンピースの裾がふわりと広がり、なめらかに引き締まったふくらはぎと、セクシーなアンクレットが覗く。「何か飲む、スタン？　ちょうどレモネードを作ったところだったのよ。それとも、紅茶のほうがいいかしら？」

レモネードだって？　いいや、そんなものよりも彼女が欲しい。今すぐに。何だったら、そこのカウンターの上でもいいし、書架に寄り掛かってでもいい。丸いお尻が左右に揺れながら通り過ぎていくのをじっと見つめながら、スタンは彼女の心の中を読んだ。（どうしよう。わたしが下半身を見てたのを、スタンに気づかれたかしら？）

彼女の思いに陶然となりながら――スタンは、やっぱり自分から行動に移すべきだと心を決めた。うまくいけば、今夜中にでも何とかできるかもしれない。それにしても、彼女が少しでもそれらしい態度を見せてくれていたら、とっくにいい仲になれていたのに。でもこれまで、彼女は絶対に気持ちを明かさず、ひた隠しにしてきた。青い月の魔力がなかったら――この暑い七月に二度目の満月が来なかったら、彼は今もまだ、彼女の気持ちに気づきもしなかったのだろう。

ジェナがいかにもそ知らぬ表情で、肩越しにこちらを振り返った。「どうする、スタン？」ほんとにいい女だ……。「こ、紅茶がいいかな」スタンは言ってから、気持ちを落ち着かせるように大きく息をつき、とってつけたように「ありがとう」と言い添えた。

行動に移るのはいいとして、問題はどこから始めるかだ。もう一〇代の子どもではないのだし……。スタンは今、四〇歳。真剣な恋なんてずいぶん久しぶりだ。シカゴにいたころは、それなりに親しい女性も何人かいた。変な心配も将来のことも考えなくていい、楽しい遊び相手が。

男が欲しくなったら、ストレートに誘ってくる女性たち。反対に、彼が誘うこともあった。

相手の気持ちを考えたり、駆け引きをしたり、下手なくどき文句をささやきかけたりする必要のない、気楽な関係。

でも、この町に引っ越してきてからは、すっかり変わってしまった。そう、この町に来て、ジェナと出会ってから。彼女と出会うまで、スタンは自分が何を求めているのかさえわからなかった。

でも、今はわかる。

ジェナはほかの女たちとはまるで違う。特に、彼がこれまでつき合ってきたような女性たちとは。ジェナはきちんとした関係を結ぼうとするタイプだ。結婚していたこともあるし、ゴシップ好きなこの町の住人から聞いた話では、結婚生活はとても幸せなものだったらしい。氷で満たした背の高いグラスに紅茶を注ぐジェナを見つめながら、スタンは慎重に彼女のほうに歩み寄った。店を訪れる近隣住民のために、彼女はああやって飲み物やクッキーを常備している。おかげで客のほうも、ただ本を買いに来るのではなく、親しい身内に会いに来るような気持ちになれる。彼女にもてなされて、すっかりいい気分になれる。

店を訪れる人はみな、彼女に悩み事や厄介事を打ち明け、町の噂などを話して聞かせる。彼女は驚くほど聞き上手で、それが楽しい話でも、悲しい話でも、きちんと耳を傾ける。店に来た人には、心を込めて嬉しそうに、「いらっしゃい」と声をかける。

おれが店に来るときも、嬉しく思ってくれているのだろうか。

スタンはどうにかなってしまいそうだった。彼女のみだらな妄想を、このままずっと盗み見し続けるわけにはいかない。しまいには、本当に彼女をカウンターに押し倒して、妄想なんかよりずっと情熱的に彼女を奪ってしまうかもしれない。でも、やっぱりここではまずいだろう。スタンは懸命に気を紛らわせようとした。「ええと、インタビュアーはまだ来てないのかな？」

ジェナが大きく深呼吸をし、スタンはまたもや目を奪われずにはいられなかった。もうすぐ四〇の大台に乗ろうとしているのに、彼女の胸ときたら、スタンがこれまで目にしたものの中でも最高の部類に入る。ずっしりと重たそうで、それがまた彼女のしなやかな体つきにぴったりと合っている。彼女は、痩せることしか頭にない女とは全然違う。程よく肉がついていて、引き締まるべきところはきゅっと引き締まり、出るべきところはちゃんと出ていて……。スタンの視線は、ほとんど彼女の胸に釘づけだった。

「あの……インタビュアーの人なら、電池を買いに行ってるわ。二、三分もすれば戻ってくると思うけど」

スタンは視線を上げ、ジェナと見つめ合った。欲望が音をたててあふれかえり、スタンの中で、彼女を求める気持ちがいっそう強くなる。彼女の心の内を読んでいなかったとしても、彼女がスタンに何を求めているのかは、まともな男なら誰だってわかるはずだ。彼女の瞳は激しく燃えるようで、頬は熱く紅潮し、真っ白な喉元は脈打ち、唇は薄く開かれて……。

それにしても意外だった。ふたりの子持ちで、無口な本の虫で、波風ひとつ立たない静かな暮らしをしている彼女が――おれを求めてあんなみだらな妄想をしているなんて。

奇妙な青い月の魔力をこれほどありがたく思ったのは、二八年前、一二歳のときに自分の特別な能力に気づいて以来、初めてのことだ。あれは、月が丸みを帯びてくるとやって来る。やがて月が満ちるにつれ、徐々に能力が高まっていって、満月の晩に最も鮮明に、手に取るように他人の心が読める状態になる。自分でも怖くなるくらいだった。

両親は、彼のこの能力のことを知らない。一度だけ打ち明けようとしたことがあるが、ふたりともオロオロするばかりだった。息子の頭がどうかしたのか、反抗期の一種なのか、それとも何らかの精神病だとでも思ったのだろう。彼はすぐさま、冗談だよと言ってごまかし、以来ふたりにその話をしたことはない。

二〇歳のときに一人暮らしを始め、大学で超心理学を専攻した。そこで、月の魔力について研究しているクラスメートからいろいろ教えられ、なるほどと納得した――ある程度は。そのクラスメートによれば、満月の発する光の波長が、スタンの「病原遺伝子」に作用するのではないかということだった。そこからさらに自分なりに調べてみた結果、スタンは、さまざまな色彩の光が、人の感情に異なる影響を及ぼしうることを知った。もしもそれが事実なら、満月――しかも今月は二度目――の光が人間の能力に何らかの影響を与えたとしても不思議ではない。

スタンの場合、満月の光の影響は、第六感が冴えて、他人のつまらない心の中が読めてしまうというかたちで表れる。

今や彼は、ジェナのひそやかな欲望を聞き取り、感じ取ることができる。今回ばかりは、心の底からこの能力がありがたいと思った。彼女に求められるのなら、全然つまらなくなどない。彼女のその思いが、もう爆発寸前のところまで来ているというのならなおさらだ。彼女は素晴らしいベッドの相手を、スタンを求めているのだ。

彼女のその思いに応えてあげたい。是非とも。

さりげなく彼女に歩み寄ると、彼女の中でますます緊張感が高まり、心臓がばくばく言いだすのが伝わってきた。スタンはすっかり意識を開放させて、彼女の感じている疼きと、興奮におののく小さな震えを思う存分に味わい、自らも興奮を高めていった。ほとんど爆発寸前に下半身が大きくなっていることなど、もう全然気にならなかった。

スタンは手を伸ばし、親指の腹を彼女の顎から、なめらかな頰へと這わせた。指がイヤリングに触れ、たまらなく気をそそられた。「アイスティーは、きみが飲んだほうがいいんじゃないかい？」スタンはささやきながら、彼女の唇をじっと見つめた。彼女はいつも口紅ひとつ塗っていない。スタンは、その柔らかそうなぽってりとした唇を彼女が舐めるたび、艶々と輝くさまを見るのが好きだった。好きで好きでたまらないくらいだ。「何だか……体が火照ってるみたいだよ、ジェナ」

ジェナの息が荒く、不規則になる。「それは……ほら、さっきまで仕事をしてたせいよ」

それと、妄想してたせい、だろう？　おれのことを。

スタンは気だるく彼女の頰を撫で続けた。「おれもだよ。さっきまでずっと外で仕事だった。湿気がひどくて、おかげで汗びっしょりだ」彼は親指を彼女の唇の横に移動させた。

「でも、着替える時間がなかった」

ジェナはすっかりまぶたが重たくなってしまったように、緑色の瞳を伏せた。それから、震える手を彼の手首に伸ばし——でも、払いのけようとはしなかった。「着替えなんて、必要ないわ（……ううん、かえって興奮するくらいよ、スタン）」彼女は咳払いをして続けた。「そのままで大丈夫よ」

スタンがふっとほほ笑むと、ジェナの中で緊張がますます高まるのが伝わってきた。「汚いジーンズに、泥まみれのブーツでもいいのかい？」彼は両手で彼女の頰を包み込むようにし、ベルベットのようになめらかな感触を味わった。「柔らかくて、きれいで、みずみずしいきみを前にすると、ますますおれが不潔に見えるんじゃない？」

ジェナは大きく瞳を見開いた。その瞳は、困惑と抑えつけた欲望にあふれて、彼に答えを求めているようだ。スタンは身をかがめた。彼女の唇が欲しい、彼女がどんな味がするのか、今すぐに知りたい——。

そのとき、入り口のベルがカランカランと音をたてた。

ジェナがさっと身を引き、伸ばしたスタンの手は、むなしく空をつかんだ。ジェナは顔を真っ赤にしたまま、店の奥の倉庫に向かい、後ろ手にそっとドアを閉めた。

どうも、少しばかり急ぎすぎたらしい。スタンは思い、彼女にバツの悪い思いをさせてしまったことを悔やんだ。でも、どうにも我慢できなかったのだ。彼女の本心をあんなふうにはっきりと読んでしまったあとでは、なおさらだ。おかげで、まるで奪ってもいいと言われているような、お互いに満たされましょうと両手を広げて迎えられているような、そんな気分になってしまった。

だが、ジェナが倉庫に消え、インタビュアーが姿を現すと、彼女への強烈な思いは徐々に薄らいでいった。代わりに、インタビュアーが胸に抱えているいろいろな思いが意識の中に潜り込んでくる。スタンはすぐさまそれを締め出した。

内心で苛立ちを覚えながら、スタンはすっかり大きくなってしまった股間から意識を遠ざけ、インタビュアーに向き直った。幸い、相手はレコーダーの電池を入れ替える作業に夢中のようだ。「すみません、遅くなりまして」インタビュアーは顔も上げずに詫びの言葉を口にした。「電池が切れてしまったものですから」

インタビューなどとっとと終わらせて、またジェナとふたりっきりになりたい……。スタンはさっと足を踏み出した。「気にしないでください。それよりも、早速始めましょうか。今日はまだいろいろとやることがあるので」

カウンターの中で、ジェナはインタビューを聞くフリをしながらスタンのことを観察していた。現在のスタンは、有名な造園家であり、ガーデニング本のベストセラー作家としても知られている。さらには、毎週土曜朝には地元ラジオ局で、著名実業家としてパーソナリティも務めている。だが実は、ここまでメディアにもてはやされるようになったそもそものきっかけは、彼の派手な過去にある。

もう何年も、スタンはトラブルメーカーとして知られていた。もっと若いころには、危うく懲役刑を食らいそうになったこともある。離婚後はプレーボーイとして名を馳《は》せ、そして今は……花を植えることを生業《なりわい》としている。

ジェナはそっとため息をついた。スタンは今の落ち着いた暮らしに、それなりに満足しているかもしれない。でもやっぱり、絶えず動いていなければ、やっていられない性分なのだろう。逞しい筋肉を隆起させながら、陽射しの下で、汗だくになって……。

その相手が自分だったら――スタンが自分に関心を示してくれたら、どんなにいいだろう。彼があの有り余るエネルギーをベッドの中でどんなふうに使うのかと思うと、ジェナはちょっと彼に近寄るだけでも全身が疼いてしまう。彼を表現するのに、ハンサムなんて言葉では到底足りはしない。信じられないくらい男らしくて、荒々しさにあふれている彼に、「ハンサム」なんていうお上品な言葉はまるで似合わない。だったら、「非情」なんていう言葉のほうが余程しっくりくる。今だってそうだ。まるで、彼女の気持ちをすべて知っていて、それが気に入らないみたいに、鋭い視線をこちらに投げかけてくる……。

ジェナは震える手で、書類を片付ける作業に専念するフリをし続けた。だが実際には、頭の中はスタンのことでいっぱいだった。たぶん、来月にはとうとう四〇歳の大台に乗るから、そのせいでホルモン異常になり、こんな気持ちになるのだろう。あるいは、三年間の禁欲生活が長すぎたのかもしれない。いずれにしても、最近のジェナは体が疼いて仕方がなかった。ホットな、荒々しい、汗まみれのセックスがしたくてたまらない……。

もちろん、スタンと。

彼が欲しくてたまらず、ときには夜中にベッドでひとり、興奮して眠れなくなってしまうことだってある。昼間に妄想を膨らませるときだって、思い浮かぶのはスタンのことばかり。それにしても、どうも近ごろはそういうことが続くような気がする。働き盛りの彼は、全身が鍛え上げられた――でも決してこれ見よがしではない――筋肉で覆われていて、見るからに逞しい。明るい茶色の瞳は、ときにはほとんど金色にさえ見える。陽射しの下で仕事をするせいでところどころ色の抜けた茶色の髪は、いつもぼさぼさ。でも、それがかえってたまらなくセクシーで、見るたびに触ってみたい衝動に駆られてしまう。

彼に触れてみたい。

全身に。ふたりとも裸になって……。

ガタンと音をたてながら、スタンがいきなり椅子から立ち上がった。妄想の世界から現実に引き戻されたジェナは、ぎくりと跳び上がった。

じっと見つめてくるスタンの鋭い視線に、ジェナは何事かしらといぶかしんだ。インタビュアーは、びっくりした顔で黙ってただ待っている。

スタンがカウンターに歩み寄り、身を乗り出してくる。あんまり近すぎて、彼の息が頬にかかり、麝香のような体臭が鼻孔をくすぐる――本当に、スタンって男らしい……。

スタンはほとんどヤケになったような、刺々しく荒らげた声でささやいた。「ジェナ、奥の倉庫に行っててくれないか？　じゃなかったら、外に昼ごはんでも食べに行っててくれればもっといい」

わたしが邪魔なの……？

スタンは小さく罵り、よく日に焼けた大きな手を自分のうなじにやった。顔を上げたとき、その視線は突き刺すようだった。「こんなこと言いたくないんだが、きみがそこにいると落ち着かないんだ」

「どうして？」

「おれたちの話を聞いてるだろう？」

「でも……」ジェナは唇を舌で舐め、スタンの言葉の意味を考えようとし――彼が唇をじっと見つめてくるのに気づいて、頭の中が真っ白になってしまった。「インタビューのときは、いつもこうやって聞いてるわ」

「今回は、どうも落ち着かないんだ」スタンはまたじっとジェナを見つめた。彼の声はほとんど唸るようで、瞳は妙に細められている。「きみのことが気になって、話に集中できない」

「そうなの……？」

「ああ」スタンはジェナの頭のてっぺんから足の爪先までじろじろと眺めまわした。「そのワンピース、よく似合ってるよ」

インタビュアーが咳払いをする。「何かまずいことでもありましたか？」

ワンピースが、よく似合ってる……？　わけがわからず、ジェナはスツールから下りると、おずおずと笑みを浮かべた。「わ、わかったわ。出かけてくる。何だかちょうど、おなかが空いてきたみたいだから」彼女は時計を見上げて続けた。「三〇分も出ていれば、いいかしら?」

スタンはどうするべきかためらい、怒ったような、苛立ったような表情を浮かべた。やがてジェナがすっかり油断した様子なのを見て取るなり、彼女の首に手を添え、カウンター越しに引き寄せながら、自分も身を乗り出した。そして、あたかも当然のことのように、まるで一〇〇万回もしてきたことのように、しっかりと唇と唇を重ね合わせた。心臓がとくんと鼓動を打ち、もう一度鼓動を打ち……スタンは温かな唇をゆっくり離すと、ほほ笑みもせず、「ありがとう、ジェナ」とそっけなくつぶやいた。

ジェナは自分の唇に指で触れた。激しい疼きが、唇から胸へ、そして子宮にまで伝わるようだった。

スタンは妙に表情をこわばらせたまま、ジェナに背を向け、インタビュアーに声をかけた。「どう……いたしまして」

「どこまで話したかな?」

インタビュアーが答える。「ええとですね、タッカーさんが……」

ジェナの耳にはインタビュアーの言葉などまったく入ってこなかった。あのふたりが何の話をしていようとどうでもいい。たった今、スタンにキスされたのだ。ほんの一瞬のことだったし、セクシーな感じなどこれっぽっちもなかったけれど、ジェナはその場で溶けてしまいそうだった。

しばらくおもての新鮮な空気を吸って、今起きたことについて考える必要がある。彼女はハンドバッグをつかんで慌てて外に飛び出した。出たところで一瞬だけわれに返り、スタンとインタビュアーが静かに話ができるよう、ドアに「準備中」の看板を下げた。

ジェナは大またに、ジョナサン・アヴェニューとワインサップ・レーンの交差点にあるダイナーに向かい、店内に駆け込んだ。お昼どきで、いつものように数人の客がいたが、幸い誰も彼女に気を留める人はいなかった。よかった。こんな息を切らしてバカみたいな顔をしているところを、誰かに見られたくない。

胸に手を当てながら、店内を見渡し、一番奥の席が空いているのを見つける。窓からも、ほかの常連客からも離れた席だ。そこは数少ない喫煙者のいわば指定席で、いつも見捨てられたようにポツンと空いている。ジェナはその席に向かった。ひとりになりたかったし、詮索好きな町の人たちの視線がないほうが、冷静にさっきのことを考えられる。

震える脚でプラスチックの椅子に駆け寄り、腰を下ろす。ジェナは当惑しきった表情で、自分の口に手を当てた。

あれはいったい何だったのかしら？　さっきまでただの友だちだと思っていたスタンが、いきなりキスをしてくるなんて。でも、ひょっとするとあれは単なる友情の印のようなもので、欲望に飢えた未亡人みたいにこっちが勝手に深読みしているだけかもしれない。いずれにしても、最高のキスだったことには変わりない。やっぱり想像どおりだった。相手がスタンなら、感覚がすっかり研ぎ澄まされたようになって、たかがキスにさえ最高に熱くなれるとジェナはずっと思っていた。こんな気持ちにさせてくれるのは、やっぱり彼しかいない。

でも、母親としての役目を第一に考えてきた彼女は、恋愛なんて絶対にしちゃダメと自分に言い聞かせてきた。どんなにスタンのことを想っていても、ひとりで妄想するくらいで満足したほうがいい。もちろん、スタンが落ち着いた暮らし、家庭の幸福を求めてくれるようなタイプだったら話は別だけど……でも、それはまずありえない。ジェナのスタンへの気持ちはほとんど「愛」と言っていいくらいの深いものだけれど、スタンはそんなふうには感じていないはず。

そのことを、しっかりと肝に銘じておいたほうがいい。

席に着いてから一〇分ほども経ったところで、ジェナがいるのに気づいたウエートレスが、元気いっぱいに注文を取りにやってきた。ジェナは物思いからわれに返った。興奮しているのが、顔に出ていなければいいけれど……。この年になって、子どもだってふたりもいるというのに、魅力的な造園家に恋焦がれているなんてことが人に知られたらかなわない。

「いらっしゃい、ジェナ」ウエートレスのマリールー・ジャスパーが、白いメモ帳とペンを取り出しながら朗らかに言った。マリールーは一八歳で、学費を稼ぐためにここでアルバイトをしている。この店のオーナーは新しいメニューを考案するのが趣味で、いわゆるメニューを置いていない。客は店に来てみて初めて、何が食べられるのかわかるという仕組みだ。

欲望に全身が疼いているのを悟られないよう、必死に平静を装いながら、ジェナはほほ笑んだ。「今日は何があるの、マリールー？」

「コーヒーは淹れたて、ピーチパイもできたて、クロワッサンも焼きあがったばっかり。最高においしいチキンサラダもあるわ。あとは、チリに、ハンバーガーに、ランチョンミートのサンドイッチ。どうします?」

何か食べれば、この妙な疼きも静まるかもしれない。ジェナは笑みを浮かべて言った。「じゃあ、チキンサラダとクロワッサン、それから、ピクルスを少しお願い。飲み物はダイエットコーラね」

マリールーは呆れ顔をした。「ねえ、どうしていつもダイエットコーラなんてまずいものを頼むの? わけわかんない」

もちろん、マリールーにはわからないだろう。一グラムも脂肪のついていない、スリムな一八歳の女の子にわかるわけがない。彼女なら、食べたいものは何だって食べられるだろうから。それに、茶色の髪はあんなに艶々して、真っ青な瞳はいつもきらきらと輝いていて。きっとマリールーは、恋人だってよりどりみどりに違いない。「それは、あなたが若くてスタイルがいいからよ。わたしなんか、もうおばさんで――」

「きみだってスタイルばつぐんだ」

ハスキーな男性の声に、ジェナは身を硬くした。どうして彼が来るの!? ジェナは目を大きく見開き、心臓をばくばく言わせながら、くるりと振り返った。スタンは、マリールーの脇をすり抜けるようにしてこちらにやって来るところだった。ジェナが何も言っていないのに、完璧に鍛え上げた体を向かいの席に滑り込ませる。

ふたりの間に、ふいに甘い緊張が走る。マリールーは、意外な展開に驚いて口をぽかんと開けたまま、その場に突っ立って、ジェナとスタンの顔を交互に見比べている。

スタンは何事もないような落ち着き払った様子で顔を上げると、マリールーに注文を告げた。「ジェナと同じものをおれにも。ああ、ただしコーラは普通のにしてくれ」

「えっと……」ぼんやりとふたりを見つめていたマリールーは、首を横に振って正気を取り戻すと、「かしこまりました」と言って満面の笑みを浮かべた。「すぐにご注文のお品をお持ちしますね」彼女は口笛を吹きながら厨房に駆け戻った。あの様子では、厨房の人間に伝えるのは注文内容だけではないだろう。

当惑と、興奮と、めまいがするほどの期待を覚えながら、ジェナはうっとりとスタンを見つめた。心臓がどきどき言って、口の中がからからに乾いて、体の奥のほうで興奮が渦巻くのがわかる。こんな気持ちになるのは、本当に久しぶりだ。

スタンは射るような視線を彼女に向けたまま、口元に笑みを浮かべた。「インタビューが思ったよりも早く終わってね」

もしかして、ここに来るために早く切り上げたの……？　ジェナはそう思い、咳払いをしてから口を開いた。「さっきはお褒めいただいて……」彼女は途中まで言ってためらった。スタンは本気であんなことを言ったのではないのかもしれない。本当は少し痩せたほうがいいと思っているのに、嫌みで言った可能性だってある。もしもそうなら、二、三キロ痩せる努力をしたほうが――。

「事実を言ったまでだよ」スタンはジェナをじっと見つめながら口を挟んだ。「きみは、最高にスタイルがいい」

「あの……」思いがけない言葉に、ジェナは胸の奥のほうから、全身に喜びが広がっていくように感じた。「ありがとう。でも、あんなこと言ったら、マリールーに変なゴシップを広められちゃうわ」

テーブル越しに手を伸ばし、スタンはジェナの震える手をぎゅっと握りしめた。「ゴシップというのは、単なる噂のことだ」彼はごつごつした指で、ジェナの手のひらをそっと撫でた。「でも、彼女の言うことが真実なら、もうゴシップとは言えないだろう?」

2

ジェナの頬が赤く染まり、息が速くなったせいで胸が大きく上下する。スタンはそんな彼女の様子をうっとりと眺めた。喉元が小さく脈打つのを見れば、たとえ彼女の思いが読めなかったとしても、どんな気持ちでいるのかは一目瞭然だ。

スタンは彼女の手のひらを指先でなぞった。彼女の中で興奮が波のように高まっていくのが伝わってくる。スタンは腰を浮かせて身を乗り出した。

驚いたジェナが、逃げるように椅子に背を押しつける。でもスタンは、その程度の抵抗にひるむつもりはない。彼にはわかっているのだから――彼女が、自分でも怖くなるくらい激しく彼を求めていると。

それ以上逃げられないようにジェナの手をつかんだまま、スタンはさらに身を乗り出した。お互いの頬に息がかかり、いっそう期待が高まっていき、スタンは我慢できずに唇を重ねた。唇が重なった瞬間、ジェナの口から小さな喘ぎ声が漏れた。これで彼女も、もう今までのふたりではないとわかるはずだ。さらに深く口づけると、彼女の唇はいっそう柔らかさを増していった。かすかに開かれたその唇を舐め、口の中に舌を挿し入れ、一瞬だけ舌を絡ませあった。

まいったな……。心臓が激しく高鳴り、太ももの筋肉がぴんと張りつめるのを感じながら、スタンは椅子の背にどしんともたれた。彼女をちょっと焦らしてやろう、こっちもその気だってことを教えてやろうと思っただけだったのに。でも、彼女がますます熱くなっていくのを感じたら、自分のほうが爆発しそうになってしまった。キスなんてさんざんしてきたはずなのに。この年になって今さら、キスくらいでこんなに激しく興奮するはずはないのに。

けれども、女性の唇の感触や味わいをこれほどまでに心地よく思ったのは、生まれて初めてだった。彼はもう、キスごときで手に汗握るような子どもではない。でも本音を言えば、今すぐにジェナの手を引っ張って、どこでもいいからふたりっきりになれるところに駆け込みたかった。

キスだけでこんな気持ちになるなんて。いやそうじゃない。原因はキスじゃなくて、彼女自身だ。

スタンは自分の反応に少々まごつきながら、椅子にもたれたままジェナを見つめた。ジェナはこちらに訴えかけるような必死の目つきで、唇に指で触れながら震える声でささやいた。

「今の、何なの……?」

スタンは小さく鼻を鳴らした。ジェナも少々まごついているようだ。でも、たぶん彼とは違う理由からだろう。「何って、キスだと思うけど?」

ジェナは視線を落とし、テーブルの上に置かれた自分の手と彼の手を交互に見つめてから、

「そうね」とつぶやくように言い、再び視線を上げた。「キスよね、でも……」

スタンは苛立たしげに唇を引き結んだ。「わかってる。ただのキスじゃなかったって言いたいんだろう？　おれも今、かなりびっくりしてるよ。どうやら、単に唇と唇が触れたってわけじゃないみたいだな」

唇に当てていた手をおなかのほうに移動させながら、ジェナはうなずいた。「これって何なの、スタン？　わたしたち、いったいどうなっちゃったの？」

そこへマリールーが、あからさまに興味津々の顔で戻ってきた。「ご注文の品をお持ちしました」と言いながら、目をまん丸にしてジェナとスタンを交互に見比べ、お皿やグラスをテーブルの上にぞんざいに並べていく。ふたりのことが気になって、ほかのことに気がまわらないようだ。

皿がテーブルから落ちそうになり、スタンはジーンズが汚れる前にすかさずその皿を押しやった。「どうも、マリールー」

懸命にマリールーの視線を避けるジェナを見て、スタンは苛立ちを覚えた。

マリールーは皿を並べ終えたあともなかなかその場を去ろうとしない。スタンはますます苛立った。

「頼んだものは全部揃ってるから、もう行っていいよ。あとは、食後にパイを持ってきてくれるかな？」

「ええっと……」

さすがのマリールーも、邪魔者扱いされたのに気づいたらしい。

彼女は笑顔を作りながら、「あの、かしこまりました。食後にパイですね、スタン？」と言ってうなずいた。それから、いかにも渋々といった感じで、ふたりのテーブルを離れた。

ジェナは呻いて、両手で顔を覆った。「いったい何が始まったの？」

始まったのは、別に今というわけじゃない。スタンがジェナの店に足を踏み入れたとき、彼女の妄想を知ったときからだ。妄想の中で、彼は裸になって彼女の上に乗っていた。組み敷かれた彼女も裸で、今にも達しそうになっていた。

今度はスタンが呻く番だった。「今日は何時まで仕事？」

ジェナはサッと顔を上げた。「どうして？」

スタンは呆れ顔をした。「ジェナ、もう今までのおれたちじゃないって、きみだってわかってるはずだよ。仕事のあとで会いたいんだ。会って、もう一度きみにキスしたい」彼は言いながら、ブーツを履いた足をテーブルの下で伸ばし、ジェナの小さな足を挟むようにした。

「だから、何時まで？」

彼女の浮かない表情に、スタンは答えを聞く前からがっかりした。「五時よ。でも、今夜はレイチェルがデートだから、ライアンといてやらなくちゃ」

ライアンは一〇歳のやんちゃ坊主で、一八歳になったレイチェルは母親似の美人だ。スタンもふたりのことは知っている。ライアンのほうは、ときどき母親と一緒に店にいることもある。デリシャスの町はとても小さいので、住民のほとんどはいずれ顔見知りになってしまうのだ。だからスタンも、ジェナの子どもたちとは食料品店や、広場の前の噴水や、ダイナーなどで何度か出くわしたことがある。

ふたりとも礼儀正しくて、明るくて、元気いっぱいで、とてもいい子たちだ。

スタンとしては、今日のところは家族みんなでという気分ではない。でも、家にひとりで悶々としていたら、どうにかなってしまうに決まっている。「だったら、ライアンも一緒にボート遊びでもしないか？」

ジェナの中で、激しい動揺と期待がせめぎあっているのがわかる。スタンは今にもとろけてしまいそうだった。彼女が最後に男にデートに誘われてから、いったいどのくらい経っているのだろう。子どもがいるから、ずっと自分のことは我慢してきたのだろうか。離婚して、自分の家族もないスタンにとって、ジェナの子どもなら大歓迎だ。彼は子ども好きだった――昔からずっと。

ジェナは素晴らしい母親だ。そのことが、何にも増してスタンを引きつける。彼女がそれだけ愛情深く、責任感が強く、愛する者に対して忠実な女性だという証だからだ。そういう内面的な美しさは大切だ。セクシーな外見以上に大切だと言ってもいいくらい――いやもちろん、彼女のあのセクシーさも大きな魅力だが。

ジェナは思案顔で唇を舐めている。「ライアンは、きっと喜ぶと思うけど……」

スタンは片肘をテーブルについて身を乗り出し、右手でジェナの頬を包み込んだ。「そいつはよかった。で、きみは？」

「わたし?」

「ボート遊びは嫌い?」スタンは指先で、彼女の頬から首筋、そして、胸元までなぞった。「肌が真っ白だ。家の中に閉じこもってばかりいるんだろう?」

ジェナはほとんど目をつぶってしまっている。「お願いだから、そんなふうに触るのはやめて」

「残念ながら、やめるつもりはないよ」それにきみだって、本当はもっと触ってほしいんだろう?

ジェナは震える吐息を漏らした。「わたしだって、やめてほしいわけじゃないわ」

スタンは驚いて彼女をじっと見つめた。

「でも、触られると、何も考えられなくなっちゃうから」

あまりにも正直な返答に、スタンは仰天し……嬉しさに身を震わせた。前の妻のこと、満月の晩に彼女の嘘に気づいてしまったことが、自然と思い出される。いや、もうあのころのことは忘れよう。彼女との結婚生活からも、彼女の嘘からも、もう何年も前に立ち直ったはずじゃないか。つまらないことを思い出して、ジェナとの時間を台無しにしたくない。

「わかった」スタンは手を放し、続けた。「でも、そうやって正直に気持ちを言ってくれるのは嬉しいよ」

ジェナは心もとなげに笑った。「やだ、今だけよ。たまには正直に気持ちを伝えることもあるかもしれないけど、いつもってわけにはいかないわ」

　スタンは勝ち誇ったような気分だった。そんなこと言ったたって、もう手遅れだよ、ジェナ。青い月との突飛なかかわりについて、彼女になら話してやってもいいのだが、今はまだやめておいたほうが無難だろう。あんなとんでもない話を聞かせて、逃げ出されたりしたら困る。「そうなの？」スタンはちょっと彼女をからかってやろうと思った。「じゃあ、今はどんな気持ち？」

「今は、急にこんなことになって、とまどってるわ」

「でも、知り合ってからもう六カ月も経つ」

「そうだけど。でも……どうして今日なの？」

　スタンはわざとゆっくり時間をかけて、クロワッサンを一口頬張り、咀嚼《そしやく》しながらジェナをじっと見つめた。彼女は狼狽し、彼の答えを待つ間、自分もクロワッサンを皿から取って口に運んだ。

「明日の晩は、満月だ」スタンは意を決したようにそれだけ言った。満月がもたらす影響について、今のうちに軽くほのめかしておいたほうが、やはりよさそうだと思ったのだ。

「だから、狼男にでもなるっていうの？」

「狼男だって？」スタンはそういうバカげた言い伝えが大嫌いだ。月について調べると、必ずその話が出てくるのだからうんざりする。

　ジェナは苦笑した。「確かジャック・ニコルソンが、狼男になると自分の欲望を抑えられなくなるっていう役をやってたわよね？」彼女は言いながらクロワッサンをもてあそんだ。

「あなたもそうだって言いたいの？　背中の毛が急に伸びて、月に吠えるのかしら？」

　スタンはしげしげとジェナを見つめた。「ああ、欲求不満で、吠えるかもしれないね。でも残念ながら、ケダモノに変身するってことはないよ」彼はくしゃくしゃの髪に手をやった。「ただでさえ毛深いからな。これ以上、毛深くなるのはごめんだ」

　ジェナの視線が、彼の胸元から上腕へと移動する。彼女の心の動きを映すように、声まで甘いものになっていく。「別に毛深くなんかないわ。そのくらいのほうがセクシーよ。とっても男らしい」言ってしまってから、彼女は首を横に振った。「それで？　結局、わたしに二回もキスをしたことと満月と、いったいどういう関係があるの？　出会ってから六カ月間、ろくにわたしのことなんか見もしなかったでしょ？」

　信じられない……スタンはあまりの言われように言葉を失ってしまった。でも彼女の顔を見た限りでは——ついでに心の中を読んでみた限りでは——無視されていたと本気で思っているようだ。

「ジェナ、きみのことを見ずにいられる男なんてこの世にいやしないよ。ついでに言えば、いったん見たら完全に釘付けになると思う」

「ふうん」ジェナはわざとらしくうなずいた。「でも、わたしはもうすぐ四〇歳よ。それにふたりの子持ち。女性としての魅力があるとはとうてい思えないけど？」

「バカだな。きみは信じられないくらいセクシーだよ。それに、優しくて、明るくて……食べてしまいたくなるくらい、かわいいよ」

最後の一言は、ジェナを刺激するつもりでつけ加えたものだ――狙いどおり、彼女はハッと息をのみ、やがて、スタンの期待していたイメージがまた彼女の中に広がっていった。目の前の彼女を見つめ、そして彼女の内なるイメージを堪能していると、スタンは実際にその場で彼女をベッドに押し倒しているような気分になってきた。ふたりとも一糸まとわぬ姿で、歓喜に身をよじらせながら、一番好きな体勢で彼女をエクスタシーへと導き……。

「くそっ」スタンは小さく罵りながら、手のひらで顔をごしごしとこすり、コーラを一息に半分も飲んだ。こっちこそ、あんまり想像を逞しくしないように気をつけないと。

「スタン？」彼女の声は、激しく彼を求めているようだ。

スタンは懸命に歯を食いしばってうなずき、激しい欲望が口調に表れないよう、必死に穏やかな声音を作った。「いいかい、ジェナ？　満月は、あらゆる人間に影響を及ぼすんだ。月の魔力と言ってね。月のせいで、精神がおかしくなってしまう人だっているし、感覚が研ぎ澄まされる人もいる」

ジェナは反論しようとはしなかった。でも彼女の意識を覗いてみると、またもやみだらな妄想をしているのがわかり、スタンは頭がヘンになりそうになった。

彼はあらためてジェナの手を取った。「ちゃんと聞いてくれ、ジェナ。いろいろな研究の結果から、満月の時期には、犯罪率や出産率や妊娠率が高くなることがわかってる。それ以外にも、動物が暴れたり、無意識のうちに誰かに毒を盛ったりといった事件も増える。満月の時期には、地球と太陽と月が一直線上に並び、海は満潮になる。そういうのが全部、月の影響なんだよ。だったら、月が人間の細胞とか、器官とか、感情とかに影響を及ぼしても、不思議じゃないと思わないかい？」

ジェナは激しくまばたきをした。「結局……満月だからわたしに興味を持ったってこと？」

「そうじゃない」初めて会ったときから、彼女に惹かれていた。ただ、お互いに同じ気持ちだったことに気づかなかっただけだ。「きみは信じられないくらいセクシーだってさっき言っただろう？　聞いてなかったのかい？　初対面のときから、きみが欲しいと思っていたさ。本当だよ。そしてきみの人柄を知るようになって、ますますきみが欲しくなった。ただ、こうしてふたりっきりになれたのは……お互いの気持ちを打ち明けられるようになったのは、月のおかげかもしれないって話だよ」

スタンはジェナの言葉を待った。幸い彼女は、自分の気持ちを否定せずにいてくれた。スタンは、何だか妙に安心して、安堵感を覚えた。

だが、否定されないくらいで満足するわけにはいかない。彼はジェナの指を握りしめながら、「おれが欲しいと言ってくれ、ジェナ」と促した。「言って」

そこへ、タイミング悪くまたマリールーが現れた。「そろそろパイを持ってきてもいいかしら？」と言いながら、まるで手をつけていないジェナの皿を見て、眉を吊り上げる。「やだ、そのチキンサラダ、おいしくなかった？」

「ああ、いいえ……」ジェナは真っ赤になりながら、クロワッサンを手に取った。「すごくおいしいわ。ただ、ちょっと……」

スタンは罵りたくなるところを必死にこらえて言った。「マリールー、あと一〇分くらいしたら、パイとコーヒーをふたり分頼むよ」

「でも、わたし、そろそろ店に戻らなくっちゃ」

「鍵を掛けてきたから大丈夫だよ」スタンはポケットから鍵を取り出し、テーブルの上に滑らせた。「インタビュアーもとっくに帰ったし。店のことなら心配はいらない」彼は言いながら、テーブルの下でさらに足を伸ばし、ふくらはぎとふくらはぎを擦り合わせた。「だから、戻るのはパイを食べてからでいいだろう?」

マリールーがくすくす笑う。「そうよ、ジェナ。たまには楽しんだら? すごくおいしいパイなのよ」

彼女のくすくす笑いに、スタンは苛立った。でも、マリールーはいい子だし、働き者だ。スタンは彼女にウインクしてみせながら促した。「現物を見たら、ジェナも食べていく気になるかもしれないね」

「そうね」マリールーはまたもや駆けるようにして厨房に戻っていった。

ジェナは腕時計に視線を落とした。「じゃあ、もう少しだけ。どうせまだ三〇分も経ってないし」

スタンは無言でジェナの答えを待ち続けた。

ほっそりとした指で、ジェナは自分の髪を撫で、スタンを一瞬見てまたすぐに目をそらし、観念したように深く息をついた。彼女が激しく気持ちを高ぶらせているのがわかる。そんな彼女の様子に、スタンは深い愛情を覚えると同時に、大いに興奮させられていた。「ええ、あなたが欲しいわ」最高の告白にスタンがまだ打ち震えているところに、ジェナはさらに、心を込めて真摯に打ち明けた。「初めてあなたと会ったときから、ずっとそう思ってた」

「全然そんなそぶりは見せなかったじゃないか」

「だって、そんな必要ないと思ったから」ジェナは言い訳するように言った。「あなたがわたしに興味があったとしても……わたしのこの気持ちと比べたら、大した意味はないでしょうし。とりあえずは、あなたみたいな魅力的な男性には今まで会ったことがないとだけ言っておくわ。もちろん、この町の女性はみんな同じように思ってるだろうし、あなたももう耳にタコができてるかもしれないけど」

「バカだな」スタンは呻いた。彼女のストレートな告白に、完全に打ちのめされていた。「魅力的だなんて言われたことないよ。まあ、そんなことはどうでもいいんだ。きみはこの町のほかの女性とは違うんだから。きみは……おれにとって特別な人なんだ。いや、きみに会った人はみんなそう思うはずだよ」

ジェナは肩をすくめてみせ、ダイエットコーラを飲み、クロワッサンをかじった。スタンは彼女の返答を待ちながら、またもや彼女の心の中を探っていた。彼女が、今のお互いの気持ちを理解しかねて、あれこれと煩悶しているのがわかる。彼女はピクルスをつまみ、ささやくように言った。「つまり、わたしと男と女の関係になりたいってこと?」

スタンはジェナの言い方が気に入らなかった。男と女の関係だなんて……そんな無責任な言い方。そもそも、ジェナ自身は男ときちんとした関係を築こうとするタイプだ。それに彼女はまさに男にとって理想の女。外面は慎ましやかなのに、内面は情熱に燃えている。スタンは、その両面をもっと深く知りたかった。

「とにかく今日は、三人でボート遊びに行こう。何だったら、ライアンにはチュービングを教えてやってもいい。あるいは入り江で泳ぐんでもいいし。三人でおしゃべりしてさ。それから、どこかで夕飯を食って。食後は、ライアンが寝たら、おれはまたきみにキスをして――キス以上のことも、するかもしれないけど」

ジェナの全身がこわばる。「でも、それは――」

「いいかい、ジェナ」スタンはさえぎるように言った。「きみには限られたプライバシーしかないことくらい、おれだってわかってる。きみにとって子どもたちはかけがえのない存在だろうし、親だったらそこまで思うのが当然だ。だからおれも、絶対にあの子たちにいやな思いはさせないつもりだよ」

ジェナは期待を込めた表情で――胸の中でもその期待を募らせながら――スタンをじっと見つめた。愛する男性と強い絆で結ばれたい、でも子どもたちのことを思うと――彼女のその思いが痛いほど伝わってくる。スタンは彼女のそういう責任感の強さが大好きだった。彼女の意識を読めなかったとしても、きっと同じように感じただろうと思う。絶対に。

子持ちの女性が男とつき合うのは、よほど大変なことなのだろう。だから彼女は誰ともデートをせずにいたのだろうか。面倒臭いことがいやだから？　いずれにしても、スタンは彼女に面倒を強いるようなバカな男ではない。

「あとで──」スタンは言い添えた。ジェナに誤解してほしくなかった。「ふたりっきりになって、きみがすっかりリラックスできる雰囲気になったら、そうしたら、きみと愛し合いたい」

ジェナの指の間から、ピクルスが皿とテーブルの上にまたがるように滑り落ちた。

「きみも、ふたりの時間をきっと気に入ってくれると思う。絶対に、がっかりさせたりしないから」

ジェナはほとんど上の空でうなずき、「あなたを信じるわ」とつぶやいた。でも彼女の意識の中にあるのは、スタンが彼女に触れているイメージではなかった。その反対だった。

これじゃまるでアダルトビデオを見ているようなものだ。妄想の中でスタンは、熱く濡れたキスを全身に受け、体中を優しく舐められ、まさぐられていた。まったく、ジェナの妄想ときたら、何だってこんなに事細かなんだ。

幸いなことに、テーブルのおかげでジーンズの前が膨らんでいるのはバレずに済んだ。スタンは再び身を乗り出すようにして言った。「ジェナ、おれはもう、自分だけさっさと楽しんで満足する子どもじゃない。おれが何を求めているか、聞かせたほうがいいかい？」

彼女の薄く開かれた口から、「ええ」という答えが漏れてくる。

「おれは、ベッドでおとなしく横になって待っているような女は欲しくない。シーツの下に隠れて、部屋の明かりを消して、おれの愛撫をただ受けるだけの女はいらないんだ。おれが欲しいのは、おれと同じくらい激しく求めてくれる女だ。素っ裸で汗まみれになって、むさぼるように愛し合って、お互いに望む限り、どんなタブーもいとわないような女だ」

ジェナはまさにそういう女だった。実際、彼女はスタンのその言葉を聞いただけで、すっかりその気になって椅子の上で身じろぎし始めた。

「おれが欲しいのは――」スタンはさらにつけ加えた。彼女がそういう言葉を期待しているとわかっているからだ。「もっとちょうだいと、叫び声をあげるような女だ」

そこまで言ったところで、スタンは視界の隅にまたもやマリールーがやって来るのを認めた。今回のタイミングは最悪だ。何しろジェナときたら、顔を真っ赤にして、すっかり恍惚とした様子で、目はとろんとしているし、その上、乳首まで立っている。

「鼻をかんで」スタンは言いながら、ペーパーナプキンをサッと手渡した。

「え、なあに?」ジェナのとろんとした目に、かすかに正気の光が戻ってくる。

「マリールーがこっちに来る。そんな顔してたら、おれがテーブルの下できみに何をしてるのかすぐにバレるぞ。ほら、ナプキンを取って。下を向いて、鼻をかんでるフリをして」

ジェナはぎこちなく、言われたとおりにした。手は震えているし、息が妙に速い。おろおろと向こうを向いてうつむいたとき、マリールーがテーブルの脇までやって来て、パイの皿を置いた。

「どれかお皿を片付けましょうか?」マリールーは、少しでもその場に長くいようとして訊いてきた。

「いや、まだいいよ。じきに食べ終わるから、そうしたらまとめて片付けてくれ」スタンはすかさず答え、彼女に二〇ドル札を手渡した。注文分には多すぎるくらいだ。「お釣りはきみが取っておくといい」

マリールーが学費のためにアルバイトをしているのは、スタンも知っている。だから彼は、いつも多めにチップをやるようにしていた。彼女もスタンの意図をきちんと理解したようだ。「ありがとう、スタン。じゃあ、またね、ジェナ」彼女はそう言って、おとなしくテーブルを離れていった。

ジェナはテーブルの上に突っ伏した。「どうしよう」と言った声が、まだナプキンを顔に当てたままなので、くぐもって聞こえる。「二度とこの店に来られないわ」

スタンは彼女の髪に触れずにはいられなかった。シルクのようになめらかで、ぬくもりのある髪の表面を指先で撫でながら、バレッタを外したときのことを想像していた。長い髪が、おれの体の上に広がる――おれの胸の上に、おれの下腹部に。おれの、太ももに。

スタンはジェナの顔を上げさせ、彼女の唇を親指でなぞった。「ここに来られないって、きみがまともな性欲のある女性だからかい？　誰もそんなことに気づいてやしないよ――おれ以外にはね。それにおれは、おれたちのこの秘密をちゃんと守る」

ジェナは食べかけのクロワッサンに目をやり、パイに視線を移動させ、かぶりを振った。

「もう食べられない」

「いいや、食べられるよ」スタンはジェナのクロワッサンを取り、彼女の手に持たせた。「おれが手伝ってあげるから。食事の間、あとは普通の話をしよう」

ジェナはまだ、まともに息もできずにいるようだ。「たとえば？」

こういうときこそ、地味なガーデニングの話の出番だ。「店の脇の空いたところに、新しい品種のバラを植えてみないかい？　あんまり手のかからない品種でね。すごく売れるだろうから、注文するなら今だよ」

ジェナはすっかり引き込まれてしまったように、そのバラがどんなにいい品種か、スタンが詳しく語るのに耳を傾けた。そして数分後には、お昼をすっかり平らげていた。そう、性欲と食欲は密接な関係にある。ジェナは、ものを食べる姿もセクシーだった。

今夜は、最高のセックスのあとで、ちゃんとしたコースの食事を楽しもう。ダイエットコーラだの、パイは太るだのなんてことは忘れてもらって、その曲線美が素晴らしいんだってことを彼女にちゃんとわからせてやろう。

でも今は、とりあえずお楽しみは置いておいて、仕事に戻らなければ。その前に店までジェナを送って、あのおいしい唇に軽くキスをして、五時半に迎えに行くと伝えよう。

湖の水が冷たいといいんだが……。三人でいるときに、ジェナのあのすてきな妄想のせいで、自分を抑えられなくなる可能性もある。もしもそうなったら、冷たい湖に飛び込めば少しは冷静になれるだろう。

3

帰宅したジェナは、スタンが迎えに来る前に急いで髪とメークを直そうとした。だがあいにくバスルームは、デートの支度のためにレイチェルが使用中だった。

一応ノックしてみると、「すぐに出るわよ！」というぞんざいな答えが返ってきた。

ジェナはため息をついた。「ただいま、レイチェル」

ドアがいきなり開く。「何だ、ママだったの。てっきりライアンかと思っちゃった」

優しく娘を抱きしめてから、ジェナはたずねた。「ライアンはどこにいるの？」

レイチェルは鼻梁にしわを寄せた。「裏庭でしょ。ママと釣りに行くから、ミミズをつかまえておくんだって」

見るとレイチェルは、ブロンドのロングヘアにまだホットカーラーを巻いたままだし、メークも半分程度しか終わっていない。この分では、バスルームは「すぐに」は空かなそうだ。ひとつのバスルームを一八歳の娘と共有するのは、簡単なことではない。

とはいえ、大学が始まったら、レイチェルがいなくてさぞかし寂しく感じるのだろう。

「ライアンにただいまって言ってくるわ――」ジェナは少々ためらってからつけ加えた。「今夜は、どこでデートなの？」

「映画を見て、そのあとはオールド・オーチャード・インで食事よ」

ジェナは眉根を寄せた。映画館は隣町との境にある。それだけでも心配なのに、オールド・オーチャード・インで食事だなんて。あそこはB&Bでもある。つまり、レストランの上にはベッドルームがあるということだ。一八歳になったレイチェルは、大人の女性へと成長しつつある。でもジェナにとっては、いつまで経っても小さなかわいい娘なのだ。口うるさい母親にはなりたくないけれど、だからといって、知らん顔はやっぱりできない。「帰りは遅くなるの？」

レイチェルは肩をすくめた。「一二時過ぎには帰ってくるけど。いいでしょ？」

「そうね」いったんはうなずいたものの、ジェナはやはり一言言い添えずにはいられなかった。「これだけは忘れないでね、レイチェル。テランスのことはいい子だと思ってるけど、ママが信じているのは、あくまでも彼じゃなくて、あなたなの。だから、もしも彼があなたにお酒を飲ませようとしたり、何かしようとしたり――」

レイチェルは呆れ顔で、バスルームに戻った。「はい、はい。何かあったら、タクシーを呼ぶか、ママに電話するか、彼の頭を殴るかするわ。心配しないで。映画を見て、食事をするだけなんだから。約束する」

心配するなですって？　この年ごろの男女は、ホルモンのかたまりのようなものだ。ジェナと亡夫だって、当時は人目につかないところを探しては、性衝動を満たしたものだった。

そして若くして結婚した。夫が三年前に亡くなるまでの年月、素晴らしい結婚生活を送れたと思う。

でも、娘にはもっともっと幸せになってほしい。

「ママ！」ライアンが、象の群れがやって来たかと思われるような足音を響かせながら、裏庭から戻ってきた。泥だらけのスニーカーのひもが解けていて、硬い木の床の上で危うくつんのめりそうになる。「ミミズをいっぱいつかまえたよ」ライアンは言いながら、泥まみれのミミズがうじゃうじゃ入った紙コップを掲げてみせた。「早く釣りに行こうよ！」

ジェナは顔をしかめたいところを懸命にこらえ、紙コップの中を覗き込んだ。「すごいわ、ライアン、いっぱいつかまえたのね。それにみんな……」彼女は深く息を吸い、適当な言葉を探した。「とても立派だわ」

「活きがよさそうでしょ？　よおし、いっぱい釣るぞお！」

ジェナは覚悟を決め、予定が変わったと聞いて息子ががっかりしませんようにと、心の中で素早く祈った。「ねえライアン、釣りもいいんだけど、こういうのはどうかしら？　実はね、スタン・タッカーさんが、ボート遊びに一緒にどうですかって誘ってくれたのよ」

ライアンは大きく目を見開いている。そして一瞬ののち、バスルームのドアがバタンと開かれて、レイチェルがからかうように眉を吊り上げながら顔を覗かせた。

ああ、ふたりとも言葉を失っちゃってるわ……ジェナは頭を抱えた。

それでもがんばって、彼女は咳払いをしてから、内心では今にも叫びだしそうなのに努めて平静を装い続けた。「スタンのボートがどんなのかは知らないけど、チュービングも教えてくれるし、入り江で泳いでもいいって。釣り道具も持って行きましょう。スタンも釣りが好きかもしれないし、ね？」

ふたりはまだ無言のまま、ジェナの顔を食い入るように見つめるばかり。ジェナは深く息をつき、もう一度深呼吸してから、満面の笑みで促すように言った。「ふたりとも、スタンなら知っているでしょう？」

ふたりはうなずいた。ライアンは作り笑いを浮かべた。「ねえママ、本当なの？　スタンが、ぼくにチューービングを教えてくれるの？」

「ええ、スタンはそう言ってたわよ」

レイチェルは茶化すような笑みを浮かべると、「ママに彼氏がでーきたー、ママに彼氏がでーきたー……」と歌うような口調で母親をからかった。

「もう、レイチェルったら！　そんなんじゃないに決まってるでしょ。スタンは――」

「いい男よねー？　でも、彼氏じゃないんなら、どうしてそんな真っ赤な顔してるの？」レイチェルは笑い声をあげながら母親を抱きしめた。「すてきじゃない、ママ！」

「ぼくもすてきだと思う！」ライアンも急にはしゃぎだした。体を揺らしたり、飛び跳ねたり、ボート遊びが楽しみで仕方がないといった感じだ。「ねえ、ママ、スタンはいつ来るの？」

息子に訊かれて腕時計を見たジェナは、ハッと息をのんだ。いけない、もうこんな時間！

「一〇分後よ……」

「ママったら！」レイチェルはジェナをバスルームに引っ張り込んだ。「もう、いい加減にしてよね。それならそうと早く言ってよ！　バスルームはママが使っていいわ。わたしはあとは自分の部屋でやるから」レイチェルは言うなり、慌しくホットカーラーの電源を抜き、ヘアブラシを三つとメーク道具を胸に抱えた。「ほら、そんなところに突っ立ってないで。しっかりしてよ、ママ。水着に着替えて、あのお気に入りのビーチコートを羽織っていくのよ。それから、髪は下ろさないとダメだからね。どうせボートに乗ったら、バレッタなんて風で吹き飛ばされちゃうんだから」

レイチェルがすぐにドアを閉めてしまったので、ジェナは何も言い返す暇がなかった。ドアの向こうから、レイチェルが弟に口早に命じるのが聞こえてくる。「いいこと、ライアン、今日はとにかくいい子にしてるのよ。絶対にいたずらなんかしちゃダメだからね。タッカーさんに、おまえのいいところだけを見せるの。そうしないとママが恥ずかしい思いをすることに――」

あれこれと注意を与えるレイチェルの声が、だんだん小さくなっていく。ミミズの紙コップを手にした弟を引っ張って、自室に向かっているのだろう。

ジェナは鏡の中の自分をしげしげと見つめた。何と、まだ顔が紅潮している。でも、レイチェルが思っているような理由からじゃないことは、自分でわかっている。顔が赤いのは、恥ずかしかったからじゃない。よからぬ妄想のせいだ。もうすぐ四〇の大台に乗るというのに。中年の未亡人で、ふたりの子持ちで、そのうちひとりはもうすぐ大学生なのに。それに、書店の経営者という顔だってあるのに。

そう思う一方で、ジェナは初デートを前にした少女のようにわくわくしてもいた。

でも、熱を持ったような頬に両手を当て、鏡の中の自分に向き合うと、これじゃダメだわとげんなりさせられた。水着なんて絶対に着ていけない。スタンの前でそんなに肌を露出するなんて、考えるだけで顔から火が出そうになる。歳月と、二度の出産経験は、彼女の肉体に決して優しくはなかったようだ。若いころ、スタイルのよかったころを知っている男性が相手ならともかく、初めての相手が見て喜ぶようなしろものではない……少なくとも、最初のデートで見せるのはいただけない。

でも、もしも今夜、スタンが言ったように本当に愛を交わすことになったら……そのときは覚悟するしかない。何ものにも縛られない、奔放なセックスがしたいとスタンは言った——ジェナだってそれを願っている。彼女は吐息を漏らした。もしも本当にそういうことになったら、そのときは彼の望むとおりにすべてをさらけだそう。いずれにしても、彼に見られるということは、こっちも彼を見るということを意味するのだし。スタンの逞しい体は、さぞかし目を楽しませてくれるだろう。

スタンは約束の時間よりも五分早くジェナの家にやって来た。まだ陽射しがまぶしく、気温は三二度もある。スタンはミラーサングラスを掛け、カジュアルなカーキ色の短パンに白のコットンシャツを合わせていた。シャツのボタンはほとんどはめていない。仕事を終えて帰宅後、彼はまずシャワーを浴び、ひげを剃り、スパイシーな香りのコロンをつけ、歯を磨き、髪を梳かし――猛暑に襲われている小さな町に住む造園家としては、最高のおしゃれをした。

赤のSUVをジェナの家の私道に停めて道路に降り立ち、こざっぱりとした田舎風の建物をしげしげと眺める。庭を手入れすれば、だいぶ見栄えがよくなるだろう。もちろん、建物の壁を塗り直す必要もありそうだが。

あれこれと考えているところへ、男の子が飛び跳ねるようにして玄関のスイングドアの向こうから現れ、階段の一番上で立ち止まるのが目に入った。男の子は両手をお尻に当てて、まぶしい陽光に目を細めている。懸命に自分を抑えているように見える。

ジェナの息子のライアンが、敵愾心《てきがいしん》を燃やしてくるか、それとも大歓迎してくれるか、スタンにはまったく見当がつかなかった。

だがどうやら、嬉しい気持ちのほうが勝ったようだ。ライアンは階段を駆け下りると、全身で喜びを表すように元気に芝生の上を走ってこちらにやって来た。「ママから、スタンが遊びに来るって聞いてたんだ！」

スタンはほほ笑んだ。ライアンの発するとてつもないエネルギーに、心奪われるようだった。だが彼は、ライアンに対して意識を開放してしまってから、すぐに後悔した。ライアンがいまだに亡き父を激しく求めていて、その胸に大きな空洞がぽっかりと開いているのが、すぐにわかったからだ。ライアンは、父親のような大きな存在を心の底から求めていた。スタンは手を伸ばし、深い悲しみに今も痛むライアンの胸をそっと撫でてやった。

「ああ、約束どおり遊びに来たよ。ひとりでボートに乗ってもおもしろくないからね。一緒に遊んでくれる人はいないかなと思ってたんだ」

「ぼくが遊んであげる！」ライアンはスタンの背後を覗き込むようにして、SUVに興味を示している。「ねえ、ボートはどこ？」

「湖の桟橋に置いてあるんだ」

「前はうちにもボートがあったんだよ。でも、ママが売っちゃった」ライアンは言いながら顔をしかめた。「パパが死んじゃったから」

「じゃあ、それからずっとボートには乗ってないのかい？」

ライアンは痩せた肩をすくめてみせた。「ときどき友だちの家のボートに乗せてもらうけどね。でも、ママはすぐ心配するから、行っちゃダメって言うときもあるよ」

スタンは笑みを浮かべてライアンの頭を撫で、並んで家のほうに向かっていった。「子どもを心配するのは、母親の大切な仕事のひとつだから仕方ないね。それにきみのママは、どんなことでもとっても上手だろう？　心配するのも上手なんじゃないかい？」

「そうなんだ、ママって、心配するのがすごくうまいの」

ライアンの浮かぬ顔を見て、スタンはくすくす笑いだした。「ところで、ママはもう準備ができたのかな？」

「さあね。すごく忙しそうだったよ。洋服を出して、また別のに着替えて、髪がうまくまとまらないって文句を言って、それから――」

「こらっ、余計なこと言わないのよ、ライアン」ジェナをぐっと若くしたようなレイチェルが戸口に姿を現し、弟を叱りつけた。だがその顔には、穏やかな笑みが浮かんでいる。「こんにちは、タッカーさん」

レイチェルの姿を認めるなり、スタンは思った。かわいそうに、これではジェナも娘のことを心配するはずだ。レイチェルは本当にきれいな子だった。それに、確か頭もすこぶるよかったはず。ミニドレスがとてもよく似合っていて、まともな男なら誰だって、彼女を前にしたら普通ではいられないだろう。ドレスはとてもおしゃれなデザインだったが、ちょっと露出度が高すぎるようで、父親くらいの年齢の過保護な男は顔をしかめるかもしれない。

「やあ、レイチェル」もしもおれが彼女の父親だったら、あんなドレスじゃなくて、芋の袋をかぶせておくのに――スタンは内心苛立ちを覚えつつも、心からの笑みを浮かべた。「スタンって呼んでくれて構わないよ」

「じゃあ、スタン――」レイチェルの笑みは本当に愛らしくて、スタンを温かく迎えようと努力しているのが伝わってくる。スタンは、世界中のあらゆるものから彼女を守ってやりたいと思った。「ママはもうすぐ支度できると思うわ。それまで、中でアイスティーでもどう？　さっき作ったばかりなの」

「ダメだよ！　スタンには、ぼくがどこでミミズを発見したか見せてあげるんだから！」ライアンが抗議する。

レイチェルは渋い顔をし、「ライアン、スタンがミミズなんか見たがるわけがないでしょう?」と言いながら、あらためてスタンに愛らしい笑みを返した。「暑いから早く中に入って。中のほうがずっと涼しいから」

わざわざ心の中を読むまでもなく、レイチェルがいい印象を与えようと必死なのがひしひしと伝わってくる。彼女はわかっているのだ。母親がずっとひとりのままで幸せなわけがないと。彼とつき合うことで、いい方向に行ってくれるかもしれないという期待もあるのだろう。だが、レイチェルとライアンの心の中にあるのはそれだけではなかった。ふたりがどれだけ父親の愛情に飢えているか――そのことに気づくと、スタンは胸をかきむしられるような痛みを覚え、とても平静ではいられなかった。ふたりの母親への愛情の深さには、圧倒されるようなものがある。でもそれは、失われたものを激しく求める辛い気持ちの裏返しでもあった――ふたりは、父も母もいる幸福な家庭に、何不自由ない生活に、家族での旅行に焦がれていた。

ジェナだって、三人での暮らしに生まれたそういう欠落を、できる限り埋めるよう努力してきただろう。だが彼女にも限界がある。ライアンは、男親にしか与えられない同士愛のようなものを恋しがっているはずだ。レイチェルだって、父親の過保護な小言や、アフターシェーブ・ローションの香りや、足が宙に浮いてしまうくらいぎゅっと抱きしめられるときの温かな愛情を求めているだろう。父さえ生きていてくれれば、家族を支えて、いつだってみんなを守ってくれたのにと嘆いているはずだ。

スタンはもう少しレイチェルの意識を探ってみたいと思った。たとえば、お金のことなどで困ってはいないだろうか。でも彼には、ふたりの子どもたちの中にあるさまざまな思いをきちんと判別できるほどの能力はない。それに正直言って、自分の中のあふれるような感情が邪魔になって、まともに考えることが困難になってもいる。スタンは心配でならなかった——子どもたちのことも、ふたりの母親のことも。

少しでもこの子たちを喜ばせてやれたら——スタンは思い、サングラスを外して、最高の笑みをレイチェルに返した。「じゃあ、アイスティーをいただくよ、レイチェル。氷をたっぷり頼む。ライアンとおれもすぐ行くから。でもその前に二分だけくれないか？　彼が発見したミミズの住みかとやらに案内してもらうから、ね？」

レイチェルは一瞬、弟にムッとした顔をしてみせたが、スタンの妥協案に納得したようだ。

「じゃあ、わたしはキッチンにいるから。勝手口から入ってきてね」

ライアンがスタンの手を取り、引っ張っていく。「こっち、こっち。早く。岩の下にね、何億兆匹っていうミミズがいるんだ。紙コップが小さくて全部は入れられなかったの。だから、今度釣りに行くときのために何匹か住みかに残しておいた。ねえ、釣りもできるかもってママが言ってたんだけど、釣竿とリールも持っていっていいんだよね？」

ライアンはスタンに答える暇を与えず、息も継がずにしゃべり続けた。

「あのね、パパが買ってくれた釣竿でね、すっごくかっこいいんだ。プロが使うやつみたいなんだよ。パパはね、ぼくにもプロになる素質があるって。でも三年も前の話だから、ダメかもしれないけど。ぼくとパパはね、いつも朝早くに釣りに行ったの。朝早いほうが、魚たちがおなかを空かせてるでしょ。だから、ボートが夕飯用のスズキでいっぱいになっちゃうんだ！」

とりとめのないおしゃべりが延々と続き、やがてふたりは、木々で囲われた裏庭の隅のほうに来ていた。裏庭は広々としていて、子どもたちが遊ぶのにもってこいで、スタンは大いに気に入った。

「もちろん、釣り道具も持っていこう」スタンはライアンに言った。「入り江に行けば、きっと大物が釣れるぞ」

「ほんとう？」

スタンは声をあげて笑った。「でも、三年ぶりなんだろう？」

「釣りには行ってたよ。仕事が忙しくないときに、ママが連れていってくれるから。でも、ママはとっても忙しいし、釣りにあんまり詳しくないんだ。それに、ママはルアーキャスティングが好きじゃないし」ライアンは聞こえよがしにささやいた。「どうしてかって言うとね、ぼくが一回、ママの髪にルアーを引っ掛けちゃったからなんだ。だから最近は普通の竿しか使ってない。それにママは、ミミズをぼくに渡すばっかりでさ。自分では針につけられないんだ。きっとあんまり釣りが好きじゃないんだよ」

「きみは、若いのにすごく鋭いんだね？」

「鋭いって、どういうこと？」

「つまり、女性の気持ちがよくわかってるってことだよ。そういう才能は、いずれ役に立つからね」スタンは興味津々にライアンの隣にしゃがみ込んだ。ライアンは、必死の形相で大きな岩を持ち上げようとしている。

「ねえ、いっぱいいるでしょ？」ライアンがたずねてくる。重たい岩を支えているので、声が震えている。

「ああ、いるいる。こいつらを何匹か残しておいたのは大正解だな。想像してごらん、ライアン？　今度釣りに行くときには、きっともっと大きくなってるはずだよ」

「すごいや！」ライアンは脇に岩を転がし、ミミズがよく見えるようにした。「そんなこと、考えてもみなかった」

「こいつらは、いっぱい食べて大きくなるのが仕事だからね」

「でも、口がないのにどうやって食べるの？」

スタンはライアンに向き直った。「おいおい、本当に知らないのかい？　もちろんこいつらにだって口はあるさ。ほら、見てごらん。こいつ、きみに笑いかけてるぞ？」

「うっそだあ」ライアンはくすくす笑った。

スタンは地面でのたくる大きなミミズをつまみ上げ、説明を始めた。「ほら、ここのところ、頭から二、三個目までの節の中に、脳みそと心臓と肺が入ってるんだよ。そうだ、ミミズには心臓が五対もあるって知ってるかい？」

「すごおい！」

スタンはうなずいた。「それ以外の節はね、ほとんど腸でできてるんだよ。たくさん食べた食料を消化するためにね」

「じゃあ、体が全部おなかでできてるの？」

「まあだいたいね。ミミズは、土と、その中に含まれるえさを食べるんだ。たとえば、虫の体の一部とか、バクテリアとかだね」

「うげーっ」

「ほら、ここが口だよ。でも普段は、口前葉《こうぜんよう》と言って、フタみたいなものでふさがれてる。そのフタで、光とか、周りの動きとかを感知して、自分の行き先を判断するんだ。それから、全身に細かい体毛だって生えているんだよ」

「でも、どっちが口でどっちがお尻か、どうやってわかるの？」ライアンは疑わしげな視線をスタンに投げた。

「単純な話だよ。ほら、こいつはこっち側を前にして這うだろう？　きみだって這うときは、お尻じゃなくて頭を前にしないかい？」

「ああ、そっかあ！」ライアンはにっと笑った。

「ミミズがたくさんいるってことはね、ここの土がすごくいいってことなんだ。ミミズが這いまわると土が柔らかくなるし、それに、こいつらの排泄物で栄養満点の土になる」

「はいせつぶつってなあに？」

スタンはライアンと話しているのが楽しくてたまらなかった。彼はにやりとし、声を潜めた。「うんちのことだよ」

ライアンの元気な笑い声に、スタンはふいに、今までに覚えたことのない感情に包まれた——何てことのない幸せと、感謝の念と、そして、圧倒的な優しさだ。その優しさに全身を包まれたようになって、彼はもう何年も忘れていた心の平穏を感じた。彼は首をまわして、背後に立っているジェナに向かってほほ笑みかけた。

彼女はベージュのタンクトップに、同色のカプリパンツ、そしてメッシュのチュニックに着替えていた。つば広の麦わら帽子が、強い陽射しをさえぎり、顔に陰影を落としている。長い髪は肩に垂らしてあった。彼女は……最高にきれいだった。落ち着きがあって、さり気なくて。それに、セクシーだった。

瞳は情熱的に燃えていた。

スタンは目を細めてジェナを見つめた。「さては、ミミズに関する講義を盗み聞きしたな？」

ジェナの口元がほころび、スタンはますます大きな優しさに包まれる。「すごくおもしろそうだったんだもの」ジェナは茶目っ気を出した。「盗み聞きせずにいられるわけがないでしょう？」

スタンは、いっそのことこの場で胸を打ち砕かれてしまってもいいと思った。息子の明るい笑顔を見るだけで、ジェナはこんなにも大きな幸福を感じている。スタンに対する思いも、単なる性的対象へのそれではなく、もっと深いものになっている。たったあれだけのことで――スタンが彼女の息子を笑わせてやっただけで。それだけで、彼女は以前にも増して柔らかな笑みをたたえ、感極まって涙さえ浮かべている。

スタンは立ち上がり、ジェナに歩み寄ると、「迎えに来たよ」とささやきかけ、頬にキスをした。

ライアンは目をまん丸にしてふたりの様子を見つめている。

口づけで今の気持ちを伝えたところで、スタンは切り出した。「きみが支度している間に、ライアンにおもしろい話を聞かせてもらってたんだ」言いながら彼は、陽光でぬくもりを帯びたライアンの頭に無意識に手をやっていた。「それで、もしよかったら、今度ライアンと朝釣りに行きたいんだけど、どうかな？　よく朝釣りに行ったそうじゃないか。それにライアンはプロ並みの腕前だそうだから、おれも彼のテクニックを伝授してもらいたいし」

ライアンは金切り声をあげて大喜びし、ジェナは唇を震わせて「ありがとう」と言った。涙声でささやくように言われて、スタンは胸が張り裂けそうな思いがした。

ジェナには幸せになってほしい。これからずっと。来る日も来る日も、毎日。彼女には幸せな家庭がふさわしい。おれが幸せにする。絶対に。

スタンは親指でジェナの頬を撫でた。「こちらこそ、ありがとう」

ジェナは目をしばたたいて涙をこらえた。「さあライアン、中に入って手を洗って。スタンにアイスティーをごちそうしてあげましょう。ぐずぐずしてると、湖に着く前に暗くなっちゃうわよ」

スタンは右腕をジェナの腰に、左腕をライアンの細い肩にまわした。三人はまるで家族のように、芝生の上を並んで歩き、勝手口のほうに向かった。

レイチェルは戸口に立って、穏やかそのものの表情を浮かべ、三人が並んで歩いてくる様子を見つめながら待っている。スタンは意識をシャットダウンして自分を取り戻そうとしたけれど、できなかった。親子の思いを勝手に読むなんて、ずうずうしいと思った。だがそう思う一方で、どうしても彼らの気持ちを知っておかなければいけない、理解しておかなければいけないとも感じた。それが、彼らの人生の一部になるための、足がかりになるように思えたのだ。

彼らの意識を読んでいるうちに、ふと気になることに思い当たった。スタンはキッチンに足を踏み入れながら、無意識のうちにレイチェルに大学のことを訊いていた。アイスティーはすでにテーブルの上に用意されていたが、ライアンとスタンは先に手を洗わなければならない。スタンは肩越しにレイチェルを振り返り、答えを待った。

レイチェルは、視線を合わせようともせずに答えた。「近くの州立大学に行くつもりよ」

その口調だけで、スタンには彼女の本心がわかるようだった。「そう。で、何を勉強したいんだい？」スタンはジェナの隣の椅子に腰かけながら、アイスティーを口にした。「ああ、すごくおいしいよ。ありがとう、レイチェル」

「どういたしまして」レイチェルはおなかのあたりで両手の指を絡ませている。「あの、笑わないでね。美術科に進もうと思ってるの」

「そりゃすごい。でも、どうしておれが笑うと思うの？」レイチェルが照れ臭そうに肩をすくめるのを見て、スタンはもっと詳しく知りたくなった。「美術科で、具体的にどんなことを勉強したいんだい？」

「グラフィック・デザインよ。広告のデザインがしたいの」

「まあ、シリアルの箱のデザインとかだよね！」ライアンが口を挟む。

「シリアルの箱もやるかもしれないけどね」レイチェルは呆れ顔だ。

スタンは椅子の背にゆったりともたれた。答えは訊くまでもなくわかっている気がするが、それでも、訊いてみたい。「州立大学に進むのは、家から離れたくないから？　それとも、そこが一番自分に合ってるから？」

レイチェルは一瞬だけ母親のほうを見てから答えた。「家から離れたくないからよ」

ジェナは手を伸ばして娘の手を握りしめた。「本当はね、一四歳のときから、アトランタにあるサバナ・カレッジ・オブ・アート・アンド・デザインに進学するって決めてたのよ。でも、わが家にはそんな余裕はないから」

「それに、ぼくと離れ離れになるのが寂しいんだって！」ライアンが自慢気につけ加えた。

レイチェルは小さく笑いながら、弟の髪をくしゃくしゃにした。「おまえも、わたしがいないと寂しいんだもんね？」

やっぱりそうか……スタンは思った。レイチェルは、ライアンと一緒に母親を支えるために、家を離れないと決めたのだ。かすかな畏怖の念に打たれながら、スタンは、何て素晴らしい子なのだろうと思った。「きみなら、どの大学に行ってもきっと立派な成績を修められると思うよ」彼は言いながら、できることなら彼女には、金のことや母親のことを心配したりせず、自分の行きたい大学に進んでほしいと願った。

おれに何か手伝えることはあるだろうか……。幸いスタンは、今の独身生活には十分すぎるくらいの金を持っている。でもジェナの顔をちらりと見るなり、彼女がそんな施しなど受けるわけがないなと思った。

ライアンは一息にアイスティーを飲み干した。水泳やボート遊びや魚釣りが待っているというのに、おしゃべりなんかつまらないやといった表情だ。大学の話はこれくらいにしておいたほうがよさそうだ。出発前にスタンは、ボートには必要なものは全部揃っているからとジェナに言い聞かせた――救命胴衣も、チュービング用のチューブとロープも、日焼け止めも、タオルも全部。

ちょうど出かけようとしていたところに、レイチェルのデート相手のテランスが迎えに現れた。スタンはテランスを一瞥するなり、やっぱりデートには行っちゃダメだと言いたくなってしまった。そんなこと、言える立場ではないのに。でも、若いふたりが何を考えているのかわかって、まるで覗き魔のような気分だった。スタンは慌ててふたりの甘い妄想を意識から振り払った。だがやっぱり、テランスを見るときには、警告するような怖い顔をせずにはいられなかった。

ふたりを見送りながら、ジェナはあらためてレイチェルに、気をつけてね、一二時を過ぎるようならちゃんと電話するのよと注意を与えた。

湖までの道のり、ジェナはほとんど無言だった。とはいえ、ライアンがしゃべりっぱなしだったので、大人の会話を楽しむ隙がなかったというのもある。いずれにしてもスタンは、それをちっとも苦には思わなかった。ライアンのおしゃべりを聞いているのは楽しかったし、ジェナの穏やかな気持ちが伝わってきてむしろ嬉しかった。ジェナは、ドライブと、息子の舞い上がりぶりを心の底から楽しんでいるようだった。

ライアンはスタンのSUVが相当気に入ったようで、車内のありとあらゆるボタンやノブに触りたがった。スタンは、この分ならボートを見たら大騒ぎするのだろうなと思った。スタンのモーターボートは、スティングレーの二二〇DRというモデルで、そのへんのとはちょっと違う派手なやつだ。実際、それを見たときのライアンの反応といったら、スタンが予想したとおりのものだった。

ライアンは、ボートを見るなり桟橋に向かって一目散に走り出した。ジェナが慌てて引き止め、湖に近づく前に、危ないからまずは救命胴衣を着なければダメだと叱りつけた。

ゴールデン・レイクの周辺には、小さなガソリンスタンドに、掘っ立て小屋のような雑貨屋の二軒しか店がない。雑貨屋には、アイスクリームやビールから釣りえさまで、何でも売っている。スタンはその店で、プレッツェルと、サンドイッチと、大量のコーラを買った。コーラはキャビンのシンクの下にあるアイスボックスにしまった。

午後のひととき、スタンはほとんど夢心地だった。子ども連れの女性とのデートなんて初めてだったし、前妻は子ども嫌いだった。湖に出てからのライアンのはしゃぎようときたら、驚くほどだった。疲れた様子も見せずにいつまでもチュービングで遊び、大きな波や明るい陽射しやボートから跳ね返る冷たい水しぶきに、陽気な笑い声をあげた。息子の楽しげな様子にジェナの表情も明るくなり、そんな彼女を見てスタンも幸せを感じ……スタンは大満足だった。

チュービングのあとは、ボートを苔むした入り江に停めた。ジェナとライアンは、さっきも日焼け止めを塗ったのに、もう一度塗り直すという。ジェナが息子の体に塗ってやったところを見計らって、スタンは彼女の手からボトルを取り上げた。

「おれが塗ってあげるよ」

ジェナはライアンのほうをちらりと見た。ライアンは船尾のほうでハシゴに足を引っ掛けるようにして腰かけ、釣竿を水面に向けている。スタンに向き直ったとき、ジェナの瞳は夕日よりももっと熱いくらいだった。「じゃあ、お願い」

ジェナはすでにチュニックを脱いでいた。スタンは彼女の金色に輝く肩と鎖骨に、そして、胸に張りつくようなタンクトップに視線を這わせた。思い違いでなければ、ジェナはブラをしていないはず。今日は相当暑いので、できるだけ身に着けるものを少なくしようとするのは当然のことだが、彼女がノーブラのところなんて今まで一度も見たことがない。スタンは手のひらがむずむずするのを覚えた。彼女のたっぷりとした胸に触れ、乳首を愛撫したい……。

呻き声をあげそうになるのを必死にのみこみ、スタンは手のひらに少量の日焼け止めを垂らした。「髪を持ち上げてくれる？」

ジェナはゆっくりと髪を持ち上げた。彼は無言で、彼女の首筋から肩、胸元へと日焼け止めを塗っていった。髪を下ろすとき、彼女の目は閉じられていた。

ライアンがすぐ後ろにいなければ。ＣＤプレーヤーから流れてくるビーチ・ボーイズに合わせて、調子外れの歌なんか歌っていなければ。そうしたら、彼女の妄想そのままに愛してやれるのに。

だが現実にライアンはすぐそばにいる。スタンは、それがどんなにキツくても、自分を抑えなければならない。

キツいと言えば、もうあそこもガチガチで、短パンもはち切れそうにキツくなっている……。

スタンはすまなそうな笑みを浮かべつつ、ジェナの鼻の頭に軽くキスをしてから、デッキを歩いていって冷たい湖にいきなり飛び込んだ。

水の跳ねる音にライアンが気づく。彼はすぐさまリールを巻き直し、スタンのあとに続いた。冷たい水は、スタンの激情をしっかり冷ましてくれたようだ。だが、心の痛みまではなだめてはくれなかった――この痛みが癒えるのは、ジェナを自分のものにできたときだけだろう。

永遠に自分のものに。

さんざん泳いだあとは、ライアンは魚釣りと食事を同時にやってのけた。つまりかたわらでジェナが、息子の手から逃げ出したミミズがプレッツェルやサンドイッチの袋に潜り込まないよう、気をつけていたということだ。キャビン内では、シンクがボート購入以来の活躍ぶりを見せた。しまいにはライアンが、必要なものはここに全部揃っているから、もう家に帰らなくてもいいと言い出す始末だった。

ジェナは息子に、少なくとも、レイチェルがデートから戻ってくるまでには家に帰っていなければダメよと言い聞かせた。ジェナの携帯電話は、万が一鳴ったときに聞き逃すことがないよう、ずっと彼女のかたわらに置かれていた。それを見てスタンは、最初に感じた以上に心配しているんだなと痛感させられた。

4

何匹か釣果をあげ、小さすぎるやつを湖に戻してしまうと、スタンは釣竿を置いて後部座席を広げた。後部座席は、完全に広げるとベッドくらいの大きさになる。シャツを脱ぎ、濡れた短パンだけになった彼は、よく冷えたコーラを片手に後部座席の片隅に脚を大きく広げて座り、ジェナが息子の世話を焼く様子を眺めた。

さすがのライアンも疲れを見せ始めたころには、太陽は西の空低く沈み、辺りを真っ赤に染め上げていた。短パンに救命胴衣、肩にタオルをかけたライアンは、船首のほうに座ってほとんどうつらうつらしている。陽射しと風と水で髪がくしゃくしゃにもつれ、釣竿を持った手にも力が入っていない。

ＣＤプレーヤーから流れてくる音楽が、静かに湖面を漂う。遠くのほうで、牛が低く鳴く声が聞こえる。岸辺ではカエルが鳴いている。この入り江の周辺にはパワーボートやジェットスキーは入ってこないので、辺りはとても静かだった。穏やかな空気が、三人を包むようだ。

ライアンがこっくりこっくりし始める。ジェナは息子の手から釣竿をそっと引き抜き、リールを巻き直した。タオルをくるくると丸めて枕代わりにし、かたわらに息子を寝かせる。ライアンは、目を開こうともしなかった。

「驚いたな」ライアンがすっかり寝入ってしまった様子を見ながら、スタンは首を横に振った。確かに、ボートの心地よい揺れにスタン自身も眠気を誘われるようだった。でも彼は今まで一度も、子どものころでさえ、あんなふうにころりと眠りについたためしがない。

「赤ちゃんみたいでしょ」ジェナは笑い、スタンの向かいに腰を下ろした。裸足の爪先がきゅっと丸まって、長い髪が風になびく。彼女はまぶたを閉じ、吐息を漏らした。「今日はありがとう、スタン。本当に楽しかったわ。水のそばにいるとこんなに気持ちがいいってことも、心配事が吹き飛ばされるってことも、忘れてたみたい」

スタンはジェナの穏やかな表情に見入りながらたずねた。「心配事って何だい？」

「世の中の母親と似たような心配事よ」ジェナはまぶたを閉じたまま、口元に笑みを浮かべてささやくように言った。「でも幸い、わたしは本当に素晴らしい子どもたちに恵まれたから」

それこそが、ジェナにとって一番幸せなことなのだろう。「きみも、素晴らしい母親だよ」

「努力はしてるけどね」ジェナの顔から笑みが消え、再び吐息が漏れる。「あの子たちの幸せだけを祈ってるわ。そうそう簡単にはいかないけれど。ねえ、スタン？」彼女は目を開けてスタンを真っ直ぐに見つめ、無意識のうちに、今の思いを、心の中にあるあらゆる感情を彼と共有していた。「今日は、本当に感謝してるわ。ライアンも久しぶりに心から楽しんでくれたと思う」

スタンは喉の奥に、何か大きなかたまりが詰まっているような気がした。「おれも、楽しかったよ」

ジェナはスタンの言葉を信じていないようだった。ジェナの頭の中にいるスタンは、本音を言えばこの場で彼女を押し倒し、早いところいい感じに持っていきたい、そんなふうに考えている。勘違いもはなはだしいが、スキャンダルまみれの自分の過去や、最近のメディアでの取り上げられ方を思えば、彼女を責めることはできない。

だがスタンは、本当はそうじゃないとジェナにわかってほしかった。彼はかたわらの席をぽんぽんと叩きながら促した。「こっちにおいで、ジェナ。きみにキスがしたい」

ジェナはあえて拒否はせず、息子のほうに視線を移動させた。「よく眠ってるわ」

スタンはうなずいた。「ああ、そうだね」

ジェナは唇を噛んだ。罪悪感に苛まれているのだろう。それから意を決したように、彼女はもう一度息子のほうを見てから、すっと立ち上がってスタンの横に移動した。スタンは彼女の体に腕をまわし、ぎゅっと抱き寄せた。太陽が沈みかけているというのに、気温はまだ三〇度近くあるようで、柔らかな風が心地いい。

見上げるジェナの瞳は問いかけるようで――スタンは頭の中が真っ白になった。

スタンはジェナの頬を両手で包み込み、そっと唇を重ねた。みずみずしい肌は、風と湖と――それから、女性の香りがした。媚薬のような香りに、スタンは必死にわれを忘れまいとした。でも本当は、彼女の秘められた、しっとりとした部分に顔をうずめ、その甘い香りに思う存分に浸りたかった。

それでもスタンは、キスだけに懸命に意識を集中させた。穏やかに優しく唇を重ねながら、内心では血が湧き返り、心臓がとどろくように鼓動を打っている。生まれてこの方、一度も感じたことがないくらい、強く彼女を求めていた。

こんなふうに何かを激しく求めるのは、生まれて初めてかもしれない。

でもまずは、真実を打ち明けるところから始めないと。

スタンは、唇を重ねたままつぶやいた。「知ってた？　満月から二日経っても、月の表面の九七パーセントが光を放ってるって」

唐突な質問に困惑したジェナは、小さく笑いながら身を離した。「いいえ。知らなかったわ」と言ってから、再び彼に身を寄せ、自ら深く口づけようとした。

スタンは彼女の情熱を受け入れ、開かれた唇にそっと舌を挿し入れて気だるく口の中を舐めた。短パンの前がすっかり大きくなって、全身の筋肉が張りつめたようになっている中で、ゆったりと愛撫を加えるのは至難の業だった。

彼女が息を荒らげ、その指がスタンをぎゅっとつかんできたところで、彼は唇を離してライアンのほうを見やった。大丈夫、いびきをかいて熟睡している。月の魔力について彼女に少し打ち明けておくには、絶好のチャンスだ。

指先でジェナのなめらかな頬を撫でながら、スタンはささやいた。「満月は本来、毎月決まった日にちの決まった時間にやって来る。でも、実際には数日間にわたって続くように思われている。晴天なら、その間の影響力の強さは変わらないと言ってもいい」

「影響力って？」

スタンは彼女の下唇に、そっと唇を寄せた。「満月になると……人によっては、なぜか不安になったり、感情が高ぶったりする。自殺率も増えるし、激しい性衝動に駆られる人も多くなる」

「つまり、あなたは最後の例に当てはまるってことね」

スタンはほほ笑み、講義を続行した。こうして背景知識を与えておいたほうが、真実をすべて打ち明けたときに、彼女もそれを受け入れやすくなるはずだ。スタンは彼女に何もかも打ち明けるつもりだった。スタンは彼女の意識を読むことができる——彼女には、そのことを知っておく権利がある。まさにプライバシーの侵害だが、彼にはどうにもできないことなのだ。

前妻はスタンのこの能力を憎んだ。夫にバレたら困るような秘密があったからだ。でも、ジェナは嘘つきではない。彼女はこの世の誰よりも忠誠心に篤く、道徳観念がある。彼女が何かを誓ったら、それは一生変わらない——死がふたりを分かつまで。

スタンはわくわくしてきた。彼はジェナを自分のものにするつもりだ。それも永遠に。今日みたいな一日を、それから、このあとに待ちかまえている素晴らしい夜を、これからも何度も過ごしたい。彼は、すべてが欲しかった。

「満月の間、光を放つ月の表面積の割合はゆっくりと変化するから、たいていの人はその変化に気づかない。だから満月の日から二日経っても、月の魔力に左右されたりする」

「ねえスタン、いったい何の話をしているの？」ジェナは小さな手でスタンの顎に触れながら、不安気に眉根を寄せた。

「きみは最近、おれのことをしょっちゅう想像していたね？　おれとみだらな快楽に耽っているところを？」

「ええ」ジェナはうつむき、胸毛に指を絡めた。

「いつも、想像してたの？」

ジェナは片方の肩をすくませた。「あなたのことは、いつも気になっていたわ。最初からずっと惹かれてた。それに……ええ、そういう想像もいっぱいしたわ」

彼女の意識が、激しく移り変わるのがわかる。スタンは「でも?」と言って促した。

「でも近ごろは、何だか変なの。前と違うのよ。あなたへの思いがもっと強くなっているっていうか。何かこう……抗いがたい感じというか。もうすぐ四〇歳になるからだろうと思っていたんだけど」ジェナは苦笑した。スタンの大好きな、小さなえくぼが頰に浮かんだ。「きっと年のせいね。何だか、いやらしいことばっかり考えるようになって」

すっかり打ち明けてしまったジェナは、恥ずかしさと不安に、落ち着かなげな表情になった。でも性欲があるのは当然だし、そのことを恥ずかしがる必要なんかない。スタンは彼女の髪に手を差し入れ、うなじをそっと撫でながら、顔を上げさせた。「ジェナ、おれを求めるのは、別に変なことでも何でもないんだよ」彼はいっそう心を込めて続けた。「一晩中でも、いいや、もっと求めてくれたって構わない」

彼はジェナに言い聞かせるようにしながら――無理強いはせず、彼女がどう反応するか、どんなふうに感じるか見守ることにした。

やがて彼は、安堵感に満たされ、大きく深呼吸した。大丈夫、彼女はずっとおれを求めてくれる。彼女の心の中で、そんなの無理よと言う声が響くのも聞こえるが、気にすることはない。そのへんのためらいは、うまくなだめてやればいい。もちろん、彼女が望みもしないものを強制するつもりはないけれど。

ジェナはスタンを求めていた。スタンはただ、その望みを現実のものにできるのだと彼女に教えてやればいい。

　幸いなことに、スタンは自分に対するジェナの気持ちのうつろいがすべて手に取るようにわかる。どうやら彼女の理性は、スタンを自分だけのものにするのは不可能だとあきらめているらしい。スタンがひとりの女性で満足するわけがないと、思い込んでいるのだ。彼女の亡夫は、貞操観念のある、忠実で誠実な夫だった。次に愛する男が現れたとき、彼女がそういう関係を望むのは当然だ。

　ジェナは妥協を嫌う――でもそれは、スタンも同じだ。

　彼女の中にある自分のイメージがスタンは気に入らなかった。プレーボーイで、裕福な独身男性で、著名人としてちやほやされて、女性とつき合いたい放題。確かに、急に名前を知られるようになって、セレブライフに溺れた日々もあった。恋を楽しみもした。だからといって、一生ひとり者でいたいわけじゃない。

　スタンの財産については、ジェナにとってもメリットになるはずだ。レイチェルを望みどおりの大学に行かせてやれるし、失ったもの――家族旅行や、ボートや、お金の心配をしなくていい安心感を、取り戻すこともできる。

　でもジェナは、スタンを信頼できないと判断すれば、そんなメリットは何の意味も持たないと考えるだろう。スタンは思わず小さく罵った。驚いたジェナが顔を上げる。「どうかしたの？」

「少し真面目な話をしても構わないかな？」

ジェナはスタンの顔と、逞しい胸板に置かれた自分の手、それから彼の唇を見つめ、目をしばたたかせた。「もちろん、構わないわよ。おしゃべりなら、ちょうどわたしもしたいと思っていたところだわ」

笑い声をあげながらスタンは、ジェナの頬が自分の肩に当たるぐらい、きつく抱きしめた。そうしていると、とても心地よかった。彼女にキスをするのと同じくらい。「からかうなよ、ジェナ。どうせ、ライアンがすぐそばにいるのに何かしようなんて思ってないんだろう?」

「そりゃそうよ。でも、もう何回かキスできたら、とっても嬉しいけど」

スタンはジェナの腰に当てた手を開き、いっそう力強く抱きしめた。彼女は、どこもかしこも丸かった。曲線美にあふれていて、全身が女性らしい柔らかな丸みを帯びている。スタンは、彼女を押し倒し、その柔らかさに全身を包まれるときが待ちきれなかった。

でも今は自分を抑えなければ。スタンは呻きたくなるのをこらえ、低い声でささやいた。「キスなら今夜、頭がヘンになるくらいしてあげるよ。ライアンをベッドに寝かせたあとでね」

ジェナの考えていることが手に取るようにわかる。途方に暮れて、不安に押しつぶされそうになっているのが。そんなふうに彼女の内面を覗いてしまう自分が、スタンはほとほといやになった。でも今はとりあえず、彼女をもてあそぶつもりなんかないのだと、一〇人の女が簡単に手に入るとしても、心から愛せるたったひとりの女性とは到底比べものにならないのだと、きちんと伝えなければ。

自分にとって、ジェナ以上に大切な人はいないのだと。

目の前にいるジェナは、彼を求めながら自らの激しい感情に当惑する一方で、子どもたちと自分のために最善の道を選ぼうとしている。彼女は子どもたちが傷つくようなことは望んでいなかった。スタンを三人の生活に受け入れたとしても、じきに飽きられ、別れを告げられるのだとしたら、かえって子どもたちを不幸にするだけだ。

スタンは自分の心臓の鼓動に耳を傾けた。その鼓動がますます原始的なものになり、彼を急き立て、ジェナの優しさと、どこもかしこも熟しきった大人の女らしさを、いっそう強く意識させる。やがてジェナの内面に変化が起こり、その脳裏に彼の裸身が浮かぶのがわかる。ジェナが彼の全身を撫でまわし、唇で彼の……。

スタンは慌ててジェナの身を引き離した。前かがみになり、膝に肘を乗せて、自分の顎をこぶしで叩いた。彼女ときたら、何も知らずにああやって人を苦しめるのだから、たちが悪い。

これ以上ジェナにヘンな妄想をさせたら、こっちがまともにものを考えられなくなる。スタンは彼女から視線をそらしたまま、急に話題を変えた。「おれの過去について、どのくらい知ってる？」

ジェナの中で、当惑と、スタンに触れたい気持ちとがせめぎ合うのがわかる。「メディアが書き立てたようなこととか――」彼女はスタンの背中に手を伸ばし、肩甲骨のあたりをそっと撫でた。「若いころに、何度か面倒なことになったと聞いてるわ」

内心怒りを覚えながら、スタンは首だけジェナのほうに振り返った。「暴行容疑で、有罪判決を受けたことがある」

ジェナの指の動きが止まった。「誰かに怪我でもさせたの?」

「同僚が、男に襲われそうになったんだ。その男の彼女というのが、そいつを振っておれの同僚とつき合うことになって……」スタンはジェナの髪を撫でた。「ある晩、同僚の車の陰に潜んでいたそいつは、タイヤレバーで同僚に襲いかかった。おれはすぐさま止めに入った」

ジェナの指が、再びなだめるように動き始めた。「それなのに、あなたが有罪に?」

彼女が驚くのも無理はない。普通なら、スタンは英雄扱いされただろう。

だがあいにく、スタンが男の企みを知ったいきさつはまったく普通ではなかった。

「一年の執行猶予つきでね」

「でも……」

「そいつが同僚に仕返しを企んでいたことなんて誰も知らなかったし、おれもどうしてやつの企みを知ってるのか説明できなかったからね」スタンはきちんとジェナと向き直った。膝と膝がぶつかる。彼はジェナの手首を握りしめた。「離婚したのは、前の妻に裏切られたからだった」

唐突に話が飛んでジェナは当惑したが、スタンのことを真剣に心配する気持ちは変わらなかった。彼の今の心理状態に、まごついている暇などない。「そうだったの。わたし、ちっても知らなかったわ」

「妻がきみのような人だったらよかったんだが。きみのように正直で、愛情深くて、誠実な女性だったら。でもそうじゃなかった。彼女は、結婚して一カ月もしないうちに浮気を始めたんだ」

ジェナがすっかり心を開いて、真剣にスタンのことを気づかっているのが伝わってくる。そう、彼女はいつもそうやって、自分のことはそっちのけで、他人のことを第一に考えてしまうのだ。「でも、どうして浮気をしているってわかったの？」

ジェナが心を痛めているのがわかる。どうやら、スタンが浮気現場を目撃してしまったと思っているようだ。でも実際はもっと悲惨だった。スタンはジェナから身を引き離し、空を見上げた。真実を打ち明けるのは、思ったよりもキツい。「もうじき、月が姿を現す」

ジェナは困惑と苛立ちを募らせた。「ねえ、どうしてそう月にこだわるの？　何かわたしに打ち明けたいことがあるんでしょう？　でも、そんな遠まわしに言われたら、さっぱりわからないわ」

「だろうね」自分がとんでもない臆病者のように感じたが、スタンとしては、家に帰ってから真実を打ち明けたかった。ここで話し始めたら、ライアンがいつ起きだして、中断されるかわからない。それにライアンをきちんとベッドに寝かせてしまってからのほうが、スタンには何かと都合がよかった。

万が一、真相を知ったジェナが驚いて取り乱したりしたら、彼女を抱きしめるなり何なりして、なだめることができる。もちろん、子どもたちが家にいるのだから、その場で愛を交わすつもりはない。でも何かあればいつでも、頭の中が真っ白になるくらいキスをして、彼女の全身に触れて、甘くささやきかければ、彼女の気持ちを取り戻すことができる。

「もう遅いから、ひとまず帰ろう」

スタンに問いただしたい気持ちを懸命に抑え、ジェナはキッと顎を上げて身を起こした。

「そうね。そうしましょう。あなたが、そうしたいというのなら」

彼女を傷つけてしまった。それだけは絶対に避けたかったのに。だが実際に傷つけてしまったものは、あとで埋め合わせるしかない。彼女の不信をすっかり取り除いたあとで、彼女が男に求めるものを何もかも、いや、それ以上のものを与えてあげると約束すればいい。

船尾の照明をつけると、キャビン内は柔らかな光に照らしだされた。太陽はとっくに丘の向こうに沈み、深紫と灰色の陰が空を覆っている。またたく星に囲まれた水晶玉のようにまん丸の月が、スタンをあざ笑うように光を放っている。

ジェナは満月など眼中にないようで、ひたすら、今の状況を理解しようと頭をめぐらせるばかり。スタンはいかりを引き上げ、彼女を見つめながら、小さく罵った。彼女の心の中には、スタンに騙されているのかもしれないという疑惑、もう抱く気など失せたのかもしれないという不安が広がっていた。

スタンは身を硬くしているジェナを抱き寄せた。柔らかな乳房が胸板に当たり、ふたりの鼓動が交じり合う。

「ジェナ」スタンは呼びかけ、彼女の額に、顎に、そして、ぎゅっと引き結ばれたままの唇にキスをした。「いろいろとおれに訊きたい気持ちはよくわかるよ。でも、しばらくの間でいいから、とにかくおれを信じてくれないか？」

「あなたを信じて、それでどうなるっていうの？」

スタンは彼女の肩をさすりながら、額と額をくっつけた。「何もかもがうまくいく。信じるところから、すべてが始まるんだ。ライアンをベッドに寝かせたら、ちゃんと話すから。いいね？」

「わたしの家で、あなたとベッドを共にするつもりはないわ」

断固とした口調に、スタンは思わずほほ笑み、親指でジェナの顎を撫でた。「わかってるさ。念のため言っておくと、こっちもそのつもりはないよ。おれにだって良心ってものがある。それに、きみの子どもたちのことは大好きだ。ふたりにいやな思いは絶対にさせたくない」

「それなら……ええ、わかったわ」ジェナはまだ半信半疑のようだ。

でも、まるっきり信じてもらえないよりは、ずっとマシだ。「よし。じゃあ、帰ろうか」さっさと真実を打ち明けてしまったほうが、それだけ彼女と愛を交わす時間も長くなる。スタンはライアンを見やった。「こっちに移動させたほうがいいかな？」

船首の柔らかいシートの上で丸くなっているライアンは、気持ちよさそうに寝入っている。この様子なら、エンジン音にも目を覚まさないだろう。

「わたしが見てるからいいわ」ジェナはタンクトップの上からチュニックを身に着け、助手席に腰を下ろすと、穏やかな湖面に視線を投げた。「レイチェルはわたしに似て眠りが浅いんだけど。ライアンは父親似でね、水牛の群れがやって来ても起きないと思うわ。今夜はたぶん、一晩中、目を覚まさないんじゃないかしら」

そして運がよければ……スタンは胸の内で考えた。今夜ジェナは、満月と彼の奇妙な関係を受け入れてくれるかもしれない。いずれにしても、彼は何が何でも彼女に受け入れてもらうつもりだ。彼女の素晴らしさを知った今、彼女は自分にとって運命の人なのだと思わずにはいられなかった。

問題は、どうやって彼女に理解してもらうかだ。

5

スタンがジェナの家の私道に車を停めるのと同時に、レイチェルたちも帰ってきた。どこか奇妙な態度のスタンと、熟睡しているライアンと、テランスの車から降りるなり、おやすみのキスもせずにドアをバタンと閉めたレイチェルと——ジェナはすぐさま、真っ先に誰に対処すべきか、優先順位を決めた。

彼女は自らドアを開けて車を降りた。満月が前庭を明るく照らしだしていて、玄関ポーチの照明は不要なくらいだった。「レイチェル? どうしたの、何かあったの?」

すでに私道のほうに向かって歩いてきていたレイチェルは、テランスの車が猛スピードで走り去っていっても気にも留めなかった。「別に何も」と言ってとってつけたように笑う娘を見て、どうやら何かに腹を立てているらしいとジェナが気づく。「わたしなら、いつもどおり元気いっぱいよ、ママ」

「やっぱり何かあったのね?」ジェナの胸の内は不安でいっぱいだった。

スタンは急いでジェナの背後に駆け寄り、両肩をつかんで自分の胸に引き寄せた。「彼女なら、自分のことは自分で解決できるよ。そうだよな、レイチェル?」

レイチェルの口元が苦笑にゆがんだ。「あの最低野郎の頭を殴ったのを解決したって言うんなら、そうね、自分でちゃんと解決したわ」彼女は片手を上げ、腕時計の光る文字盤を確認した。「何よ、まだ一〇時半じゃない。ふたりとも、もっとゆっくりしてくると思ったのに」

「レイチェル、そんなことより……」彼女が話題を変えたがっているのは明白なのに、ジェナはなおも食い下がろうとした。

スタンはジェナの肩に置いた手に力を込め、無言で、それ以上はやめたほうがいいと伝えた。ジェナは渋々あきらめた。家族のプライバシーに立ち入ることになって、スタンが居心地の悪さを感じているのかもしれないと思ったのだ。

スタンは身をかがめて彼女の耳元にささやきかけた。「本人が話す気になるまで待ってやるんだ。少し時間をあげたほうがいい」

レイチェルは、今度こそ話題を変えるつもりのようだ。彼女はスタンの車のほうに視線をやり、にっこりとした。「なあんだ、ちびはもう眠っちゃってるのね?」

「ああ、トラック運転手並みの高いびきだよ」

レイチェルは笑いながらハンドバッグのストラップを肩に掛け直し、車に歩み寄った。「ライアンの面倒ならわたしが見るから……ふたりでどこかに行き直したら?」彼女はスタンに向かってウインクをしてみせた。ジェナが真っ赤になる。姉に起こされたライアンは、自分の足で立ちながら、目はつぶったままである。

「おれが抱いていこうか？」スタンは申し出た。

「ありがとう。でも、わたしひとりで大丈夫だから」レイチェルは弟の手を引いて玄関のほうに向かった。ライアンは、自分の意志で歩いているというよりも、むしろ夢遊病者のような足取りだ。

家の中に入る前に、彼女はもう一度こちらに向き直ってにっと笑い、何やら企んでいるような表情を浮かべてみせてから、ドアを閉めた。同時にポーチの照明も消える。ジェナは少々まごついた様子で、首を横に振った――レイチェルったら、気をつかうにしたってもう少しさりげなくしてくれればいいのに。

「気にすることないさ」スタンは言った。「おれのことを嫌ってないって、態度で示したかっただけだろ」

もちろん、レイチェルがスタンのことを嫌うわけがない。スタンは気さくで、笑顔もすてきで、欠点などひとつもないのだから。でもジェナにはわかる。レイチェルのスタンに対する感情はそれ以上のものだ。まるで、自分たち家族の暮らしには何か大切なものが足りなくて、スタンがそれを補ってくれるとでも思っているような……。

ジェナは、母親失格の烙印《らくいん》を押されたような気分だった。子どもたちに最良の人生を送らせてやろうと、必死にがんばってきたのに。

自分の悲しみばかりを優先して、子どもたちが求めているものを見落としていたのだろうか。確かにこの三年間、三人の暮らしは決して楽ではなかった。でもジェナは、子どもたちはもう立ち直り、今の生活にもすっかり慣れたとばかり思っていた。もちろん、片親なだけに、必要なときに一緒にいてやれなかったり、何かをしてやれなかったりといったことはあったけれど……。

「あんまり考え込まないほうがいい。ポーチのブランコのところで、ちょっと話をしようか」

ジェナはうなずいたが、子どもたちがこんなにも簡単にスタンを受け入れたことに、かえって不安を覚えていた。もしも、スタンが二度と遊びに来なくなったら？ ふたりともさぞかし傷つくことだろう。だったら、今ここで終わらせたほうが、彼とベッドを共にする前に別れを告げたほうが、賢明なのではないだろうか。

「来るんだ、ジェナ」スタンは急に断固とした口調になって彼女の腰に腕をまわすと、ポーチのほうに足を運んだ。

あれこれと頭をめぐらせながら、ジェナはほとんど上の空で言った。「ねえ、今日は本当に楽しかったわ、スタン。ライアンがあんなに喜ぶ顔を見たのも久しぶり。本当にありがとう」

「礼なんか必要ない。おれも楽しんだんだから」

ブランコの脇にたどり着いたところで、ジェナはようやく物思いからわれに返った。「ごめんなさい。わたし、やっぱり今夜はもう……」ブランコに腰を下ろし、スタンにキスされてしまったら、ほかのことはどうでもよくなってしまうに違いない。

「どうして？」スタンは、がっかりしたというよりも、苛立ったような表情になった。「娘の性格はわかってるの。きっとテランスと何かあったのよ。だから話を聞いてやらないと」

「彼女を急かしちゃダメだ」スタンは無理やりジェナをブランコに座らせ、自分も隣に腰を下ろすと、片足でポーチの床を蹴った。

ポーチには屋根がついているので、ブランコのところまでは月の光も届かない。重たい闇が辺りに広がり、深い思いがふたりを包み込み、それ以外の不安を心の奥底に追いやってくれるようだ。

しばらくしてからスタンは切りだした。「レイチェルは、テランスへの気持ちを本物の愛だと思い込んでいた。今日も、彼にささげるつもりで出かけたんだ」

ジェナはキッとスタンに向き直った。「あの子から聞いたの？」

「いいや」ジェナの驚いた声にも、スタンは静かな口調を変えなかった。「レイチェルは、いずれは彼と結婚してもいいとまで思っていた。でも今夜は彼のほうが急ぎすぎた。レイチェルに無理強いをして、優しく扱おうとしなかった」

ジェナは頭の中が真っ白になって、闇に包まれたスタンの顔をひたすら見つめるばかりだ。

「いい知らせは、レイチェルが彼の本性をちゃんと見抜いたこと。悪い知らせは、彼女が傷ついたこと」スタンはジェナの肩をぎゅっと抱きしめた。「でも、きみの娘はとても頭がいいから大丈夫。二度と彼には会わないよ」

ジェナの胸の内は妙に静まり返っていた。どうしてスタンは、何もかも知っているような話し方をするの。知っているわけがないのに。「スタン、いったい何の話をしているの？あの子が何を考えているかも、何を感じているかも、あなたにわかりっこないじゃない」

「それが、わかるんだ」スタンは膝に視線を落とし、ふいに顔を上げるなり、月を指差した。「あれが見えるかい、ジェナ？　大きな、まん丸の満月が空に浮かんで、まるで昼間みたいに辺りを照らしだしている。しかもあれは、単なる満月じゃない。この七月になって二度目の満月なんだ。一カ月に二度の満月は珍しい現象でね。青い月とも言われる」

ジェナはややたじろぎながら、空を見上げた。確かに辺りはいつになく明るいようだ。そのときふいに、風が完全にやみ、一枚の葉のそよぐ音さえ聞こえなくなった。

ジェナは、背筋に冷たいものが走るのを覚えた。

「怖がることはないよ。でも、今日ずっとおれが話していたのは、そういうことなんだ」

ジェナは言うべき言葉が見つからず、無言で待った。

するとスタンが、彼女の心の中を読み取ったかのように、ふっとほほ笑みを漏らした。

「人によっては――きみもどうやらそうみたいだけど――満月のせいで感受性が豊かになることもあるようだね。だから、きみがおれのことばかり考えるようになったのも、別に四〇歳を目前にしているからじゃないんだ。あの月のせいなんだよ。特に今は青い月の時期だから、影響力も計り知れないものがあるだろうね。特に、おれにとっては」

「計り知れない影響力って、どんな？」ジェナは眉根を寄せた。

いよいよ打ち明けるときが来た……スタンはぎゅっと歯を食いしばった。腰に手をまわし、ぴったりと寄り添うように座っているため、彼が身をこわばらせるのがジェナにも伝わっているようだ。「満月のせいで――三回ほど少年裁判所の厄介になったことがある。三回とも、どうしておれがあんなことをしたのか、周囲の人間にはさっぱり理解できなかった。最初のときは、友だちを殴りつけた。二回目は、また別の友だちと派手にやり合った。そして三回目は、ある女の子を家に帰らせなかった……」

それなら確かに相当な影響力と言えるが、ジェナにはやはり納得がいかない。「それがすべて、満月のせいだっていうの？」

スタンは短くうなずいた。「最初に殴りつけた友だちは、どこかのこそ泥から麻薬を買おうとしていた。ガールフレンドから、すごいと言われたいためにね。結局、おれが裁判所送りになったあと、そいつは麻薬を買った。そしてとんでもないトラブルに巻き込まれた。おれが思っていたとおりに」

「確かに、麻薬を買うなんて絶対にいけないことだわ」

スタンはジェナのほうを見ようとせず、まっすぐ前を向いた。「二回目のときは、友だちと町の不良の果し合いの止めに入った。その不良と果し合いになっていたら、友だちのほうがめちゃめちゃにやられて、恥をかいただろう。ただでさえそいつはトラブルメーカーだったから、それ以上の問題を抱える必要はないと思った」

スタンはほとんど無意識のうちに、ジェナの肩を優しく撫で、いっときたりとも彼女を放そうとしなかった。

やがて彼は、まるでいやな思い出にさいなまれているかのように、急に声を潜めた。「三回目のとき……その女の子は、母親を亡くして、自分も死にたがっていた。おれにはわかったんだ……彼女の意識が読めたから。彼女をひとりにしたら何をしでかすかわかったから、家に帰らせなかった。おれは監禁罪で訴えられたが、結局、彼女もその裁判沙汰に巻き込まれた。それがきっかけで、周りの人間が彼女を心配するようになった」彼は肩をすくめた。「だから、あれでよかったんだ」そして力説するようにつけ加えた。「少なくとも、彼女は自殺せずに済んだんだから」

ジェナは激しい心臓の鼓動に身を震わせた。動くことができなかった。スタンから離れることも、彼にいっそう身を寄せることもできなかった。「あなたの口から、それがどういうことを意味するのか、はっきり言ってちょうだい、スタン」

「ああ、そうだな」スタンは深呼吸してから、ジェナに向き直った。鋭い視線は闇を切り裂くようで、彼女は捕らえられてしまったように感じた。「小さいころから、満月になると他人の心が読める自分の能力に気づいていた。青い月のときには、まるで紙に書かれたようにはっきりと読める」

スタンの告白の意味を考えようとする前に、ジェナは彼の大きな手に頬を包み込まれていた。彼の告白を理解しようとする暇も、それが真実だとしたらいったいどういうことになるのかを考える暇も、まるでなかった。

「ジェナ」スタンは身をかがめて彼女の額に口づけた。「おれのことを怖がらないでくれ。それから、冷静になってちょうだいなんてせりふもよしてくれ。信じられないのはわかるよ。おれの両親だって、おれを精神病扱いしたくらいなんだ。でも、今までの自分自身の経験から、これが真実なんだと断言できる」

「スタン」ジェナが離れようとする——スタンは無理強いはしなかった。立ち上がった彼女は一歩後ずさり、さらにもう一歩後ずさった。

スタンは座ったまま、彼女をじっと見つめた。「ジェナ、何か考えてごらん、何か、おれにはわからないようなことを。きみがおれや子どもたちのことを心配しているのは、わかってる。おれのことを、危険人物かもしれないけれど、それでも何とかしてやりたいと思ってくれているのも」彼は小さく笑い声をあげた。「でもそういうのは、きみの顔を見ればすぐにわかることだ。だから、何かもっと別のことを考えてみて。何でもいい」

いったい何なの？——ジェナは思った。もしかして、何か危険なゲームの一種なの？

「あいにく、ゲームじゃないんだ」スタンは膝に肘を乗せて前かがみになった。「それに、危険でも何でもない。単なる真実なんだ」

ジェナの目が大きく見開かれる——そんなの……嘘よ。

「嘘じゃない」

ジェナの喉の奥から、ヒッというような声が漏れる。彼女はぎゅっとこぶしを握りしめ、今の状況にまったくふさわしくないようなことを何か考えようとした。けれども脳裏に浮かぶのは、彼とのキスの心地よさや、彼を激しく求める気持ちばかりで――。

「きみのその気持ちが、今も変わらないことを祈るよ」スタンはささやくように言い、ゆっくりと立ち上がった。「だって、おれはきみのことが欲しくてたまらないから」

「どうしてわかったの」ジェナは声を荒らげた。

「ごめんよ、ジェナ。きみのプライバシーを侵害するつもりはないんだけど。でも、わかってしまうんだ。他人の思考を締め出せるときもあるんだが……相手がきみだとできない。きみの意識が、どんどんおれの意識の中に入り込んできてしまうんだ」スタンは言いながら、慎重に足を前に踏み出した。「今日一日、おれがどんなにキツかったか想像がつくかい？きみがおれのことを考えるたびに、きみの頭の中にあるイメージがおれにははっきりと見えた」

「そんなの嘘だわ」

「きみは、おれの裸を想像していた。きみがおれの全身にキスをし、おれがきみに同じようにするところも。妄想の中できみは、ありとあらゆる方法でおれと交わった。残念ながら、おれのヌードはあんなに素晴らしくはないけどね。ジェナ、おれは二五歳じゃなくって、四〇歳なんだぜ」

ジェナは口の中がからからだった。

「でも、がっかりはさせないよ」スタンはさらに彼女に歩み寄った。「きみが望むなら、いくらでも激しくしてあげる。ゆっくりと時間をかけて愛してあげる。頭のてっぺんから、足の爪先までキスをしてあげる。もちろん、きみの脚の間のかわいいところに一番じっくりとね」

「スタン、もうやめて」

「絶対にやめない。おれが今、どんな気持ちでいるかわかるかい？　きみを求めて、こんなにもきみを愛してるっていうのに……きみはおれのことを、どうせ女と真面目に関係を結ぶタイプじゃないと勝手に決めつけてる。きみにとっておれは、単なるやりたい放題のプレーボーイにすぎない。情事の相手や、何回か楽しむには理想的だけど、それ以上は求めたって仕方がない。そう思ってるんだろう？」

「そんなふうに思ってないわ」

「へえ、そう？　でもきみは、おれと男と女の関係になるのはよくても、おれを愛そうとは思わないんだろう？」

ジェナは息をのんだ。胃がひっくり返ったように感じ、胸がずきんと痛む。彼を、愛する？　もちろんそんなこと、考えてもみなかった――。

今がチャンスだというように、スタンは一気にジェナに歩み寄った。「子どもたちはふたりともおれを慕ってくれてる。それにあの子たちは、父親の不在をずっと嘆いている。ふたりの心には、今も大きな空洞があるんだよ、ジェナ。きみはそれを埋めてやろうと一生懸命がんばってきたんだろう。確かにきみは、自分の役目は立派に果たしているよ。でも、きみはあくまで母親であって、父親にはなれないんだ」

「じゃあ、あなたは父親役を買って出るとでもいうわけ？」ジェナは挑戦的な態度を取るしかなかった。

「遊びで言ってるんじゃない。ふたりとも素晴らしい子だ。おれは、あの子たちを心から愛せるよ」

「か、考える時間が必要だわ」こんなふうに大きな決断を迫られるのは、ジェナは生まれて初めてだった。スタンは、単なる男と女の関係など求めていないと言った。それはつまり、永遠の絆が欲しいということなの？

「そのとおりだよ」お互いの息がかかるくらいそばにいるので、スタンはジェナの気持ちが手に取るようにわかってしまう。「今夜も、明日も、その次の日もずっとだ。きみの子どもたちと一緒にいたい。きみと家庭を築きたい。みんなで家族旅行に行き、共に生活したい。食料品を買いに行くのも、授業参観に行くのも一緒だ。おれのみじめな過去も、まやかしの名声も、著名人としてちやほやされてる立場も、全部忘れてほしい。純粋に、おれへの気持ちだけを考えてみてくれ」

ジェナは首を横に振った。「スタン、申し訳ないけど……そんなの無理よ。あなたとそんな」

「おれがこの能力を自慢にしているとでも思うか？　前の妻の心を読んだとき、彼女がほかの男と寝ていると知って、おれが平気だったと思うかい？　きみがおれを求めていながら、おれを信用していないと知ったとき、おれが何とも思わなかったとでも？」スタンはジェナを抱き寄せた。彼女の心の奥底を探るような瞳は、月明かりに妖しくきらめき、切迫感に満ちていた。「ジェナ、おれのことを怖がっているわけじゃないね？　おれが打ち明けたことのせいで……怯えたりしていないね？」

「もちろん、そんなんじゃないわ」ジェナは気づいた。彼にとって、こんなプライベートなことを他人に話すのは相当キツかったはずだ。両親に話したら精神病扱いされたと彼は言った。月の魔力のせいで、どれほど辛い思いをしてきたのだろう。

「ああ、そりゃ辛かったさ」スタンはうなずいた。「両親とのことがあったあと、おれは、ずっと自分の能力を秘密にしていた。大学のルームメートと出会うまではね。彼は、月とその働きについて研究していてね。絶対に誰にも言わないと約束させた上で、彼に打ち明けた。でもおかげで、月の魔力についていろいろと教えてもらうことができた」

「ほかには誰にも言ってないの？」

「ああ、たった今、きみに話すまではね」スタンは指先でジェナの長い巻き毛を撫で、耳の後ろにかけた。「きみには、打ち明けなければならないと思った」

ジェナは彼を見上げた。胸がいっぱいだった。「どうして？」

スタンは彼女が爪先立ちになるくらいきつく抱きしめ、長く深く激しく口づけながら、お尻に両手を当て、硬くなった股間にぴったりと密着するくらいぎゅっと抱き寄せた。「きみと、きちんと愛し合いたかったから」スタンの声は掠れていた。「きみが欲しくて、頭がヘンになりそうだった。でも、おれのことを理解してもらえるまで、きみとベッドを共にすることはできなかった。おれとの生活がどういうことになるのか、きみには知る権利があると思ったんだ」

彼の言葉にジェナは感動すら覚えた。彼はこんなにもフェアに接してくれる。普通の男性なら、そういう能力を大いに利用して女性に近づこうとするはずなのに。

「おれは死ぬまできみと一緒にいたい。一回や二回寝るだけじゃ満足できない。嘘じゃないよ。でも、これから何年経っても、おれにはきみの考えていることがわかってしまうんだ。少なくとも一カ月に一回は、きみのプライバシーは完全になくなる。青い月の時期には、おれはきみの一部になって、きみの頭の中に入り込み、きみの意識をすべて自分のもののように感じてしまう」

スタンはあらためてジェナに口づけた。今度は、まるで謝っているような、優しいキスだった。ジェナの中で、再び興奮が高まっていく。たとえ未来がどうなるかはわからなくても、ジェナはスタンを安心させてやりたかった。「スタン、自分を卑下しちゃダメよ」

そうだよな……スタンは苛立たしげに目を細めた。「ああ、何しろ、知る権利もないことを知ることができる、人にはない能力を持ってるんだからね」

「それにさっき、意識を閉ざそうと思えばできるって……」

スタンは肩をすくめた。「たいていの場合はね。他人が考えていることなんて、本当はおれにはどうでもいいことだから。暴行容疑で執行猶予の判決を受けたあと、おれは思ったよ。人を助けようとするよりも、トラブルを回避しようとするほうが利口だってね。それでも、他人の声は聞こえてくる。まあ、森でさえずる鳥の鳴き声というか、やかましい騒音みたいなものだ。そういうノイズは、ほかのことに意識を集中させれば気にしないでいられる。でもきみが相手だと……意識をシャットダウンできないんだ、ジェナ。きみの意識は、まるでハンマーで叩くみたいに、おれの意識の中にどんどん入り込んでくる」

ジェナは真っ赤になった。「恥ずかしいわ、あなたが、わたしの妄想を知っていただなんて」そこまで言って彼女は急に気づいたらしく、ハッと息をのんだ。「だから今日の昼間も、ランチにでも出かけてくれないかって言ったのね？　わたしが想像していたのを知ってて……」

「ああ、そうだよ」スタンは両手でジェナのお尻をつかむようにして抱きしめ、左右に体を揺らしながら続けた。「でも、恥ずかしがることなんかないよ。おかげでこっちも、インタビューの間中、勃起して大変だったんだ。人前であんなふうになるなんて、子どものころ以来だったけど。とにかく、きみのせいで、危うくわれを忘れるところだった」彼はジェナの頬に鼻を押しつけた。彼がほほ笑んでいるのが、ジェナには感じられた。「もしもあそこでおれが暴走していたら、あのインタビューはとんでもないことになっただろうな」

ジェナは顔を覆ってくすくす笑いながら、彼も普通の男性なんだわと痛感していた。そして、彼の正直な告白のせいで、ますます妄想を膨らませた――彼がついに自制心を失い、いきなり……。

「ジェナ」スタンは呻いた。「おれたちはきっとうまくいく」ふたりを分かつものは木々のそよぐ音しかない。ジェナは、スタンの逞しい体がかすかに震えているのさえ感じられた。

「子どもたちも、おれが一緒に暮らすのを喜んでくれると思う。レイチェルをサバナに行かしてやることもできるし、ライアンのことは、もうミミズなんて見たくないって言うまで、毎週、釣りに連れて行ってやる」

ジェナはスタンの唇を指でなぞった。どうするか決める前に、いくつかはっきりさせておかなければならないことがある。「子どもたちには、もちろん幸せになってほしい。でもね、スタン、そのために男の人に依存するのは絶対にいやなの」

「そんなこと、わかってるに決まってるだろう？　おれはそういう意味で言ったんじゃない」スタンの指に力がこもり、すぐにまた、優しくしなくちゃいけないというふうに力が抜ける。彼はジェナのお尻からウエスト、そして胸へと手を這わせていった。やがてジェナの小さな喘ぎ声が静かな闇を満たし、スタンは満足気に呻いた。

「ダメよ、スタン」

「おれとベッドを共にすることを考えてみてくれ、ジェナ。毎晩。いいや、ときには明るいうちから愛し合ったっていい」スタンは濡れた唇で、ジェナの唇から頬、耳へとキスの雨を降らせていった。「きみが求めるすべてのものを、おれも手に入れたい。きみのためなら、どんなことだって喜んでするよ」スタンの指先が、ジェナの硬くなった乳首を見つけ、優しく愛撫を加え、引っ張り、転がした。

ジェナはスタンの上腕に爪を立て、息を荒らげた。ずっと前から彼が欲しかった。

「ジェナ、ふたりのことだけを考えてくれ。ほかの誰かを、こんなふうに求めたことがあったかい？」

「いいえ」彼を求める気持ちはあまりにも強烈で、戸惑いを覚え、途方に暮れるくらいだった。

スタンは愛撫をやめなかった。ジェナのさまざまな部分に唇を這わせ、舌で舐めた。片方の手で乳首をもてあそびながら、もう片方の手をウエストのほうへ、下腹部へ、さらに下へと移動させていく。

けれどもジェナは、懸命に自制心を取り戻し、彼の手をつかんでやめさせた。

激しく息を切らせながら、スタンは言った。「ごめんよ。わかってる。ここじゃまずいよね。でも、きみのせいでつい、われを忘れて」彼はジェナをもう一度ぎゅっと抱きしめてから体を離し、一歩後ずさった。

ジェナもわれを忘れていた。それに、危うく彼の誘惑に乗るところだった……。

「それはダメだ。今そんなことになったら、お互いに後悔するだけだよ」

ジェナはスタンの髪に手をやった。「わたしが何を考えているかわかっても、それに返事をするのはやめて。何だか混乱するから」

「すまない」と言ったスタンの瞳がきらりと光る。

ジェナは後ずさり、誘惑に負けそうになる気持ちを振り払った。そして数メートル離れたところで、真正面からスタンを見つめ返した。「一晩、考えさせて」

「考えることなんてないだろう?」スタンの表情は硬く、傷ついているようだ。「おれが欲しいのか、そうじゃないのか、それだけの話じゃないか」

「あなたが欲しいわ。言わなくてもわかるんでしょう?」そのくらいのことは理解してほしい。「でも、ずっと一緒にいるなんて考えたことがなかったから。だから、いきなり言われても困るの。わたしを急かさないで、スタン。急いで結論を出したくないの。だって、これはわたしだけの問題じゃないから」

「つまり、包括契約ってことか」スタンは闇を切り裂くように手をサッと振った。「わかってるよ。でもさっきも言ったけど、おれは子どもたちのことも大好きだ。あの子たちもおれを慕ってくれている。問題なんかひとつもない」

やっとの思いで、ジェナは彼に歩み寄りたくなるのをこらえ、冷静な声音を作った。「あの子たちにどんな影響があるか、考えなくちゃ。あなたが、あの子たちの心を読めてしまうことについて、よく考える必要があるわ。だってそうじゃない? わたしだけじゃなくて、あの子たちのプライバシーも侵害することになるんでしょう?」

「子どもたちの心は読まないように気をつけるけど……でも、自信がないな。毎回うまくいくとは限らないだろうね。あの子たちのことを大切に思っているから。どうやら、意識を閉ざせるかどうかの違いはそこにあるみたいなんだ。たとえばレイチェルが何かあったような顔をしていて、それを知る力が自分にあれば——」スタンはそこで言葉を切り、自分の腰に手を当てると、月を睨みつけた。

彼はこわばり掠れた声で続けた。「でも、せいぜい一カ月に一回の話なんだよ。それに、ありとあらゆる感情がわかってしまうわけでもない。いろいろな意識の中で、特に目立った部分だけなんだ」

「でも、青い月のときは違うんでしょう？」ジェナは口を挟んだ。「今夜みたいな日には、わたしたちの意識を一分一秒たりとも逃さずに読んでる」

スタンは小さく罵った。傷ついたような、弱りきったような表情だ。彼は自分の能力にわれながらうんざりしていた。

何か反論される前に、ジェナはきびきびとスタンに歩み寄った。「一晩だけ、時間をちょうだい」彼女は爪先立って、軽くついばむような、おやすみのキスをした。「明日、あらためて話しましょう、ね？」

それだけ言うと、ジェナはスタンに背を向け、足早に家の中に入っていった。

スタンはその場に立ちつくしたまま、ドアが閉められるのをぼんやりと見つめ、鍵が掛けられる音を聞いていた。ちくしょう……スタンは一瞬思ったが、ドア越しにもジェナの意識を読み取ることができるのに気づいた。彼女のためらいが、すでに痛むスタンの心にさらに傷をつける。彼女の悲しみと困惑が感じられる。スタンはくるりと背を向けて、その場を立ち去った。

こんな能力は欲しくなかった。こんなもの、単なる災いのもとに過ぎないじゃないか。しかも最後にはこいつのせいで、一番欲しいもの、ジェナとの暮らしを、あきらめなければならないなんて。

ジーンズだけ穿いて上半身は裸のまま、スタンはコーヒーを片手に、屋根つきのデッキにたたずんでいる。シャワーは浴びたが、ひげは剃っていない。彼は雨模様のどんよりとした空をじっと見つめ、誰かにそばにいてほしいと思った。雨はなかなか降りやまず、ときおり低い雷鳴がとどろき、遠くのほうで雷が光った。この様子では、今日は造園作業は無理そうだ。

まんじりともせず夜を明かしたあと、スタンは午前五時にしわくちゃのベッドから這い出ると、ずしりと胸にのしかかる苦悩をカフェインで紛らわそうとした。彼の家は園芸用品店の隣にあり、裏庭がゴールデン・レイクに面しているので、湖面が水しぶきをあげて激しく波打っているのが見える。

普段の彼は、こういう天気の日が好きだった。こんな日には、ベッドで一日中だらだらと過ごし、愛する女性と気だるく交わり、風の音や窓を叩く雨音を聞きながら歓喜を高めていくのが一番いい。

でも今日は、この天気が鬱陶しくてたまらない。スタンは悪態をついた。

仕事で気を紛らわせたかった。陽射しの下で汗をかき、全身の筋肉が痛くなるまで地面を掘り、植物を植えたかった。でも、この天気ではひたすら待つしか——そして、ジェナのことを考えるしかない。

とりで考える時間が欲しいと言った。あまり考えすぎたら、彼にとって望ましくない結論に陥るに違いないとわかってはいても、ジェナの意思を尊重するしかなかった。

こちらから電話をかけてみることも考えたが、名案ではないとわかっていた。ジェナはひ

次の著作となる『四季折々のガーデニング』の執筆に取りかかることも考えたが、やっぱりそれも無理そうだった。じっくり何かを集中して考え、それを文章にするなんて、今はできそうもない。朝っぱらからテレビを見るのも嫌いだし。それに、おなかも空いていない。

そういうわけで、スタンはただひたすらデッキに立っていた。降り続く雨で冷えきった朝の空気が、肌を冷たく刺す。彼は湖面にじっと視線を注ぎながら、全身の筋肉が張りつめる一方で、胸の中が嵐のようにざわめいているのを感じていた。

ドアベルの音が聞こえてきたとき、スタンはすぐには動こうとしなかった。しばらくその場に立ちつくしたままでいると、やがて、ジェナの意識が自分の意識の中に入り込んできて、彼女の存在がひしひしと感じられた。だが彼女の思いは、ひどく混乱していて判読できなかった。いや、混乱しているのはスタン自身のほうかもしれない。満足感と、湧き起こる欲望と所有欲で、彼の胸ははちきれそうだった。

ジェナが来てくれた。

スタンはスライドドアを開け放したまま、室内へと急いだ。玄関ホールに向かい、ドアの鍵を開ける前から、ドアの向こうで誰がどうしているかがわかる。穏やかな緑色の瞳をきらめかせ、苦笑交じりに口元にえくぼを浮かべたジェナが立っているはずだった。彼女が愛を

交わしたがっているのが伝わってくる。でも、永遠の愛を求めているかどうかは、わからなかった。

スタンは勢いよくドアを開けた。

またたきをしながら、ジェナが見上げてくる。スタンは意識を開放するのが怖かった。絶対に聞きたくないことを、ジェナは告げに来たのかもしれない。

スタンは片手にマグを持ったまま、もう片方の手をドアノブに置いている。どのくらいそうして、ただ見つめ合ったまま立っていたのか、彼にはわからなかった。やがて彼は、まったく無表情に「やあ」とだけ言った。

ジェナはためらいがちにほほ笑み、「おはよう」とつぶやいた。彼女の視線が、スタンの裸の胸に移動し、そこにとどまる。

スタンは彼女の欲望を強く感じることができた。彼を求め、必要としているのも。それから、緊張と、切迫感と、決意と——。

「中に入って」スタンは後ろに下がって大きくドアを開き、彼女がゆっくりと足を踏み出すのを待った。実際、彼女の足取りは重たかった。遠慮しているのか、それとも、何かを恐れているのか——。

その瞬間、彼女の明瞭な意識がスタンの意識の中にいきなりなだれ込んできた。彼女がとにかく話をしたがっているのがわかる。スタンに心を読まれてしまう前に、自分が決めたことをはっきり伝えたいと思っているのがわかる。スタンは懸命に、彼女の意思を尊重しようとした。そして、ジェナの意識とはまったく関係のないこと――母親や、地虫のことを考えようとしたが……無駄な努力だった。

それでも、頭の中で歌を歌うことで何とか彼女の意識を払いのけると、スタンは彼女の腕を取り、足早に玄関ホールから居間へと向かった。スライドドアを開け放したままだったので、室内はじっとりと冷えきって、まるで嵐そのもののような不穏な空気が漂っている。

スタンはジェナをクッションの利いたソファへと導き、そこにかけさせると、手にしていたマグをエンドテーブルに置き、彼女の前にしゃがみこんだ。心臓がとどろき、急に股間が疼いて、着古し色褪せたジーンズの前がきつくなる。「早く話して、ジェナ。できる限りきみの言葉だけに集中して、きみの心は読まないようにするから」

ジェナは唇を震わせ、冷たい手で彼の顔に触れた。「スタン……」彼女は髪を下ろしたままで、メークもほとんどしていない。それに、着古した柔らかそうなスエットシャツとウエストを紐で結ぶタイプの短パン、ビーチサンダルというラフないでたちだ。膝がスタンの胸板に当たる。彼女は唇を舐め、会話に意識を集中させた。「娘に話したの」

思いがけない告白にスタンはぎょっとした。いったい何を言われるかとあれこれ思いをめぐらしていたが、まさかそう来るとは思わなかった。「そう。それで、どうしたんだい？」

ジェナはもう一度、唇を舐めた。それをやめてくれ、でないとおれは会話に集中できなくなる……スタンは思った。彼はすでに、今すぐ彼女をソファに押し倒し、脚を開かせてそこに腰を据え、彼女のスエットシャツを脱がしたくて――。

「何もかも話したわ」

柔らかそうな木綿のスエットシャツに包まれ、硬くなった乳首にじっと見入っていたスタンは、彼女の言葉にキッと顔を上げた。「何もかもだって？」

するとジェナは、いきなり腰を浮かせて前かがみになり、スタンの髪を手でまさぐりながら、説明を始めた。「ほかに方法がなかったの。ゆうべは一睡もできなくて、一晩中、部屋を歩きまわりながら、どうすればいいんだろうって考えていたわ。朝の五時になって、これ以上ひとりで考えても無駄だってあきらめたの」

スタンはジェナをじっと見つめた。「おれも五時にベッドを出たよ。同じ理由でね。全然眠れなかった」

ジェナの表情が和らいだ。「ごめんなさい……。辛かったでしょうね」

そんなふうに言われると、泣きたくなるからやめてくれ。「おれのことなら心配無用だよ」

スタンはつっけんどんに言った。「それで、レイチェルに何を話したんだい？」

「娘が心配してくれてね。わたしがあなたに、何かひどいことでもされたんじゃないかって。そうそう、テランスとのことを話してくれたわ――あなたの言ったとおりだった。最低よ。わたしの娘を泣かせるなんて」

「あいつが大人なら、おれが仕返ししてやれるのに」

ジェナは心からの笑みを浮かべた。「ともかく娘に、ひどいことなんてされてないってちゃんと言ったの。そうしたら、あなたがどんなに完璧か急に語りだしてね。あなたのことを、ハンサムで、優しくて、セクシーだって――」

「セクシー!?」

ジェナは満面の笑みになった。「そうよ。でも別に、あの子が個人的にあなたに興味を持っているわけじゃないわ。わたしにそれをちゃんとわからせようとして言っただけ」

「そんなことくらい、わかってるさ」スタンは顔を真っ赤にした。

「だから、ママも彼は素晴らしい人だと思うわって答えたの。そうしたら娘は、だったらどうして、そんな浮かない顔で部屋の中をうろうろ歩きまわってるのって。ベッドでスタンの夢でも見てればいいのにって。だから……あの子に全部話したの」

「じゃあ、おれがレイチェルの心を読んだことも言ったのか?」

「ええ。話に夢中になって、コーヒーをポット一杯分飲み干しちゃったわ」

あああ、何てこった。スタンはわずかに肩を落とした。「今ごろレイチェルは、おれを頭のおかしいおやじだと思っているんだろうな」

ジェナは声を出さずに肩を揺らして笑いながら、さらに前かがみになってスタンの首に腕をまわし、ぎゅっと抱きしめた。スタンは厚い胸板に柔らかな乳房の感触と、肩に温かい吐息を感じた。

彼は目を閉じ、「そんなふうにされたら、どうにかなっちゃうよ」とささやきながら、負けないくらい強く彼女を抱きしめた。

ジェナはスタンの首筋に軽く口づけ、さらに肩にもキスをした。「あの子、わたしに忠告するような口調になって言ったわ。たいていの男の人は、女が考えていることや感じていることをまったくわかっていない。女が欲しがってるもののことだって、これっぽっちも理解していないって」

「確かにそうだな」でも、女性心理の複雑さを考えれば、男たちばかりを責めるわけにはいくまい。

「それから、あなたを両手でしっかりつかまえて、二度とその手を放すなとも言われた」

スタンの心臓は今にも止まってしまいそうになった。「本当に？　それで、きみはいったい何て？」

「彼が読めるのは、ママの心だけじゃないのよって言ったわ。そうしたらあの子、自分は秘密なんてひとつもないから構わない、もしも秘密ができたら、満月の間はあなたに会わないようにするって」

スタンは緊張がわずかに解れていくのを感じ、ジェナの背中にまわした手を、ふっくらしたお尻のほうに移動させていった。

「娘に言われて考えたの。あなたが相手なら、どんなふうなんだろうって。わたしが自分でも気づかないうちに、わたしの欲しいものを、あなたならわかってくれるのかしらって」

「ベッドの中でっていう意味？」

ジェナがうなずき、柔らかな髪がスタンの頬をくすぐる。「わたし、十分すぎるくらい待ったわ」スタンは肩に歯を立てられる感触に身震いした。「もうこれ以上、待ちたくないの」

「おれだって」ジェナは、愛のことも未来のことも話してはくれなかった。でも彼女を求める気持ちが強すぎて、今はそんなことはどうでもよかった。

スタンは流れるような動作で立ち上がると、ソファに腰を下ろし、膝の上にジェナを抱きかかえた。ジェナはすっかり落ち着いた様子で、彼に身を寄せている。丸いお尻がすっかり大きくなってしまった下半身に当たり、しなやかな腕が体にまわされ、ふっくらとした乳房が硬い胸板にぶつかる。

一息つこうとしたのに、スタンはジェナの意識がどんどん自分の意識の中に流れ込んでくるのを感じた。今までだって、ひたすら彼女の話だけに集中し、彼女の感情や意識を読まないようにするのはとても大変だった。でももはや、波のように押し寄せてくる彼女の意識は、スタンを押しつぶさんばかりだった。まるで地獄の業火のように、彼女の感情が燃えさかっているのがわかる。彼女の乳房が疼き、彼女の脚の間が熱く濡れ、全身が震えているのが伝わってくる。

ジェナの頬を包み込むようにして、スタンは深く口づけ、舌を絡ませ合った。ジェナの切迫感が感染したかのように、スタンは乱暴に彼女のスエットシャツを引き上げた。彼女の体、彼女の柔らかな胸、ツンと立った乳首に、触れたくてたまらなかった。

ざらざらとした親指に乳首を撫でられ、圧迫され、転がされて、ジェナはこらえきれずに唇を放し、喘ぎ声を漏らした。

スタンはさらにスエットシャツを上にたくし上げ、身をかがめた。ジェナはシャツを脱いでしまおうと身をよじっている。そして彼の唇が乳首に触れた瞬間、ジェナはのけぞり、掠れ声で長く呻いた。

ジェナが爆発寸前なのがわかる。あそこに指で触れてほしい、愛撫してほしいと願っているのが、はっきりとわかる。スタンは無言のまま身を起こし、彼女のシャツを脱がせてしまうと、短パンの紐を解きにかかった。ジェナは自らサンダルを蹴り脱いだが、いざ短パンを脱がされる段階になると、凍りついたように動かなくなってしまった。

まだ完全に信用されているわけではないのだろう。スタンはそのまま、しばらく彼女の頬を両手で包み込むようにして待った。「いいかい、ジェナ。きみはとてもきれいだよ。どこもかしこもきれいだ」

「でも、もう四〇歳よ」

「でも、いい体をしてる」

彼女の中で、スタンに褒められて嬉しい気持ちと、それでも不安に思う気持ちがせめぎあっている。「それに……二度も出産経験があるわ」

スタンは彼女の瞳をじっと見つめながら、片手を下のほうに移動させた。円を描くようにおなかを撫でて、その柔らかな感触を堪能し、指を短パンの中に忍び込ませる。ジェナの唇が、急に息苦しくなったように開かれる。

アンダーヘアにたどり着くと、スタンは指先でそれをしばらくもてあそんでから、さらに下のほうへ、しっとりと熱く、膨らみきったところへと手を下ろしていった。スタンは大きく胸を上下させた。

ジェナの瞳の焦点が定まらなくなってくる——それでも、彼女の視線はスタンの顔に注がれている。

スタンはしばらくそこを軽やかに撫でてから、すっかり大きくなったクリトリスを探り当て、中指で丹念に愛撫を加えた。

彼女の口から途切れ途切れに漏れる喘ぎ声が、部屋に響いた。「ああ、スタン、すてきよ」

彼女が前戯よりもオルガズムを求めているのが、スタンにもわかる。何しろ彼女はずっとひとりだったのだ。彼女は一夜の火遊びを楽しむようなタイプじゃない。それにデリシャスは、住民の誰もが彼女の亡夫のことを知っているというくらい小さな町だから、プライバシーなんてあってないようなものだ。つまりこれまでの彼女は、二者択一を迫られ、当然ながら子どもたちのほうを選んでいた。

でも、彼女はようやくスタンも手に入れた。

スタンはジェナの乳房を見つめた。そうやって見ているだけで、欲望がさらに増幅するようだった。彼女の胸は大きく、柔らかく、真っ白で、ツンと立った乳首は薔薇色に染まっている。スタンは自らの期待を高めるように、わざとゆっくりと顔を下げていって、乳房に口づけた。乳首を優しく吸い、舌で舐め、それと同時に、指でクリトリスをそっと撫で、ゆっくりと上下させて愛撫を加えた。

彼女が腰を浮かし、脚を開いていく。スタンはいったん愛撫の手を止めると、短パンのウエストに指をかけて引き下ろし、脇に放り投げた。それから、ソファの上に裸で横たわる彼女のほうへ、ゆっくりと視線を戻した。おなかが小刻みに震え、胸が大きく上下し、頬が紅潮している。

そのすべてが、スタンのものだった。

スタンの全身の筋肉が、ジェナを激しく求めて硬く引き締まる。ジェナも普段の慎ましさを忘れ、欲望に燃えていた。ジェナは彼を求め、少なくとも今この一瞬だけは、自分の体が完璧でないことを忘れていた。スタンはそんな彼女の気持ちに気づくと、首を横に振った。彼にとって、ジェナは完璧などという言葉では足りないくらいだ。彼が求めるあらゆるものを備えたジェナは、今まで彼が手に入れてきたどんなものよりも素晴らしい存在だ。

「スタン……お願い」

スタンはソファの上で向きを変え、ジェナの足と向き合うようなかたちになると、身をかがめた。太ももの下に腕を差し入れ、脚を大きく開かせる。彼は指先で、膨らみきった花びらを開き、入り口をそっとなぞり、クリトリスを愛撫した。

ジェナの口から漏れる小さな喘ぎ声と甘い吐息に、彼はますます気をそそられた。彼はジェナのおなかに口づけ、それから、その口をさらに下のほうへと下ろしていった。

それはジェナが求めていたとおり、夢見ていたとおりのものだった。ジェナはずっと前から、毎晩のように夢想していた。彼にそこに口づけられ、吸われ、舌で舐められ、オルガズムに導かれるのを。

彼女の生々しい興奮が意識に流れ込んできて、スタンは思わずそちらに気を取られそうになってしまう。

ジェナは荒い息をつきながら、ときおり期待に満ちた震える喘ぎ声を漏らした。両足のかかとが、ソファにぎゅっと押しつけられる。彼女は呻き、スタンのジーンズのウエストにまわした手を握りしめた。

スタンは思う存分にジェナの甘い香りを味わい、興奮に呻きながら、あらためて彼女に口づけた。それ以上ないくらい優しく、舌先でクリトリスの周りをなぞるようにし、どのリズムが一番彼女にとって心地いいか探る。スタンが体重をかけているので、彼女は身動きはできないはずだった。けれども、人差し指を中に挿し入れると、彼女は激しく背をのけぞらせた。

ジェナの興奮が高まるたび、その全身が喜びに震えるたび、スタンの歓喜も広がっていくようだ。彼女の味は素晴らしくて、スタンは何時間でもこうしていられると思った。でも数分後、指をもう一本挿入して激しく中をまさぐり、同時に唇でも愛撫を加えると、彼女がオルガズムを迎えつつあるのがわかった。

スタンは彼女の歓喜に包まれているように思った。彼女の喜びで頭がいっぱいで、激しく興奮して、彼女の意識を読んでしまう自分のことなど完全に忘れていた。彼女が愛しくて、彼女を喜ばせたくて、一心に口づけ、愛撫を加え――彼女にも同じように触れてほしいと願った。

ジェナの吐息と喘ぎ声と腰の動きに、スタンはしっかりと気持ちを集中させた。そうすれば、力を入れるべきタイミングも、力を抜いて、優しく、気だるく愛撫するべきタイミングも逃さずに済む。そして、最高のオルガズムを迎えさせてやれる。

でもそういうことがわかるのは、今月になって二度目の満月のおかげなどではない。ジェナを愛しているからこそだった。そしてジェナがいよいよクライマックスを迎える瞬間、スタンは心の底から驚きを覚えた。彼女の意識がまったく読めなかったからだ。そもそも、彼女の意識を読もうとする必要すらなかった。彼女がすべてを解き放って、スタンに与えてくれていたから。

ジェナのすべてが、スタンのものだった。

スタンはジェナのおなかに頬を当てたまま、ぼんやりと、指先で円を描くように彼女の太ももをなぞっていた。そのとき、かすかなすすり泣きのような声が彼女の口から漏れてきた。それでもスタンは、懸命に彼女の意識を読むまいとした。彼は心から満足気にほほ笑んだ。彼女の涙は、悲しみのためでも、怒りのためでも、失望のためでもない。感情が高ぶりすぎて、思わず涙があふれてしまっただけだ。たった今ふたりで分かち合った喜びが、特別なものだとわかったから。

ジェナの女らしさと、自分への愛情を感じ取ったスタンは、彼女の骨盤の辺りに口づけ、何だかとても優しい気持ちになりながらささやいた。「泣かないで」

ジェナが小さくしゃくり上げ、スタンはますます彼女がいとおしくなる。ジェナはつっかえっ、かえしに言った。「ご、ごめんなさい。でも、自分でもどうして涙が出るのかわからないの」

太ももの下から腕をそっと引き抜きながら、スタンは骨盤に寄せた唇を徐々に上のほうへと移動させていった。「それはね――」彼はおへそのところでいったん止まって言った。「きみが――」次は乳房のところ。「おれの愛撫を気に入った証拠だよ」

ジェナの瞳は涙でうるみ、愛に満たされていた。「わたしが気に入るって、最初からわかってたくせに」

「そうだね」スタンは人差し指で、ジェナのまつげについた涙を拭った。「何しろおれは、女性の体のことも、女性がどう反応するかも、あらかじめよくわかっているからね」ジェナが今の言葉の意味をきちんと理解したかどうかも確かめず、スタンはすっと立ち上がると、ジーンズのファスナーを下ろした。「でも、おれが中に入ったら、もっと気に入るはずだよ」

彼がジーンズを一気に引き下ろしたとたん、ジェナは思わず息をのんだ。「スタン、あなたってすごい……」彼女はすぐにソファの上に起き上がった。片脚をお尻の下に敷いて座り、両手を彼のおなかに伸ばし、その手をさらに下のほうへ、下半身へ向かって徐々に密度を増していくアンダーヘアのほうへと移動させる。完全に勃起したものが、彼女の柔らかな手の中で脈打った。

スタンは頭をのけぞらせ、仁王立ちになって、ジェナが思う存分に楽しむがままにさせた。

彼女が上の空でたずねる声が聞こえる。「スタン、コンドームはある?」

「ああ」スタンはコンドームをひとつ、コーヒーテーブルの上に放った。「きみの妄想に気づいてすぐ、ジーンズのポケットに三つ入れておいた」

ジェナは両手でペニスを握りしめ、付け根から先端まで撫でていき、その手をまたゆっくりと下げた。「三つも？」

スタンは激しく呻いた。「そう……」彼女の愛撫を受けながらしゃべるのは、簡単ではなかった。「いつチャンスが訪れるかわからなかったし、おれはいつも準備を整えておくたちだから」

「やっぱりあなたってすごい人」ジェナはそう言うなり、ペニスに口づけた。スタンが低く呻く。

「ジェナ……」

「わたしが何度もこれを夢見ていたのを、知っているんでしょう？」温かな口がスタンの下半身を包み込む。彼は、しっとりと濡れたベルベットのような舌が、なまめかしく動くのを感じた。

もうそれ以上、ジェナを前にして待つことなんて、彼にはできなかった。

彼はジェナの肩をつかんで身を引き離し、彼女をソファの上に押し倒した。

心臓が激しくとどろいて、彼女の笑い声さえ聞こえない。スタンは彼女の上に覆いかぶさった。雷が光り、室内を風が吹き荒れる。「慌てないで、スタン」ジェナがからかうように言う。

スタンは唇を重ねて彼女の笑い声をのみこんだ。そのまま深く口づけると、やがて彼女の手が腰にまわされるのがわかった。彼女の肌が熱を帯びていき、口から喘ぎ声が漏れてくる。身もだえする彼女の中に、スタンはもう一度、指を挿し入れた。中がぎゅっと収縮して、指を締めつけられるように感じ、その感覚を早く味わいたくてたまらなくなる。

彼女の口から、再びあの甘い、女らしい喘ぎ声が漏れてきたところで、スタンは身を起こしてコンドームを装着した。

「ジェナ、おれの顔を見て」

ジェナは懸命にスタンの言葉に従おうとした。でも、彼が奥深く入ってくるにつれて、まぶたが重たくなってきてしまう。スタンは腕を伸ばして自分の体を支えた。そうすれば、すっかり繋がったあとも、歓喜に染まる彼女の顔を見ていることができる。「ああ、ジェナ、すごくいいよ」

彼女は首をのけぞらせて唇を噛み、すすり泣きのような声を漏らした。彼女がいっそう身をこわばらせ、激しく息をのむ。「スタン、わたし、もうダメよ」

スタンが一番奥まで入れる前に、ジェナは低く長く呻きながら、身をよじらせ、二度目のエクスタシーを迎えた。彼女のかかとはスタンの太ももの裏にぎゅっと押しつけられ、指は肩に食い込むようだ。スタンはとてつもない幸福を感じていた。彼女の歓喜の表情に愛しさを覚え、リズミカルに収縮して彼のものを締めつけるひだの感触に喘ぎ、そして、愛する彼女を満たすことができる喜びに打ち震えた。

オルガズムの波がいったん去る。ジェナは汗ばんだ体を横たえたまま、腕をまぶたに乗せている。スタンはあらためて、浅くゆったりと、あるいは深く激しく、挿入を開始した。

「ああ、スタン……」

スタンは右手でジェナの頭の脇のクッションをつかみ、左手でソファのアームを握りしめた。歯を食いしばるようにして、さらに激しく腰を動かす。しまいにはソファが揺れ、自分の血管の中に嵐の力を感じられるようにすら思えた。

ジェナはこらえきれずに、いったん顔をそらしたが、すぐにまたスタンに向き直った。その目は大きく見開かれ、唇は赤く濡れていた。「信じられないわ」彼女は呻き、両手を腰から肩のほうへ移動させ、彼の髪をまさぐった。

スタンは身をかがめ、まるで彼女を食べてしまおうとするように激しく口づけ、舌を吸い、そしてついにすべてを解き放った。巨大な歓喜の波が、あとからあとから押し寄せてくる。スタンはジェナをぎゅっと抱きしめた。やがて、全身の緊張が徐々に解けていく。彼は完璧に満たされていた。

ようやく、今まで欠けていたものを手に入れたような気がした。

スタンは汗ばんだジェナのウエストとお尻と上腕に鳥肌が立つのを感じて、ジェナは身じろぎした。スタンが手のひらで気だるく体を撫で、暖めようとしてくれる。「柔らかいな」スタンはつぶやくように言った。すでに嵐は過ぎ去り、雨がしとしとと降っているだけなので、そう大きな声を出す必要もなかった。「こうやって触ってるだけで幸せだ」

ジェナは吐息を漏らし、体を丸めてスタンに寄り添った。「窓を開けたままだったのね。きっと床が水浸しよ」

「嵐だと興奮するんだ」スタンは言いながら、胸が痛くなるくらい彼女を愛している自分に気づいた。でも彼女は、今のところまだ、それらしき言葉を口にしてくれていない。交わりの間中、歓喜に叫び、太ももでぎゅっと腰を抱いてくれはしたけれど。もっとちょうだいと訴え、彼の力強さをたたえ、心を開いて、すべてを与えてはくれたけれど。ふたりの未来については、彼女からまだ何ひとつ聞いていない。

ジェナはいかにもだるそうだった。体も、心の中も。スタンは、彼女のほほ笑みを心で感じ取ることができた。彼女の満たされた思いも、安らぎも。それ以外にも……たくさんのものを感じ取れた。でも、果たしてそれが彼への愛と言えるのかどうかは、どうしてもわからなかった。

「つまり――」ジェナがささやくように言いながら、胸毛に指を絡ませてくる。「今日みたいに楽しむには、また満月の嵐の日を待つしかないのね？」

スタンはジェナのお尻をぴしゃりと叩いた。ジェナがキャッと悲鳴をあげるのを聞いてほほ笑み、すぐにまた彼女の体を撫で始めた。「きみがドアベルを鳴らしたとき、おれは猛犬並みに獰猛な気分だった。それに、ドアを開く前から、きみがおれに抱かれるために来たってわかってた」

ジェナはにっこりとした。「そうよ、あなたに抱かれるために来たの。でも、単なるセックスのためだったら、きっと誰かほかの人を探すわ」

スタンは肩肘をついて起き上がった。弾みでジェナが床に落ちそうになる。スタンは危ういところで彼女のお尻をつかんでやった。「へえ、ほかの人って誰？　どこで探すの？」

ジェナは声をあげて笑いだした。すっかり満ちたりて、うっとりとした瞳がからかうようだ。「さあね。何しろ、まだ実際に探してみたわけじゃないから。でも、わたしがその気になったら、誰かしらが応じてくれるんじゃないかしら。確かに、デリシャスはちょっと保守的な町だし、わたしと同年代の独身男性は多くはないけど——」

スタンはあっという間に、またジェナを組み敷いていた。彼女の両の手首をつかみ、腕を頭の上に伸ばして押さえる。「愛してるって言えよ」

大きく見開かれたジェナの瞳は、もうからかうような色はたたえていなかった。スタンはそのことに気づくと同時に、彼女の体が反応するのにも気づいた。彼女の心臓の鼓動が速くなり、太ももが彼の腰に絡められ、肌が熱を帯びてくる。

どうやらジェナは、こういう体勢が好きらしい——スタンは自分まで興奮してくるのがわかった。

彼はわれを忘れたように、空いているほうの手でジェナの腕の内側をゆっくりと撫で下ろしていき、そして乳房をつかんだ。彼女の瞳をじっと覗き込みながら、指先で乳首をつまみ、そっとつねったり、引っ張ったりする。

ジェナの吐息は、驚きと興奮がないまぜになったような、それでいてスタンをそそのかすようなものだった。

「言えよ、ジェナ。おれを愛してるって、おれと結婚したいって、言えよ」

ジェナは横を向いてしまった。だがスタンが乳首をつまむ指に力を入れると、すぐにこちらに向き直った。彼女の心臓が激しく高鳴り、肌が紅潮するのに、スタンはほほ笑んだ。

「そうだよ、そうやっておれを見てて、ジェナ」

「わかったわ」

彼女の柔らかな、欲望に満ちた声。スタンはすぐに身をかがめ、彼女の下唇に、そして喉元に口づけた。「愛してるって言えったら」彼は乳首に移動し、強く吸った。

「ああ、スタン」

名前を呼ばれただけで、スタンは激しく興奮した。「くそっ」あっという間に下半身がまた大きくなる。今度は少なくとも一時間は持たせないと。そもそも、ここ何年も一度に二回もしたことなどないというのに。「じっとしてて、ジェナ」

ジェナは、最初に彼自身を見たときと同じくらい、うっとりとした表情になっている。

「どうしたの?」

「コンドームをつけるだけだ」

ジェナは呻いたが、逃げようとはしなかった。

ゴムを装着すると、スタンはすぐにまたジェナの上に覆いかぶさった。「脚を開いて、ジェナ、早く」

彼女の太ももがゆっくりと左右に開かれていく。スタンは掠れ声で呻きながら、奥深くまで挿し入れた。彼女はしっとりと濡れ、熟しきって、ものすごく熱かった。「ああ、すごいよ。もっと締めて、ジェナ。もっときつく」

中が収縮するのがわかる。スタンは歯を食いしばった。「そうだよ、ジェナ。すごくいい。最高だよ」

「愛してるわ、スタン」

その瞬間、スタンは凍りついたように動きを止めた。視線はジェナの瞳に注いだままだ。ジェナはほほ笑みながら、すっかり力の抜けたスタンの手から両手を引き抜き、彼の首に腕をまわした。「とっくに心を読まれていると思ったのに。わたしがあなたを愛してるって、もうわかってるんだと思った」

スタンは首を横に振った。全身が激しく疼いて、彼はたまらず大きく深呼吸した。「裸のきみを目の前にしたら、きみの意識を読むことなんて、実際にきみがおれにしてくれることに比べたら——いや、おれたちがしていることに比べたら、どうでもよく思えてきて……」

「読もうとしても、読めなかったの？」

スタンはしばし考え、ジェナが疑っているのに気づくと、にやりと笑った。「いや、その気になれば読めた。でもきみの裸を見たとたん、それどころじゃなくなった。きみに触れて、きみの肌や髪の感触を確かめることで頭がいっぱいでね。それにきみの香りにくらくらしてたし。きみがオルガズムを迎えるときの表情を見たら――」

「スタンったら、もうやめて」

スタンはゆっくりと時間をかけ、舌を絡ませ合ってキスをした。「つまり、きみと愛し合うのに精一杯で、それ以外のことを考えている余地がなかったってこと。きみの意識を読もうなんて、思いもしなかった」

ジェナは安堵したように笑って「何だかそれって……すてきね」と言ってから、すぐに思案するように眉根を寄せた。「でも、わたしの心を読んだんじゃないのなら、わたしが何を求めているか、どうしてわかった――」

スタンが身じろぎすると、ジェナは喘いだ。「それはね、きみの体が教えてくれたんだよ」

ジェナは腰を浮かせるようにした。「そうなの？」

スタンは呻き、「ああ、そうだ」とつぶやくように言った。じっとしているのは、至難の業だ。

ジェナの小さな手が、スタンの腕をなぞる。「愛してるわ、スタン。あなたのとりこよ。あなたみたいな男性に出会えるなんて、夢にも思わなかった」

ふたりは今、しっかりと結ばれた状態だ。湿気とふたりの熱気と汗で、それ以上は不可能というくらい、ぴったりと体と体を密着させている。

もしも、そういう体勢のせいで興奮したジェナが、単に愛の言葉を口走っただけだとしたら……？　「本気で言ってる、ジェナ？」スタンは目を細めて探るようにジェナを見つめ、自分の無力さ加減をひしひしと感じた。「本当におれを愛してる？」

「スタン・タッカー、あなたを愛してるわ」ジェナの口調はきっぱりとしていたけれど、その声はあふれる思いで震えていた。「あなたと結婚して、一生あなたのそばにいたい」

彼女の瞳をじっと見つめながら、スタンはいったんペニスを引き抜き、そしてまた深く挿入した。「もう一回言って」

「愛してる」

スタンは、おなかの中がねじれ、心臓が激しく高鳴るのを覚えた。ジェナのお尻の下に手を差し入れて腰を上げさせ、さらに深く貫く。歯を食いしばりながら、スタンはさらに促した。「もう一回」

「スタン……」ジェナがのけぞり、喉元の血管が脈打つ。

スタンは無理やり意識を開放させた。ジェナの全身を走る快感も、爆発するような感情の高ぶりも、さまざまな思いも、愛も、歓喜も、すべてはっきりと伝わってくる。渦巻くようなオルガズムが彼女を満たし、全身を喜びが走り、彼女の太ももを、乳房を、おなかを震わせた。

ぎゅっと目を閉じたまま、スタンは静かに挿入を繰り返しながら、ジェナの口から漏れる甲高い、女らしい喘ぎ声に喜びを覚えていた。

やがてジェナは、息を荒らげたまま、ソファの上にぐったりとなった。スタンは汗ばんだ彼女の首筋に唇を寄せ、鼻と鼻をこすり合わせ、彼女の香りを思う存分に堪能した。「おれも、きみを愛してるよ。あと二回、生まれ変わってもきみを愛せるくらい」

ジェナはすっかり力の抜けた手でスタンの頬を撫で、気だるく笑みを浮かべた。「わかってる」

さすがにへとへとで、スタンは頭を上げることもできず、鼻を鳴らして抗議した。「きみまで人の心を読めるようになったのかい？」

ジェナの優しい指がスタンの頬を撫でる。「いいえ。わたしにわかるのは、深く愛されてるってことだけよ。でも、セックスのことを言ってるんじゃないのよ……そうじゃなくて……何だか言葉が見つからないわ。でもわかるの、わたしを見つめるあなたの瞳や、わたしに触れるあなたの指から……こんな大きな幸福に包まれる日がまた来るなんて、思ってもみなかったわ。きっとすべて、満月のおかげね」

ようやく身を起こせるくらいまで回復したスタンは、愛しいジェナの顔を見下ろし、ほほ笑み合った。「小さいころから月の魔力を呪っていたよ。でもこれからは、満月のたびにいっそう幸せになれそうだ」

ジェナはからかうような笑みを浮かべた。「残念でした、満月の日をのんびり待つつもりなんかないわよ。結婚したら、毎晩あなたと愛し合うんだから」

スタンもほほ笑み、心の中が愛に満たされていくのを実感した。それから彼は、顔を天井に向けて吠えてみせた。ジェナは声をあげて笑った。月の魔力を呪うことはもう二度とないな……スタンはあらためてほほ笑んだ。

訳者あとがき

ライムブックスからは二冊目の刊行となるローリ・フォスターの中編集『いつも二人で』。本作には、二〇〇三年から二〇〇五年にかけて発表された四作品が収録されています。そのうち三作は『バッド・ボーイズ』シリーズとして個別に発表された「ワトソン・ブラザーズ」もの。そしてもう一作は『スター・クオリティ』と題され「月」をテーマに描かれたアンソロジーからの作品となっています。

ワトソン・ブラザーズの三作では、やり手警察官の「おっかない」長兄サムと一四歳年下のアリエル、家業を継いだ真面目な実業家の（と周囲からは思われている）次男ギルとアダルトサイトのデザイナーのアナベル、そして、スポーツ・センターでインストラクターをするやんちゃな末っ子ピートと同僚のキャシディという六人が主人公です。三作品それぞれに読み所満載なのですが、あえて一例を挙げるとすれば、やはりまるで個性の違う三兄弟のおかしなやり取りでしょうか。兄弟は数年前に父を亡くしており、特にそれ以降は非常に強い絆で結ばれています。男兄弟でお互いの恋愛に口を出すことは、普通はあまりないと思うのですが、この兄弟はちょっと特殊なようです。そのお邪魔ぶりがおかしくて、こんな兄弟の身内になったら大変だろうなと思わず余計な心配をしてしまいます。その一方で、モノローグ部分やちょっとした会話の中でお互いへの深い愛情も垣間見られ、兄弟っていいなと思わされます。

そして、各作品に出てくる名脇役がこれまたいい味。特に本作では、子どもたちがとても重要な役割を果たしています。三連作で、三作目の設定は前二作から五年後となるため、それぞれの主人公の、あるいは子どもたちの「その後」が読めるのも嬉しいところです。ローリ・フォスターといえば、ホットなシーンにも定評がある一方で、特に長編では家族愛を強く打ち出している作品が少なくありません。前作『あなたのとりこ』では友情がサブテーマでしたが、本作では家族愛がサブテーマと言えるでしょう。作者自身も三人の息子を持つ母親で、何よりも家族が大切、忙しくてなかなか機会がないけれど親戚一同で集まるのも大好き、と書いています。そうした日々の幸福が作品にも色濃く出ているように思われます。

四作品目に収録された「青い月の下で」は、先にも書いたように「月」をテーマにしたアンソロジーからの作品です。「青い月」というのは、通常ならば月に一度のはずの満月が月に二度やってきたときのその月のことを指します。主人公のスタンも物語の中で一生懸命説明しているように、「満月は人や動物の心や行動にさまざまな影響を与える」と古くから言われています。その影響を非常に珍しいかたちで受けているのがスタンです。舞台はオハイオ州のとある田舎町。野生のりんごの木が名物で町中のさまざまな商店もそれにちなんだ名前がついていたり、ゴールデン・レイクという美しい湖が広がり主人公の家も湖畔に面していたりと、いかにもアメリカの田舎町らしい設定がとてもロマンチックです。この町で小さな書店を経営するジェナと、造園業者で最近はガーデニング本がベストセラーとなり、プチセレブとも言うべき暮らしを送るスタンが主人公です。ジェナは二人の子持ちの未亡人で三九歳、スタンは四〇歳のバツイチ。ロマンス小説としてはやや高めの年齢設定ですが、ロマンチックな情景がそれを忘れさせ、大人の恋をいやらしくなく、適度にシリアスに描き出しています。大きな苦悩をひとりで胸に抱えながら、セレブ扱いされる今の人生に欠落を覚えるスタンと、未亡人となってから二人の子どもを愛情深く育ててきたつもりだけれど、今のままで家族三人が本当に幸せと言えるのか葛藤するジェナが、スタンにとってはまさに苦悩の根源だった「青い月」のおかげで心を通わせるまでを描いた作品となっています。

ちなみに、物語冒頭にしか出てこないジェナの経営する書店〈ブック・ヌーク〉ですが、〈ヌーク（nook）〉は「隅」「へんぴなところ」「人目につかないところ」といった意味です。つまり「小さな町のかたすみでひっそりと開いている書店」というところでしょうか。何だかとても居心地のよさそうな書店で、本好き・読書好き・書店好きの胸をくすぐります。こういうこまかいところまで描写が行き届いているのも、ローリ・フォスターの人気の理由かもしれません。

二〇〇七年六月

ライムブックス

いつも二人で

著　者　ローリ・フォスター
訳　者　平林《ひらばやし》 祥《しょう》

2007年8月20日　初版第一刷発行
2007年8月29日　初版第二刷発行

発行人　成瀬雅人
発行所　株式会社原書房
〒160-0022東京都新宿区新宿1-25-13
電話・代表03-3354-0685　http://www.harashobo.co.jp
振替・00150-6-151594
ブックデザイン　川島進（スタジオ・ギブ）
印刷所　中央精版印刷株式会社

落丁・乱丁本はお取り替えいたします。
定価は、カバーに表示してあります。
 ISBN978-4-562-04326-2　Printed in Japan

ライムブックスの好評既刊　*rhymebooks*

ローリ・フォスター 大好評既刊書

あなたのとりこ

平林祥訳　860円

同じ会社に勤める、仲の良いＯＬ３人が繰り広げる恋のゲーム。ロマンスの名手が織りなす、どきどきするような3つのラブ・ストーリー！

良質なときめきの世界
ライムブックスのコンテンポラリー・ロマンス

そばにいるだけで　エリン・マッカーシー

ローリ・フォスター大絶賛！ 研修医ジョージーは、優秀な外科医ヒューストンの前で失敗ばかり。互いに気になっていることを知った2人は…。

立石ゆかり訳　860円

恋におちる確率　ジェニファー・クルージー

恋人にふられたミネルヴァ。その直後、プレイボーイと評判のキャルからデートに誘われるが……。一筋縄ではいかない2人の恋。RITA賞受賞作!

平林祥訳　1000円

ダークカラーな夜もあれば　ジェイン・アン・クレンツ

元恋人同士のジャックとエリザベスは、突然消えた新商品とその開発担当者のゆくえを追う。深まる謎。事件に巻き込まれていく2人の恋は?

岡本千晶訳　900円

恋に危険は　スーザン・イーノック

高価な美術品だけを狙うプロの泥棒サマンサ。忍び込んだ億万長者リックの邸宅で爆発事件に遭遇。錯綜する事件の謎を追うことになった2人は…。

数佐尚美訳　980円

価格は税込です